《中国家庭基本藏书》

新闻出版总署优秀畅销书奖
全国优秀古籍图书普及读物奖
第十七届山西省优秀图书一等奖
第 二 届 山 西 出 版 政 府 奖
山西出版集团2008年度十种好书

全套藏书累计销售500万册

中国家庭基本藏书（修订版）

诸子百家卷
《诗经》《尚书》《礼记》《楚辞》《论语·大学·中庸》《孟子》
《老子》《庄子》《荀子》《韩非子》《孙子兵法·尉缭子·鬼谷子》
《墨子》《周易》《山海经》《吕氏春秋》《三十六计》

名家选集卷

《三曹诗集》	《陶渊明集》	《王勃集》	《王维集》	《孟浩然集》
《高适集》	《岑参集》	《李白集》	《杜甫集》	《白居易集》
《刘禹锡集》	《元稹集》	《李商隐集》	《李贺集》	《杜牧集》
《韩愈集》	《柳宗元集》	《李煜集》	《欧阳修集》	《王安石集》
《苏轼集》	《黄庭坚集》	《柳永集》	《秦观集》	《周邦彦集》
《李清照集》	《辛弃疾集》	《陆游集》	《范成大集》	《杨万里集》
《姜夔集》	《文天祥集》	《元好问集》	《唐寅集》	《张岱集》
《三袁集》	《李贽集》	《傅山集》	《纳兰性德集》	《袁枚集》
《郑板桥集》	《龚自珍集》			

史著选集卷
《左传》《国语》《战国策》《史记》《汉书》《后汉书》《三国志》
《资治通鉴》

综合选集卷
《唐诗三百首》《宋词三百首》《元曲三百首》《千家诗》《古文观止》
《汉魏六朝小赋骈文选》《唐宋八大家文选》《明清小品文选》

笔记杂著卷
《蒙学六种——三字经·百家姓·千字文·增广贤文·幼学琼林·格言联璧》
《颜氏家训·朱子家训》《世说新语》《金刚经·坛经·心经·地藏经》
《曾国藩家书》《菜根谭·小窗幽记·幽梦影》《浮生六记》《闲情偶寄》
《近思录》《徐霞客游记》《古代书信精选》

戏曲小说卷
《元杂剧精选》《西厢记》《牡丹亭》《长生殿》《桃花扇》《今古奇观》
《三国演义》《水浒传》《西游记》《红楼梦》《聊斋志异》《儒林外史》
《封神演义》《话本小说选》《文言小说选》

中国家庭基本藏书 名家选集卷

周邦彦集

一宋一周邦彦一著

孙安邦　孙翰钺一解评

山西出版集团
三晋出版社

博学工作室

·山西大学教授姚奠中先生为《中国家庭基本藏书》题词

前言

周邦彦(1056—1121)字美成,晚号清真居士。北宋钱塘(今浙江杭州)人。诗词文赋无所不擅,但因生前为其词名所掩,死后诗文多散佚,惟年轻时为皇帝所献《汴都赋》为时所重。后由太学诸生升太学正。先后任庐州(今安徽合肥市)教授、溧水县知县。哲宗时历任校书郎、考工员外郎等,以直龙图阁出知河中府、顺昌府、隆德府,徽宗朝仕至秘书监、徽猷阁待制。因"妙解音律"、"能自度曲",又善于填词,被任命为大晟府提举官。后出知处州(今浙江丽水),罢官后提举南京(今河南商丘等处)鸿庆宫。

其词声调谐和,精巧华美。自宋代直至近代,"以乐府独步。贵人、学士、市儈、侍女知美成词为可爱"(陈郁《藏一话腴外编》)。当时歌女以能唱周词而身价倍增,有"词家之冠"、"词中老杜"之誉。

综观周邦彦一生,从二十四岁离乡,到六十六岁客死异乡,期间除三度在汴都外,长期宦游南北,历尽羁旅况味。其词中无一颂圣贡谀之作。历代对于周邦彦其人、其词颇多贬斥和误解。关于他和李师师、宋徽宗的所谓"风流韵事"，由于年龄悬殊，难以成立；至于被冠以"变法派"的帽子，成为王安石的新党人物，以及"御用文人"等，实在不值一驳。至于其词的内容，时势使然，并且也有"这浮世，甚驱驰利禄，奔竞尘土"（〔黄鹂绕碧树〕）等怨而怒之作。

词人生于"三秋桂子，十里荷花"、"市列珠玑，户盈罗绮"的钱塘。《宋史·文苑传》说他"博涉百家之书"，其词叙述其家世"吾家旧有簪缨，甚顿作天涯，经岁羁旅"（〔南浦〕）。其出身仕宦，从小读书，"性好音律"、"顾曲名堂，不能自已"，足见其一生同音乐、词曲结下不解之缘。他"虽景象至微，而意态自足"。献《汴都赋》自太学诸生一命为正，"居五年不迁，益尽力于辞章。"加之长期仕途失意，又受道教思想影响，向往求仙。其词〔满庭芳〕（"年年，如社燕"）就说明其思想的变化，使其词风也变得"沉郁"。就是在溧水令期间，其亭曰"姑射"，其堂曰"萧闲"，以"风流自命"，以"淡泊自甘"。"于熙宁、元祐两党均无依附，即使绍圣初年，新党得势，蔡京用事，周邦彦亦未因是而求进。

周邦彦著作颇丰，惜多散佚。虽说今存文 12 篇、诗 40 多首，然其诗文均为词名所掩。《清真词》（或曰《片玉词》）总计收词 206 首。本书按照《中国家庭基本藏书》编撰要求，选诗 5 首，词 56首。依照词作内容，按春景（〔瑞龙吟〕至〔一落索〕）、夏景（〔满庭芳〕至〔诉衷情〕）、秋景（〔风流子〕至〔夜游宫〕）、冬景（〔红林檎近〕二首）、单题（〔解语花〕至〔菩萨蛮〕）、杂赋（〔绮寮怨〕至〔虞美人〕）、补遗（〔关河令〕至〔烛影摇红〕）为序编排。每首诗词除"题解"外，分别予以"新解"、"新评"。"题解"除介绍有关词牌外，对词的写作时间、地点、时代背景尽量予以交代；对于难以索解的只好阙如。对于误解的词牌如〔过秦楼〕（"水浴清蟾"），径改作〔选冠子〕；对词牌的异名、别称加以详细辨析。在"新评"、"新解"中，我们参阅了数百种有关著作、论述，对原词中的异文择善而从。"新解"主要注释字词，分段释义，辨析疑难，纠正误解。"新评"主要对该词流传情况、历代评论加以梳理，对溢美之评予以点评，对误解之处予以纠正，按照我们的理解，力求公允切实，做到言必有据。也有少数存疑之处，尚祈方家教正。

词家知道，文人词自唐宋五代迄北宋后期周邦彦时，填词发生了关键性的变化，不同于前人之处是周词鲜明的个性和普遍的艺术性的统一。周词除"无一颂圣贡谀"之作外，没有和韵、步韵的应酬之作。其词多咏爱情的痛苦和身世飘零、官场失意，是宋代社会极为普遍的现象，"故其入于人者至深而行于世也尤广"，具有超越前人的艺术成就。

"笔力劲绝，是美成独步处"（陈世焜《云韶集·补词》）。其章法或逆挽，或倒叙，或顺叙，或插叙，跌宕转折，承接锁合，具有顿挫之致，钩勒之妙。在继承传统意象、渲染气氛的同时，加强情节描写，纳入叙事成分，使人物形象鲜明生动，心理刻画入木三分。"语意精新"，新意自出。善于融化前人名句，化腐朽为神奇；以赋笔填词，多用对偶，精心构词，炼字炼意，充满诗情画意；"下字运意，皆有法度"，有"词至美成，前收苏、秦之终，后开姜、史之始"之誉，在南北婉约词风转变中，博采众长，自成一宗，流风可仰，开后代词派，对词的发展衍变，处在极重要的位置。尤其是和大晟府的文人们搜求整理古调，"依月用律，月进一曲，不断创制新声"，增演慢曲、引、近，或移宫换羽，为三犯、四犯之曲，自创〔瑞龙吟〕、〔瑞鹤仙〕、〔浪淘沙慢〕、〔忆旧游〕、〔隔浦莲近拍〕、〔氐州第一〕、〔红林檎近〕、〔六丑〕、〔绕佛阁〕、〔寒翁吟〕、〔庆宫春〕、〔西园竹〕、〔夜飞鹊〕、〔关河令〕、〔大酺〕、〔花犯〕、〔西河〕、〔绮寮怨〕、〔尉迟杯〕等。后代作词多以为正体，依以填词，成为后人规范。周邦彦也因"审音协律，注重工雅，好用典故"而成为格律词派的创立者和"宫廷词人"的代表。

"一代有一代之文学"，周邦彦词足以代表北宋一代之词。

为了方便读者，本书除前言外，以龙榆生《宋词的两股潮流》一文为"代序"，并附以"周邦彦年谱简编"、"周邦彦著作主要版本"及"《周邦彦集》名言警句"（正文中用着重号标出），以方便读者使用。

孙安邦　孙翰钺
2008 年 8 月

宋词的两股潮流（代序）

龙榆生

名家选集卷
周邦彦集·代序

一般词的批评家，爱把宋词分作豪放和婉约两派。前者以苏轼作为代表人物，后者以秦观作为代表人物。这种就风格上的分法，虽是出于明人张綖；但据南宋俞文豹《吹剑续录》的记载：

> 东坡在玉堂，有幕士善讴，因问："我词比柳词何如？"对曰："柳郎中词，只好十七八女孩儿，执红牙拍板，唱'杨柳外晓风残月'。学士词，须关西大汉，执铁板，唱'大江东去'。"公为之绝倒。

可见这个差别之说是由来已久的。但为什么会有这两种不同风格和流派呢？因两者写作的动机和作用各不相同，当然就会产生和他的内容相适应的不同风格。我们知道，词在宋代是配合着管弦来唱的，当然首先就得讲究协律，从而达到"音节谐婉"的地步。而且这种唱词，大多数流行于都市，为了迎合市民心理，就得偏于描摹男女恋慕和伤离念远的情感。当时这类作品，就是王世贞所说的"香而弱"（《艺苑卮言》）的一派。这一派的特点，就是一要音节和谐，二要情调软美。由于这两个条件的限制，就很难容纳丰富的内容和表达豪爽的气概，使作者只在音律和技巧上打圈子，陷身于泥淖而不能自拔。但这些作品的"语工而入律"（《避暑录话》卷三记当时赞美秦观词的话），在当时是最受歌者和听众欢迎的，所以一直成为所谓词的正宗。它的远源，是从花间一派来的。我们与其说它是婉约派，不如说它是正统派，而把以苏轼为首的豪放派称作革新派。

正统派的特征是特别重视协律。从北宋的柳永、秦观、周邦彦以至南宋的姜夔、吴文英，虽然面目各有不同，而步趋却是一致的。

柳永以后，一般称秦七（观）、黄九（庭坚）为当代词首（见陈师道《后山诗话》）。秦词受柳永影响，曾被他的老师苏轼所讥评，至作为"山抹微云秦学士，露花倒影柳屯田"的对句（见《避暑录话》卷三），并且当面斥责他："不意别后，公却学柳七作词！"（见《高斋诗话》）正因为秦词的和婉缠绵，所以能盛行于淮、楚（今苏北）一带。他的代表作如〔满庭芳〕，它所表现的只是一个风流才子的感伤情绪……但就它的描写手法看，他把一种凄黯的江天景色和难分难舍的离情巧妙地结合起来，在彼时彼地，确也有几分迷人的魅力。在开拓词的领域方面有功勋的，柳永以后，就得数到周邦彦。他出生于湖山秀丽的杭州，对文学有深厚的基础，又好音乐，能自度曲（见《宋史》卷四百四十四《文苑传》）。徽宗（赵佶）设大晟府，作为整理创作乐曲的机关，曾要他作提举官。他和音乐家万俟咏、田为等"讨论古音，审定古调……又复增演慢曲、引、近，或移宫换羽，为三犯、四犯之曲。"（张炎《词源》卷下）他的《清真集》有不少创调；也有宫廷中流传下来的古曲，如《兰陵王慢》的谱子，后来还流传到南方来（参考毛幵《樵隐笔录》）。近人王国维曾经说过："读先生之词，于文字之外，须更味其音律。今其声虽亡，读其词者，犹觉拗怒之中，自饶和婉，曼声促节，繁会相宣，清浊抑扬，辘轳交往。"

(《清真先生遗事》）周邦彦词值得我们借鉴的，这音律的运用要算首要部分。它那句法节奏，都是随着声情变化的。例如〔兰陵王〕：

柳阴直，烟里丝丝弄碧。隋堤上，曾见几番，拂水飘绵送行色？登临望故国。谁识，京华倦客？长亭路，年去岁来，应折柔条过千尺。　　闲寻旧踪迹。又酒趁哀弦，灯照离席。梨花榆火催寒食。愁一箭风快，半篙波暖，回头迢递便数驿，望人在天北。　　凄恻，恨堆积。渐别浦萦回，津堠岑寂。斜阳冉冉春无极。念月榭携手，露桥闻笛。沉思前事，似梦里，泪暗滴。

又如〔绕佛阁〕：

暗尘四敛，楼观迥出，高映孤馆。清漏将短，厌闻夜久签声动书幔。　　桂华又满，闲步露草，偏爱幽远。花气清婉，望中迤逦城阴度河岸。　　倦客最萧索，醉倚斜桥穿柳线。还似汴堤虹梁横水面，看浪飐春灯，舟下如箭。此行重见。叹故友难逢，羁思空乱，两眉愁、向谁舒展？

且看他的四声安排和句式长短以及使用韵脚，都有很多变化。上一首三段各不相同，下一首则前两段全同而后一段自异。这两个曲调，有的句子特别长，有的运用许多偶句，全靠领格字负起转身换气的职责，使全局振奋起来，音节是异常激越的。前人称清真为"集大成"的作者（见周济《宋四家词选》）。单从音律和技巧上说，他的词有很多特点，是值得我们学习的。

在这所谓正统派中，虽然作者甚多，弥漫于赵宋一代，而且影响及于清末；但就协律方面来说，也只有柳永、周邦彦、姜夔三家发挥过一些创造性，为填词家开辟了不少田地，这一点是应该予以肯定的。

词的形式，虽然一样也可以反映社会现实，表达广大人民的思想感情，而且唐、五代时的民间作者已经这样利用过它，后来的诸宫调和戏文等也都运用过这些曲调来歌唱一些为群众所喜闻乐见的故事；然而所有诗人为什么不这样做，而仅仅局限在这小圈子内呢？过去我国的士大夫都是保守性很强的。他们以为文各有体，要反映现实，为广大人民说话，或者抒写个人悲壮感慨的思想感情，尽有元稹、白居易一派的新乐府和历来诗人用惯的五、七言古、近体诗，可供运用，而这个新兴入乐的长短句是只适宜描写男女恋慕和伤离念远之情的。这只要看看欧阳修写的诗和词，在内容和风格上两者都截然不同，这消息就不难猜透了。但一种新形式到了十分成熟的时候，就有人会打破清规戒律，给它拓大范围，革新内容。以苏轼为首的革新派，就是这样应运而兴的。

龙榆生(1902—1966)，名沐勋。江西万载人。为朱孝臧私淑弟子，致力于词学研究。20世纪30年代，主编《词学季刊》杂志。有多种词学著作，如《近三百年名家词选》、《唐宋词格律》、《词曲概论》等。以上"代序"节选自《词曲概论》。

目录

前言 /001
宋词的两股潮流（代序）（龙榆生） /001

◎ 诗

天赐白 /001
晚憩杜桥馆 /006
偶成 /009
春雨 /011
漫成 /012

◎ 词

瑞龙吟（章台路） /014
琐窗寒（暗柳啼鸦） /017
风流子（新绿小池塘） /021
渡江云（晴岚低楚甸） /025
应天长（条风布暖） /028
还京乐（禁烟近） /032
解连环（怨怀无托） /035
满江红（昼日移阴） /039
瑞鹤仙（悄郊原带郭） /042
西平乐（稚柳苏晴） /046

浪淘沙慢(晓阴重) /050
忆旧游(记愁横浅黛) /054
少年游(朝云漠漠散轻丝) /058
渔家傲(灰暖香融销永昼) /060
望江南(游妓散) /062
浣溪沙(雨过残红湿未飞) /064
浣溪沙(楼上晴天碧四垂) /066
点绛唇(台上披襟) /068
一落索(眉共春山争秀) /070
满庭芳(风老莺雏) /073
隔浦莲近拍(新篁摇动翠葆) /076
选冠子(水浴清蟾) /080
塞翁吟(暗叶啼风雨) /084
苏幕遮(燎沉香) /087
浣溪沙(翠葆参差竹径成) /088
诉衷情(出林杏子落金盘) /090
风流子(枫林凋晚叶) /092
西园竹(浮云护月) /095
齐天乐(绿芜凋尽台城路) /097
氐州第一(波落寒汀) /101
少年游(并刀如水) /104
庆春宫(云接平冈) /107
阮郎归(冬衣初染远山青) /109
夜游宫(叶下斜阳照水) /111
红林檎近(高柳春才软) /114
又(风雪惊初霁) /116

解语花(风销焰蜡) /118
大酺(对宿烟收) /122
花犯(粉墙低) /126
六丑(正单衣试酒) /130
兰陵王(柳阴直) /136
西河(佳丽地) /141
菩萨蛮(银河宛转三千曲) /145
绮寮怨(上马人扶残醉) /147
拜星月慢(夜色催更) /149
尉迟杯(隋堤路) /152
绕佛阁(暗尘四敛) /156
蝶恋花(月皎惊乌栖不定) /159
点绛唇(辽鹤归来) /161
意难忘(衣染莺黄) /163
玉楼春(桃溪不作从容住) /165
夜飞鹊(河桥送人处) /167
虞美人(疏篱曲径田家小) /170
关河令(秋阴时作渐向暝) /172
长相思慢(夜色澄明) /175
烛影摇红(芳脸匀红) /178

◎附录

周邦彦年谱简编 /181
周邦彦著作主要版本 /186
《周邦彦集》名言警句 /186

◎诗

天赐白

- 赐白,本骏马名。
  如诗序所云:北宋神宗赵顼元丰五年(1082),朝廷派遣给事中徐禧,于五月在今陕西米脂与靖边、横山三县交城处构筑永乐城,与西夏对垒。五月九日,西夏大军三十万围攻永乐城,北宋军同西夏激战十馀日,宋军溃败,永乐城陷。守将王湛、曲真(珍)夜缒城逃出。曲得以白马驰去,因以得脱。曲珍名此马曰"天赐白"。元丰二年进士蔡肇得知这件事后,邀曲珍一同赋诗记叙。

  永乐城陷,独王湛、曲真夜缒以出。真持木为兵,且走且敌,前陷大泽中。顾其旁有马而白,暂腾上驰去,五鼓,过米脂城,因以得脱。真名其马为"天赐白"。蔡天启得其事于西人,邀余同赋。

  君不见书生镵羌勒兵入,羌来薄城束缚急。
  蜡丸飞出辞大家,帐下健儿纷雨泣。
  凿沙到石终无水,扰扰万人如渴蚁。
  挽缒窃出两将军,房箭飞来风掠耳。
  道旁神马白雪毛,噤口不嘶深夜逃。
  忽闻汉语米脂下,黑雾压城风怒号。
  脱身归来对刀笔,短衣射虎朝朝出。
  自椎杂宝涂箭疮,心折骨惊如昨日。
  谷城鲁公天下雄,阴陵一跌兵力穷。
  枞舟不渡谢亭长,有何面目过江东。
  将军偶生名已弱,铁花暗涩龙文锷。
  缟帐肥刍酬马恩,闲望旄头向西落。

序主要写永乐城陷后,曲珍缒城脱逃遇白马的情景。并受蔡天启之邀,同赋诗记叙这件事的情况。

永乐城陷——元丰五年五月,因给事中徐禧不听王湛、曲珍多次献计,终致城陷失败。

独王湛、曲真(珍)夜缒以出——出:唯独,独自。 夜缒以出:乘夜以绳子拴住自身从城上下来逃出。 王湛、曲珍:均永乐城守将。曲珍字君玉,陇干人。宝元(宋仁宗赵祯年号 1038—1039)、康定(宋仁宗赵祯年号 1040)间,西夏多次入寇,珍诸父纠集族党防御,敌不敢犯,雄震边关。后因战功擢鄜延铃辖,进副总管,拜怀州防御使、龙神卫四厢都指挥使。徐禧城永乐,曲珍以兵从,屡次献计"追杀"西夏兵,"请自居守","檄诸将促战","欲乘"西夏兵"未集击之",请"溃围而出,使人自求自生"……均遭徐禧拒绝。"数日城陷,珍缒而免","坐贬皇城使"。(详见《宋史》本传。)

真(珍)持木为兵,且走且敌,前陷大泽中——曲珍缒城而出后,手持木棍为兵器,与敌人且战且走,再往前就会陷入泽(聚水的洼地)中。

顾其旁有马而白,暂腾上驰去,五鼓,过米脂城,因以得脱——写曲珍在万分危急之下,看见泽旁有一匹白马,突然跃上马背飞驰而去,五更时,过米脂城,才得以逃脱。 有马而白:强调白色的马。 暂:突然,忽然。《史记·李将军列传》:"广暂腾而上胡儿马。"暂犹猝也。 五鼓:犹五更(gēng)。旧时自黄昏至拂晓一夜间分为五段,谓之"五更"。又称五鼓、五夜。北齐颜之推《颜氏家训·书证》:"或问:'一夜何故五更?更何所训?'答曰:'汉魏以来,谓为甲夜、乙夜、丙夜、丁夜、戊夜;又云鼓,一鼓、二鼓、三鼓、四鼓、五鼓;亦云一更、二更、三更、四更、五更;皆以五为节……更,历也,经也,故曰五更尔。'"序中五更天将明之时,即第五更时。 因以:犹这才。 脱:脱身;逃脱。脱离险境。

真(珍)名其马为"天赐白"——曲珍给这匹马起名为"天赐白"。与上文"有马而白"呼应。亦见对马的救其脱险永志不忘,珍爱至极。

蔡天启得其事于西人,邀余同赋——蔡天启:名肇。润州丹阳人。能文,最长歌诗。初事王安石,见器重。又从苏轼游,声誉益显。第进士,累官至提举永兴路常平。徽宗时,入为户部,兼修国史,后拜中书舍人,知明州,提举洞霄宫。 西人:西部边陲人士。 余:第一人称。曲珍自谓。 同赋:一同记述这件事。

君不见书生镌羌勒兵入,羌来薄城束缚急——书生:指徐熹。宋神宗后期屡次对西夏用兵,攻城略地常常重用文臣而轻视武将,往往导致失败。这次意欲消灭羌人,让徐禧带兵进入永乐城。羌人进逼围困永乐城。 镌(juān):消灭,削除；铲除，除掉。　　羌：羌人，西羌。我国古代少数民族名。主要分布在今四川、甘肃、青海一带。秦汉时，部落众多，总称西羌。以游牧为主。后与西北地区汉族融合。上世纪八十年代中期，在四川参加全国古籍出版社年会，参观九寨沟、松潘风景区，路过米亚罗时，见到羌人，身着一件黑衣棉长袍，没有蒙族那样镶嵌花边的习俗。询问当地人，说是羌族人。不知确否？　　勒兵入：带兵进驻。文中指西夏人。勒，亲率，带领。　　薄：逼近，靠近。　　束缚：缠束，捆缚。诗中犹围困、围攻。　　急：犹危急、猛烈。

蜡丸飞出辞大家，帐下健儿纷雨泣——蜡丸：用蜡密封的奏章、书信成蜡丸，以保密防潮湿。这种腊制的丸状物，在古代常用以内藏文字，以传递秘密书信、文件、奏折、命令等，故又称"蜡弹"。《资治通鉴·后晋高祖天福二年》："又为蜡丸，从水窦出入，与兄元珣谋议。"胡三省注："腊丸者，腊弹书也，作书以腊丸其外。"故又称"蜡丸书"，指封在蜡丸中的密件。　　飞出：指迅速传递或传送出去。诗中指弹射出去。　　辞：犹告诉、告知；辞别、告别。大家(jiā)：宫廷大臣或皇后对皇帝的称呼。不能读大家(gū)。古籍中大家(gū)即大姑，古代对女子的尊称，或妇称夫之母。　　帐下健儿：指军营帐中的将士。纷雨泣：犹言帐下健儿哭泣泪如雨水纷纷落下。表现将士赴死的决心。

凿沙到石终无水，扰扰万人如渴蚁——写环境的恶劣。战士无水喝，乱成一片。永乐城依山但不傍水，徐禧不听王湛、曲珍多次相劝，一意孤行，坚持筑城。结果被敌围困，故有"凿沙到石终无水，扰扰万人如渴蚁"之叹。　　扰扰：纷乱、烦乱的样子。苏东坡《荆州》诗其四有"百年豪杰尽，扰扰见鱼鰕"。万人：无具体所指。形容人之众多。　　渴蚁：形容因无水而焦渴的蚁群，乱成一团。

挽縆窃出两将军，虏箭飞来风掠耳——挽縆(gēng)：拉挽着大索。縆，本作絚，粗绳索。　　窃出：暗地里出来。　　两将军：指王湛、曲珍。　　虏：指敌人、敌虏。宋刘克在《军中乐》诗："自言虏畏不敢犯，射麋捕鹿来行酒。"诗中虏指西夏军队，有蔑视的意思。　　掠：轻轻擦过；拂过。

道旁神马白雪毛，噤口不嘶深夜逃——白雪毛：形象神马白如雪，与序中"有马而白"呼应。　　噤口：闭口不言、不叫。宋梅尧臣《九月十八日山中见杜鹃花复开》诗"春鸟各噤口，游子未还家。"形容马似乎也通人意，怕惊动敌人不鸣不叫，乘夜深而遁逃。写逃亡中奇遇。

忽闻汉语米脂下，黑雾压城风怒号——诗中省却"夜逃"经过。人不言、马不叫，经过一夜逃遁，忽然听见有人说话，才发现已逃到米脂城下，当时形势也很紧张——"黑雾压城风怒号"。"黑雾"句很容易让人想到唐李贺《雁门太守行》"黑云压城城欲摧"的景象。不仅"黑雾压城"，而且"风怒号"，更见天气之恶劣，形势之严峻。　　号(háo)：形容大风发出巨响。诗中描写急风呼啸声。

　　脱身归来对刀笔，短衣射虎朝朝出——上句写受审，下句写赋闲安养朝朝游猎练武。　　脱身：指从永乐城缒城逃回。　　刀笔：刀笔吏之省称。指以笔为刀置人于死地的法官或讼师。　　短衣：短装。本古代平民、士兵所服。诗中犹赵武灵王"胡服骑射"的短衣。后襟较短，便于骑马射猎。曲珍逃回后被朝廷罢为闲职皇城使。　　射虎：《史记·李将军列传》、《三国志·吴志·吴主传》及《剑南诗稿》卷三《畏虎》、《书事》等诗文中分别记述有李广、孙权、陆游射虎事。常用以形容英雄豪气。宋苏轼〔江城子〕《密州出猎》词有"为报倾城随太守，亲射虎，看孙郎。"宋辛弃疾〔水调歌头〕《舟次扬州和杨济翁周显先韵》词其二"插架牙签万轴，射虎南山一骑，容我揽须不？"　　朝朝(zhāo zhāo)：天天；日日。每天。

　　自椎杂宝涂箭疮，心折骨惊如昨日——椎(chuí)：一种椎击的工具。诗中犹自己用椎打击、撞击。　　杂宝：犹多味药材。　　心折骨惊：谓内心极度惊骇。南朝梁江淹《别赋》："有别必怨，有怨必盈。使人意夺神骇，心折骨惊。"是对永乐激战的回忆。至今记忆犹新，如同发生在昨天。

　　谷城鲁公天下雄，阴陵一跌兵力穷——谷城鲁公：公元前202年刘邦以鲁公封号葬项羽于谷城山(又名黄山，在今山东省平阴县之西南)。诗中以借指曲珍。　　阴陵：春秋楚邑。项羽兵败后迷失道处。汉置县，故城在今安徽定远西北。　　跌：本失足。比喻犯过失。诗中犹言一次挫败、一次挫折。　　兵力：军队之实力。宋司马光《涑水纪闻》卷十一"其城寨内兵力单弱，必不敢出城，不过自守而已。"

　　权舟不渡谢亭长，有何面目过江东——用项羽乌江自刎典故。《史记·项羽本纪》载：项羽垓下战败，"于是项王乃欲东渡乌江。乌江亭长权船待，谓项王曰：'江东虽小，地方千里，众数十万人，亦足王也。愿大王急渡。今独臣有船，汉军至，无以渡。'项王笑曰：'天之亡我，我何渡为？且籍与江东子弟八千人渡江而西，今无一人还，纵江东父兄怜而王我，我何面目见之？纵彼不言，籍独不愧于心乎？……乃令骑皆下马步行，持短兵接战。独籍所杀汉军数百人。项王身亦被十馀创。……乃自刎而死。"　　权(yǐ)舟：停泊船只，移舟靠岸。　　亭长(zhǎng)：战国时，国与国之间为防御侵犯，在边境设亭，置亭长。秦汉之际，在乡村每十里设一亭，置亭长，掌治安、捕盗，理民事，兼管停留旅客。多以服兵役期满者充任。另外"都亭"、"门亭"亦设"亭长"。东汉后渐废。《史记·高祖本纪》载"(刘邦)为泗水亭长。"张守节正义云："秦法，十里一亭，十亭一乡。亭长，主亭之吏。诗中以项羽借指曲珍。

将军偶生名已弱,铁花暗涩龙文锷——将军:指王湛、曲珍。 偶生:言其偶然逃生。 弱:犹削弱。 铁花:犹铁锈。 暗涩:形容暗淡而无光彩且又板滞。宋张元幹〔贺新郎〕《寄李伯纪丞相》词:"谩暗涩,铜华尘土。" 龙文:龙文剑。晋张华《博物志》卷六:"干将,阳,龙文;莫邪,阴,漫理。"后因以称宝剑曰龙文剑。北周庾信《哀江南赋》:"乃使玉轴扬灰,龙文折柱。"倪璠注云:"龙文,剑名。" 锷:刀剑的刃。以刀剑喻人,意思是曲珍如同刀剑生锈,毫无用武之地。

缟帐肥刍酬马恩,闲望旄头向西落——缟(gǎo)帐:白色绢帐。 肥刍(chu):肥草。刍,本割草;刈割。诗中指饲料、饲草。 酬:亦作"酧"、"醻"。本敬酒、劝酒。诗中犹报答。因为白马噤口不嘶驮曲珍脱离险境,故报答马的救命之恩。 旄(máo)头:本皇帝仪仗中一种担任先驱的骑兵。诗中指二十八宿中的昴星。《汉书·天文志》:"昴曰旄头,胡星也,为白衣会。"古人认为旄头星亮即有战事。旄头向西落,即战事停止。个中有向西夏求和,以西夏得胜告终,无仗可打了的感叹。

这首诗如序所说,北宋统治者软弱无能,用人不当。宋神宗屡次对西夏用兵,宠文臣轻武将,屡屡导致失败而不晤。

诗通过对永乐城陷后,王湛、曲珍缒城逃回,受到坐贬而有所不平。诚如《宋史》本传所载:"徐禧城永乐,珍以兵从。版筑方兴,羌数十骑济无定河觇役,珍将追杀之,禧不许。谍言夏人聚兵甚急,珍请禧还米脂而自居守,明日果至,禧复来,珍白:'敌兵众甚,公宜退处内栅,檄诸将促战。'禧笑曰:'曲侯老将,何怯邪?'夏兵且济,珍欲乘其未集击之,又不许。及攻城急,又劝禧曰:'城中井深泉啬,士卒渴甚,恐不能支。宜乘兵气未衰,溃围而出,使人自求生。'禧曰:'此城据要地,奈何弃之?且为将而奔,众心摇矣。'珍曰:'非敢自爱,但教使、谋臣同没于此,惧辱国耳。'……"

徐禧一而再、再而三就是不听劝告,以致"数日城陷"。

主将不听,自取灭亡。曲珍缒城而免,子弟死者六人。反遭坐贬,真是冤哉、枉哉!

全诗集中叙述永乐兵败。宋神宗后期,屡次对西夏用兵,攻城略地、穷兵黩武,加之重用书生徐禧,重文臣,轻武将,因而招致失败。

诗从永乐兵败,曲珍缒城逃出写起。诗一开篇即对徐禧强行筑城而被围困予以讽刺,接着叙写曲珍诸将困守孤城、城陷夜缒城逃出的经过。

诗的后一部分比曲珍为项羽,对其兵败被贬、壮志莫酬的被压抑的处境表示同情,甚至惋惜。序及结尾以白马穿插,加强情节描写,暗寓马有恩情而君王无情,耐人寻味,发人深省。

全诗叙事清晰婉曲,笔力雄健,构思巧妙,文字流畅,起伏有致,且意多转折、含蓄深蕴。是周邦彦古体诗中较好的一首。

晚憩杜桥馆

【题解】

《晚憩杜桥馆》,从所写内容分析,由诗中"寒茅愔愔鸡啄场,儿啼索衣天陨霜"、"嗟予齿发非故物,念此内热如洦汤"、"愿见唐朝吕墨客,膝行问道求神方"诸句看,似作于元祐(1086—1095)后期、绍圣(1096—1098)任溧水令期间宦游途次。词人时已届不惑之年。宦海沉浮,淡泊自甘,受道教影响,向往求仙,思想沉郁,意态自足,晚憩馆舍,感慨良多。

杜桥馆,似途经馆驿或村舍。

寒茅愔愔鸡啄场,儿啼索衣天陨霜。
密林渐放山色入,枫枯振槁声琅琅。
清浆白羽弃已久,黄菊紫萸看欲香。
岁行及此去愈疾,若决积水难堤防。
嗟予齿髪非故物,念此内热如洦汤。
愿见唐朝吕墨客,膝行问道求神方。
斋心千日百事毕,消我领雪还韶光。
岂饶蒿目忧世事,黄金绾腰埋土囊。

这是一首忧伤时事的诗。

诗分前后两段。前八句伤时,后八句则叹己。

寒茅愔愔鸡啄场,儿啼索衣天陨霜——寒茅:指简陋的茅舍。南朝梁沈约《郊居赋》有"乐乃傍穷野,抵荒郊;编霜菼,葺寒茅。"不禁使人想到杜甫的《茅屋为秋风所破歌》所描写的情状。首句写景写物,次句写人写天。简陋的茅舍幽深悄寂,鸡儿在禾场上啄食;已是秋冬时节,小儿哭着要加衣服,因为天已下霜身上寒冷,这句倒装出之。寒茅:简陋的茅舍。不可简单地解作"寒风中的茅屋"。因为简陋,所以难挡风寒。"愔愔"(yīn yīn):本和悦安舒之貌。

诗中则作幽深悄寂讲。　"儿啼索衣天陨霜"：倒装。应作"天陨霜儿啼索衣"。

密林渐放山色入，枫枯振槁声琅琅——"密林"句是说秋风落叶，密林渐渐因叶落而稀疏，山岭逐渐显露出来。诗人巧妙地拟人化，似乎密林逐渐将山岭秀色放入林中来，枫叶因秋风摇动枯槁的叶子发出清脆的声音。描摹真切，写景如绘。

清浆白羽弃已久，黄菊紫萸看欲香——清浆：古代一种微酸的饮料。《诗·小雅·大东》："或以其酒，不以其浆。"《周礼·天官·酒正》："辨四饮之物：一曰清，二曰医，三曰浆，四曰酏（yí）。"郑玄注："浆，今之䣼，桨也。"　䣼（zài）：醋。《说文》：䣼，酢（cù）浆也。"浆䣼同物，"盖亦酿糟为之，但味微酢耳。"酢，本一种调味的酸味液体，后来均写作"醋"。总之，清浆是一种微酸的饮品。　白羽：白羽扇。宋周煇《清波别志》卷上："史君开府未浃旬，欲戴纶巾挥白羽。"特指军中主将如诸葛亮用来指挥作战的白羽扇。诗中用"清浆白羽"，颇有深义。　弃：弃置不用。　黄菊：指酒。唐骆宾王《畴昔篇》："相将菌阁卧青溪，且用藤杯泛黄菊。"　紫萸：指茱萸酒。诗人写自己长期已不饮酒了。隐含农阴九月九重阳节佩茱萸"遍插茱萸少一人"（唐王维《九月九日忆山东兄弟》）的思念家乡、思念亲人的意蕴。

岁行及此去愈疾，若决积水难堤防——岁行：犹岁月行进。　及此：到《晚憩杜桥馆》杜桥馆驿这个地方。　去（qù）：离开。　疾（jí）：快速，急速。　决积水：使积水决口。《淮南子·兵略训》："是故善用兵者，势若决积水于千刃之隄，若转员（圆）石于万丈之谿。"积水指聚积之水。　堤防：堤也。宋苏辙《论黄河东流札子》："惟是时民力凋弊，堤防未完，北流汗漫，失于彼障"。"岁行及此去愈疾"亦蕴含人到中年如同深秋很快就过去了，又如同积水决口堤俱难防。

以上八句主要感伤时光流逝、岁月蹉跎。后八句转入自叹。

嗟予齿髪非故物，念此内热如涫汤——嗟（jiē）予：可叹我；惊叹我。　齿髪：牙齿和头发。指年龄。宋曾巩《代曾侍中乞退札子》："今齿髪已暮，理当乞身。"　故物：旧物。本指前人遗物。诗中犹言齿落髪脱，已非故物。亦即年龄大了。　内热：诗中犹言体内阴阳不协，虚火上亢。宋苏东坡《小圃五咏·地黄》："愿饷内热子，一洗胸中尘。"　涫（guàn）汤：沸滚的水。这两句是说可叹我齿脱髪稀已非故我，思考这些事使我内心焦虑如同沸滚的水，不能自已。

愿见唐朝吕墨客，膝行问道求神方——吕墨客：吕姓文人。墨客是对文人的通称。汉扬雄《长杨赋序》有"聊因笔墨之成文章，故籍翰林以为主人，子墨为客卿以风。"赋中称客为"墨客"，后遂为文人之别称。因为是"吕墨客"，又

"膝行问道求神方",故以之为八仙之一的吕洞宾,似觉牵强。况吕洞宾系神仙中人、传说人物,其事绵延五百馀载。无须以吕墨客为吕洞宾为好。 膝行(xíng):跪着行走,以示敬畏。即膝行而进。 道:道教或道家学说。 神方:神奇的方术。《晋书·艺术传》有"授其神方"、"受教神方"之说。求养生之道,长生不老之方。

斋心千日百事毕,消我领雪还韶光——斋心:祛除杂念,使心神凝寂。宋王禹偁《李太白真赞并序》:"有时沐肌濯髪,斋心整衣,屏妻孥,清枕簟,馨炉以祝。" 千日:千日酒之省称。古代传说中山人狄希能造千日酒,饮后即醉千日。晋张华《博物志》卷五载:昔刘玄石于中山酒家沽酒,酒家与千日酒。玄石归家醉,家人以为死去,权葬之。酒家计千日已满,往视之,云玄石葬三年。于是开棺,醉始醒。俗传"玄石饮酒一醉千日"。故宋王中《干戈》诗有"安得中山千日酒,酣然直到太平时"之说。晋干宝《搜神记》卷十九有类似记载。后用为痛饮、畅饮之典。 百事:犹事事;各种事务。 消:消除,除去。 领雪:犹头上白髪。 韶光:春光。美好的时光。比喻青少年时期。

岂饶蒿目忧世事,黄金绾腰埋土囊——岂饶:难道只管,总是。 蒿目:蒿目时艰。极目远望艰难的时局。《庄子·骈拇》:"今世之仁人,蒿目而忧世之患。"宋王安石《忆金陵》诗其二:"蒿目黄尘忧世事,追思陈迹故难忘。"蒿目,极目远望,表示关切。 世事:人情世故,尘俗事务。宋陆放翁《书愤》诗:"早岁那知世事艰,中原北望气如山。" 黄金:喻宝贵。既指功名事业,又喻尊贵的身体。 绾(wǎn):系结、缠绕。 土囊:洞穴。诗中指坟墓、墓穴。苏东坡《飓风赋》有"忽野马之决骤,矫退飞之六鹢,袭土囊而暴怒,掠众窾之叱服。"《益都耆旧传》载:王忳在旅舍见一书生病甚,生愿以黄金十斤赠忳,求忳为之安葬。王忳以黄金一斤购置棺木,其馀黄金皆置生尸体腰下而葬之。

这首诗忧时伤己。

前八句写简陋的茅舍,天寒霜打,茅屋愔愔,儿女啼哭,冻得向大人索要衣服。开篇给人以茅屋秋风,号寒索衣的场面。"儿啼索衣天陨霜"因果倒置,强调了"天陨霜",使索衣的啼儿何以堪!"密林渐放山色人,枫枯振槁声琅琅",诗人以拟人的手法写"密林",描"枫叶",山岭秀色、青脆声音,描画如绘,有声有色。"清浆白羽弃已久,黄菊紫萸看欲香",写出诗人清浆、黄菊、紫萸早已不饮;白羽扇久已弃置不用,说明已深秋初冬时节,同首二句照应。既感叹人生短暂,又引发思念家乡、思念亲人的情愁。言外之意,耐人回味。"清"、"白"、"黄"、"紫",色彩变化,艳丽无比,用词遣字,大家风蕴。"岁行及此去愈疾,若决积水难堤防",诗人近于呼喊了。岁月蹉跎,时光飞逝,盼归的心情如同积水决堤一样,不可遏止。

后八句笔锋转入自叹。诗人以"嗟予"发端,惊叹自己齿脱发稀,已非昔比,一想到此便内心焦灼忧愤,如同沸滚的开水。于是诗人乞求吕墨客,甘愿跪着膝行而进,向道士企求养生之术、长生之方,希望通过斋戒、求神,消除头上白髪、返老还童,回复青春美好的时光。结句终于想开了,岂能总是"蒿目忧世事",愿以"黄金绾腰埋土囊"。

全诗由前几句的悲惨场面,引出岁月蹉跎、光阴流逝、时不我待的惊诧无奈。后八句由惊恐惧怕而焦虑难安、心如滔汤,决计追还青春年华,为改善世事民生有所作为。

在艺术手法上,全诗十六句语言朴素、感情真挚,层次清晰,前后照应。

偶 成

古诗以《偶成》为题目的诗很多。偶成,偶然成咏。真的如是吗?

就拿宋代诗僧饶节的《偶成》七绝、诗人邓肃的《偶成》二首七律来说。饶节本读书士子,曾投在曾布门下,欲有一番作为,后因与曾议论不合,出家为僧,居邓州香岩山,名其居室曰倚松庵,自号倚松道人。邓肃(1091－1132)警敏多才,为人刚直。因为宋徽宗宣和年间(1119－1125)贡花石纲,曾赋诗指斥守令"搜求扰民",而被黜家居。周邦彦的《偶成》似写于外放期间,的确善于捕捉偶然产生的瞬间景物或感觉,情从景出,生动感人。对于饶节、邓肃的诗,容后在〔新评〕中一并评析。

窗风猎猎举绡衣,睡美唯应枕簟知。
忽有黄鹂深树语,宛如春尽绿阴时。

诗写夏日晨起所感。

窗风猎猎举绡衣,睡美唯应枕簟知——猎猎:象声词。形容物体随风飘拂貌。宋司马光《夏夜》诗:"小冠簪短髪,衣裙轻猎猎。"宋道潜《临平道中》诗:"风蒲猎猎弄轻柔,欲立蜻蜓不自由。" 举:吹动;吹拂;飘动。 绡(xiāo)衣:轻纱;薄生丝织品。《礼记·玉藻》:"君子狐青裘豹褎,玄绡衣以裼之。"　簟(diàn)：供坐卧铺垫用的苇席或竹席。枕簟，犹枕席。泛指卧具。宋黄庭坚《次韵曾子开舍人游籍田载荷花归》："扫堂延枕簟，公子气翩翩。"

忽有黄鹂深树语，宛如春尽绿阴时——语：(yǔ)：比喻虫豸禽兽的啼鸣吼叫。诗中喻黄鹂的美妙啼叫声。宛如：好像；仿佛。 绿阴：又作"绿荫"。绿色的树阴。这两句犹言夏日晨起忽然听到树林深处黄鹂宛转美妙的鸣叫声，仿佛春末绿阴丛中一样。使人不禁想到"何物最关情，黄鹂三两声。"（宋王安石〔菩萨蛮〕黄鹂即黄莺。）"独怜幽草涧边生，上有黄鹂深树鸣。"（韦应物《滁州西涧》）无不给读者以美的享受、情的熏陶。

【新评】

在"题解"中说到许多诗题作《偶成》，即偶然成咏。认为诗人本无意为诗，而由于客观景物闯入眼帘，挑动诗情，遂脱口成篇。问题真的这么简单吗？

诗文是诗人、作家心灵深处的反映。写诗为文，真的是"无病呻吟"吗？答案自然是否定的。

诗僧饶节因为与曾布议论相悖而出家为僧。其《偶成》诗曰："松下柴门闭绿苔，只有蝴蝶双飞来。蜜蜂两股大如茧，应是前山花已开。"作为被陆游评为"近时僧中之冠"，吕本中说其诗"萧散"、"高妙"的饶节，真的是世外桃源，"别有天地非人间"了？

诗人邓肃被斥家居，其《偶成》二首："苍苔白石两清幽，缥缈虹桥跨碧流。日过窗间腾野马，雨馀墙角篆蜗牛。饥寒不作妻孥念，笑语那知天地秋？一炷水沈参鼻观，扫空六凿自天游。　梦破南窗媚水沈，卧看素壁挂瑶琴。丝丝细雨晚烟合，阁阁鸣蛙蔓草深。但得瓮边眠吏部，不妨胯下辱淮阴。何时楼上登晴景，一醉聊舒万里心。"邓肃不以贫困饥寒而易操守的高尚情操；在闲居中设想以酒浇愁，不惜屈身励志以求大用的意愿。不仅造意深永，寓理于情，骨气劲猷，而且闲中见志，忧时之忧，溢于言表。或不便明说，或不敢直说，自有其难言之隐。

周美成的《偶成》善于捕捉偶然产生的瞬间感觉，情从景出，自然恬淡，极为准确。

三者均无失意之感，且自求解脱，耐人深思。

全诗仅四句，一二句写风吹衣襟，唤醒诗人，因一夜难眠，神思恍惚，"睡美唯应枕簟知"透漏出个中真谛。三四句写黄鹂的啼鸣，忽然闻听，竟然错将夏时作春时，更说明诗人的神思恍惚、一夜无眠！

春　雨

题解

题作《春雨》，春风化雨、春风细雨。但并未吟咏春雨，也未摹写雨景，而是描写春雨带给人们的"喜"信、"喜"意。词人手法高妙，诗中不着一"喜"字，喜悦之情完全蕴蓄在意象之中。

耕人扶耒语林丘，花外时时落一鸥。
欲验春来多少雨，野塘漫水可回舟。

新解

耕人扶耒语林丘——写诗人从楼上或高阜处所看到的情景：一群耕田的人，正在小树林的小土丘旁，扶着耒谈论着什么。耒：古时一种用脚踏的木制翻土工具。亦说犁的别称。因为春雨及时，有利于耕作，有利于下种，有利于庄稼生长，耕田人自然高兴地谈论着丰收在望，谈论着"春雨贵如油"、"春雨知时节"。语（yǔ）：是谈话，是谈论；语（yù）：是告诉，是倾诉。使读者想到了也看到了耕田人们无比的喜悦心情。林丘：又作"林坵"、"林邱"。树木与土丘，泛指山林。

花外时时落一鸥——诗人的目光移向别处，入目而来的首先是花儿，春雨滋润，春光明媚，春色满园；那些花儿，争艳怒放，万紫千红，春色三分，春风十里，春花无数，春满人间，铺满山川大地，汇成一片花的世界、花的海洋，望不见花的尽头，看到的惟只"花外时时落一鸥"，可以想象那花外必然有一条清凌凌的小河，春雨过后，河水奔流，碧波荡漾，鱼翔水底，虾戏水中。喜得鸥鸟时而扑入河中，捕鱼虾，去戏水；时而展翅空中，鸣叫、翱翔……一个"落"字画龙点睛，那鸥鸟拍打着翅膀，上下翻飞，无论展翅腾空的神态，拟或俯冲戏水的英姿，点缀着、变换着春雨后绚丽的自然景色，多么美丽的一幅雨后春景图！

欲验春来多少雨，野塘漫水可回舟——一二句侧面落笔，描写的是耕者、鸥鸟因春雨而带来的喜悦、喜色。这两句便直点题目，正面描写春雨。面对眼前喜人的景象，诗人不由自主地竟然想到："欲验春来多少雨"？于是，他要察看一番，思想着、察看着、搜寻着……终于找到了一泓野塘，那野塘水不仅溢了出来，而且塘水上尚可以浮动一条小船。漫：本水大无际的样子。"邈乎浩浩，漫乎洋洋"（《艺文类聚》卷九引三国吴杨泉《五湖赋》），浩渺无边。诗中则言其雨后水满流溢，溢出塘岸，所以才能载动小舟、塘上行船。回舟：回转小船。

【新评】

写雨后田园风光：春回大地，万物萌生；春雨滋润，庄稼旺盛。几场春雨，自然给耕田种地的农民带来喜讯。然而，这首诗并未按常规、常情去写。诗的开首突如其来，"耕人扶耒语林丘"，直接从谈论喜雨着笔。题作《喜雨》，却从侧面烘托而出。既不写春雨，也不绘春景，而是写春雨给人带来的喜悦之情。

第一二句完全从侧面写起，含蓄地描写了田夫、鸥鸟两个意象。"耕人"之"语"，驱鸟之"落"，恰恰是"春雨"带来的喜悦。字面上并未出现"春雨"字样，而"春雨"带来的喜悦却通过人与鸟两个意象跃然纸上。

第三四句才点题，并从正面描写。但也没有落入俗套，"欲验春来多少雨"？诗人要亲自检验一番。谁都明白想检验春天来了究竟下了多少雨，并没有一个检验的标准和固定尺度。于是诗人思考着、捉摸着，"山重水复疑无路，柳暗花明又一村"，终于发现了一处野塘。那就是第二句"花外时时落一鸥"给诗人以启示，鸥鸟时时落，必然是有溪塘流水在，尽管在"外"，目力所及未看到，然而搜寻着、搜寻着，花外野塘出现在眼前。野塘已经水"漫"出来了，而且能够转动一条小船。一首小诗，经诗人巧妙构思，到第三句方才点题，而第四句看似写野塘漫溢可以转动小舟，其实也是写诗人自己因"喜雨"，那心中之喜也似野塘水一般"漫"了，诗人的喜悦之情如野塘回水，宛转传出，终未着一"喜"字，却喜不自胜、喜出望外……言外之意、题内之旨，留给读之者去想象、去体味、去领略。

漫　成

《漫成》者，随意写成，信手写就。唐代大诗人杜甫即有《漫成二首》、《漫成一绝》；李商隐有《漫成三首》、《漫成五章》。与《漫兴》所谓"率意为诗，并不刻意求工"的颇近今天的"随感"不同。翻遍中华书局四册《宋诗钞》还真的没有以《漫成》为题的诗作。只有唐庚的《眉山诗钞》中有一首五律，则题作《谩成》。

诗写黄河旅思。

河声连底卷黄沙，回首方惊去国赊。
唯有客情无尽处，暗随春水涨桃花。

这是一首抒写旅思的诗。

河声连底卷黄沙,回首方惊去国赊——河:黄河。 河声:黄河流水汹涌澎湃。河水从河底卷起黄沙咆哮着前进,诗人是乘舟而行,顺流直下,回首看去,这才惊讶离开故乡已经很远很远了。 去:离开;离去。 赊(shē):本作"赊"。原意为赊欠。诗中犹长久而遥远。时间、空间距离很大。写诗人乘船离开朝廷,船行神速,流水汹涌,卷起黄沙,强调河声连底卷起黄泥。自然预示着诗人去国离乡的心情。

唯有客情无尽处,暗随春水涨桃花——写诗人只有独在异乡作客的愁情无穷无尽,暗随春日的桃花流水而去。 客情:在异乡作客的愁情。亦即客旅之情怀。唐姚揆《颍州客舍》诗:"乡梦有时生枕上,客情终日在眉头。" 桃花:亦作"桃华"。诗中系"桃花水"、"桃花汛"的省称,又称桃汛、春汛。农历二三月桃花怒放,冰雪融化,河水猛涨,桃花流水,春意盎然、春色满园、春光明媚。

全诗即景抒情,融情于景。用词准确,笔法工致。抒写旅思情怀,引人入胜。

河声,黄沙,春水、桃花、去国,客情。有声有色,有情有义。春水涨桃花,春意阑珊,春暖花香,春花无数,"春来遍是桃花水"(唐王维《桃源行》),"春水桃花待北归"(唐刘长卿《时平后春水思归》)。桃李争妍,桃红柳绿,桃花人面,"桃李春风又一年","桃花尽日随流水"(唐张旭《桃花溪》),"桃花流水在人世"(宋苏轼《书王定国所藏烟江叠嶂图》)。一首短诗,前两句表现水流惊险漫长,猛回首,始知已远离故国。后两句写将无尽客情融入春水,岸边桃花倍增去国思乡之思。以景抒怀,随意写成,无意之中,感人至深。

◎ 词

瑞龙吟

题解

〔瑞龙吟〕，词牌。此调为周邦彦所创始，《词谱》以周词为正格。133字，分三叠。首叠、次叠各27字，6句3仄韵。第三叠79字，17句9仄韵。属仄韵格。词的内容与词牌无关。

《春词》系词题。春词，写春景。以景起，以景结，思念意中人。怀人、叙事、抒情、写景融为一体，状物言情皆能曲折如意，深婉柔曼中自有无限含蓄蕴藉之趣。

　　　章台路。还见褪粉梅梢，试花桃树。愔愔坊陌人家，定巢燕子，归来旧处。　　黯凝伫。因念箇人痴小，乍窥门户。侵晨浅约宫黄，障风映袖，盈盈笑语。　　前度刘郎重到，访邻寻里，同时歌舞。唯有旧家秋娘，声价如故。吟笺赋笔，犹记燕台句。知谁伴、名园露饮，东城闲步？事与孤鸿去。探春尽是，伤离意绪。官柳低金缕。归骑晚，纤纤池塘飞雨。断肠院落，一帘风絮。

新解

章台路——汉代长安章台下街名。《汉书·张敞传》"走马章台街"颜师古注："孟康曰：'在长安中。'臣瓒曰：'在章台下街也。'"唐诗宋诗元明戏曲中泛指歌妓聚居之地。"章台"本秦宫中台名，秦昭王朝会之所，代指朝廷。后带有"狎邪"的意思。点明时间、地点、隐含人物身份。

还见褪粉梅梢，试花桃树——梅花凋谢，桃花初开，用"褪粉"、"试花"前置倒装，造语生动别致、天然巧妙，象征着冬去春来。

愔愔坊陌人家，定巢燕子，归来旧处——"坊陌人家"前置以"愔愔"，给人以凄凉冷静之感；故地重游，如燕子归来，燕有"定巢"可栖，人却漂泊不定。这一叠开首"章台"妙语双关，"还见"引领首叠，写实景，以燕子归旧巢，隐喻诗人旧地重来，看似写景，其实写情，拟人同人物的感情融合无痕，"景中含情，情更浓冽"。愔愔(yīn)：安宁、静谧。

黯凝伫。因念箇人痴小，乍窥门户——二叠从"黯凝伫"即所思念怀想之人写起，黯然凝思，伫立伤神，蕴含思念之刻骨铭心。"因念"，领起二叠，系虚拟，以女子

014

的倚门,画出卖笑门户人家,表面写人的笑貌情态,实则回忆昔时的追欢游乐。前两叠句法、字数对应,完全相同。"箇人痴小,乍窥门户",人物形象生动,憨态喜人。宋人称伎院曰"门户人家",词中则写倚门卖笑、招徕游客。

侵晨浅约宫黄,障风映袖,盈盈笑语——描写意念之中的人物形象。清晨起来,只用宫黄在额上涂饰一番,就倚门待客。宋·刘克庄〔贺新郎〕《再用约字》:"浅把宫黄约。"唐宋之际以黄色涂额以为妆饰,称"宫额",是一种时尚。况且妙龄女子自有颜色,也无需浓妆艳抹。"障风映袖,盈盈笑语",写春寒料峭,女子以袖遮面,笑语莺声,从窥户、映袖到笑语,动中有静,静中写动,那天真可爱、娇憨可掬的举动神态,简直跃然纸上、呼之欲出了。

前度刘郎重到,访邻寻里,同时歌舞——本词前两叠,谓之"双曳头",与一般词的上阕相同。第三叠犹词的下阕,是换头。看似用唐·崔护"人面桃花"(唐·孟棨《本事诗·情感》)典故;又似用东汉时刘晨、阮肇入天台山采药遇二仙女(《太平御览》卷四十一引南朝宋·刘义庆《幽明录》)故事。结合周邦彦的身世和遭遇分析,词中以刘禹锡自比更切合实际。刘禹锡在唐顺宗时参与"贞元革新",后遭贬谪,重返京师时,写了《再游玄都观绝句》,诗曰:"百亩庭中半是苔,桃花净尽菜花开。种桃道士归何处,前度刘郎今又来。"从字面看,以刘禹锡自喻,恰与一叠的"桃树"、"人家"前后关合;从实际看,周邦彦当时倾向新政,为宋神宗所赏识,神宗死后,高太后听政,司马光、吕公著旧党保守派受到重用,周邦彦也被外放为庐州教授,羁旅宦游荆江,直到宋哲宗时罢斥旧党,才返过都城,然执政的新党也今非昔比,他的抱负仍不得施展。即使"访邻寻里,同时歌舞"也无济于事。妙在不说破,而馀味无穷。

唯有旧家秋娘,声价如故——词人经过"访邻寻里",知道当年能歌善舞的"旧家秋娘"已人去楼空,仅留下声价不减当年。词中以秋娘(唐·杜牧有《赠杜秋娘诗》)借指昔日意中的痴小箇人。

吟笺赋笔,犹记燕台句——从"吟笺赋笔"以下几句,追怀往事。这句写词人的回忆。连同以下三句,是词人昔日同"秋娘"在一起时,最令人难以忘怀,也是印象最为深刻、情感最为真挚的细节描写和情节回忆。词中暗用了唐·李义山《燕台》一诗典实。李义山《柳枝五首》序谓:时有洛中里娘名柳枝者,喜诗歌,解音律,"作天海风涛之曲,幽忆怨断之音",闻咏《燕台》诗,"柳枝惊问,谁人为是?"知系李商隐。明日遇于巷,"柳枝丫环毕妆,抱立扇下,风障一袖",与语,约期相会……是一桩才子词客与风尘佳丽知音相遇的佳话。

知谁伴、名园露饮,东城闲步?事与孤鸿去——写当年名园露顶畅饮、东城闲步畅游,已成往事,只能深深铭记心中。"知谁伴"出一问句,更见无可奈何之情。"露饮",表示饮酒脱帽,不拘形迹,自由畅快。"事与孤鸿去",亦用唐·杜牧"恨如春草多,事同孤鸿去"(《题安州浮云寺楼寄湖州张郎中》)诗句,寄托深蕴。"知"犹"不知"，"谁伴"即"伴谁"，词人感伤已极，却无可奈何。"事"字，含蓄深沉，是上文回忆的总收束，又隐含着没有写出的无限温馨、令人留恋的往日情事。这时，词人才从回忆中清醒过来，只留下自己"孤鸿"一人，行文自然，不露痕迹。正所谓"只一句化去町畦"（周济《宋四家词选》评），成为全词的症结和最强音。

探春尽是，伤离意绪——是全词之主旨所在。在一叠、二叠及三叠（即下阕）前半部分，充分写景、抒情、记人、叙事的情况下，推出"探春尽是，伤离意绪"二句，由于总括及时，摆位恰当，前提充分，因而显得沉稳深厚、意旨明确。充分揭示出伤春、伤别的主题。

官柳低金缕——从这句开始，后五句又写今日情景。前人认为"官柳低金缕"好在"就景上脱开一句"。初读，似觉突兀；仔细推敲，恍然醒悟。词人一叠重点写今日，二叠着力写往昔，三叠则今昔同写。本句之前，词人章台路上，凝神注视，沉浸在往昔的回忆之中，此时此刻、此地此境，才从回忆中清醒过来，由往昔回到了今日，也才看到了路边的"官柳"如同金缕一般，并引出结尾四句景色。

归骑晚，纤纤池塘飞雨——写词人从凝视沉浸中清醒后，看到天色已晚，该归去了。"归骑晚"，一个"晚"字，极其含蓄深沉，既表现出凝伫时间之久，又透露出黯然神伤之深。而且是在"纤纤池塘飞雨"的情况下，骑马归去。

断肠院落，一帘风絮——结句不是写词人"归骑晚"回到自家的院落，而是指临归前最后望一眼丝丝细雨飞落于章台路旁池塘边"愔愔坊陌人家"的院落。"院落"人去屋空，已使人伤神断肠，那随着风雨不断扑向冷清凄凉而又晃动着的帘子的柳絮，更使人愁肠欲断、愁绪如麻；以景结情，含有馀不尽之意。

〔瑞龙吟〕是周邦彦外任知溧水县十年，于宋哲宗绍圣四年（1097）春回到京师时不久所写的。是词人《清真词》（又名《片玉集》）集中最负盛名的"压卷"之作。无论在内容还是风格上，都很成功地反映了清真词的艺术特色。可视为美成词的代表作。

在思想内容方面，词人并非明•李攀龙所说的那样"此词负才抱志，不得于君，流落无聊，故托以自况"（《草堂诗馀隽》引），而具有深远的寄托。周邦彦倾向政治革新，如本词写作的时代背景，无论十年后旧地重游，还是寻访"坊陌人家"，均在背后蕴蓄着政治沧桑之感，系附着"章台感旧"的情结（不是后世文学中演变出来的"狎邪"之义）。笔者很同意罗忼烈先生的见解："因他抒情、写景和用事与'章台感旧'极其贴合，悲喜无端，音律美妙，令读者荡气回肠，所以弦外之音反被忽略了。当然，在整首词里不是一字一句都有寄托，但作者似乎在有意无意之间，或用双关语，或借应节令的事物隐约地影射；尤其值得注意的，是词中用了三位'风流人物'——刘禹锡、李商隐、杜牧的故事,背后都有一段政治上的辛酸史。"

在艺术特色方面,这首词的抒情特色完全可以概括并代表清真一般词的抒情特色。无论是抒情的深挚真切、沉郁空灵;还是描摹情态、刻画形貌。无论是叙事的清晰脉络、错落层次;还是章法的回环往复、层层递进。尤其是那大开大阖、顿挫有致的笔力;铺得开,收得拢,铺开时具体细腻,收拢处凝炼厚重。在写景上,起以景,结以景,以静景起,以动景结,情中有景,景中含情;动静交递,虚实穿插。"探春尽是,伤离意绪"主旨明确,直贯全词,词人填词沉郁顿挫、章法严谨,深得词家三昧。

还值得一提的是,〔瑞龙吟〕是周邦彦独创的词调,谓之三叠。古词中三叠的词很少见。三叠中,头叠、二叠字句完全相同,谓之"双曳(一作拽)头",因为它们好像第三叠(下阕或下片)的双头,故称。

对于周邦彦这首词历代好评如潮,如:清·纪昀有"语艳意深"之誉;清·何焯有"寄托遥远"之赞。清·周济评论"不过桃花人面,旧曲翻新耳!"(新在)"由无情入,结归无情,层层脱换,笔笔往复"(《宋四家词选》评)。

其他如宋·沈义夫《乐府指迷》,明·杨慎《词品》以及近人陈洵《海绡翁说词稿》、吴梅《词学通论》、夏敬观《评〈清真集〉》、陈匪石《宋词举》、俞平伯《清真词释》等,都有关于周邦彦的评论。作为首创词调,压卷之作,的确词境深融,自开境界,笔笔回顾,悠扬空灵,即景见情,言情入微,吞吐回环,情味隽永。

琐窗寒

〔琐窗寒〕,通过仔细对照词谱、例词及其平仄格律、上下片字数、句数、韵脚可知,即〔锁窗寒〕。《词谱》卷二十七:"一名〔锁窗寒〕。调见《片玉集》,盖寒食词也。因词有'静锁一庭愁雨'及'故人剪烛西窗语'句,取以为名。"《填词名解》卷三:"〔锁窗寒〕,越调曲。"《词谱》又云:"此调以此词(周词)及张词(指张炎〔锁窗寒〕"乱雨敲春,深烟带晚")为正体,若张词别首及杨(无咎)词之添字,程(先)词之减字,皆变体也。此词前结五字一句,四字两句,方千里、杨泽民、陈允平和词,及吴文英、王沂孙、钱抱素词皆依此填。"

本词双调99字。上片49字10句4仄韵;下片50字10句6仄韵。越调。

《清真集》〔琐窗寒〕下标〔越调〕。题作《寒食》。《百家词》本无题。《草堂诗馀》、《花草粹编》亦题作《寒食》。

暗柳啼鸦,单衣伫立,小帘朱户。桐花半亩,静锁一庭愁雨。

洒空阶、夜阑未休,故人剪烛西窗雨。似楚江暝宿,风灯零乱,少年羁旅。　　迟暮,嬉游处,正店舍无烟,禁城百五。旗亭唤酒,付与高阳俦侣。想东园、桃李自春,小唇秀靥今在否?到归时、定有残英,待客携尊俎。

【新解】

全词抒写客中寒食节对雨思乡之愁怀。周邦彦年轻时入太学,献赋。40岁以后任国子主簿,受哲宗召见及去世前几年,一生多在京城。只有知隆德府(今山西省长治县)、知明州(今浙江省宁波)一度外放离开汴京。

词的上阕写暮春欲雨之际,由昼入夜,从夜雨说到话雨,又想到昔年暝宿楚江的羁旅况味,引人深思。

暗柳啼鸦,单衣伫立,小帘朱户——首句渲染环境氛围,次句点明时间,第三句写出地点。暗柳、啼鸦,此时此际,词人孤身一人,伫立朱户小帘之后,凝神沉思,自然思绪万千,"暗"字透露风雨欲来。写眼前之景,是词人当时所处环境。这三句及下两句写面对春雨,词人羁旅愁怀无从排遣,也无法忍耐。

桐花半亩,静锁一庭愁雨——抒发羁旅愁情,仍然是词人帘后所见情景。将"愁"的无形思绪化为有形的物象,景中寓情。词人愁思烦乱之情已经呼之欲出,同宋·李清照〔声声慢〕"梧桐更兼细雨,到黄昏,点点滴滴"同一境界、同一意绪。这种表现愁绪的典型环境,是古典诗词常用的手法。周词著一"锁"字,使无形的愁思愁绪形象化,凸显了词人的愁闷心境。

洒空阶、夜阑未休,故人剪烛西窗雨——描写雨洒空阶,夜已深仍未停止,点点滴滴敲打人心,使词人更加烦乱愁闷。因为夜难入寐,思绪不宁,怎能不想到与故人相会?化用李义山"君问归期未有期,巴山夜雨涨秋池。何当共剪西窗烛,却话巴山夜雨时"(《夜雨寄北》)诗意,使愁绪更加明晰具体。听雨孤寂,夜雨销魂,客馆愁思,一起袭来。那愁绪如雨,飘飘洒洒,淅淅沥沥,加之思念故人,眷恋情人,相思之情,使词人更其痛苦烦恼!

似楚江暝宿,风灯零乱,少年羁旅——写到这里笔锋陡转,宕开一笔,由眼前景色转而想象从前。感叹"风灯零乱"、"少年羁旅",行旅之艰难,不胜今昔之慨。这正是词人满腔愁怨的根源之所在。楚江:词中指长江。同"天门中断楚江开"、"楚江巫峡半云雨"等李杜诗中之楚江。风灯:风烛。状人生之短暂、风烛残年。即杜诗"风起春灯乱,江鸣夜雨悬"(《舡下夔州郭宿雨湿不得上岸别王十二判官》)、苏词"过眼百世如风灯"所描摹之情景。"'似'字用笔领出下文,是柳(永)、周(邦彦)二公家法,别家能之者少"(乔大壮批《片玉集》)。"楚江暝宿之地,风灯零乱之时,少年羁旅之事"一齐涌上心头,词人将何以堪!意欲诉说,又无处诉说,因而设想与老友相逢,将自己的愁情尽情倾诉一番,从而把词导入下阕。

下阕由上阕的写户外到室内,抒发寒食节思乡之情。人到老年,寒食禁烟而饮酒,回首往事,感慨万千。

迟暮,嬉游处,正店舍无烟,禁城百五——写词人的羁旅之愁、思家之切。因寒食节而回忆当年。由上阕末"少年羁旅"、昔年之虚写,转述自伤"迟暮"之际,展开今日之实说,由远及近、由昔及今,转入本题。由于寒食禁火,故而"店舍无烟"。禁城:指京城。"禁城百五"即是寒食节。古有"去冬节一百五日,即有疾风甚雨,谓之寒食,禁火三日"(宗懔《荆楚岁时记》)之习俗。《东京梦华录》记述清明节"此三日皆出城上坟,但一百五日最盛"。"四野为市,往往就芳树之下,或园囿之间,罗列杯盘,互为劝酬。都城之歌儿舞女,遍满园亭,抵暮而归"。南北方习俗稍有差异。唐·元稹《连昌宫词》:"初过寒食一百六,店舍无烟宫树绿。"词人借寒食,自伤白头垂老,自伤漂泊无定,自伤功名不就,寄寓着无限的自伤迟暮之愁绪。

旗亭唤酒,付与高阳俦侣——寒食节禁烟不禁酒。旗亭:卖酒之处。亦指酒楼。汉·张衡《西京城》"旗亭五重"薛综注:"旗亭,市楼也。"俦侣:犹伴侣,酒徒,酒友。高阳:地名。在今河南杞县西南。《史记·郦生陆贾列传》:"汉郦食其(yìjī)以儒冠见沛公刘邦,刘邦以其为儒生,不见。食其按剑大呼:'吾高阳酒徒也。'"郦生自称"高阳酒徒"。李白诗云:"君不见高阳酒徒起草中,长揖山东隆准公。"全句的意思是:寒食旗亭饮酒取乐,还是让高阳酒徒去吧,自己毫无兴趣。词人用侧笔写自己为愁思缠绕,不想去饮酒玩乐,而一心惦记着自己的故园家乡。

想东园、桃李自春,小唇秀靥今在否——词人将自己的羁旅愁思,化为忆想当年。当年之"东园"想必如今又是一番桃李争艳、春色满园的诱人景象,自然而然又想起那"人面桃花相映红"的意中人,她今日还在否?描摹人物深刻具体,抒发思念之情刻骨铭心。小唇秀靥:唐·李贺《兰香神女庙》诗"浓眉笼小唇",《恼公》诗"晓奁妆秀靥"。靥(yè):女子面颊上的微窝,俗称酒窝。宋·张先〔长相思〕《潮沟在金陵上元之西》词:"柳样纤柔花样轻,笑前双靥生。"词中指美貌女子。结尾一个"否"字,使词人的挂记怀念之情更其真切。

到归时、定有残英,待客携尊俎——词人已经望眼欲穿、归心似箭。还没有到归时,就早已设想好了归家后之情景。那时春色尚在、残英未尽,自己要携带樽俎好好款待自己一番。一个"客"字,分明是词人自指,似从"笑问客从何处来"悟出,饶有意味。说明词人时时处处都不曾忘却自己在异乡做客的羁旅游宦身份。词人暮年羁旅漂泊,怀念故乡,怀念家人,还不忘少年时代的恋人,心情十分凄惶。但非常可叹的是词人后来直到去世也没有重返家园。那设想重温自己逝去的青春年华,以慰藉思亲怀人的愁苦之情根本没有实现。尊:同"樽",酒器。俎:盛肉之具。

这首词千折万转,非常巧妙地将眼前、回忆、预想结合起来,无论是对羁旅宦游的厌倦，对年华流逝的痛惜，对故园家乡的思念，还是对年轻时故友的怀念，以及对情人俦侣的眷恋，感情极为真挚微妙。词的结构移步换景，一步一景、一景一境，将眼前之景、回忆之景、设想之景，相互穿插，情景协谐，自然天成，妙合无垠。词思含蓄细腻、意淡气厚，故周济有"奇横"之说，陈洵有"紧凑"之论，黄蓼园有"前阕写宦况凄清。次阕起处，点清寒食。以下引到思家情怀，风情旖旎可想"之评。

【新评】

周邦彦工羁旅行役之词，善于抒写羁旅漂泊情怀。这首"迟暮"之际所填词作，写官场蹭蹬、宦况寂寥，充满羁旅愁情。全词写宦游旅思、楚江夜泊，苍凉寄慨；写佳节忆旧、盼望归期，大开大阖。

写愁，古人诗词中不乏佳制。李煜有"问君能有几多愁，恰似一江春水向东流"。秦观有"春去也，飞红万点愁如海"。贺铸有"试问闲愁都几许？一川烟草，满城风絮，梅子黄时雨"。还有"愁云惨雾"、"愁颜不展"、"愁绪如麻"、"愁肠寸断"，以及"愁人知夜长"，"愁肠难写出"，"愁君独向江头宿"，"愁云遮却望乡处"……或巧作比拟，或把无形的思绪化为有形的物象。而周邦彦词中"静锁一庭愁雨"，一个"愁"字，更曲折、更宛转、更含蓄、更深沉。这个"愁"字，如同飘飘洒洒的雨丝，千丝万缕、绵绵无尽、千态万状，连连不断，而且又被"桐花半亩"如同锁链一样，静静锁在孤寂的庭院之中，更是静之又静，愁上加愁。

这首词的一个最大特点是层次分明，前人已有评析。如陈洵《海绡翁说词稿》评曰："由户而庭，由昏而夜，一步一境，总趋归'故人剪烛'一句。'楚江暝宿，少年羁旅'，又换一境，一'似'字极幻。'迟暮'钩转，浑化无迹。以下设景设情，层层脱换，皆收入'西窗语'三字中。美成(周邦彦字)藏此金针，不轻与人。"陈氏《抄本海绡说词》评析更详细："此篇机杼，当认定'故人剪烛西窗语'一句。自起句至'愁雨'，是从'夜阑'追溯。由户而庭，乃有此'西窗'；由昏而夜，乃为此'剪烛'，用层层赶下。'嬉游'五句，又从'暗柳'、'单衣'前追溯。旗亭无分，乃来此户庭；俦侣俱谢，乃见此故人。用层层缴足，作意已极圆满。'东园'以下，复从后一步绕出，笔力直破馀地。'少年'、'迟暮'，大开大阖，是上下片紧凑处。"

有关本词之析评很多，今人黄清士鉴赏新评生动具体，兹节选部分如下："一起五句，从对雨起兴：庭院小帘朱户之地，柳暗桐阴鸦啼之时，单衣伫立独对春雨之事"；"'洒空阶'两句……夜雨洒空阶之时，帘内之地，想与故人剪烛西窗之事"；"歇拍三句……楚江暝宿之地，风灯零乱之时，少年羁旅之事"；"过片六句……禁城店舍嬉游之地，百五无烟之时，不共高阳俦侣旗亭唤酒之事"；"'想东园'三(两)句……故乡东园之地，桃李花开之时，小唇秀靥何在之事"；"最后三句……东园之地，残英之景(时)，归客携尊俎之事"。六个层次，层层递转，宛若六幅不同的画面展示在读者面前。既有曲折回环、奇横紧凑之感,又有峰回路转、柳暗花明之妙。

在其他艺术技巧方面,前三句渲染烘托气氛。"桐花"两句写雨。"洒空阶"两句承上言夜深话雨。"夜阑未休"系写实景。"似楚江"三句幻中之景,因今忆昔,一笔宕开。后片点出"迟暮",语归本题,章法奇崛,大开大阖。"想东园"以下,直贯结尾,一气呵成。

这首词的难点难在"洒空阶、夜阑未休,故人剪烛西窗雨。似楚江暝宿,风灯零乱,少年羁旅"。陈洵认为"'迟暮'钩转,浑化无迹,以下设景设情,层层脱换,皆收入'西窗雨'三字中"是下阕与故人西窗夜话的内容。实际是错误的理解。唐圭璋先生评曰:"'洒空阶'两句承上,言夜深话雨",也很费解。同谁"话雨"呢?词中无与话雨之人。这里"似"字是关键,是回忆从前做客荆州,夜宿楚江,边看风雨之中江上灯火,边与友人话雨畅叙别情。仁者见仁,智者见智,况且"诗无达诂",还可以做别的理解。

解评古诗词,不能脱离当时的社会环境,动辄批评"内容空泛"、"无可称道之处"等等,不足为训。就拿李攀龙、周济所评来说。周济认为这首词"不过桃花人面,旧曲翻新耳"。李攀龙评"上描旅思最无聊,下描酒兴最无聊"(吴从先《草堂诗馀最》李攀龙批)。虽然是为旧曲翻新,倒也"袭故弥新"。还有以"创意之才少"批评清真,是不知清真其人也不知清真其词之故。

风流子

〔风流子〕,《词谱》卷二:"唐教坊曲名。单调者,唐词一体。双调者,宋词三体。有前后段两起句不用韵者;有前段起句用韵,后段起句不用韵者;有前后段起句俱用韵者。诸体中有句读异同,各依其体类列。"《历代诗馀》亦名〔内家娇〕,与96字体之〔内家娇〕本调无涉。

《词谱》指出:周邦彦"此词前段起句用韵,后段起句不用韵。其前段第七句七字,后段第三句四字,第四句六字,第九句四字,结句六字,俱与诸家小异。汲古阁《片玉集》刻此词,前段第七句误作'绣阁里,凤帏深几许'八字句,今从《花草粹编》校正,又有陈允平和词可据。"吴则虞校点《清真集》亦误作"绣阁里凤帏深几许"。《花庵词选》、《草堂诗馀》、《挥麈录》引等亦俱无"里"字。

新绿小池塘,风帘动,碎影舞斜阳。羡金屋去来,旧时巢燕,土花缭绕,前度莓墙。绣阁凤帏深几许?曾听得理丝簧。欲说又休,虑乖芳信,未歌先咽,愁近清觞。　　遥知新妆了,开朱户,应自待月西厢。最苦梦魂,今宵不到伊行。问甚时说与,佳音密耗,寄将秦镜,偷换韩香。天便教人,霎时厮见何妨。

南宋·王明清《挥麈馀话》笔记卷二载:"周美成为江宁府溧水令,主簿之室有色而慧,美成每款洽于尊席之间。世所传〔风流子〕词,盖所寓意焉。'新绿'、'待月'皆簿所亭轩之名也。"(《历代诗馀·词话》引)对于此说,多有争议。王国维以为"明清记美成事,前后牴牾者甚多,此条疑亦好事者为之也。"此种怀疑不无道理。后来论者,或以一县之令长,对属下妻室如此"寄意",亦太越出情理之中,故事自不可信。罗忼烈先生在其《清真词笺》本词"附记"中不仅指出其牴牾,而且认为"宋人笔记多信手记录,不复考核,此所以往往失实也",为美成辩诬,又有助于理解本词真意,亦无可非议。另一种说法认为:"此乃寻常风情之什,且未必即是'夫子自道'。"(周啸天先生语)查《宋史·文苑传》,说周邦彦"疏隽少检",意思是富有才学而为人处世不拘小节。宋·张端义《贵耳集》说他与名妓李师师有交往,因此而得罪宋徽宗。王国维《清真先生遗事》认为张氏《贵耳集》所说失真,以当时周邦彦年近花甲,官至列卿,应无冶游情事。实际当时系政和元年(1111)前后,宋徽宗赵佶及官吏乃至周邦彦有关艳冶之记载不少,其他词人亦多喜欢狎邪冶游。况且宋人王灼《碧鸡漫志》中也不乏记述,似无需为尊者讳,就连词中亦明言"偷换韩香",也无需为词人剖白辩解。词中抒写相思情怀,有"所寓意"(《挥麈馀话》),也不必有所惊怪,更不必拘泥于诸说。

新绿小池塘,风帘动,碎影舞斜阳——怀人相思之作。先写池上风光,起句静景,体物人微;次叙人立池畔之见闻,是动景,景中寓情;前三句即写景如绘,有"风乍起,吹皱一池春水"(五代·冯延巳〔谒金门〕)之意境。首贯一"新"字,绘出小小池塘美丽的初春静景;"碎影"后着一"舞"字,是风帘动所致的奇妙动景,一静一动,动静相宜,个中暗里有人在,亦暗示出主人公怀人相思的心态。描写环境,引发联想,有一泓碧水的静雅之趣,给人以静中有动的纤美之感。"碎影"活画出斜阳返照中池水"浮光跃金"、"水波闪烁"的奇丽景色。春景、春水,引发人们多少美好的回忆与遐想,既有"闺中少妇不知愁,春日凝妆上翠楼"(唐·王昌龄《闺怨》)的遐想,又有"待月西厢下,迎风户半开。隔墙花影动,疑是玉人来"(元·王实甫《西厢记》)的幽思。然而人未来,只有"碎影舞斜阳"而已。"风帘动",帘影映入水池之中,风摇影动,波光折射,方成碎影。笔触转换,感慨万千,暗启下文之幽恨。

羡金屋去来,旧时巢燕,土花缭绕,前度莓墙——以"羡"领起,贯穿四句。构成八字对偶,形式上属"带逗对",词序上有挪移,"土花"应与主体"巢燕"相对,而移与

"金屋"对,更见工稳贴切。词中主人公因燕子又在旧时筑过巢的地方垒窝,土花(即苔藓)又在前次生过的墙上生出来,有"似曾相识燕归来"的意蕴,而自己却不能重续旧欢、再协前好,人不如物,既愤慨又羡慕,暗切心头之凄凉,不仅形象生动,而且富于戏剧性,寓情于景,备觉伤怀,有助于理解全词的内容和词人的真实心态。"金屋"暗用《汉武故事》中"若得阿娇作妇,当作金屋贮之也"之"金屋藏娇"典故。

绣阁凤帏深几许?曾听得理丝簧——转写对方。因听到声音,而知道在"理丝簧",依然是立在池边之人所耳闻的。词人以问句出之,更觉一往情深、情深似海。"绣阁"即"金屋"。"凤帏"系绣有凤鸟的帷幕。"深几许"化用"庭院深深深几许?杨柳堆烟,帘幕无重数"(宋·欧阳修〔蝶恋花〕)词意。曾(zēng):犹争,怎也。好像是真听到,又似曾听到和想象着听到,为下四句展开想象做铺垫。

欲说又休,虑乖芳信,未歌先咽,愁近清觞——从对方写来,深入描绘所听丝簧声的深情。想象对方用歌声传情,却又怕应诺了约会不能实现,所以未歌就先悲切起来,只有借酒浇愁了。词人一方面是因为精通音律,而更重要的还是两情默契、彼此知音,这才"由己思人转为写人思己",更见思念之深切。

上阕写景,是黄昏之春愁;下阕抒情,是月夜的怀思。

遥知新妆了,开朱户,应自待月西厢——过片承上阕,还是从对方着眼落笔,意蕴相衔接。词人用唐·元稹《会真记》莺莺赠张生诗"待月西厢下,迎风户半开。拂墙花影动,疑是玉人来"诗意,想象对方已梳洗打扮好,启朱户,待月西厢,一直在思念自己,盼望自己的到来。完全是依靠想象来描写。可以想到,词人从黄昏到月下,一直站立屋外,翘首企盼,遐思万端,故过片起首不写"遥想"而直写"遥知",足见咫尺天涯,两情之笃,旧欢难忘,铭心刻骨。"遥知",别本又作"暗想",以下均系设想之词,采用"今夜鄜州月"的创作手法和艺术技巧。

最苦梦魂,今宵不到伊行——承上"羡金屋"四句。"最苦"是词人无从赴约,就连梦魂也不能到她身边的相思之苦,也与"羡金屋去来,旧时巢燕"形成强烈对比。伊行(háng):犹她那儿、她那里。仍然是叹旧欢难续、怀思莫酬。"梦魂惯得无拘检,又踏杨花过谢桥"(宋·晏几道〔鹧鸪天〕),"梦魂纵有也成虚,那堪和梦无"(宋·晏几道〔阮郎归〕)。白天既不能相会,只好梦中追求,然而连梦魂都不能到伊身边,自然有"最苦"之叹。

问甚时说与,佳音密耗,寄将秦镜,偷换韩香——词人在人不得去、梦也难成的绝望之时,萌生奇想,突发奇问,问得执著、问得直率。感情至此,思念已极,情不自禁地呼喊了!词人在此连用典故:"秦镜"典出《艺文类聚》卷三二:"秦嘉,字士会,东汉陇西人。为郡上掾,与妇徐淑书曰:'顷得此镜,既明且好。形观文彩,世所希有,意甚爱之,胡以相与。'淑答书曰:'今君征未还,镜将何施行。素琴之作,当须君归,明镜之鉴,当待君还'。"秦嘉官郡上掾,其妻徐淑因病不能偕行,嘉寄赠明镜以抚慰之。"韩香"典出《晋书·贾充传》：韩寿与贾女私通，"时西域有贡奇香，一著人则经月不歇。帝甚贵之，惟以赐充及大司马陈骞。其女密盗以遗寿。充僚属与寿燕处，闻其芬馥，称之于充。自是充意知女与寿通"，后"遂以女妻寿"。二者均喻指夫妇或男女之间的相爱相亲。唐·刘禹锡诗《泰娘歌》："秦嘉镜鉴前时结，韩寿香销故箧衣。"词中化用刘诗，连用典实，直率地吐露心曲，盼望互通佳音、不忘密耗（即密约）、重谐和好。都是描写、反衬今日与所思之人不能相见，因此愁思缕缕、懊恼万端。

天便教人，霎时厮见何妨——当时，在封建礼教的桎梏下，既旧情难续，又无由再见，于是祈求上天，发出心灵的呼喊。思极怨极，突然爆发，离别相思之情直言不讳，连老天也怨恨叫骂了。"霎时厮见"，短暂相见，一声质问，于事虽无补，却将情痴怨极之情推向顶峰、引向高潮，戛然而止。

【评析】

全词描写男子对心仪女子的渴念之情，由写景到抒情，抒情由隐而显，写法极其独特。除起首三句写景外，其他全是借助想象的抒情。先写池上风物，次写人立池外，再写人立池外之所想，直到收煞都是词人想象，或从自身写起，或从对方写来，最后写直呼天而问之，写景如绘，层层转折，以示难见之情，于含蓄中见愤激。全凭想象写来，对照悬念，灵活多变，层次清晰，过渡自然。人物一个伫立池塘边，一个深闺理丝簧，一实一虚，虚实相生，这正是清真词"质实"的特点。尤其是词人将所眷恋的女子的情态、动态刻画得细腻真切、生动感人。情感随着想象层层加强，最后达到几乎难于控制抑止的境地。

在构思和语言运用方面，无论写景、抒情，不仅体物尽妍极态，而且感情层递转折。从屋外池畔，到屋内绣阁，从琴声到人物情态，直到最后的人物独白，所抒发的爱情是真挚动人的。景物描写，"巢燕"、"土花"诸动物、植物的描摹，对人物的情感以有力的映衬。

在语言运用方面，比喻的巧用，典故的贴切，词语的选择，使形象鲜明，富于表达力。一起以景，浓淡适宜、清丽飞动；一结以情，情思涌动、朴厚深沉。"最苦"二句及收结二句，自南宋张炎以后，多有指斥，认为有失"雅正"，其实，邦彦词语多率直而不失粗俗，天然风姿，明快有致，富有感染力。

对煞尾二句，元·沈伯时《乐府指迷》对于清真词推崇备至，惟以"天便教人，霎时厮见何妨"等句以为不可学。清·况周颐《蕙风词话》卷二称颂"此等语愈朴愈厚，愈厚愈雅，至真之情，由性灵肺腑中流出，不妨说尽而愈无尽。"沈谦评曰："天便教人，霎时厮见何妨……卞急迁妄，各极其妙，美成真深于情者。"（《填词杂说》）联系全词上下文，着眼于整个艺术形象，这一结句是富有深意的。

渡江云

题解

〔渡江云〕，又名〔三犯渡江云〕。一百字，上下阕各四平韵，下阕第四句为上一、下四句法，必须押一同部仄韵。《清真集》入"小石调"。本词为正格。上阕51字10句4平韵，下阕49字9句4平韵。

《词谱》卷二十八载，"周密词名〔三犯渡江云〕。此调后段第四句例用仄韵，亦是三声叶，乃一定一格，宋元人俱如此填，惟陈允平有全押平韵、全押仄韵二体"，皆变体也。

晴岚低楚甸，暖回雁翼，阵势起平沙。骤惊春在眼，借问何时，委曲到山家？涂香晕色，盛粉饰、争作妍华。千万丝、陌头杨柳，渐渐可藏鸦。　　堪嗟，清江东注，画舸西流，指长安日下。愁宴阑、风翻旗尾，潮溅乌纱。今宵正对初弦月，傍水驿、深舣蒹葭。沉恨处，时时自剔灯花。

新解

《花间词选》题作《春词》，《古今诗馀醉》题作《春景》。可见本词是写春景之作。

晴岚低楚甸，暖回雁翼，阵势起平沙——起首写春回人间、大地复苏，气象万千。曲笔点染，春至阳回，泊船水驿，对月沉思，写其登舟及舟行所见景物。表面似写景物，借雁阵起飞隐喻政治情势变化，新党人士终于纷纷回朝，既有惊喜之情，又不免深怀悲慨与恐惧。"暖回雁翼"中"回"字的使动用意及"起"字的包孕内涵，既精炼而又含蓄，平沙雁归、人出又回，似写景又抒怀，呈一触即发之势，并引发下文。晴岚：山气蒸腾之谓。

骤惊春在眼，借问何时，委曲到山家——承上点出"春"字，春而"在眼"，旅途所见，心情舒畅，目中景象自然生动。"借问"二句既富有形象，又动态活现，"问"得奇妙，问得真切，与"骤"字上下呼应、前后照应，"委曲"将春人格化，将人意象化，似乎春天沿着曲折蜿蜒的小路迎面而来，春色于不知不觉之中到了人间，暗喻着词人在此次政局变动中，也再度被召回京还朝的喜悦之情。借问春光，词人想得极妙，问得奇绝。

涂香晕色，盛粉饰、争作妍华——极写阳春美景。从山花和杨柳两方面补写"春在眼"，妍华(花)碧草，铺地连天，开合舒卷，香满乾坤，将山花拟人化，香色争艳，春色旖旎。个中不也有词人政局转变、被召回京的喜悦之情么！

千万丝、陌头杨柳,渐渐可藏鸦——词人从沉思想象之中醒悟后,转写眼前的春景。是抬头放眼所见。田间南北小道曰阡,东西小道曰陌。陌头杨柳绽新绿,嫩条细叶"渐渐可藏鸦",极富想象之能事,既有空间的迁移之序,又有时间的流动之感,妙在"渐渐可藏鸦","可"字有真藏、可藏之别,灵动精巧,含蓄蕴藉,景色如睹,设色美丽,连一向为人所不甚喜爱甚至讨厌的乌鸦也因染上春的颜色,而令人刮目相看、让人喜爱了。

上片写景,春到人间,万象更新,并以"何时到山家"喻飘泊之意,为下片伏笔。

堪嗟,清江东注,画舸西流,指长安日下——过片"堪嗟",突兀！看似面对眼前景,抒写淡淡的闲愁,实际上隐含着上片所写的政局变换后的惊喜之情,明乎此,也就好理解词人在下片换头竟然用"堪嗟"二字,承接上片所写美丽春光的用意了。个中蕴含着词人对被召还京的矛盾和恐惧的复杂心境。词人置身画船,沿着东注长江的清江西行,向汴京进发。清江,因水色清照石上,分沙石(北魏·郦道元《水经注》)而得名,可泛指清澈的江水,也可具体指湖北境内注入长江的一段江水。"长安日下",暗用"望长安于日下,指吴会于云间"(唐·王勃《滕王阁序》)句意。"日下"本指帝王所居之京都,词中代指北宋王朝的京都汴京。"清江东注"一句,不但指眼前江水,也隐喻着词人对江南景色,即任所溧水、故乡钱塘的依恋不舍。"画舸西流"则指今日被召还京的旅程,其中也充满着仕与隐、福与祸的矛盾和嗟叹。那么,其原因何在呢？

愁宴阑、风翻旗尾,潮溅乌纱——回答了原因之所在。词人愁的依然是政争的反复无常。这几句有些费解,仔细斟酌,乃是对当时饯行情景的追忆。尤其是前置一"愁"字,又分别以"风"、"潮"二字领起下二句六字,暗示出宦海风波、官场险恶、仕途蹭蹬,写尽党争的风云变幻、权势的倾覆危险。"旗尾"风翻、"乌纱"潮溅,既喻自然界的现象,又喻权势上的竞争……这就是近人俞陛云评说本词所谓的真正意旨和症结之所在,极富象征意味。乌纱:官帽,始于东晋,时宫官著乌纱帢,系便帽。隋代帝王官贵多戴之,唐宋时成民间常服。

今宵正对初弦月,傍水驿、深舣蒹葭——词人的笔触才由逆笔追述转向实写现在、写今宵。"今宵"如何？"正对初弦月,傍水驿、深舣蒹葭"。初弦月,即上弦月,指阴历每月初七、八的月亮,其时月如弓弦,因为太阳跟地球的连线和地球跟月亮的连线成直角,人们在地球上看到的月相呈"弓弦"形,称"上弦"。《诗经·小雅·天保》"如月之恒"孔颖达疏云:"八日九日,大率月体正半,昏而中,似弓之张而弦直,谓上弦也。"傍:依傍,靠近。舣:使船靠岸。宋·张炎词〔扫花游〕:"绕长堤是柳,钓船初舣。"蒹葭,初生之芦苇。《诗经·秦风·蒹葭》写在水边怀念故人,后以之泛指思念异地友人。明·陈霆认为蒹葭为夏秋之物,不应同春光相共,其《渚山堂词话》怀疑本词。其实，五代·冯延巳〔应天长〕有"石城山下桃花绽……惆怅春心无限，忍泪兼葭风晚"，写春日的兼葭。这几句是上文"愁"字的依托，也是下文"恨"字的立足点和全词的落脚处。"月有阴晴圆缺，人有悲欢离合"，一钩初弦月，引发词人愁思，何时才能月常圆、人常聚呢？

沉恨处，时时自剔灯花——眼前实景尚未展开铺写，词人笔锋陡转，摹绘出另一幅图景，孤凄到"时时自剔灯花"，足见词人相思难眠，怎能不"沉恨"。一个"恨"字，怎生了得！全用写实之笔，水程夜泊，夜阑人静，思情更浓，沉怨更深，情真意切，心绪不宁。词人坐立不安、难以自制、孤独愁闷、不能入睡的情状，尽在"自剔灯花"四字之中。正如陈世焜《云韶集》所评："笔力劲绝是美成独步处，所谓'清真'。结句情真语切。"词人真情流露正在此一动作上，以简洁有力的语词蕴含丰富的意义，正所谓"劲绝"、"清真"之致。词人极善于以景结情，"自剔灯花"一动作小景，言尽而意不尽，发人深省。

新evaluation

本词是词人过荆州时所作，主要写飘泊之苦。上片写景，春光乍临，春意无限；下片抒情，写酒阑相别，船泊水宿，对景伤情。上片以写景为主，间带情语，下片景中寓情，景以情设，其章法独特、曲折宛转，亦非一般所谓的"前写景后抒情"格局。全词形象鲜明生动，富有很强感人魅力。

词人作为宋徽宗时宫廷供奉文人，写景工笔如绘，曲折回环，抒情浅淡巧妙，幻化无迹；遣词庄重典雅，谋篇变化有致，看似与邦国大事无关，实则不忘铺陈繁华、粉饰太平，不忘宦途升沉、官场乌纱。近人俞陛云《宋词选释》认为本词"上阕言楚江作客，春光取次而来，皆平叙景物"，只是表层意思；虽有"其写怀全在下阕"之说，但却认为是"宴阑人散，送行者皆自崖而返，而扁舟归客，泊苇荻荒滩，与冷月残灯相对。此词与柳屯田之'晓风残月'，皆善写客愁者。"亦未揭示出词中真义。即使词人晚年与早年判若两人，晚期词作如〔兰陵王〕("柳阴直")、〔瑞龙吟〕("章台路")等在表面对柔情的追念中，隐含着沧桑忧思之慨，但均写得含蓄蕴藉，只有这首词"喻托"之意微露端倪。叶嘉莹先生对这首词从内容、意境，及写作时间都有详赡的考定、分析。

对周词从内容到意境的评价，历代所论大相径庭：极尽贬抑者，如"意趣却不高远"(张炎《词源》)，"能作景语，不能作情语"(王世贞《弇州山人词评》)，"美成词信富艳精工，只是当不得个贞字"(刘熙载《艺概·词曲概》)。极尽赞许者，如"美成词极其感慨，而无处不郁"、"沉郁顿挫中别饶蕴藉"、"哀怨之深，亦忠爱之至"(陈廷焯《白雨斋词话》)，同时又认为周词往往有"令人不能遽窥其旨"之憾。

时值北宋新旧党争之际，周邦彦词写得"含蓄蕴藉"。神宗元丰初推行新法，他献上《汴都赋》极力赞美；哲宗元祐初太后用事，他被贬斥外任；绍圣间，哲宗亲政，他被召回汴都，重献《汴都赋》。而此时周氏已非复当年，由早年的激进少壮者成为"委顺知命"的恬退长者。词风也有所变化，词中已初露喻托之意。

对于过片"堪嗟"二字，陈洵《海绡说词》称誉："'堪嗟'二字突出，甚奇。"不仅"冠下半阕"，而且承上半阕。只有特别审视一番其词的审美理想，就能深刻地体会"堪嗟"之义。美成本词的确"精工"，然未必"富艳"。由于受老庄思想影响，美成喜欢平淡自然，如他晚年所写《续秋兴赋》并序，其中对蔬园、野鸟、纻麻等平常景物都表现出喜爱与乐趣，因而在本词中对"委曲到山家"的春色，会引起审美情趣，会激发种种感慨。对其隐喻之义了解后，就会知道用"堪嗟"二字来承接前面所叙写的美丽春光的用意了。《片玉词》序说周邦彦知溧水县时，曾命名后园之亭台曰"姑射"、"萧闲"，对竞进之心的逐渐泯除已见端倪，在溧水还写了〔满庭芳〕（"风老莺雏"），有"且莫思身外，长近尊前"之句；在此次被召回京，将离开溧水时，又写了〔花犯〕（"粉墙低"），藉咏梅花表示对溧水闲静生活的依恋，都是其淡泊世事心情的流露。

至于本词的写作时间，众说纷纭。王国维云："先生少年曾客荆州……〔渡江云〕（"晴岚低楚甸"）……此时作也。其时当在教授庐州之后，知溧水之前。"（《清真遗事》）陈思《年谱》云："〔渡江云〕'晴岚低楚甸'为政和六年自明州还京之作。"前者认为作于青年时期，后者认为写于暮年之际。陈洵《海绡说词》肯定地说"此行当是由荆南入都"，年月不可考。鉴于上述三说，很难确定到底写于何时。而作为一首羁旅之词，笔者认为确定为创作于过荆州时为好。

应天长

题解

〔应天长〕，《词谱》卷八："此调有令词、慢词。令词始于韦庄，又有顾夐、毛文锡两体。宋毛开词名〔应天长令〕。慢词始于柳永，《乐章集》注林钟商调。又有周邦彦一体，名〔应天长慢〕。"

又无名氏词名〔驻马听〕，与〔驻马听〕本调无关。无名氏词〔驻马听〕双调94字。上下阕各72字10句7仄韵。（〔驻马听〕本调二体：双调61字。上阕37字6句3平韵2仄韵，下阕24字4句1平韵3仄韵。另一体双调94字。上阕49字10句6平韵，下阕45字9句4平韵）

《清真集》作〔商调〕，题作《寒食》。系词人中年重返汴京时某年寒食节作。

条风布暖，霏雾弄晴，池塘遍满春色。正是夜堂无月，沉沉暗寒食。梁间燕,前社客。似笑我、闭门愁寂。乱花过、隔院芸香,满地狼藉。　　长记那回时,邂逅相逢,郊外驻油壁。又见汉宫传烛,飞烟五侯宅。青青草,迷路陌。强载酒、细寻前迹。市桥远,柳下人家,犹自相识。

这首词是悼念已故情人的悼亡之作。有的论者认为"不能算是写得特别高明"。有的却说是"代表清真词风格的一篇佳作"。全词感情沉郁,章法顿挫,"情致缠绵,笔意苍老"(俞平伯《清真词释》),有"不可及也"之说。

上阕"景色寥寂",系"泛写",写寒食节触景生情的"闭门愁寂";下阕"与世暌绝",乃"专叙",叙载酒悼念亡者的伤感。

条风布暖,霏雾弄晴,池塘遍满春色——前八字以对句开篇。条风:东风,即明庶风。主春分四十五日。《淮南子·墬形训》:"东方曰条风。"高诱注:"震气所生也,一曰明庶风。"《说文·风部》:"风,八风也。东方曰明庶风。"《易纬通卦验》:"八节之风谓之八风。立春条风至,春分明庶风至……"与主立春四十五日的条风——东北风(融风)有细微区别。条者,"条治万物而出之,故曰条风"(《史记·律书》)。笼统说"条风即春风""立春以后的风",有失大而化之。这一对句是说和煦的东风向大地散发温暖,飘拂的云雾逐渐消失。霏雾也不等于朝雾。池塘遍满春色:春风一度,春色恼人;春草碧色,春愁离恨。深沉灵动,生发出多少情思! 又是一个春游好日子,然而……

正是夜堂无月,沉沉暗寒食——词意变换,词情转折。词人睹景生情,不禁想起了逝去的那个她。她,沉睡墓穴,夜台无月,一片昏暗,怎么度过寒食节呢？夜堂无月:这是这首词传抄过程中出现的一大纰漏,以致以讹传讹。以致出现了刘逸生先生所说使词讲不通的状况(《宋词小札》)。应当是"夜台无月",只有康熙《钦定词谱》作"夜台无月"。一"堂"一"台",似乎相差无几,实则一字之差,天上地下,何啻万里。"夜堂",字面讲,是否可以说是"夜间的厅堂",不需深究。"夜臺(台)",即坟墓。借指阴间。宋·梅尧臣诗《吴资政挽词》之二:"夜臺埋琬琰,陇道刻骐骥。"词人化用唐·李白诗《哭宣城善酿纪叟》"夜台无晓日,沽酒与何人"之句。一个是写活人,一个是埋死人,如果不正确阐释,就无法正确理解词义和句意。寒食:寒食节。在二十四节气之一清明节前一日或两日。相传为纪念介子推,相约于其忌日禁火寒食,之后相沿成习。晋·陆翙《邺中记》、《后汉书·周举传》诸书始附会为介子推事。古代寒食日有在春、在夏、在冬多种说法,只有春之说为后世所沿袭。南朝梁·宗懔《荆楚岁时记》载:"去冬节一百五日,即有疾风甚雨,谓之寒食。禁火三日……"元仙村人《春日田园杂兴》诗:"村村寒食近,插柳遍檐牙。"介子推与寒食节事发生在山西。

"太原一郡,旧俗以介子推焚骸,有龙忌之禁。至其亡月,咸言神灵不乐举火,由是士民每冬中辄一月寒食,莫敢烟爨,老少不堪,岁多死者。"(《周举传》)"寒食三日,作醴酪,又煮粳米及麦为酪,杏仁煮作粥。"(《邺中记》)《北堂书钞》卷一四三引晋·孙楚《祭介子推文》:"太原咸奉介君之灵,至三月清明,断火寒食,甚若先后一月。"

这种陡然转折的手法,是周邦彦词中常用的。

梁间燕,前社客。似笑我、闭门愁寂——社:旧时祭社神,分春秋两社。燕子在春社前由南方飞回北方,所以叫前社客。因为悼念亡人而心情烦闷,故不去踏青、不去郊游,而"闭门愁寂"。燕子北归,呢喃筑巢,词人却觉得是在嘲弄、讥笑自己,这种侧面描写烘托的写法,使形象更见生动。

乱花过、隔院芸香,满地狼藉——词人隔窗所见、隔院所闻,乱花飘红,香气馥郁,更加深了对女子的思念。情辞流转圆美,又不悖常理。芸香:指乱花的香气。芸,香草。词中"芸香"含有深意,古诗词中多用。白乐天"坐惜残芳君不见,风吹狼藉月明中"(《夜惜禁中桃花诗》)写宫苑中的桃花零落;曹唐又"狼藉梨花满城月,当时常醉信陵门"(《长安春舍叙邵陵旧宴》诗)写的是梨花零落。周邦彦则写芸香零落。由于周邦彦在宋哲宗朝曾官秘书省正字,宋徽宗朝曾官秘书监,秘书同"芸香"有深层关系。唐·杨炯《登秘书省阁诗序》云:"命兰芷之君子,坐芸香之秘阁。"唐·赵嘏《酬元秘书》曰:"官总芸香阁署崇,可怜诗句落春风。"词中"隔院芸香",正说明词人曾在秘书省任职。芸香又称芸香树。晋成公绥有《芸香赋》:"美芸香之脩洁,禀阴阳之淑精。"唐·杨巨源有《酬令狐员外直夜书怀见寄》:"芸香能护字,铅椠善呈书。"秘书省别称"芸香阁"(芸阁、芸閤),"芸香署"(芸署),"芸臺"。因为芸草置书内可以辟蠹,故称书籍曰"芸编",称书斋曰"芸窗(牕)",称书签曰"芸籤",称书翰曰"芸简",连校书郎也称"芸香吏"(芸吏)。"芸香"既暗示了词人的官职、身份和所在的地方,又起到了化词人眼中的外景为心中的内景,加深对女子怀念的作用。

上阕写寒食节触景生情,也就是"闭门愁寂"之事。下阕笔锋又转折,写载酒悼念而不得的伤感。

长记那回时,邂逅相逢,郊外驻油壁——下阕以"长记"领起,画面大转移,由门里到了郊外。是追忆,也是难忘的思念。词人采用"逆入"的手法,写那年寒食节的不期而遇,"油壁车"暗示出女子的歌伎舞女身份,其馀情节统统略去。从此两情相许,留连缱绻,如胶似漆,难分难舍……给读者留下想象的空间、回味的馀地。油壁:古代一种车子,因车壁用油涂饰而名。省称"油壁"。

又见汉宫传烛,飞烟五侯宅——词人走出门来,自然而然要找回往日的记忆,要寻觅那次初度的地方。"长忆"已是永世不忘,"又见"更加深一层,由记忆到追寻,边走边忆。词人化用唐·韩翃"春城无处不飞花,寒食东风御柳斜。日暮汉宫传蜡烛,轻烟散入五侯家"诗意,从回忆追思回到眼前,正所谓"平出",进而强化思念之情。"五侯":东汉桓帝封单超、徐璜、具瑗、左悺、唐衡五宦者为侯,后称五侯。后多泛指达官显宦。

青青草,迷路陌。强载酒、细寻前迹——因为年久未去,萋萋青草,旧路难觅,更找不到当年初度之处。词人明知找不到,但偏要不可为而为之。任其草迷路陌,就是要细寻旧地,撒酒奠祭一番。然而风景依旧、人事皆非,寻来找去,恐难如愿。这里连用"强"、"细"二字,看似平淡,实则奇倔,千钧之重,铭心刻骨。深深的悲哀尽在不言之中。

市桥远,柳下人家,犹自相识——正在读者关切能否寻到"前迹"时,词人笔锋又一转折,搁笔收结。这种故意宕开一笔的手法,无非是为了抑止内心的无限悲伤。结尾意味深长,使读者产生无尽联想:这"柳下人家"与词人细寻的前迹有无关系?这"柳下人家"同女子有无瓜葛?为何"犹自相识"?看似不经意的平淡之笔,却给读者留下了无限的悬念。

"夜堂无月",还是"夜台无月"?是解评这首词的症结。刘逸生先生引经据典,指出了这一沿袭长久、传抄讹误的缺憾,使这首词还"夜台无月"本来面目,为正确解评理解本词铺平了道路,功德无量。

寒食节是古人游春的时节,也是上坟扫墓的节日。从上年冬至节始,过一百零五天就是第二年的寒食节。元·刘因《寒食道中》"簪花楚楚归宁女,荷锸纷纷上冢人",就是这种社会习俗的绝妙写照。

历代文人对这首词多有评价。清·毛先舒说:"周清真寒食词,后段只说邂逅,乃更觉意长。"(《诗辩坻》卷四)先著、程洪说:"空淡深远,较之石帚作,字复有异。石帚专得此种笔意。"(《词洁》)陈洵说:"前阕如许风景,皆以'闭门'中过;后阕如许情事,偏从'闭门'中记。"(《抄本海绡说词》)俞陛云说:"写寒食寂寥情况,以'梁间燕'、'隔院春'衬托出之,不使一平笔。下阕强寻前迹,而紫陌人遥,虽门巷依依,不异蓬山远隔。辞意之清永,如嚼水精盐,无尘羹俗味也。"(《宋词选释》)

上述不厌其烦地引用历代人的评价,旨在说明周邦彦词具有其独到之处。所谓前人评语多不得要领种种贬斥,或过高评鹜,或故意贬低,都是不可取的。

在用词遣字方面,周邦彦词也有其特点。梁燕笑人,乱花过院,"一有情,一无情,全为'愁寂'二字出力。"(陈洵《海绡说词》)"乱花过"三句,"乱经飞过,满地狼藉,是眼前景,却将自己小院摊书情状,嵌在中间,奇幻在'隔院'二字,亦从'闭门'生出。"(俞平伯《清真词释》)尤其是"弄"字,宋代词人词中常常用到:

云破月来花弄影(张先〔天仙子〕)

破暖轻风,弄晴微雨。(秦观〔水龙吟〕)

那堪片片飞花弄晚。(秦观〔八六子〕)

落红铺径水平池,弄晴小雨霏霏。(秦观〔画堂春〕)

古诗词文中,除了《董西厢》描写崔莺莺哭了一夜的面庞"弄色奇花"外,单单成语中就有"弄口鸣舌","弄玉偷香","弄月嘲风","弄性尚气","弄鬼妆幺","弄喧捣鬼","弄虚作假","弄巧成拙"等等,多为贬义。而这首词中的"弄"字,带有一种逗弄、把玩、玩赏的意味,使主语人格化、形象化,由于这种拟人化艺术手法的运用,使词句显得生动活泼,使"霏雾"逗人情思。

其他,如词人善于变换、转折、过渡,上下阕的安排,举重若轻,跌宕开合,意脉连贯,平出逆入,摇曳生姿,都为全词增色不少。

还京乐

【题解】

〔还京乐〕,《词谱》卷三十一:"唐教坊曲名。《唐书》:'明皇自潞州还京师,制〔还京乐〕曲。'宋词盖借旧曲名另翻新声也。"《唐书·礼乐志》:"民间以明皇自潞州还京师,举兵夜半诛韦皇后,制〔夜半乐〕、〔还京乐〕二曲。"《唐声诗》下编也有类似记载,并谓:"宋词中〔还京乐〕,乃长调慢曲;又有宋之慢词,为另翻新声。宋词始自周邦彦。"

本词调共有七体,唐教坊曲〔还京乐〕为旧曲;宋词中有慢词,创自周邦彦,即以本词为创调。103字体,双调103字,上片48字,下片55字,各10句5仄韵,大石调。

从词意分析,这首词似中年时再游汴京所填写。《清真集》中〔还京乐〕词仅此一首,而且是写春意的。

禁烟近,触处、浮香秀色相料理。正泥花时候,奈何客里,光阴虚费。望箭波无际,迎风漾日黄云委。任去远,中有万点,相思清泪。　　到长淮底。过当时楼下,殷勤为说、春来羁旅况味。堪嗟误约乖期,向天涯、自看桃李。想如今、应恨墨盈笺,愁妆照水。怎得青鸾翼,飞归教见憔悴。

这是一首春日羁旅怀人的长调。客居在外,春景、别情、触物伤怀,抒写思念闺中恋人之情,委婉蕴藉,颇具特色。

禁烟近，触处、浮香秀色相料理——禁烟：犹"禁火"。南朝梁·宗懔《荆楚岁时记》载："去冬节一百五日，即有疾风甚雨，谓之寒食。禁火三日，造饧大麦粥。"清·富察敦崇《燕京岁时记·清明》："清明即寒食，又曰禁烟节。古人最重之，今人不为节，但儿童戴柳祭扫坟茔而已。"触处(chù)：到处，随处。料(liáo)理：挑弄；拨弄。有撩逗、逗引之意。写寒食节将近，随处暗香浮动、花枝摇曳，红绿掩映，秀色撩人。"浮香秀色"将姹紫嫣红一语概括。

正泥花时候，奈何客里，光阴虚费——泥(nì)：犹迷恋，留连。"泥花时候"，春光旖旎、春色满园；春色撩人，春愁离恨；春色知别苦，春花堪赏还堪恨。词人抒发"奈何"之情。伤春、惜春，正所谓思侣怀人。恰是携伴春游、欢度春光之际，因为身在逆旅、客居在外，只能春光虚度，徒唤奈何。

望箭波无际，迎风漾日黄云委——箭波：形容流动迅速如同飞箭般的水波。《慎子》："河水初下龙门，其流如竹箭。"宋·柳永〔定风波〕词："骤雨歇，极目萧疏，塞柳万株，掩映箭波千里。"委(wèi)：储积，聚积。《文选·扬雄〈甘泉赋〉》李善注："委，积也。"宋·王安石《我所思寄黄吉甫》诗："岸沙雪积山云委，云半飞泉挂龙尾。"这两句词有象征意义。写归心似箭、相思无限，其义见于言外。

任去远，中有万点，相思清泪——词人以河水象征相思之情。一任河水滔滔流向远方，夹带着词人无限柔情蜜意和万点相思怀念的清泪而去。

上阕写禁烟节近，当暮春泥花、愁绪满怀时，羁旅客居，触景伤情，欲将相思泪付之流水，寄与情人，倾吐怀念况味。下阕写深悔误约，未成佳会。想象情人也为相思所苦，继之以人已憔悴，表现催促游子归来之意，托物言情，婉转其词，韵味深长。

有的鉴赏者认为由上阕"任去远，中有万点，相思清泪"直到下阕"春来羁旅况味"六句为一长句，"一气直贯上片歇拍与下片开头。它紧接箭波之意象涌来，恰是激情之高潮。论章法之奇，实为词林之伟观；论想象之奇，更是出人之意表……此一长句如涌狂澜，为激情奔放之高潮。"(邓小军先生鉴赏语)并列举唐·李白《闻王昌龄左迁龙标遥有此寄》诗"我寄愁心与明月，随风直到夜郎西"，和周邦彦同时代诗人韩驹诗《九绝为亚卿作》"君住江滨起画楼，妾居海角送潮头。潮中有妾相思泪，流到楼前更不流"，与周本词作了比较赏析，认为周邦彦"词人卓异之想象"与李白神思仿佛，但不尽相同。李诗中明月、愁心本非同物，明月只是愁心之所托；而周词中河水、泪水本属同质，所以天然融会不可分辨。分析周词与韩驹诗构思同一机杼，而周词主人公为男子，韩诗主人公乃女子。同异分明。仁智相见，聊备一格。

到长淮底。过当时楼下，殷勤为说、春来羁旅况味——从章法结构上分析，下阕写托河水传递音信，忆往昔，思念情人，特别是这几句，确实同上阕三句十一字一气贯注、意脉相连。向河水殷勤叮咛，情意极为恳切。

堪嗟误约乖期，向天涯、自看桃李——一转词上阕末与下阕换头几句激情奔放、如涌狂澜,而成"微波轻漾,低徊无已"。感叹当年爽约误却相会佳期,而后孤身走天涯,独自看桃李送走盎然的春天。极写自己的相思情怀。既同上阕"触处浮香秀色"、"泥花时候"、"客里光阴虚费"前后照应,又是对上文"春来羁旅况味"的补足。"自看桃李",是不忍辜负和虚度春光。

想如今、应恨墨盈笺,愁妆照水——词人由上文极言自己相思至极,转而替女子设想。写对方的深沉幽怨与愁恨。是设想、是虚拟,"恨墨盈笺,愁妆照水"是词中唯一的对句,词人写女子一定是填词赋诗怨语满笺、愁情万种,别是一般妩媚情态。词人用此对句是在加强修辞色彩,突出伊人的幽恨形象。虚拟设想之切,正见出相知之深,确然!

怎得青鸾翼,飞归教见憔悴——结二句想象奇特,意在言外。词人希望如鸾鸟双飞翼,直飞到女子身边,让你看看人家也憔悴成什么样子。意思是彼此同样相思、同样伤心。是倾诉相思的情语,但却率尔而出、朴质自然。青鸾:犹青鸟,是神话中在王母娘娘身边专司传递信息的神鸟。

全词以"奈何"为转折抒发伤春、伤别之情,写情思不失于猥亵狎昵,抒恋情而慎用艳句丽词。上海钱鸿瑛先生以词中"望"、"嗟"、"想"三个动词引出三层意思:写词人望汴河引发的缕缕情思和幻想,虚实俱用,想象极为丰富。嗟误约乖期,是全词抒情高潮。河水中融入词人万点相思清泪,突发奇想;希望河水抵达长淮代为倾诉痴情,富于浪漫色彩;暗用曹植"托微波而通辞"(《洛神赋》)略加变化,将情景融合一片。想如今,极言自己思想至极,转而又想女子幽怨愁恨,率尔而出,锦衣玉成。

填词以情景交融为工。周邦彦词写情沉着,痕迹难觅;用词起伏转折、顿挫有致;结构时空转化、续接灵活。

这首词睹春景而生幽情,情语、情词,曲尽其妙,结构别致,感情奔放,抒写情思,极尽铺张扬厉之能事。

在艺术技巧上,通篇作情语,确如邓小军先生所说:"情感如万斛泉源涌出肺腑奔赴笔端,汩汩滔滔,忽而激情如涌潮,忽而悲徊如微波,而行于所当行,止于所不可不止,控纵自如,遂极浑成之致。"全词结体奇特,澜翻无穷,描摹勾勒,笔力劲健,绾合熔铸,词旨精严。"堪嗟误约乖期,向天涯,自看桃李"与上阕"触处浮香秀色相料理"相互呼应。下阕"想如今,应恨墨盈笺,愁妆照水。怎得青鸾翼,飞归教见憔悴"从两方着笔,写自己,写对方,层次井然,叙写曲折,奇思妙想,委婉有致。尤其从上阕歇拍至下阕换头"一气贯穿,成为一长句,词中罕见"。

解连环

题解

《词谱》卷三十四："此调始自柳永，以词有'信早梅、偏占阳和'及'时有香来，望明艳、遥知非雪'句，名〔望梅〕。后因周邦彦词有'纵妙手、能解连环'句，更名〔解连环〕。张辑词有'把千种旧愁，付与杏梁语燕'句，又名〔杏梁燕〕。""至宋周美成'闺情'词云：'信妙手、能解连环'，遂取三字以名。"（《填词名解》卷三）双调106字，仄韵。

属〔商调〕，旧本题作《怨别》。《草堂诗馀》、《花草粹编》改题作《闺情》。

怨怀无托，嗟情人断绝，信音辽邈。纵妙手、能解连环，似风散雨收，雾轻云薄。燕子楼空，暗尘锁、一床弦索。想移根换叶，尽是旧时，手种红药。　　汀洲渐生杜若。料舟移岸曲，人在天角。谩记得、当日音书，把闲语闲言，待总烧却。水驿春回，望寄我、江南梅萼。拚今生、对花对酒，为伊泪落。

新解

劈首"怨怀无托"直抒怨情，既是全词最强音，也是全词的基调。不同于一般写相思别离的情词，根本没有可托情怀之人。词人由于"怨怀无托"才生发出种种曲折矛盾的失恋怀人情结。这首词正是以况周颐所谓"作慢词起处，必须笼罩全阕"（《蕙风词话》）为特点的。

全词写词人的一片哀怨痴情。与多写相互怀念的情词不同。

怨怀无托，嗟情人断绝，信音辽邈——起得突兀。将久已郁结心中难以抑制、忍无可忍的幽怨喷发而出。抒写导致怨恨的根源。由"情人断绝"而产生"怨怀"，因"信音辽邈"而造成"无托"。都是采取赋的手法直陈其事、直抒胸臆。后两句是对"怨怀无托"的补充抒发。

纵妙手、能解连环，似风散雨收，雾轻云薄——纵妙手：《花草粹编》作"忆妙手"。《百家词》作"信妙手"。今依《花庵词选》作"纵妙手"。尤怨至极而用讥刺口吻、巧用典故以泄怨愤和怒气。"解连环"用典故："秦昭王尝遣使者遗君王后玉连环，曰：'齐多智，而解此环否？'君王后以示群臣，群臣不知解，君王后引锥椎破之，谢秦使曰：'谨以解矣！'"典故出自《战国策·齐策六》，本来是写齐秦外交斗争，秦国有意刁难，但齐王后毫不示弱，果断地砸碎玉连环，说明连环毕竟是不可解的。但不可解还是解了,以此暗指女子的绝情,含讥刺的意味。"风散雨收"、"雾轻云薄",个中"云雨"本来暗喻男女缠绵难解之幽情,出自《高唐赋》。词中"风散雨收,雾轻云薄"则反用其意,说女子绝情无义,而自己却痴情难绝,依然睹物思人、旧情难已。词人在其〔浪淘沙慢〕中云"连环解,旧香顿歇",意思相同。以"云雨"比喻所爱女子,以云飞雨散比喻分离,古诗词中常见。如"云雨分飞二十年,当时求梦不曾眠。今来头白重相见,还上襄王玳瑁筵"(张又新《赠广陵妓》),"离宫路远北原斜,生死恩深不到家。云雨今归何处去?黄鹂飞上野棠花"(窦巩《宫人斜》)等,都是表现感情发生变化。周词这三句也正是写"断绝"之故的。

燕子楼空,暗尘锁、一床弦索——这两句直到歇拍,写想象中意中人旧居的情景。"燕子楼空"用唐·张愔爱妓关盼盼典。白居易有《燕子楼三首并序》,是对司勋员外郎张仲素《燕子楼》三首的和诗。白居易在序中说:"徐州故张尚书有爱妓曰盼盼,善歌舞,雅多风态。……张尚书宴予,酒酣,出盼盼以佐欢……尚书既殁,归葬东洛。而彭城有张氏旧第,第中有小楼,名燕子。盼盼念旧爱而不嫁,居是楼十馀年,幽独块然,于今尚在。"旧说张尚书为愔父张建封,实误。因张建封早已去世。苏东坡词〔永遇乐〕"彭城夜宿燕子楼,梦盼盼,因作此词"中有"燕子楼空,佳人何在?空锁楼中燕"句,周词直用苏词,暗喻"佳人何在"之意,寓托怀念之情。词中"暗"字、"锁"字精警凝炼;"一床弦索",意味深长,写人亡物在、人去楼空。"床",在古代是一种坐具,如今只有"弦索"乐器摆在床上,而且久已尘封,含蓄深蕴。睹物伤怀,睹物思人,相思之情如丝如缕,难以断绝。

想移根换叶,尽是旧时,手种红药——作为上阕结三句,承上"燕子楼空"二句,由思念旧时恩爱,一转而为因忆往事反生恨怨。对伊人"妙手能解连环"的背弃变化,不无怨恨之情。伊人无论是弃旧好别恋新欢,还是无可奈何被迫离去,总之是"背盟爽约",词人自然难免因情生怨、因爱反恨,拟或对"第三者"怨恨至极。看着伊人当时亲手所种红药,由物及人,怨恨人如花一样"移根换叶",爱情转移,花草更换,个中深意非常人常情所能体味得到。笔者很同意钱鸿瑛先生以她女性特有之细腻及醇雅的艺术理解力和表现力所断言的:"当然,这种说法并非人人皆能同意。词的妙处就在烟水迷离之致,在可喻又不实指之间。"人去物非,其感慨就更深一层。手种红药:红药即芍药花,这种多年生草本植物,分紫红、粉红、白多种颜色,五月开花,花大且艳丽,系观赏花卉。《诗经·郑风·溱洧》:"维士与女,伊其相谑,赠之以勺药。"勺药即"芍药",古诗词中以之表示男女爱慕之情。所以芍药又名"将离"(行将离别也),具有特殊的含义。"手种"寓亲自栽种,亲自培育的爱情。"移根换叶"不仅同旧时"手种红药"相关合,而且隐含着往日的欢情、今日的凄楚和永远割舍不断的相思与"毁誓背盟"。苏轼词〔意难忘〕:"相逢情有在,不语意难忘。些个事,断人肠。怎禁得栖惶。待与伊、移根换叶,试又何妨。"俞平伯先生解释本词三句云"然无论如何换,如何移,我总记得分明,实是当时香泥亲护,玉手相将,共同扶持者也。"(《清真词释》)有的论者认为鉴赏"似稍欠斟酌",因为伊人不只"妙手能解连环",而且背信弃义,此说不无道理,俞先生执一而论,不够全面,恰与句意相违。

汀洲渐生杜若——过片六字,言简意赅,蕴含丰富,寓意深沉。词人由彼时想到今时,由燕子楼想到汀洲,由旧日红药想到新生杜若,由自己的境况想到伊人情状,时移境迁,事变人去,一个"渐"字涵盖无遗。杜若:是长在江边的香草,《九歌·湘夫人》:"搴汀洲兮杜若,将以遗(wèi)兮远者。"虽有采杜若相赠之意,但伊人又在哪里呢?

料舟移岸曲,人在天角——料:想必。思念中人已经渐行渐远,人在天涯海角。词中思念的伊人终于出现,但现在究竟在哪里?无从回答。

谩记得、当日音书,把闲语闲言,待总烧却——词人从怀念到怨愤,笔锋陡转,情绪大转折,欲将当年所写"红笺小字,说尽平生意"(宋·晏殊〔清平乐〕)、海誓山盟的情书,视为闲语闲言,要像汉乐府《有所思》描写的那样"闻君有他心,拉杂摧烧之……当风扬其灰。从今以往,勿复相思,相思与君绝","待总烧却"。然而,词人并未那样决绝,他没有烧掉,仍然保留着痴心一片,还抱着一丝希望,情感又一大转折。那就是:

水驿春回,望寄我、江南梅萼——自己欲通音信,但"信音辽邈",人在何处,不得而知。于是,在绝望怨愤中又燃起一线希望:水驿江南,春暖花开,她能不能寄来一枝报春的梅花传递感情呢?江南梅萼暗用典故:盛弘之《荆州记》载:"吴之陆凯自江南寄梅至长安,赠好友范晔,并寄诗云:'折梅逢驿使,寄与陇头人。江南无所有,聊赠一枝春。'"南朝民歌《西洲曲》也有:"忆梅下西洲,折梅寄江北。"其实,上片早就嗟叹"情人断绝,信音辽邈",希望寄我一枝江南梅花,只不过是痴心妄想而已。真是割不断、舍不掉、丢不了、理不清!痴顽至极。

拚今生、对花对酒,为伊泪落——一方决绝离去,一方痴情难忘,竟至"拚今生",就是"对花对酒"也"为伊泪落",痴顽如此,人间少有。常言道"痴心女子负心汉",此男子的痴心妄想、痴情难忘、痴迷不悟,比痴心女子更痴、更呆、更可爱。美女对花微笑,文人对花起兴;曹操"对酒当歌",陶潜"对酒绝尘想",词人对花、对酒"为伊泪落",伊人会否悔之晚矣?结句"为伊泪落",同起句"怨怀无托"前后遥相呼应。对花对酒尚且落泪,那么无花无酒呢?此种手法可谓更进一层,留有不尽之意在词外。"对花对酒",格律为仄平仄仄,诸版本作"对酒对花",非是。伊,作为人称代词,古代不分男女,指称"他"、"她"或"那人"。

"怨怀无托"是一篇之主旨。从内容到手法,不同于一般的写相思离别的情词。

词中抒发理由"怨怀无托"生发出的情感波动和思想矛盾,层次清晰,意象鲜明,独具特色。

题作〔解连环〕,系词牌名。周邦彦这首词写一个男子因被恋人抛弃而愁怨万状。以连环喻相思之情,宛转曲折地描写了人物细腻真切的心理活动和情感变化。对明·李攀龙《草堂诗馀隽》所说"形容闺妇哀情,有无限怀古伤心处,至末尤见词语壮丽,体度艳冶"及近人沿李之说认为"托为闺怨之词"提出疑义,定为怀人之作。笔者同意此说。

从全词来看,起句四字统摄全篇、直抒其情。前三句写怨恨产生的根源,运用赋的笔法直陈其事。二、三句进而对首句四字补充抒发。第二句点明"怨怀",第三句点明"无托"。与其〔浪淘沙慢〕"连环解,旧香顿歇"同一机杼。中间分三个层次写"怨怀无托"的原因和别后的情景。层次分明地描写失恋人复杂多变的思绪和情感,其相思之情不绝如缕。

先写因为"情人断绝,信音辽邈"的"怨怀"无所寄托、无从排遣。不解连环而砸碎,仍然怨怀无托。"风散云收"喻离别,"雾轻云薄"喻薄情。次用关盼盼燕子楼典故,虽说人去楼空,但"一床弦索"依然在,睹物思人,相思依旧。三写芍药,与事关合,寓意深沉,根移叶换,象征爱情变故。都表现出割舍不断的相思之情。

陈洵《海绡说词》评论词人心中所感,"全是空际盘旋……设景设情,纯是空中结想,此固词之极幻化者"。写一片痴情,并无实际情节的展开,却十分准确中肯。"设景设情",也就是将生活素材、原始题材进行加工提炼、构思提纯,来抒发郁积在心中的怨情。

词的上阕中"红药"与下阕之"杜若"、"梅萼"连用典故,象征爱情,"各占一事,各领一意",使全词寓意巧妙,引人入胜。

"对花对酒"还是"怨怀无托"之意,具有回应首句、总括全词的作用。

结尾三句是最终的结论。这就是词中"痴情男子"的肺腑之言和忠于爱情的行动。同时使人情不自禁地想到了《红楼梦》中那"想眼中能有多少泪珠儿,怎禁得秋流到冬,春流到夏"的名句。

这首词纯粹写景。景由情发,缘情布景。情感真挚强烈,愁肠千转百结,确有一波三折之情致。句中多处用单字领起,如"纵"、"想"、"料"、"望"、"拚"等,使全词感情深化、文势转折、波澜起伏,有利于表达难以表达的曲折情节和复杂情感。所以前人有"沉郁顿挫"的评语。与周邦彦词中的〔玉楼春〕"桃溪不作从容住",同写与情人"断绝"之悲,一写人之决绝,一写人之不留;同写一种"痴绝"之情,一以抒情为主、衬托景物,一以"即景抒情,缘情布景";一者朴素,一者精丽,各擅胜场,各具千秋。

满江红

题解

〔满江红〕,《乐章集》《清真集》并入"仙吕调"。宋以来词人多以柳永格为准。双调93字,上阕47字8句4仄韵,下阕46字10句5仄韵。一般多用入声韵。特点是声情激越,宜于抒发豪壮情怀与恢宏襟抱。亦可以斟酌增衬字。姜白石改作平韵,则情调俱变。《词谱》卷二十二:"此调有仄韵、平韵两体。仄韵词宋人填者最多,其体不一。今以柳词为正体,其馀各以类列。《乐章集》注仙吕调。元高拭词注南吕调。平调词,只有姜夔一体,宋元人俱如此填。"多种版本题作《春闺》。

〔满江红〕十六体,又名〔怅怅词〕、〔满江红慢〕、〔念良游〕、〔伤春曲〕、〔上江红〕、〔上江虹〕等。

昼日移阴,揽衣起、春帷睡足。临宝鉴、绿云撩乱,未忺妆束。蝶粉蜂黄都褪了,枕痕一线红生玉。背画栏,脉脉悄无言,寻棋局。　重会面,犹未卜。无限事,萦心曲。想秦筝依旧,尚鸣金屋。芳草连天迷远望,宝香薰被成孤宿。最苦是、蝴蝶满园飞,无心扑。

新解

这首词抒写闺中佳人春日萌发的对远游情人(或丈夫)的深切思念之情。词的中心是用代言体写闺中女子"哀怨宛转,凄苦缠绵"的情思愁绪。上阕先写女子春日睡起的百无聊赖情态。层次分明,寓意深蕴。

昼日移阴,揽衣起、春帷睡足——写春睡女子日高才起的慵懒无聊情态。日上三竿、阴影移动,才揽衣起床。刘扬忠先生的鉴赏很细腻准确。"揽衣"七字暗用白乐天诗句:"揽衣推枕起徘徊"(《长恨歌》)、"酒醒夜深后,睡足日高时"(《自问行何迟》)。只是所写"睡足"不尽相同,白诗中写睡得好,睡得香甜,而本词中女子却是因相思而失眠,一宵难睡,因此早晨精神困倦、无精打采,懒散地慢慢起来。化用古诗句意蕴,刻画很精细。

临宝鉴、绿云撩乱,未忺妆束——写女子起床后要梳妆打扮,但面对镶嵌珠宝的明镜,慵懒困顿,情思烦乱,无心妆扮。绿云:袭用唐·杜牧《阿房宫赋》"绿云扰扰,梳晓鬟也"句意。绿云本谓绿色的云彩。往往用以形容仙人仙境缭绕之瑞云。词中比喻女子乌黑光亮的秀发。而头发散乱蓬松,却"未忺妆束"。忺(xiān):欢快;高兴；适意。宋·李玉〔贺新郎〕："云鬟乱，未忺整。"未忺，是不喜欢，不想。"女为悦己者容"，此女子却不想，不喜欢妆束打扮。为什么？

蝶粉蜂黄都褪了，枕痕一线红生玉——这两句仍然在写女子睡起之态。"蝶粉蜂黄"，又作"蜨粉蜂黄"，本唐人宫妆名。唐·李义山有"何处拂胸资蜨粉，几时涂额藉蜂黄"（《酬崔八早梅有赠兼示之作》）之句，"按：《野客丛书》引《草堂诗馀注》：蜨粉蜂黄，唐人宫妆也。且引此联以证之。然粉面额黄，岂始唐诗哉？"（冯浩笺注）。一说蝶翅上的粉屑和蜂身上的黄粉，在交尾后退去。宋·罗大经论曰："杨东山言，道藏经云，蝶交则粉退，蜂交则黄退。周美成词云'蝶粉蜂黄浑退了'，正用此也。而说者以为宫妆，且以'退'为'褪'，误矣。"（《鹤林玉露》卷十四）刘扬忠先生批评罗大经"自矜得其本源，实是好奇炫博之过"。并认为"多义词应随文释义，不宜任取一训以当之。如此解说，失之穿凿，歪曲了周词原意"。同时说明在这里只是写独居女子睡起之态，丝毫没有任何其他意思。的确对女子初睡起的慵懒情态描摹得非常细腻逼真。因而明·王世贞才有对"枕痕一线红玉生"等句"其形容睡起之妙，真能动人"（《弇州山人词评》）的赞叹。

背画栏，脉脉悄无言，寻棋局——写女子由屋内走到户外。词人用这一富于特征的细节正面描写女子的心理状态。女子这一动作形态融会唐·杜牧诗句"脉脉无言几度春"与"明灯照空局，悠然未有期（棋）"（分别见《题桃花夫人庙》、《子夜歌》），略变其意而用之。写女子背依画栏（亦作画阑，即有画饰的栏杆），脉脉含情、悄声无语，寻觅着昔日两个人对弈取乐的棋局。出语含蓄，一语三意，写出了脉脉含情的神态，揭示了女子孤处的空寂心情，以及对弈者已去空留下令人惆怅的棋盘。化用古诗，贴切自然，显示出词人利用前人语言材料创新意境、化用神妙的高超艺术技巧和非凡功力。

上阕通过侧面、正面反复描写女子的心理状态、形象动作，为下阕展开宣泄相思之情埋下伏线、做好准备。

重会面，犹未卜。无限事，萦心曲——下阕忆昔日的欢聚之乐。词人从"重会面，犹未卜"不知再度欢聚在什么时候起笔，"无限事，萦心曲"回忆往事历历在目萦绕心头。心曲（qū），即心之委曲之处，犹内心深处。上阕主要展开描写，下阕则放笔言情。通过"秦筝依旧"、"宝香薰被"、"蝴蝶满园飞"，顺序写来。对三件生活中琐事的叙写，一层深似一层地展示女子的心理活动。过片四个三字句，"句短韵促，意悲情切"，成为全词的"词眼"。女子的一切相思哀愁无不由此而引发，一切无意动作都是因此而产生；既上承前半阕结句"寻棋局"的意脉展开铺写，又下启后半阕"秦筝依旧"三事深入刻画。

想秦筝依旧，尚鸣金屋——这是虚拟的想象之笔。秦筝：古秦地的一种弦乐器，又称秦弦。似瑟，相传为秦蒙恬所造，故名。宋·晏几道〔蝶恋花〕词有"细看秦筝，正似人情短"之句。金屋：华美之屋。金屋贵、金屋宠（居住华美之屋的贵妇）、金屋贮（藏）娇、金屋娇娘，寓意深沉。秦筝依旧，何人弄弦？金屋尚在，伊人何处？筝声绕梁，不绝如缕……物是人去，哀思无尽。以虚拟之笔、设想之辞，把对女子的怀念之深、相思之情，描摹得含蓄细腻，刻画得入木三分。

芳草连天迷远望，宝香薰被成孤宿——写女子相思深切，坐立不安。到户外，登高放眼，芳草连天迷离，望不见；入室内，宝香重薰锦被，成孤眠。一对情侣，天各一方。以相聚的欢乐，衬托离别的痛苦，今昔对比，更见孤眠之凄凉、相思之哀切。

最苦是、蝴蝶满园飞，无心扑——下阕词人"以健笔写柔情"倾诉抑郁，以声情激越的〔满江红〕词调抒写相思。到煞尾处，笔锋陡转，甩开"孤宿"之愁绪，由室内而户外，由环境描写而心理刻画。这两句出人意表，抒写精妙，结得突兀，为全词增色不少。词人以乐景写哀愁，以炽烈的情语收结，追忆往日，今昔对比，不仅将全词的抒情推向高潮，而且韵味悠长，使相思女子的形象更加生动、更见完美。

新评

这首词不属〔满江红〕词调的正格，但系仄韵格，故句脚几乎都是仄声。其"声情激越，宜抒豪壮情感与恢宏襟抱"（榆龙生编撰《唐宋词格律》）。此词调在唐五代及北宋初词中未见。柳永的〔满江红〕（"暮雨初收"）是宋人用〔满江红〕填词最早的一首。岳飞的〔满江红〕（"怒发冲冠"）慷慨悲壮，满腔报国激情。后来，苏东坡、辛稼轩用此调抒发政治情怀、人生感慨，几百年来，流风所及，填〔满江红〕词者，多激越豪放一格。只有周邦彦，却用此词调抒发儿女之情，其风格细腻柔婉，既与苏、辛豪放一派大相径庭，又与柳永婉约一派迥异其趣。本词为周词《清真集》中唯一的一首，"旧调用仄韵，多不协律。如末句云'无心扑'三字，歌者将'心'字融入去声，方谐音律……"（宋·姜夔《白石道人歌曲》卷三）。南宋以后，用〔满江红〕写柔情一派，多承周邦彦这首词的影响，使之成为诸多〔满江红〕中的创调。

对于周邦彦的词，一向有"健笔写柔情"之誉。全词自首至尾铺叙描写，借物寄情，移情于物，使物皆着我之色，皆抒我之情，词句含蓄，曲尽其妙。

词中"枕痕一线红生玉"之前一段，极尽渲染之能事。写"临宝鉴"而又"欲妆临镜慵"的情姿心态，无不突出女子独处孤宿的苦闷。上阕末两句为下阕宣泄相思之情埋下伏线，下阕前八句用一组工整流丽的对偶律句，生动地描述了女子韶光易逝、欢会无期的痛苦。结句因与情人天各一方，睹物怀人，面对良辰美景，赏心乐事，而无心玩赏，以乐景写愁绪，更使人愁何以当！

周邦彦词在艺术技巧方面，辞藻富艳，色彩秾丽，或含蓄，或直露，刻画精细，善于化用前人诗词文句，而毫无堆叠板滞之感，叙写脉络有条不紊，摇曳生姿，记事言情含而不露，极具层次，都是典型的"清真家数"。这首词是《清真词》唯一的一首，具有上述艺术特色,又是独特的创调。

　　这首词究竟写于何时,罗忼烈先生认为:宋哲宗亲政后,革新派被斥殆尽,保守派呼朋引类,明争暗斗,在热烘烘、乱纷纷如同"暮春三月,江南草长,杂花生树,群莺乱飞"(南朝梁·丘迟《与陈伯之书》)这当儿,周邦彦写了这首词。并认为"整首词都用寄托手法,通过春闺孤寂的各种景象,写出作者当时的政治愤慨。幻变《楚辞》的传统风貌,并运用错综的修辞技巧,传达了下面三层意思":

　　一是自己的政治苦闷。"宝香薰被",比喻洁身自爱……"成孤宿",比喻政治处境的孤立无助……"背画栏,脉脉悄无言,寻棋局"是寂寞无聊的情景,比喻自己的政治苦闷。

　　二是对革新派人和新法的不幸而感慨。罗先生认为词中一系列比喻,或"比喻怀念被斥逐到远州去的革新分子",或"比喻心中向往变法时的无限好景"。"金屋"影射朝廷;"秦筝"影射新法。"昼日移阴","蝶粉蜂黄都褪了"……象征新法被废,好景不长。

　　三是对当权派的愤恨和讽刺。罗先生以"蝴蝶"披着美丽的外衣,比喻保守派政客;"无心扑"(宋·姜白石及宋人所见本作"无人扑"),罗先生认为"人""暗指强有力的政治人物,如宋神宗、王安石,运用铁腕把顽固的保守派一网打尽"……

　　周邦彦用词含蓄深蕴,罗忼烈鉴赏处处指实。总觉得指实太多,难免牵强附会。还是那句老话,词人未必然,赏者何必不然!

瑞鹤仙

题解

　　〔瑞鹤仙〕,《词谱》:"此调始自北宋,应以周(邦彦)词为正体。但南宋人填此调者,悉同史达祖词。"卷三十一又云:"元高拭词,注正宫。《夷坚志》云:'乾道中,吴兴周权知衢州西安县。'一日,令术士沈延年邀紫姑神,赋〔瑞鹤仙〕牡丹词,有'睹娇红一捻'句,因名〔一捻红〕。"

　　《填词名解》卷三:"〔瑞鹤仙〕,高平调曲。"《清真集》、《梦窗词集》俱入"高平调"。诸家句逗出入颇大。龙榆生《唐宋词格律》列周邦彦、辛弃疾、张枢词为三格。102字,前片52字7仄韵,后片50字6仄韵。属仄韵格。第一格起句及结句倒数第二句,皆上一、下四句式。第三格后片增一字。

　　周邦彦这首词为第一格,其平(—)、仄(|)韵逗句式为:

　　|— —||(韵)—||(逗)||— —||(韵)— —|—|(韵)|— — —|(句)— —|(韵)— ||(韵)||—(逗)|||—(句)||||(句)||—||(韵)|—(韵)

　　||— —||(句)||— —(句)|— —|(韵)— —||(韵)— —|(句)|—|(韵)|— —

||(句)——|(句)———|||(韵)|——||(句)—||—||(韵)

罗忼烈先生称此词当是暮年避地睦州时纪事之作。

　　悄郊原带郭,行路永、客去车尘漠漠。斜阳映山落,敛馀红犹恋,孤城阑角。凌波步弱,过短亭、何用素约?有流莺劝我,重解绣鞍,缓引春酌。　　不计归时早暮,上马谁扶?醒眠朱阁。惊飚动幕,扶残醉,绕红药。叹西园已是,花深无地,东风何事又恶?任流光过却,犹喜洞天自乐。

这首词,《草堂诗馀》、《花草粹编》题作《春游》。读解全词,与题目并不切合。从时间上看,词人记述了昨日"斜阳映山落"黄昏之际到翌日清晨"醒眠朱阁"之事。

上阕写"郊外送客,短亭春酌",下阕写"酒醒赏花,惜花之情",抒写愁绪,自我安慰。

悄郊原带郭,行路永、客去车尘漠漠——首句以"悄"字冠于发端,用词特殊、词序颠倒,用以描述静态。这三句描写郊原送客的情景,"悄"字以状语修饰"带"字,既突出了寂静,又起到了协律的作用。"带"字形象地摹画出郊原静悄悄地沿着城郭一直伸展开去,既化静为动,又拓展了空间,同时为下句铺垫,一切都显得静悄悄的。一个"悄"字,收到写景、抒情、描写对象、传达心态多重作用。客去,自然若有所失,词人深感"悄"然!郊原延伸无际,围城如带,路途遥远,客子驱车离去,只留下一片"漠漠"的车尘。以叠字"漠漠"状写车行尘土飞扬的情态,模糊不清,善于炼字,景中寓情。

斜阳映山落,敛馀红犹恋,孤城阑角——描写孤城落照,抒发惜别情怀。"斜阳映山落",写刚离去时黄昏景象,走啊、走啊,时间、地点、景物不断变换。词人终于远远望见孤城了。"敛馀红犹恋,孤城阑角",写夕阳映照,馀光斜晖笼罩染红城角,似有留恋之意。称斜阳馀晖曰"馀红",造语既新颖,又具有移情之妙。词人写斜阳犹恋着孤城阑角,迟迟不忍收敛其馀晖,是把人的主观情感扩展于物,使人的主观送别的依依难舍之情,同客观景物融为一体,无论是人是物都沉浸在离别的愁绪之中。寓情于景(物),物皆着我之色。物尚且如是,人又怎能不相思?景中含情,寓意深刻。山落:山中村落。恋:将斜阳人格化。以物拟人。

凌波步弱,过短亭、何用素约——凌波:描写女子轻盈的步态,即三国魏·曹子建《洛神赋》所谓"凌波微步,罗袜生尘"。短亭:犹古代送行的驿站。素约:犹旧约也。词人转笔写人物,突然插入邂逅相遇之趣,非约而不期相逢,自必喜出望外、喜从天降。

有流莺劝我,重解绣鞍,缓引春酌——写不仅与女子邂逅相遇,而且"流莺劝我",于是重解鞍鞴,春酌欢晤,正是陈匪石《宋词举》所谓"意外遭逢"。词人本已因离别而愁烦,如今与歌妓邂逅,于是要重解绣鞍,再饮几杯,以消愁烦。写来发人深思,引人入胜,耐人回味。既掀起波澜,又急煞收束。

下阕写翌日酒醒后的情景。换头突兀而来,别开生面。

不计归时早暮,上马谁扶?醒眠朱阁——写醉后醒来今朝之事。换头几句,是由上阕"凌波"之事引发而来。"醒眠"四字,言简意赅、辞约事丰。词人酒醒之后,才知道自己昨宵"醉眠朱阁",至于何时、何人,如何把自己送到这里来的,就一无所知了,也无需多交代,省却多少笔墨!

惊飙动幕,扶残醉,绕红药——惊飙:亦作"惊飚"、"惊飚"、"惊飙"、"惊飚"。突发的狂风、暴风。扶:上文"上马谁扶"犹支持、帮助;"扶残醉"则为搀扶、扶持。红药:亦作"红芍"。红芍药花,暮春开放。词人"醉眠朱阁",乍醒之际,迷迷茫茫,恍恍惚惚,掀起波澜。待到"惊飙动幕",一阵狂风吹来,再掀波澜。虽已翌日,但"残醉"仍然未消。狂风吹来,花落堪忧。依恋之际,竟然"扶残醉,绕红药",如同秉烛夜观,护花费尽精神。出语奇警,形象逼真。

叹西园已是,花深无地,东风何事又恶——正因为惜花情深、护花情急,所以与"叹"字脉连意接。叹西园已经是花落遍地,"花发多风雨"、"花雨停天落"、"花落水流红"、"花落知多少"……诚难怪词人呵斥东风又"恶"。词人目睹落花飘零、落英缤纷,怎能不痛恨"东风"吹落花之恶。惜落花而怨东风,纵横驰骋,大开大阖,有所寄托,意蕴隽永。

任流光过却,犹喜洞天自乐——流光:如流水一样逝去的时光。宋·宋祁〔浪淘沙〕《别刘原父》词:"少年不管,流光如箭,因循不觉韶华换。"却:助词。用于动词之后,表示动作的完成。元·金仁杰《追韩信》第一折:"越把我磨剑的志节懒堕却,空将文业攻,武艺学。"洞天:道教将神仙的居处称洞天,意犹洞中别有天地。后泛指风景胜地。词中指词中主人公所居之地。道教神仙及道士所居有十大洞天、三十六小洞天。结两句急转直下,词人似有所悟,自我解脱,实寓隐遁之思,无可如何,只好求其次——"自乐",自得之乐。真切地写出了词人暮年时的凄凉心境,令人不胜唏嘘感慨。

周邦彦擅长调,旧说内容多繁复,或叙事,或写景,或抒情,错综交织,往往使读者感到头绪纷杂,难于索解,即如本词。然而仔细分析赏读,其时间脉络、人物关系、事件经过、情节发展,倒也清楚明白。

周词多用比兴手法，"香草美人，均有所指。其胸次高，书卷多，有感而发，发而必中。"金启华先生的评析令人信服。

全词诚如周济先生所说："结构精奇，金针度尽。"（《宋四家词选》）在章法上直叙情事，几起波澜。罗忼烈先生在其《周邦彦清真词笺》中指出："此词当是暮年避地睦州时纪事作。""然其时花石纲扰民愈甚。……'叹西园已是，花深无地，东风何事又恶。'弦外之音，或刺民穷财尽而犹横征暴敛也。"的确具有一定的思想意义。

送别而复有所遇，于是"重解绣鞍，缓引春酌"，狂飙酒醒，扶醉看花，叹惋身世，聊以自慰。词中叙及经过，宛转曲折，正是美成词质直绵密，凝炼含蕴，富有层次，前后关联，相互照应艺术特点的体现。

在遣词用字上，这首词亦颇具特色。"扶残醉，绕红药"，依恋春色，有此深情，故与下文"叹"字契合衔接，引发"东风何事又恶"，且同上文"惊飙"紧承相续，使词的结构严谨缜密，耐人咀华。"叹西园"几句，既具体，又形象，不言花落知多少，反觉沉重难释。

结以斥责东风又恶，不言及落英而痛恨东风，大开大阖，个中蕴涵着极为复杂的心理活动过程。

收煞两句有意宕开一笔，终归抛却烦恼，自求宽慰。正是诗词"结句须要放开，含有馀不尽之意"（南宋·沈义父《乐府指迷》）艺术技巧的体现。词人似有难言之隐，却又不直接或不便直接吐露。"犹"、"自"二字即传神地反映出那委婉复杂的心境，颇能传达出个中之神韵！

关于这首词尚有一桩公案，需加以说明。

南宋·王明清《玉照新志》卷之二载有《挥麈馀话》记周邦彦〔瑞鹤仙〕事：

> 美成以待制提举南京鸿庆宫，自杭徙居睦州，梦中作长短句〔瑞鹤仙〕一阕，既觉犹能全记，了不详其所谓也。未几，青溪贼方腊（对农民起义军的蔑称）起，逮其鸱张，方还杭州旧居，而道路兵戈已满，仅得脱于死。始入钱塘门，但见杭人仓惶奔避，如蜂屯蚁沸，视落日半在鼓角楼檐间，即词中所谓"斜阳映山落，敛馀红犹恋孤城阑角"者应矣。当是时，天下承平日久，吴越享安闲之乐，而狂寇啸聚，经自睦州直捣苏杭，声言遂踞二浙，浙人传闻，内外响应，求死不暇。美成旧居既不可往，是日无处得食，饥甚，忽于稠人中有呼"待制何往"者，视之，乡人之侍儿寿所识者也。且曰："日昃未必食，能舍车过酒家乎？"美成从之。惊遽间，连引数杯。散去，腹枵顿解。乃词中所谓"凌波步弱，过短亭，何用素约。有流莺劝我，重解绣鞍，缓引春酌"之句验矣。饮罢，觉微醉，便耳目惶惑，不敢少留，径出城。北江涨桥诸寺，士女已盈满，不能驻足。独一小寺经阁偶无人，遂宿其一。即词中所谓"上马谁扶，醒眠朱阁"又应矣。既见两浙处处奔避，遂绝江居扬州。未及息肩，

而传闻方贼已尽据二浙,将涉江之淮泗,因自计方领南京鸿庆宫,有斋厅可居,乃挈家往矣。则词中所谓"念西园已是,花深无路,东风何事又恶"之语应矣。美成平生好作乐府,将死之际,梦中得句,而字字俱应,卒章又验于身后,岂偶然哉!美成之守颍上,与仆相知,其至南京,又以此词见寄,尚不知此词之言。待其死,乃尽验如此。

记述很神奇!

王明清之父王铚,与周邦彦为挚友,词又系周邦彦所寄,所言充满迷信与炫耀色彩,虽非全系子虚乌有,传扬傅会,但不足全信,聊作填词背景材料以资参考。旧说以此词作于宣和三年(1121),时周邦彦六十五岁,并非其绝笔。他如周济所谓本词"追溯昨日送客后,薄暮入城,因所携之妓倦游,访伴小憩,复成酣饮"云云,似乎有几分道理,但又不可尽信。

至于是否"昨日"送客之作,追述何日黄昏后送客,对词中一系列细节,似乎不必深究,也无需坐实。

西平乐

题解

〔西平乐〕,《词谱》卷三十:"此调有仄韵、平韵两体。仄韵者,始自柳永,《乐章集》注小石调;平韵者,始自周邦彦,一名〔西平乐慢〕。"吴文英词即名〔西平乐慢〕。《填词名解》卷三:"古清商曲有〔西平乐〕。"

柳永词,双调102字。上片42字8句4仄韵,下片60字13句6仄韵。小石调。周邦彦词,双调137字。上片67字12句4平韵,下片70字15句3平韵。小石调。

又《词谱》:"此调押平声韵者,以此词为正体,若杨(泽民)、方(千里)、陈(允平)三词之或摊破句法,或减字,皆变格也。"

元丰初,予以布衣西上,过天长道中。后四十馀年,辛丑正月二十六日,避贼复游故地。感叹岁月,偶成此词。

稚柳苏晴,故溪歇雨,川迥未觉春赊。驼褐寒侵,正怜初日,轻阴抵死须遮。叹事逐孤鸿去尽,身与塘蒲共晚,争知向此征途,迢递伫立尘沙。追念朱颜翠发,曾到处、故地使人嗟。　道连三楚,天低四野,乔木依前,临路敧斜。重慕想、东陵晦迹,彭泽归来,左右琴书自乐,松菊相依,何况风流鬓未华。多谢故人,亲驰郑驿，时倒融尊，劝此淹流，共过芳时，翻令倦客思家。

元丰：宋神宗赵顼年号。公元1078年至公元1085年。布衣：本布制衣服。序中借指平民百姓。天长：今安徽天长县。辛丑：按"后四十余年"上溯为宋徽宗宣和(1119-1125)三年。考周邦彦初自钱塘入都为太学生为元丰二年(即1079年)。期间相隔四十二年左右，知为宣和三年(1121)正月二十六日"复游"天长所作。

小序点明了这首词写作的时间、地点及原因。正月过天长，八月达南京(今河南商丘)，卒于鸿庆宫之斋厅，是时六十六岁，系词人绝笔。序中所谓避"贼"，系指方腊起义。方腊于宣和二年(1120)秋，率领义军攻占杭州、歙州(今属安徽)等州县，东南为之震动。旧说均以〔瑞鹤仙〕("悄郊原带郭")为清真绝笔，似觉未妥。

词人由扬州赴南京(今河南商丘)鸿庆宫途中所作。宋词中"西上"多指由东南入南京。抒写四十余年前旧地重游的景色风光及今日"复游"的感慨之情。

上片先写景后叙情。抒发故地景色风光，就景抒怀，不无留恋之意。

稚柳苏晴，故溪歇雨，川迥未觉春赊——写稚柳在雨中甦醒，春寒料峭，春意无多，冷暖不定。写法宛转老到。"故溪"对"稚柳"，"歇雨"承"苏晴"。赊：犹迟缓。"稚柳苏晴"词序倒置，反觉精警，是周词常用的手法之一。与〔琐窗寒〕"暗柳啼鸦"相似。雨后大自然清新无比，词人也心神清爽。诗情画意的客观描写，毫无词人的主观色彩。

驼褐寒侵，正怜初日，轻阴抵死须遮——词进一步渲染初春景象，写气候冷暖不定。然而老柳尚带有雪霜侵袭的驼褐之色，初阳的微温还被浅浅的树荫抵死遮挡。全系景语，但心情却充满抑郁之情。词人因气候变化而引发的生理上心情感受变化，影响及于心灵深处萌生的迟暮。上句的"未觉"，这里的"正怜"、"抵死"，与词人被压抑的情绪紧密相连，一点也不轻松。驼褐：本指内衬驼毛的粗布衣。语本宋·欧阳修"轻寒漠漠侵驼褐"诗句。抵死：拚力，竭力。

叹事逐孤鸿去尽，身与塘蒲共晚，争知向此征途，迢递伫立尘沙——从自然的阴晴冷暖、变幻无常，写到人生的今昔盛衰、变化不定，仍为景语。但"孤鸿"、"塘蒲"、"尘沙"所具有的动静景象仍然充满压抑。领字一"叹"，直到上片结赘一"嗟"字，一气贯注，便锁定了沉闷的基调：慨叹四十余年所走过的坎壈历程，嗟嘘翻翻年少曾游旧地的万千思绪，前后呼应，今昔之感慨无不蕴蓄其中，抑郁感叹之情力透纸背。"事逐"句化用唐·杜牧《题安州浮云寺楼》"恨如春草多，事逐孤鸿去"诗意，四十余年情事一带而过，情景交衬，转折自然。"身与塘蒲共晚"，亦用典。唐·李贺《还自会稽歌》序有"庾肩吾于梁时尝作《宫体谣引》，以应和皇子。及国事沦败，肩吾先潜难会稽，后始还家。"歌中云："吴霜点归鬓，身与塘蒲晚。脉脉辞金鱼，羁臣守迤贱。"王琦注谓指庾肩吾"发白身老,不堪再仕,当永辞荣禄,守贫贱以终身"(上引上海辞书出版社《唐宋词鉴赏辞典·唐五代北宋卷〔西平乐〕》)。周邦彦同庾肩吾均夙擅文辞,是时年老失官避兵乱间道还南京亦同。所以用"身与塘蒲晚"一句,"借以自况"。周邦彦套用前人成句,仅添以一"尽"、一"共"两字,即衬足"悲"意,且"语省意丰",精炼准确,足以说明词人用典之妙、造语之工、化用之奇。"事逐孤鸿去尽,身与塘蒲共晚",不正是词人对自己一生悲苦的总结吗?"事",感事、叹事,不就是本传所载献赋万馀言,读于迩英殿、召赴政事堂,自太学诸生一命为正么?身,本身。不就是晚年衰朽萧瑟么?争知:犹怎知。即柳永〔八声甘州〕词"争知我、倚阑干处,正恁凝愁?""争知"二句承上,进而写凄凉境况。

追念朱颜翠发,曾到处、故地使人嗟——翠发:青发,黑发。"追念"是在上述同一时空画面之上,叹老哀衰,而感慨不已。昔日青春年少,"朱颜翠发",而今年逾花甲,白首沉沦,怎能不叹嗟。因情布景,景与情设,乃词人精心之构思。以"叹"、"嗟"领结七句,足见感叹、嗟伤之深!

下片抒尽倦游思归之感,充满叹惋感慨之情。过片四句十六言,写眼前景物依旧。

道连三楚,天低四野,乔木依前,临路欹斜——交代了上片词人伫立沉思之处。承上片结处,故地仍然"道连三楚"。三楚:皖湘鄂及江浙赣一带。五代之际,马殷据长沙,周行逢据武陵,高季兴据江陵,都在古楚地,分为东楚、南楚、西楚,故称。亦指今湘鄂一带(见《三楚新录》)。词人对四十馀年的景色记忆犹新,写景仍然气象辽阔、雄浑。此时,词人从郑地(郑驿)向湘鄂。"天低四野,乔木依前",言四野天地相连,高大乔木依旧,时间变迁,重游故地,但人的心境迥然不同。就连"临路欹斜"写不平坦的道路的"欹"、"斜"二字,都含孕着词人心底的抑郁不平意蕴。这几句合时间、地点、人物、景物,上下片过渡自然、衔接紧密。

重慕想、东陵晦迹,彭泽归来,左右琴书自乐,松菊相依,何况风流鬓未华——这五句写词人心境不平静的具体内容和表现。以"重慕想"领起,故地重游,进一步由景色忆及高人隐士弃官归隐。东陵晦迹,彭泽归来:东陵,指秦东陵侯召平,当秦灭之后,召平种瓜长安市东,因其瓜甜美无比,而谓之"东陵瓜"、"召平瓜"(详见《史记·萧相国世家》)。彭泽,东晋陶潜(字渊明)曾为彭泽令,因厌恶官场,"不为五斗米折腰,而向乡里小人",故"挂冠(官帽、官服)而归",并作《归去来兮辞》。辞中的名句"三径就荒,松菊犹存"、"悦亲戚之情话,乐琴书以消忧",抒写归隐之情。词人用召平、陶潜之典,写自己完全可以像他们一样,归隐不仕。同时表白了自己对出仕的后悔。重(chóng):深深,甚。词人从"道连三楚"一直写到"何况风流鬓未华",完全是续写序中所说"天长道中"所见所闻、所感所悟。既有两度经过物我变化的嗟叹,又有飘泊流徙宦海浮沉的悔恨。"何况"二字一转折,似有所悟,于是从想象又回归现实。

多谢故人,亲驰郑驿,时倒融尊,劝此淹流,共过芳时,翻令倦客思家——词笔又一转折。写自己感激当年的亲友故交,为自己接风,相邀宴饮,执壶把盏,热情留住,度过一段美好的时光。慢词写至此处,似连珠、如波涛,滚滚而来、倾泻而下。然而煞尾跳出一句——"翻令倦客思家",势如野马脱缰,快似决堤激流。虽有"风流鬓未华"、身体尚健,但内心疲惫,似乎人生已到尽头,突然煞住。亲驰郑驿:《史记·郑当时传》:"郑当时者……孝景时为太子舍人,每五日洗沐,并置驿马长安诸郊,存诸数人,请谢宾客,夜以继日,至其明旦,常恐不遍。"后来借指对友人盛情接待。时倒融尊:《后汉书·孔融传》载:"及退闲职,宾客日盈其门,尝叹曰:'座上客恒满,尊中酒不空,吾无忧矣。'"词中指友人请饮酒。结句也是词人一生词作的绝笔。词人卒于异乡,再也未能返回故里。

结尾六句一韵,写天长故人热情好客,比得上郑当时、孔北海。而且一再挽留长住,共度春天。尽管感激不已,然而反觉倍加感伤。因为故园不可返,旧地又难重游,自然更加思家。

《人间词话》云:"昔人论诗词有景语、情语之别。不知一切景语皆情语也。"这首词作为长调以写景为主,旨在言志,求得情景交融,读全词,入目而来的景物,或稚柳,或塘蒲,或驼褐、孤鸿,或尘沙、天低,无穷阴冷昏暗,使人萌生的念想,也是低沉惨淡。留给人的意象,不是皇帝面前粉饰太平、歌舞昇平的供奉官员,便是情绪低落、希冀归隐的封建文人,不久即弃世而去。这首词也可以说是词人心力交瘁、年老体衰、谢世绝命之笔。

宋徽宗政和八年,周邦彦罢大晟府提举,出知顺昌府(今安徽阜阳),又移知处州(今浙江丽州),未莅任处州,又奉诏提举南京(今河南商丘)鸿庆宫,居睦州(今浙江建德)。值方腊起义,还居故里杭州,又避兵渡江暂寓扬州。因义军已据两浙,将攻淮、泗,于是经天长,转徙南京。这首词即是暮年词人之绝笔。

综观此词及其内容、风格,确定为晚年所作,而且纠正了以〔瑞鹤仙〕为其卒前最后一首绝笔词之误,颇有道理。因为词人一生漂泊,而且此时已两目昏眊、心境悲凉,不仅归隐之情溢于言表,就连笔致也不复当年之严谨,风格无复盛年之深劲,虽说仍然清旷疏放、独具一格,但已非"一步三折"昔日之态可比。(龙榆生《清真词叙论》评)

尤其值得注意的一点是周邦彦对宋徽宗及蔡京的暧昧态度,一向未为论者所注意。认为其词无关朝廷、民生、社会、政治之宏旨,一味地男女恋情、悲欢离合。如是看待美成词是不公平的。周邦彦在这首词中"重慕想、东陵晦迹,彭泽归来,左右琴书自乐,松菊相依,何况风流鬓未华",深情地崇尚心仪召平、陶潜两位古人,表现了词人对官场的厌倦和对政局的预感。词人暮年的到来,也是北宋朝廷末日的到来,当时徽宗亲政,蔡京专权,三十年来,朝廷腐败,民不聊生,官逼民反,方腊起义,花石纲之役,荼毒百姓。"宋至徽宗之季年,必亡之势,不可止矣!""无一而非必亡之势"(清·王夫之《宋论》卷八)。周邦彦对执政者有很清醒的认识,如南宋·周密所记载:"(徽宗)以近者祥瑞沓至,将使播之乐府,命蔡京微叩之,邦彦云:'某老矣,颇悔少作!'"(《浩然斋雅谈》卷下)说明周邦彦对此有明确的认识和态度。他不肯阿附蔡京,不因是而乘机求进。仔细聆读清真今存190多首词,其中并"无一颂圣贡谀之作"。而且有对当时现实不满和感慨盛衰兴亡之作。如〔黄鹂绕碧树〕"这浮世、甚驱驰利禄,奔竞尘土",充满怨和怒。如〔西河〕("佳丽地")"酒旗戏鼓甚处市。想依稀、王谢邻里。燕子不知何世,入寻常巷陌人家相对,如说兴亡斜阳里。"〔西河〕("长安道")"到此际,愁如苇,冷落关河千里。追思唐汉昔繁华,断碑残记。未央宫阙已成灰,终南依旧浓翠。……想当时,万古雄名,尽是作往来人,凄凉事。"无非盛衰兴亡、愁思凄凉。所以"大晟词人"、"御用文人"之贬,从何论起?这类词作无异于北宋王朝的哀调挽歌,在北宋词坛、词史上也是绝无仅有者。

　　就这首词总体而言,无论结构、风格,仍然不失为一首佳作。周词向以"缘情"称,这首词则属"言志"之作。其写景抒情言志,独到之处是:客观布景写实,丝毫不打上词人主观感情的烙印。不像〔西园竹〕("浮云护月")"江南路绕重山,心知漫与前期"、"秋意浓,闲伫立,庭柯影里,好风襟袖先知"。未曾沾染词人的主观色彩。上阕言身世,下阕叹时世,结构独标一格,意蕴层层深入,实属老成绝笔好词。

　　宋·沈义父《乐府指迷》认为:"词中用事使人姓名,须委曲得不用出最好。清真词多要两人名对使,亦不可学也。"似不无道理。然周词中如"庾信愁多,江淹恨极"(〔宴清都〕)、"才减江淹,情伤荀倩"(〔过秦楼〕)、"兰成憔悴,卫玠清羸"(〔大酺〕)及这首词中的"东陵晦迹,彭泽归来"……并无什么不好,学有何不可,学又有何妨?古人所评不可不信,也不可尽信。

浪淘沙慢

题解

　　〔浪淘沙慢〕,周邦彦同词调下有"万叶战"、"晓阴重"两首。前者双调133字。上片51字8句5仄韵,下片82字15句9仄韵。后者双调133字。上片51字9句6仄韵,下片82字15句10仄韵。二者句读有不同之处。"晓阴重"上片"发"、"折",下片"竭"字处押韵,"许"、"色"字处不押韵。《词谱》以方千里、杨泽民、吴文英、陈允平均有和词,故以此词作谱。谱内可平可仄即参上述诸家词校定。《词谱》卷一载:"精绽悠扬,真千秋绝调!其用去声字,尤不可及。观竹山和词,通篇四声,一字不殊,岂非词调有定格耶?故可平可仄俱不敢填。"又《词谱》:"按《清真集》二词(指"万叶战"、"晓阴重"二首),句韵互有不同。此词(指"万叶战"一首)方千里、杨泽民、陈允平俱无和韵之作,填者当以'晓阴重'一词为正体。""又按:此词各刻俱作两段,而《词综》于'西楼残月'分段作三叠,必有所据。"

笔者经过反复考核查证及推敲词意,分本词为上、中、下三片。原下片从"罗带光消纹衾叠"以下作为三片中的下片;"情切……凭断云留取、西楼残月"为中片,取"三叠"之说,依朱彝尊《词综》分作三叠。

晓阴重,霜凋岸草,雾隐成堞。南陌脂车待发,东门帐饮乍阕。正拂面垂杨堪揽结。掩红泪、玉手亲折。念汉浦离鸿去何许,经时信音绝。　情切。望中地远天阔。向露冷风清,无人处、耿耿寒漏咽。嗟万事难忘,惟是轻别。翠尊未竭,凭断云留取、西楼残月。　罗带光消纹衾叠。连环解、旧香顿歇。怨歌永、琼壶敲尽缺。恨春去、不与人期,弄夜色,空馀满地梨花雪。

这首词写别离相思,抒离愁别情。上片、中片忆昔,下片写今。时间跨度大,所以全词曲折回环、层次丰富、时地转移、变化有序。有的写秋景,有的叙春色,必须梳理清楚脉络,才能正确赏析解评这一完整而又统一的艺术佳作。

全词分上中下三片:

上片交代分别的时间、地点,回忆当时离别的情景。时当秋天"晓阴"、"霜凋"、"雾隐"之际,一个浓雾的清晨,地点是城堞,一位青春女子"掩红泪、玉手亲折"以柳相赠送别情人。

晓阴重,霜凋岸草,雾隐城堞——发端三句写景。一个浓雾笼罩、岸草凋零的秋日凌晨,为词中人物出场营造了一个抑郁难耐的气氛,烘托离别双方的沉痛怅惘心情。城堞:城墙上齿形矮墙,俗称女墙。

南陌脂车待发,东门帐饮乍阕——写离别时的情境。　南陌:向南去的道路。阡陌本指田间小路,东西曰陌,南北曰阡。在古河东则以东西为阡、南北为陌。词中指道路。　脂车:油涂车轴,利于运转。亦指驾车出行。　帐饮:古代送行,在城外路边设帷帐饯别,谓之帐饮。"东门帐饮"典出《汉书·疏广传》:疏广辞归,公卿大夫设帐东都门外送行。　阕:终了;结束。词中"南陌"、"东门"均泛指。"东门帐饮乍阕"写双方马上就要离别。

正拂面垂杨堪揽结。掩红泪、玉手亲折——写折柳送别。这是古诗词中常常写到的古老送别方式和风俗。古诗词中"杨"、"柳"并用。杨柳作为植物,同属"杨柳科","盖一类二种也"。杨柳:泛指柳树。早在《诗经·小雅·鹿鸣》中就有:"昔我往矣,杨柳依依。"唐·温庭筠诗《题柳》:"杨柳千条拂面丝,绿烟金穗不胜收。"这里的"拂面垂杨"即指垂柳、垂柳枝。 "红泪"用典。晋·王嘉《拾遗记》中《魏》记载:"文帝所爱美人,姓薛名灵芸,常山人也……一至升车就路之时,以玉唾壶承泪,壶则红色。既发常山,及至京师,壶中泪凝如血。"后诗词典籍中以"红泪"称美人泪。唐·白乐天《离别难》诗、宋·晏几道〔点绛唇〕词都用过"红泪"。"红泪"犹血泪。 玉手:既指柔嫩白皙,又喻心灵善良纯洁。"杨柳"同属,"柳"、"留"谐音,蕴含着送者不忍分离,希望行者能留下来的心意。据《三辅皇图》载:"霸桥在长安东,跨水作桥,汉人送行至此桥,折柳赠别。"周邦彦所写,非同一般,这里的描写使人物的神姿、仪态乃至心灵,无不跃然纸上、活灵活现、栩栩如生。

念汉浦离鸿去何许,经时信音绝——汉浦:本山名,在今湖北襄阳西北。传云周郑交甫于汉皋台下遇二女,二女解佩相赠。佩珠"大如荆鸡之卵"(《文选·江赋》注引《韩诗外传》)。 离鸿:失群离散孤飞的雁。见晋·潘岳《笙赋》。词中比喻分离之后的孤单女子。"汉浦离鸿"指先前离去的行人。 去何许,去哪里,兼言其道远。经时信音绝:既写其出行日子很长很久,又指杳无音信,更多了一层担心、一层牵挂。绝,断绝;停止。

中片写别时依依难舍、遥望行人离去时的伤心情怀。

情切。望中地远天阔。向露冷风清,无人处、耿耿寒漏咽——进而抒发思念之情。那是一个秋天的夜晚,地那么遥远,天那么辽阔,行人奔向"露冷风清"的"无人处"。"露冷"及下面的"残月"点明时间、季节。情切:情发一心,情发于中,"情到不堪回首处",直露心声,具有千钧之力。即使登高望远,也遥远难望,表现出对行人深沉的思念和殷切的关注。耿耿:烦躁不安、心事重重。即使夜阑人静时分,仍然涕泣悲伤。词人以铜壶滴漏比喻人的伤心落泪,比喻贴切,凄婉动人,用意象表述人的主观情感。"露冷风清"、"耿耿寒漏"八个字所点染的凄冷环境,胜似千言万语,蕴涵着词人细微复杂的主观意念和忐忑不安。

嗟万事难忘,惟是轻别。翠尊未竭,凭断云留取、西楼残月——词人完全采用比喻、联想的手法,表达出在特定环境中特定的心理感受:"万事难忘",惟是那次"轻别"。后悔、怨叹交织。悔不该当初轻率分手、轻易离别,悔恨之情不言而喻。同时,充分表现了能够等到行人归来的信念,因而杯中酒未空,一心等待归来重饮。欲留住"断云",留住"残月",让时间停止移动,举头望明月,对影成双,寄托相思,以慰藉充满离恨的心。然而事实却是,剩下的只有"断云"、"残月",一个人度过那孤独凄清的寒夜。翠尊:即翠樽。饰以绿玉的酒器酒具。周济说:"(翠尊未竭)三句一气赶下,是清真长技。"柳永词因"杨柳岸晓风残月"而有"残月"柳屯田(曾任屯田员外郎)之誉,周美成一句"西楼残月",亦不让柳耆卿。比之唐·夏宝松诗"雁归南浦人初静,月满西楼酒外醒"更新颖独到。

下片抒写轻别后的相思与怀念。夜不成寐,茶酒无味,饮食不思,"恨春去"、"弄夜色",相思、离恨意悠悠,情难绝。上片、中片均写往昔,直到下片才写到今时,已经秋去冬归春天来了,直接点明时序。同时,伤心离别,日夜思念,时时等待,处处企盼,仍然没有等到行人归来,于是产生了无比的"恨"、无尽的"怨"。情感极其强烈,怨情一气贯注。

罗带光消纹衾叠。连环解、旧香顿歇。怨歌永、琼壶敲尽缺——词中连续写出了几种被幻灭了的美好事物:"罗带光消"、"纹衾叠"、"连环解"、"旧香顿歇"、"怨歌永"、"琼壶缺"。是几种事物、几种比喻,也是几种感受、几种意象,都由原来的美好的物件变得无光泽、弄皱折、被分解、失芳香、变残缺。这种层层深入的表现手法极为形象准确地表达了个人的怨恨之深。如此连珠炮般"爆炸",倾尽了离恨对人的无情折磨和摧残。纹衾:有花纹色彩的被子。连环:联结成串的玉环。典出《战国策·齐策》,秦王尝遣使者遗君王后以连环,曰:"齐多智,而解此连环不?"君王后以示群臣,不知解。王后引椎破之,谢秦使曰:"谨此解矣。"喻解开难分的爱情纠葛。琼壶敲尽缺:出自《晋书·王敦传》:"(王敦)每酒后均咏魏武帝乐府,歌曰:'老骥伏枥,志在千里;烈士暮年,壮心不已。'以如意打唾壶为节,壶口尽缺。"周邦彦此处用典,与唐·韩退之的《听颖师弹琴》、宋·苏东坡的《百步洪》同一手法,词中罕见。"罗带"、"连环"、"旧香"三折而下,"层层追迫,一层一追,一追一紧,文如骤风飘雨,情则泪枯血竭,真有万玉哀鸣之感"(俞平伯《清真词释》)。

恨春去、不与人期,弄夜色,空馀满地梨花雪——因愤恨至极,发为愤怒,出以怨言:"恨春去、不与人期。"无论什么原因,一律不加追究,却转而"恨春"。看似无理,倒也有情,这是一种无可奈何的移怒于物、迁恨于物的手法。似乎词中人解了一口气。结句最妙,突然转向写景,是全词三叠所写情事之总括。以花喻雪,词人用梨花落满地的具象写春"弄夜色"。"弄"字绝妙! 末二句用倒装,不着平庸之笔。"梨花雪",空际写怨,出人意表。

词分三片,"往复回环,前呼后应,铺叙委婉,层次清晰,转换变化,顿挫有致。"词人巧妙地把一篇有层次、多变化的三叠词融汇一体。既考虑到全词的结构完整统一,又注意到三叠各片局部的灵活自如,如陈廷焯所说:"蓄势在后,骤风飘雨,不可遏抑。歌至曲终,觉万汇哀鸣,天地变色,老杜所谓'意惬关飞动,篇终接混茫'也。"(《白雨斋词话》)正是美成善于结构长篇、驾驭长调艺术才华的很好展示。

恨别之作最忌落入虚套,流于一般化。

"满地梨花雪",以花喻雪,早已在古代诗词中出现。唐·岑参《白雪歌送武判官归京》"忽如一夜春风来,千树万树梨花开"即以梨花喻雪。南朝梁·萧子显《燕歌行》"洛阳梨花落如雪",唐·温飞卿《太子西池》"梨花雪压枝",均以雪比梨花。周邦彦词则罗列、铺排,分三叠描摹、忆述,循着离别、思念、追悔、期盼、怨恨、惆怅、茫然的轨迹,一路写来。使词细致委婉、形容生动、完整圆润,成为宋人慢词长调中不可多得的绝妙好词。

周邦彦极擅遣字用词造句。"情切",直露心声。"空馀",化景入情,备觉幽咽不尽。"恨春去"二句怨春去无情,"不与人期",铺满一地梨花使人愁绝……尤其是"弄夜色"三字,于前路奔驰之下,忽作停顿,姿态横生。结句畅说,极尽摇曳之致。笔者很赞许将王荆公《寄蔡氏女子》诗"积李兮缟夜"、杨诚斋《读退之李花诗》"远白霄明雪色奇"作为周邦彦这首词注脚的说法。

个中"弄"字颇耐玩味。词中"弄"字,有用手把玩、舞弄,乃至撩拨、逗引之意韵。宋·苏东坡的"起舞弄清影,何似在人间",宋·张三影(先)的"沙上并禽池上暝,云破月来花弄影",都是久已流布人口的名句。唐·于良史"掬水月在手,弄花香满衣"(《春山夜月》),金·董解元"过雨樱桃血满枝,弄色奇花红间紫"(《西厢记诸宫调》),尤其是宋·王安石词〔南浦〕中"会风鸭绿粼粼起,弄日鹅黄袅袅垂","弄"字何等有力度! 全词"精壮顿挫",已开北曲之先声。

这首词又是周邦彦慢词中难于索解的一首。自陈洵说"'晓阴重'至'玉手亲折'皆是'追叙别时'"后,这种说法影响很大。之后,杨铁夫、唐圭璋、俞平伯均持此说。按照他们的见解,"念汉浦离鸿去何许,经时信音绝"是词人对女子的怀念,"离鸿"指分手后的女子。按说,折柳赠别,在古代折柳者是送行之人,而非被送者。那么,"玉手亲折"是女子折柳以赠词人,所以"离鸿"当指词人。这就出现了一个如何诠释的问题。有雅兴者,不妨尝试解评一番。

忆旧游

题解

《词谱》卷三十:"调始《清真乐府》。一名〔忆旧游慢〕。"越调。《填词名解》卷三:"〔忆旧游〕,取顾况诗'终身忆旧游'。"《清真集》入越调。双调102字,上片51字11句4平韵,下片51字11句5平韵。过片二字亦可不叶。又《词谱》:"此调以此词为正体。方千里、杨泽民、陈允平、赵以夫、张炎等词,俱以此填。"

《草堂诗馀》题作《春恨》。

记愁横浅黛,泪洗红铅,门掩秋宵。坠叶惊离思,听寒蛩夜泣,乱雨潇潇。凤钗半脱云鬓,窗影竹光摇。渐暗竹敲凉,疏萤照晚,两地魂销。　　迢迢、问音信,道径底花阴,时认鸣镳。也拟临朱户,叹、因郎憔悴,羞见郎招。旧巢更有新燕,杨柳拂河桥。但、满目京尘、东风竟日吹露桃。

〔忆旧游〕是一首怀人忆旧之作。描写一个多情女子对心仪之人刻骨铭心的相思之情。词人通过对女子愁容、愁态以及行为动作的勾勒描摹,将女子焦急、矛盾、羞怯、伤感及害怕被遗弃的复杂心情,非常逼真形象生动细腻地刻画出来。用"昼思暮念"、"朝思暮想"形容,恰如其分。

上片写回忆,极尽环境氛围渲染烘托之致。写女子愁容姿态,摹形状态细若剥笋,连室内户外周围环境都蒙上了一层愁苦的色彩。极写女子的"暮想",侧重外部描写。

记愁横浅黛,泪洗红铅,门掩秋宵——发端三句记伊人。以"记"领起,先写容。词人用三个结构相同的四字对句很工巧地画出女子蛾眉愁结、泪水洗面的愁态及夜阑无奈掩门的动作。　黛:青黑画眉的颜料。代指眉。　红铅:胭脂、铅粉。劈首一个"记"字,突出往事历历,记忆犹新,难以忘却的深情。闺门深掩,千言万语归于无言,其情格外深挚。

坠叶惊离思,听寒蛩夜泣,乱雨潇潇——写室外景象,从听觉入手,是女子自感。欲睡不能,连窗外落叶也忽然而惊,听寒蝉凄切似断肠人啜泣,更别说那秋风卷落叶的潇潇乱雨了。无论什么声音都使之惊恐无常,自然是彻夜无眠。蛩(qióng):蟋蟀的别名。又作螀(寒蝉)。"坠叶"意蕴丰富。落叶都能将人从沉思中惊觉,说明一直沉浸在离情之中,也说明环境极其幽静。理解为惊别也很好。是写实,也是离人心绪的象征。雨水、泪水,人泣蛩鸣混合一片,分外撩人离愁别绪。

凤钗半脱云鬓,窗影竹光摇——笔锋转折,再写室内。女子无心整理梳妆,呆痴般地盯着摇曳晃动的烛光,心事不宁。"凤钗半脱云鬓",写得恰到好处。突然转到室外,光影在窗上摇晃颤动,显示出高超的艺术技巧。"剪烛西窗"常写团圆,本词"窗影竹光摇"却写离别,更使人黯然神伤。

渐暗竹敲凉,疏萤照晚,两地魂销——复写自感。词人进一步渲染那暗淡伤心的环境,雨打暗竹,疏萤闪动,夜凉寂冷,相思折磨,黯然伤情。南朝梁·江淹《别赋》:"黯然销魂者,唯别而已矣。"词中写因离别而极度伤感。仍然是写景,但一个"渐"字,透出了个中消息:彻夜难眠,悲凉的一个夜晚。从发端一连串的景物描写、渲染、烘托、暗写,使上结更见凝重、哀痛。歇拍三句,将深沉的回忆轻轻挽回,词境化为如今。夜色深沉,更深人静,离人之心更其沉重。"两地魂销",结以合写,异地相思,同样"销魂",情何以堪,人何以奈!周邦彦化用前人词句为自己的奇思妙想,无迹可寻,更其感人。

下片写眼前。是女子的"昼思"。偏重心理勾画,如同层层剥笋。转入思念对方,以景物暗示人物心绪。

迢迢、问音信,道径底花阴,时认鸣镳——"迢迢"有承上启下的作用,又一个层次。写女子思念等待心上人。在路旁、花下,凭分辨是否有自己熟悉的心上人所骑骏马的嘶鸣声,就能知道人来了没有,真是"心心相印"、"心有灵犀一点通"!镳(biāo):马口中的衔,即勒,在马嘴旁者。引申作坐骑。

也拟临朱户,叹、因郎憔悴,羞见郎招——又一层意思,又一转折。写女子欲登上朱门去会见心上人,但又怕自己因相思而憔悴,羞于去相会,生动地体现了女子矛盾复杂的心情。词中化用唐·元稹《会真记》中崔莺莺"自从别后减容光,万转千回懒下床。不为旁人羞不见,为郎憔悴却羞郎"的诗意。人物形象热烈明朗,栩栩如生。这几句分明也是气话,怨郎不归,怨之弥深,正是爱之愈深;恨之入骨,正是相思之极!

旧巢更有新燕,杨柳拂河桥——这一层次写女子的痛苦猜想,也可以说是"胡思乱想"。心上人是否会另觅新欢,旧巢里是不是飞入新燕?流水无情,杨柳有意,比喻形象生动。河桥:在汴京隋堤上,当时的送别之处。词人不直接抒发情感,而采用暗示的手法。隐约其意,不浅白直露。触景生情,以燕子反衬人物。词中暗用唐·韩偓"藤垂戟户,柳拂河桥。帘幕燕子,池塘伯劳"(《香奁集·春昼》)诗意。词人与韩偓写相思之情,同一机杼。意思是又一年过去了,燕子又来了,杨柳柔条又拂拭着河桥,而人呢?却不见回来。

但、满目京尘,东风竟日吹露桃——是景语,更是凄苦无比的情语。两句都用典。上句用晋·陆机"京洛多风尘,素衣化为缁"(《为顾彦生赠妇》);下句用唐·李义山"无赖夭桃面,平明露井东。春风为开了,却拟笑春风"(《嘲桃》)。露桃:指水灵灵的桃花。唐·顾况有"露桃秾李自成蹊"诗句。这两句词究竟怎样理解和诠释呢?看似容易,却很难诠释和新解,兹将几处译文照录如下:

"但我又不得不在京城飞扬的尘土里不停蹒跚,眼巴巴地望着将满树桃花吹得绚烂。"

"但见满眼飘自京都的飞尘,被东风卷裹着从早到晚地吹弄着带有露水的薄命桃花。"

"京华风尘满眼,夭桃秾李成天招展,但我心有专属,终不为京尘所染,且不为夭桃所动也。"

真是公有公理,婆有婆理!虽可以不妨公所并观,但总有一正理。

看来周邦彦在汴京求官时与旧日情人鱼雁传情,有过一段难舍难分的经历,才有如是深刻的回忆与感慨。

全词写景抒情,笔法细腻,变化有致,结构谨严,虚实相生,婉曲含蓄,"无限凄凉,炼字炼句,精劲绝伦"(清·陈廷焯《云韶集》),塑造了一位深情、含蓄、痴情、自制的女子形象。近人俞陛云有一段精彩的释解云:"先将窗外之秋声,闺中之愁态,细细写出,以'两地魂销'句彼此开合,遂与下阕衔接一气。'朱户'三句殆'为郎憔悴却羞郎',妙在不说尽。'拂柳'、'吹桃'等句,仍寄情于空际,弥觉蕴藉。'巢燕'句,感光阴之易过耶?抑喻人事之更新耶?词境入空明之界矣。夏闰庵云:上阕之结句,不可无此顿挫;下半阕一气带出,其得势在此。"(《宋词选释》)

作为一首怀人词,周邦彦创制词调,写昼思,抒暮想,虽说习见,却常写常新,词笔深致。情深怨切,极尽虚幻,题旨始终不直露本意,备觉深婉,清·况周颐"清真深致能入骨"(《蕙风词话》卷三)之评,洵为的评。

这首词上阕回忆,下阕想象,所谓"昼思暮想",含而不露,耐人寻味。周美成不仅"善以景语作情语",而且善于以赋的笔法填词。"愁横浅黛,泪洗红铅,门掩秋宵"以及"暗竹敲凉,疏萤照晚",极其凝炼。其结构相类,主语谓语宾语,"横"、"洗"、"掩"三个动词,准确生动,形象鲜明。如果以"湿"代"洗",虽均系仄声,换成"泪湿红铅",就逊色很多。

词中用词遣字,从领字、用韵到句脚、声情,的确自然精切、妙合无垠。无论是领字记、听、渐、道、叹、但,还是宵、潇、摇、销、迢、镳、招、桥、桃用韵,以及上阕句脚黛、铅、思、泣、鬓、凉、晚,下阕信、阴、户、悴、燕、尘,情词巧合、声律精妙,平声去声、审音精严。正是吴梅所说:去声"由低而高",为高音(《词学通论》);清·万树所评"名词转折跌荡处多用去声,非去则激不起"(《词律》)。尤其是下阕"旧巢更有新燕"至收煞,"虽是一片空虚",实乃全词主句,"全在虚神笼罩之中,透出回肠百转,此其所以为神欤?"(俞平伯《清真词释》)这首词用平韵,因而其声宛转舒徐,与其〔浪淘沙〕("晓阴重")一实一虚,虚实相参,最得异曲同工之妙。全词无一句说到自己,更无一笔落到实处。相思相望,竟至于今日。"迟误之咎,固属百喙难辞;懊侬之怀,更是万言莫罄。"惟其难言,所以"凤钗半脱云鬓"戛然而止。"美成隶事属文,有羚羊挂角之妙,盖托诸隐秀也"(清·郑文焯《与朱彊村论词书》)。

"羚羊挂角之妙",即意境超脱,不着形迹。传说羚羊夜眠防患,以角悬树,足不着地,无迹可寻(见《埤雅·释兽》)。宋·严羽《沧浪诗话·诗辨》云:"诗者,吟咏情性也。盛唐诸人,唯在兴趣,羚羊挂角,无迹可求。故其妙处,透澈玲珑,不可凑泊。" 隐秀,本指幽雅秀丽,这里指含蓄警策。南朝梁·刘勰《文心雕龙》有《隐秀》篇,对于"隐秀"一词释曰:"是以文之英蕤,有秀有隐。隐也者,文外之重旨者也;秀也者,篇中之独拔者也。""重旨"即陆机所云"文外曲致",辞约义丰、含味无穷。"独拔"即陆机所云"一篇之警策也",秀拔高出,辞句精警。郑文焯对这首词评价之高,不言而喻。

"道径底花阴,时认鸣镳"意为:小径里,花阴下,能够通过辨认门外过路的马啼声,就知道是否情郎来了,妙极!这一典型细节,既富有生活气息,又说明频频密约女子对情郎的行踪声熟悉至极,无怪乎想念之切、相思之深。而辨别马啼声,不诉诸听觉而依赖于视觉,不用"听"而曰"认"——"时认鸣镳"。以视觉代听觉,奇之又奇,妙之又妙!

少年游

〔题解〕

〔少年游〕,又名〔少年游令〕、〔小阑干〕、〔玉腊梅枝〕。《词谱》卷八:"调见《珠玉集》,因词有'长似少年时'句,取以为名。《乐章集》注林锺商调。韩淲词有'明窗玉蜡梅枝好'句,更名〔玉蜡梅枝〕。萨都剌词名〔小阑干〕。此调最为参差,今分七体。其源俱出于晏(殊)词。"宋·吴曾《能改斋漫录》卷十七:"梅圣俞在欧阳公坐,有以林逋草词'金谷年年,乱生青草谁为主'为美者,梅圣俞别为〔苏幕遮〕一阕,欧公击节赏之。又自为一词云:'阑干十二独凭春……',盖〔少年游令〕也。不惟前二公所不及,虽求诸唐人温李集中,殆与之为一矣。今集不载此篇,惜哉!"欧阳修词名〔少年游令〕,笔者按:林逋词"乱生青草",《绝妙好词选》、《草堂诗馀》诸本均作"乱生春色"。《清真集》调作"黄锺"。题一作《雨后》。

朝云漠漠散轻丝,楼阁澹春姿。柳泣花啼,九街泥重,门外燕飞迟。 而今丽日明金屋,春色在桃枝。不似当时,小楼街雨,幽恨两人知。

这首词上片追忆往事,下片转述当前。以"而今"前后联结、上下契合,形成两种意境。既对照鲜明,又连贯一气,产生无尽韵味,引发无限遐想。

朝云漠漠散轻丝,楼阁澹春姿——写过去相会的地方。那时,漠漠朝云,轻轻雨丝,小小阁楼,淡淡春景,他们就在这样的情境中欢会。"楼阁澹春姿",人呢?不言而喻。乍读,好像写眼前之事,实际是沉浸在对从前密约欢会的回忆之中。

柳泣花啼,九街泥重,门外燕飞迟——写门外所见景象。因为云低雨密,大雨如注,杨柳好像饮泣、花儿似在啼哭,京城九陌街巷重重泥泞,就连门外的燕子也因为一身湿漉漉的羽毛,飞得很慢很吃力。"泣"、"啼"及"迟",皴染着门内主人公的主观感情色彩,使人压抑,使人沉思,这到底是为了什么?给读者留下深深思索的馀地,也急切地往下诵读。看似纯然写景,个中流露出主人公抑郁、沉闷的主观感受。分明是男女主人公不欢而散、怀恨离别。

而今丽日明金屋,春色在桃枝——下片用"而今"转换,写当前。丽日明媚,金屋藏娇,人似桃花,满面春风。词人化用了《汉武故事》中汉武帝幼时所说"若得阿娇作妇,当作金屋贮之也"典故。又具有"去年今日此门中,人面桃花相映红。人面只今何处去,桃花依旧笑春风"(唐·孟棨《本事诗·情感》)的意韵。春色满园,春暖花开;桃命薄命,桃花净尽,词人寓意沉婉。

不似当时,小楼街雨,幽恨两人知——词人用"丽日明金屋,春色在桃枝"十个字,既正面说明今天的相会,又兼作对比之用,由今天的相会,联想昔日的相会,在一番对比之后,结论是"不似当时"。按吴世昌先生的解释,就是:"眼前无忧无虑在一起反倒不如当时那种紧张、凄苦、怀恨而别、彼此相思的情景来得意味深长。"结末二句真是曲折细腻,耐人回味。

简评

周邦彦还有一首〔少年游〕,全词为:"南都石黛扫晴山,衣薄耐朝寒。一夕东风,海棠花谢,楼上卷帘看。　而今丽日明如洗,南陌暖雕鞍。旧赏园林,喜无风雨,春鸟报平安。"是这首词之姊妹篇,无论形式、字数,或者内容、情调都一致,就连换头四字"而今丽日"都一样。"而今"两字,两首词同用以"转换",点明境界。都是今昔对比,今胜于昔,蕴含且洋溢着一种春天般的温馨和欢乐。

全词前后关联,上下衔接,意境深远,宛转曲折,感受恳切,对比强烈。上片写景之中,"柳泣花啼",以花柳拟人,描写客观景物并赋予悲戚的主观感情色彩,其中充溢着词人自己的感触。所谓"九街泥重"、"门外燕飞迟",既是词人细微情感的反映,又是心理沉郁的外射。"丽日明金屋"、"春色在桃枝",既是大自然风光的真实写照,也是词人美满爱情、娱乐心境的折射、象征。一矢二鸟,妙为双关,曲折细腻,感人至切。同时,词人用笔简洁凝炼,造景如绘山水,是周邦彦词艺术创造的结晶。

在文学史、词史上,北宋初期词继承"花间"、"尊前"词艺术技巧,尤其是其中小令,至小晏已臻绝诣极致。柳三变、张子野在传统的小令之外,创造了慢词长调。柳永之词,普遍流传,有凡"有井水处,即能歌柳词"之誉。由于柳词风靡海内,连苏轼都羡慕"柳七郎风味"(《与鲜于子骏书》)。然而柳词"未能输景于情,情景交融",即于情景二者之间无"事"可以溶入,成为柳词一大缺憾。而周邦彦号曰"集大成"者,关键在于其词能于写景、抒情之中,融入"述事",弥补了柳词之不足与缺失。周词在"而今"前追述往事,"而今"后转述今事,即是这方面的典型。

至于这首词的写作时间,俞陛云《宋词选释》认为"此在荆州听雨怀旧之作"。有的论者提出质疑。如果考证不清,似不必过于拘泥。俞氏肯定"'不似当时'句,淡语也,而得力全在此句,便通篇筋骨俱动",颇有见地。的确,"词法之密,无过清真"。

渔家傲

《词谱》卷十四:"明《蒋氏九宫谱目》,入中吕引子。按此调始自晏殊,因词有'神仙一曲渔家傲'句,取以为名。"《东轩笔录》:"范希文守边日,作〔渔家傲〕数首,皆以'塞下秋来风景异'为首句,述边镇之苦。欧阳公常呼为'穷塞主'之词。"按蔡伸词添字,名〔添字渔家傲〕,朱彝尊词,名〔增字渔家傲〕。贺铸词,有"荆溪笠泽相吞吐"句,又有"尊前听我游仙咏"句,名〔游仙咏〕,又名〔吴门柳〕。王喆词,名〔渔父咏〕。丘处机词,名〔忍辱仙人〕。又有名〔绿蓑令〕。北宋流行曲。《清真集》入"般涉调"。双调62字,上下片各31字5句5仄韵。

《词谱》以晏殊词"画鼓声中昏又晓"为正体,宋元人俱如此填。定格为:
十|十— —||(韵)十—十|— —|(韵)十|十— —||(韵)—|十(韵)十—十|— —|(韵)　　十|十— —||(韵)十—十|— —|(韵)十|十— —||(韵)—|十(韵)十—十|— —|(韵)

　　灰暖香融销永昼。葡萄架上春藤秀。曲角栏干群雀斗。清明后,风梳万缕亭前柳。　　日照钗梁光欲溜。循阶竹粉霑衣袖。拂拂面红如著酒。沉吟久,咋宵正是来时候。

这是一首描写春景的咏情之作。

写一个初恋女子昨夜同情人幽会后,次日仍然沉浸在喜悦之中的状态。清真词中咏恋情之词作很多,但并无千篇一律之感,却给人以"日新又新"、"含蓄而不失明快"的风格特点。

上阕写春景,下阕写人物。颇见独到之处。

灰暖香融销永昼——写闺房之内。燃了一夜的薰香仍散发着清香,残灰还保留着馀温。不禁使人想起后来李清照的名句"薄雾浓云愁永昼,瑞脑销金兽"(〔醉花阴〕词)。二者极其相似,只不过李词写愁词,周词写忆昨之欢娱。永昼:漫长的白昼。销:消融,溶化。

葡萄架上春藤秀——写窗外庭院景色。以下除"清明后"交代节气时间外,全系写庭院。由近及远,次第写来,极有层次。"葡萄架上春藤秀",一个"秀"字,将葡萄架上春藤抽丝发新条的情态写得活灵活现,秀色诱人。

曲角栏干群雀斗——由静景写动景,展示出游廊拐角栏干群雀戏斗的画面。曲角(jiǎo):即拐角处。从上句的静态之秀,到本句的动态之美,及上结的风梳弱柳之柔,似画图似条屏,春意盎然,春色迷人。这一切都反映出词中主人的心情,情思涌动。

清明后,风梳万缕亭前柳——除前三字说明时间节气外,继续写景。"梳"字使风拟人化。"万缕"状亭前柳的动姿倩影,千根丝、万根线,形容柳条飘拂,一根又一根,数也数不清。似清明节游春,轻风和煦,柳条飘拂,身同感受。词人以明快的笔触,妙手丹青,绘出一幅幅春景图,使人神魂怡荡。欲知愉悦内蕴,请看下阕如何揭示。

过片三句直接追忆写人,词人以生花妙笔,轻柔写实,不留痕迹,而使人物形神毕现。

日照钗梁光欲溜——先着眼于女子的头发。那插在鬓发上的钗饰宝光玉珠、流转闪烁,给人留下的第一印象是隽永的不可磨灭的。比单纯描写美目流盼更诱人,更富于象征意义。

循阶竹粉霑衣袖——再着眼于女子的衣袖。写女子初次见面,沿阶急急走来,不知不觉香腻的竹粉霑满了衣袖。这里蕴含着女子不经意的动作和身姿。

拂拂面红如著酒——初恋初次谋面,青春女子的喜悦之情,幸福的陶醉、初见的羞涩,用"拂拂"二字描述得淋漓尽致,更其绝妙。拂拂:本风吹动之貌。词中有颤动、羞涩之意。用唐·白乐天《红线毯》"绿丝茸茸香拂拂,线软花虚不胜物"之诗句。以上三句几笔勾勒,便活脱脱将一个光艳照人的多情女子的神态展现在读者面前,的确轻松洒脱、自然质朴,不见雕琢痕迹。

沉吟久,昨宵正是来时候——这才点出相见欢会的时候:昨宵。原来是沉浸在"昨宵"的幸福回忆之中,久久不能相忘。沉吟久:多么美好的回忆,千万不能打破,虽词语平直无奇,却重若千钧。这一结,意蕴无穷,收束有力。陶醉于"昨宵",而如今呢?"昨宵"越是浓情蜜意,终归是今宵追忆;追忆是美好的,然而今宵却是冷寂的、痛苦的、相思的、难耐的……

结构上的大开大阖、开阖自如,情节上的巧妙安排、错综复杂,本是清真词长调的一大特色。清真独创长调很多,如宋元词人所填〔氐州第一〕、〔意难忘〕诸长调,均以清真长调为正格。而这首小令具备长调词情节、结构上的特点,上阕写"今宵",过片三句追忆写实,结二句又写"今宵",完全具备了长调的特色。

本词不仅抒情体物工巧细腻,词语运用含蓄典丽,而且炼字工巧自然,句句使用入韵。词中所用的"秀"字、"斗"字、"溜"字,尽炼于入韵字上,既增加了声情韵律之美,又传达了人物、意境之神韵,读来别有一番情味在心头。"精"而"炼",炼而不见痕迹。有些论者批评本词技巧上精湛,但又批评"掩盖不了内容的空虚,醉心描写的也就是如词中所表露的男女之间的相思离合之情"。这个观点是笔者不屑一顾的。众所周知,世界上只有人是高级动物,人又分男人和女人,男女交合生儿育女,才能使这个世界生生不息,这也是文学作品诗词曲赋永恒的主题,为什么总是有那么一些人不敢正视这个问题,动辄指斥呢?

关于这首词的境界、意境描写,的确有其独到之处。词人写来,由室内而室外,而庭院,再推向更大的空间。词中似乎写了人物的欢快心情、开朗心态、愉悦之情,但一切都是追忆"昨宵",都已过去了,"今宵"呢?结句"沉吟久"三个字,才是关键。这一"沉吟"早已将欢快、愉悦之情,抛向九霄云外。盼"今宵",人去屋空、孤寂冷寞,才是词所强调的。所以说这首词以追忆"昨宵"之乐,含蓄"今宵"之忧,读后给读者、尤其离别之男女的绝非喜悦欢慰,恰恰是深沉的离别之愁、强烈的相思之感,以欢乐衬托离愁,这才是"蕴而不露"、"含蓄"之妙的真谛之所在。

望江南

〔望江南〕:又名〔忆江南〕、〔梦江南〕、〔江南好〕、〔江南柳〕、〔望江梅〕、〔双调望江南〕、〔曳脚望江南〕等。《词谱》卷一:"……按唐段安节《乐府杂录》,此词乃李德裕为谢秋娘作,故名〔谢秋娘〕,因白居易词(〔忆江南〕)更今名,又名〔江南好〕。……温庭筠词,有'梳洗罢,独倚望江楼'句,名〔望江南〕。皇甫松词,有'闲梦江南梅熟日'句,名〔梦江南〕。又名〔梦江口〕。李煜词名〔望江梅〕。此皆唐词单调。至宋词始为双调。……《太平乐府》名〔归塞北〕,注大石调。"按:刘辰翁词名〔双调望江南〕。袁九词名〔曳脚望江南〕。《填词名解》卷一:"〔望江南〕,双调曲。始名〔谢秋娘〕……亦名〔梦江南〕。"

词牌定格双调54字,上下阕各27字5句3平韵。中间七言两句,以对偶为宜。

宋人多用双调。按:〔忆江南〕双调,并非创自宋人,敦煌词中已有。毛本题作《春游》。

　　游妓散,独自绕回堤。芳草怀烟迷水曲,密云衔雨暗城西。九陌未霑泥。　　桃李下,春晚未成蹊。墙外见花寻路转,柳阴行马过莺啼。无处不悽悽。

　　词人以"春游"写景,抒发词中主人公的抑郁苦闷孤凄之情。

　　游妓散,独自绕回堤——首先需弄明"游妓"的身份。"游妓"是专事陪达官贵胄、富家子弟宴饮游乐的风尘女子。既然宴尽曲终人已散去,那么词中人何以独自曲折萦回地绕行在堤上呢?正像俞平伯先生所言,"猛下""游妓散"三个字,便觉繁华如过眼烟云,转眼而空。为词伏下一笔。

　　芳草怀烟迷水曲,密云衔雨暗城西。九陌未霑泥——从"芳草"句下全系写景。芳草如茵被烟雾笼罩,迷失在河水弯曲处,密布的乌云含着雨意阴沉昏暗压城西。这一对句写足烟雾迷濛山雨欲来之势,这种气势对于郁闷孤寂的人只会增加压抑、失落之感。词中描摹云"衔"雨"暗",又以上阕结拍"九陌未霑泥"略微一挑,虽与"万木无声待雨来"、"万山浮动雨来初"意境不尽相同,而"亦正堪融会"。正是俞平伯先生所谓"结尾挑起,似宽放出一句,而实紧了一句,文心细甚"。九陌:汉代长安城九条大道(《三辅黄图·长安八街九陌》)。后泛指都城大道和繁华闹市。宋·万俟咏〔三台〕《清明应制》词:"好时代,朝野多欢,遍九陌太平箫鼓。"词中"九陌则泛指原野。"

　　下阕则通过对自然景色的感受,描写词中人的迷茫孤独心情。

　　桃李下,春晚未成蹊——用《史记·李将军列传》"太史公曰'桃李不言,下自成蹊'"句意,由于桃李果实成熟在夏季,词中写春游,并不涉及"桃李不言,下自成蹊"的实意。上曰"未霑泥",下曰"未成蹊"。桃李未熟,其下无路;随着果实成熟,肯定会有。接下来,承上"独自绕回堤",进一步抓住人物的动作写其痴迷之情态。

　　墙外见花寻路转,柳阴行马过莺啼——词中人信马由缰、信步而行。墙外见花而寻入园路径,乃无路也;行马而过莺啼处,是无人也。"句句摹景,句句含情。似觉十分消闲,十分洒脱。其实呢?"

　　无处不悽悽——何以在词中人眼内处处风光景色无不令人"悽悽"呢?其实是词人内心悲凉"悽悽"的反映。也就是"游妓散,独自绕回堤"的原因。至于内心悲凉"悽悽"的内幕,"墙外见花寻路转,柳阴行马过莺啼",蛛丝马迹,露出端倪。诗词中花柳、莺啼,往往同美女、恋情纠缠不清。"末轻点一'悽悽',以'无处不'三字重压之,便全神俱活,而款款欲飞"。

确然,全词通过写景,抒发词人抑郁苦闷孤凄迷茫的心情。情中景色,含蕴深沉。采用"万物皆着我色"的"移情"手法,变易情态,描写炽热的情爱,含蓄而蕴藉,自然而典雅。

写景采用烘染笔法,炼字之精,极其沉稳。若在"怀"、"迷"、"衔"、"暗"四字之外,另觅四字,取而代之,恐其境界"令读者想象不出"。原句确实"似晦而实明",臆改不得。故谓之"一字千金,不为虚也"。

谭献评《词辨》,于欧阳修〔采桑子〕首句"群芳过后西湖好"旁批曰:"扫处即生。"正可移用。猛下"游妓散"三字,便觉繁华过眼而空。有以简为贵者,盖唯简则明,积明斯厚,故贵简也。《清真词释》之评,可谓深刻!

浣溪沙

这首词系〔浣溪沙〕春景三首第二首。

此调最少有八体,不同调名称谓不下二十七八种。详见下一首〔浣溪沙〕"楼上晴天碧四垂"〔题解〕。《清真词》入黄锺宫。

本词42字,上片21字3句3平韵,下片21字3句两平韵。过片二句多用对韵。

《草堂诗馀》题作《春怀》。

雨过残红湿未飞,珠帘一桁透斜晖。游蜂酿蜜窃香归。
金屋无人风竹乱,衣篝尽日水沉微。一春须有忆人时。

写暮春闺中怀人。

上阕是闺中女子从屋内向屋外所见。暮春黄昏雨后景象。

雨过残红湿未飞,珠帘一桁透斜晖——暮春一阵雨过,几片落红还被雨水沾在花枝上,好像是依恋春光不忍离去,写花实在是抒词中女子的怀人之情。词人十分善于捕捉动态的东西,从视、听、嗅、触多侧面抒写。淡淡的斜晖,透过珠帘洒向室内、洒向地面,暮色、残阳、斜晖,多种光色交错,会给人一种什么样的感觉呢?面对年华流逝,独守空闺的女子,怎能不勾起她难以言喻的等待、企盼!桁(héng):梁上或门框、窗框上的横木。词中指门窗框上的横木。这两句写静物。

游蜂酿蜜窃香归——春天毕竟是美好的,充满青春活力。景物描写以一种隐约、朦胧之美引人入胜、逗人遐想。酿蜜的蜂儿穿飞于万紫千红的百花丛中,带着采集的芳香花粉飞归蜂巢。"窃"字奇妙,写出小小蜜蜂采撷花粉的"贪婪"。"窃香"二字蕴含着某种与爱情相通的暗示与挑逗。并且在怀人的女子心理上构成强烈的对比,更增添了其怀人的空虚寂寞。写景动中有静、动静相宜。写人则以游蜂归来,反衬游子未归,反衬女主人沉重郁闷的心境。

下阕写室内景象。

金屋无人风竹乱,衣篝尽日水沉微——过片由室外转向室内。空间的转换,使人物的情绪发生些许变化。"金屋"用汉武帝"金屋藏娇"典故,借喻华丽的居室。衣篝:薰香衣服的薰笼。水沉:沉水香。是一种极其名贵的香料。形容金屋之内外风摇竹影、摇曳不定,薰笼残烟,袅袅馀香。可以想象,女主人久处静室,由无精打采而身心不安,真是"剪不断,理还乱"。充分渲染衬托出金屋的空荡寂寥。"乱"字,动景之高潮,锤炼精警。末句七字,楚楚动人,使全词皆活。可以想到女子心情不宁和寂寞无聊。

一春须有忆人时——经过前五句一番闺房内外景物的层层铺叙、渲染及烘托,加之动态、静态的描写,将女子独守空房、百无聊赖的意绪、情怀已写足矣,所以一笔煞住。结句转向用作者和读者的口吻,代闺中女子剖白心事,轻轻一笔,点出怀人之情,如同画龙点睛,全篇皆活。是全篇之主旨,全词之重心。

全词六句,前五句皆景语。恰似五幅连接一气的画面,彼此独立又相互联系。以景寓情,结构谨严,一直贯穿至结句。

同样是写闺怨,唐诗人刘方平的《闺怨》诗云:"纱窗日落渐黄昏,金屋无人见泪痕。寂寞空庭春欲晚,梨花满地不开门。"刘诗和周词,二者所表达的主旨、所摹写的情景,都很相似。而周邦彦本词描写更加细腻动人。采取明喻、暗写、渲染、烘托、动态、静态种种艺术手法,使词作多姿多彩,更富有艺术魅力。

上阕写雨后春色,风物宜人,风景宛然。下阕写"风篁成韵,香霭初残",静境撩人。有"风竹乱,衣篝尽日水沉微"二句蓄势,则昼静怀人之意,自注笔端矣。

按词调的作法,上下阕各三句,分两句一组、一句一组。尤其一句一组,用力方能收住。无论上阕收煞,或者下阕结句,都很有力度。"窃香"二字,包孕着某种爱情上的暗示。其前两句是对残春日暮景象的正面描述,那么这"游蜂酿蜜窃香归"则是反面衬托。二者手法相同,目的是完全一致的。尤其是结句"一春须有忆人时",委婉含蓄的表达手法能够收到重笔抒情所达不到的效果,与前边的含蓄笔法协调一致。

浣溪沙

题解

〔浣溪沙〕唐教坊曲。《金奁集》入黄锺宫,《张子野词》入中吕宫。《清真集》调下注"黄锺"。双调42字,上阕21字3句3平韵,下阕21字3句2平韵。过片二句多用对韵。另有〔摊破浣溪沙〕,又名〔山花子〕,上一阕各增三字,韵全同。〔浣溪沙〕如韦庄"惆怅梦馀山月斜",〔摊破浣溪沙〕如李璟"菡萏香销翠叶残",作七七七三句式,在〔浣溪沙〕上下阕七七七句式后各增三字。

〔浣溪沙〕最少也有八体,调名很多,不无混淆。《清真集》又作〔浣溪沙〕(黄锺)。"'浣溪沙'三字费解。《教坊记》以与〔浪淘沙〕、〔撒金沙〕二名相次,示末字应作'沙'字。唯以唐代所有名物论,调名似应作'纱',本调唐名所以曰〔浣溪沙〕者,疑凭乐工手记之讹。同时名〔山花子〕者,据敦煌曲,乃指〔浣溪沙〕仄韵之杂言体。至五代词有作〔浣溪沙〕者,更费解……"又"周邦彦有〔浣溪沙慢〕"(见《唐声诗》下编)。《唐声诗》所收七言六句之〔浣溪沙〕,皆不分片,作单调,均有待仔细认真地详加考订,弄清问题。

楼上晴天碧四垂,楼前芳草接天涯。劝君莫上最高梯。
新笋已成堂下竹,落花都上燕巢泥。忍听林表杜鹃啼。

新解

这是一首即景抒写乡情的伤春思归之词。

小令不同于慢词,要求把复杂的感情、变化的心态,浓缩在有限的篇章之中。所以语言要求深沉凝炼,不能铺张扬厉,这既是小令写作的要求,也是这首词的特点之所在。

楼上晴天碧四垂,楼前芳草接天涯——发端二句,境界开阔、意象清新,吐属不凡、咳唾成珍。首句即勾勒出一幅清旷高远、碧空如洗的优美画面。是从唐·韩偓"泪眼倚楼天四垂"(《有忆》)承继点化而来,并赋予新的内涵。第二句运用传统诗歌的手法,继承前人以草色喻离情,化用唐·白乐天《赋得古原草送别》"远芳侵古道,晴翠接荒城。又送王孙去,萋萋满别情"诗意,更见深沉蕴藉、形象俊美。也使人思绪悠悠、联想翩翩。运用典故,突出旅思乡愁,一个"垂"字,立即使人想到唐代大诗人杜甫的名句"星垂平野阔"那壮阔的气势,给读者构成自上而下的立体之感,令人神往!"芳草接天涯",更令读者浮想联翩。"天涯何处无芳草"(宋·苏轼〔蝶恋花〕),天涯比邻,"天涯共此时"(唐·张九龄《望月怀远》),"天涯也有江南信"(宋·黄庭坚

〔虞美人〕),"天涯岂是无归意"(宋·晏几道〔鹧鸪天〕);"芳草绕阶生"(唐·钱起《宿洞口驿》),"芳草不迷行人路"(宋·辛弃疾〔满江红〕)……周邦彦将前人诗词名句灵活化用,便成新词,使思乡人愁思追逐着远接天涯的芳草飞驰向远方的故乡。

劝君莫上最高梯——登高望远,人之常情。对于诗词文人更是如此。古人因登楼攀高而乡愁离恨更加强烈。王粲登楼而思故乡,其《登楼赋》情真语至,使人读之泪下。杜甫登楼而兴叹惋,其《登楼》诗感慨万端。范仲淹词"山映斜阳天接水,芳草无情,更在斜阳外",柳永"山远水远人远"(〔鹊踏枝〕),以及其他铺写离愁别绪的诗词,企盼登高望远,将满腔思乡情怀都融进那登高望远、芳草天涯。王之涣的"欲穷千里目,更上一层楼"影响了多少文人游子。而本词却"劝君莫上最高梯",为什么?词人欲登高又怕登高,一句大转折,戛然而止,其中蕴蓄的感情波澜、矛盾心理,似劝人正是慰己:乡思莫登高。对王之涣的诗意反其意而用之,具有深沉哀婉而含蓄蕴藉、"言情体物,穷极工巧"(王国维《人间词话》)的艺术特征和递进一层之妙。也就是古诗词常常运用的翻进一层的艺术手法。化用柳耆卿"不忍登高临远,望故乡渺邈,归思难收"(〔八声甘州〕),而风致更其深婉沉挚,含而不露。

上阕写客中登楼,故乡天涯,添人愁思,令人叹惋。下阕则写新笋绿竹,落花燕泥,久客鹃啼,无以为怀。全词抒发铭心的思归之情,却以一幅清丽明晰的图卷来展示。

新笋已成堂下竹,落花都上燕巢泥——写景色所引发的乡思客愁,点明时间特点、物候特征。暮春季节,迟暮时分,客居在外本来就很难将息,何况新笋成竹、燕巢筑就,而自己却淹留异地,自必更加惆怅。笔者十分赞成"这一联拆开来看……是在时间流程中,新生的春竹和迟暮的燕巢交错呈现,这是以空间的不觉位移来表现时间的无情消失,从而创造了一种诗词特有的时空感。……从而,艺术地再现了诗人对春深的一种且悲且喜、悲喜交融,也不知是悲是喜的复合性杂糅感情"的分析。既有时间的流动,也有空间的推移,是暮春特有的景色和物候。在格律形式上,这两句对起,属〔浣溪沙〕词调的正格。

忍听林表杜鹃啼——本已不胜惆怅,却传来林梢杜鹃声声啼叫。这是全篇主旨之所在,也是全词结穴之处。杜鹃:鸟名。又名杜宇、子规。南朝宋·鲍照《拟行路难》诗其六:"中有一鸟名杜鹃,言是古时蜀帝魂。其声哀苦鸣不息,羽毛憔悴似人髡。"唐·杜甫诗云:"君不见昔日蜀天子,化作杜鹃似老乌,寄巢生子不自啄,群鸟至今与哺雏。"(《杜鹃行》)杜鹃常于春暮夏初昼夜啼鸣,其声哀切。或谓杜宇,称望帝,好稼穑,治郫城。死后魂化为鸟,名曰杜鹃。杜鹃啼声如同呼唤"不如归去"。传说杜鹃昼夜啼鸣,啼至血出乃止。诗词中用以形容极其悲哀、哀痛之甚。"忍听",乃"岂忍听"之意,实际是不忍听杜鹃的啼叫声。读到结句,方才恍然大悟,原来上阕结句"劝君莫上最高梯"症结之所在,是"忍听林表杜鹃啼"。寥寥七字,不加渲染,不用烘托,点到即止。正是俞平伯先生所说的"结句轻轻即收,不堕入议论恶道。与上片之结,并其微婉。正类二王妙楷,中锋直下如痴冻绳也"(《清真词释》)。

这首词的作者有不同说法。明·毛晋认为是李清照所填词,明·卓人月辑《古今词统》及《历代诗馀》,均以为李清照所作。周笃文先生考证断为周邦彦作。今依周笃文先生说,定为周邦彦词。

这首词内容很普通,主题也单一,然而立意不凡,用语通俗,择调允当,谋篇简洁,选韵谐和。词的意境开阔,浩渺无涯,碧天芳草,浑然一体。

词人情思绵邈,低徊沉挚。上片歇拍,点到即止;下片结句,含而不露。上下片意脉贯注,前后呼应,"寄兴深微,自成妙诣",具委婉纡曲之致,"风致深婉"是显著的艺术特色,悠悠离情,黯然别绪,种种离思乡愁无不融入芳草天涯的凝思吟咏之中。

词在时间空间的处置上别具一格,以楼台为主体,上下片前后将碧天、芳草、新笋、嫩竹、落花、燕泥诸多意象,捕捉收束在登楼瞬息此一特定时间上,将春的乍临与春的迟暮"在心理时空中,呈现为互见渗透、穿插、重叠这样一种模糊性的过渡性形态"。含蓄委婉,曲尽其妙! 同时"拈取了绵密低回的齐齿声字,回环相押",恰切地表现了凄迷宛转的思乡之情,的确有"笙磬之合""天籁之趣"的妙谛。

点绛唇

〔点绛唇〕,《清真集》入仙吕宫,元北曲同,惟平仄句式小异。今京剧中常用之。全调41字,前片20字4句3仄韵,后片21字5句4仄韵。均系正格。前片第八字,有增一韵者,如苏轼〔庚午重九〕"不用悲秋"。凡五体,又名〔点樱桃〕、〔十八香〕、〔南浦月〕、〔沙头雨〕、〔寻瑶草〕、〔万年表〕、〔二士入桃源〕、〔乐府乌衣怨〕。

采南朝梁·江淹诗"明珠点绛唇"以为名。《词谱》卷四:"元《太平乐府》注'仙吕宫'。高拭词,注'黄锺宫'。《正音谱》注'仙吕调'。"

台上披襟,快风一瞬收残雨。柳丝轻举,蛛网黏飞絮。　　极目平芜,应是春归处。愁凝伫,楚歌声苦,村落黄昏鼓。

这首词作于周邦彦由庐州教授转荆州时。时年词人三十四岁。和〔少年游〕《荆州作》("南都石黛扫晴山")系同时之作。由于长期被贬抑,留落于穷乡僻壤,其词风由艳丽变为清丽,词的内容也随之变化,由年轻时的风流倜傥向中年的彷徨悲凉过渡。本词就是很明显的体现。

台上披襟,快风一瞬收残雨——词发端即出现人物,这就是"台上披襟"者,也不妨说是词人自己。披襟站立台上,最初的突出感受就是"快风一瞬收残雨"。词用战国·宋玉"楚襄王游于兰台之宫,宋玉、景差侍。有风飒然而至,王乃披襟而当之,曰:'快哉此风!寡人所与庶人共者邪?'"(《风赋》)之典,"披襟",犹言解开衣襟;"快风",言其纵情、快逸、舒适、畅快。总之是一种惬意快慰之感。风儿言快,雨则称残,"快风"一瞬间尽收"残雨",自然充满快意。词人如变换快镜头,一眨眼别是一番景象:风吹云散,风和日丽,风光和暖。

柳丝轻举,蛛网黏飞絮——前两句写快风收残雨时词人披襟而当之的最初感受,这两句则写雨后的奇丽景色。"柳丝轻举",承上写春景,虽有一般化之感觉,却也十分生动;"蛛网黏飞絮",关联上文,开启下文,意象别致,春日天空中飘举的游丝蛛网,和飞舞如雪花的柳絮,二者同样飘荡,同样捉摸不定,词人却将之巧妙地联系在一起,没有细致入微的观察,缺乏亲身经历的体验,非有心之人是难于知其词外之意和别有怀抱的。"荆江留滞最久"(〔齐天乐〕《秋思》),飘泊不定,自然是借助蛛网、柳絮来隐喻自己的宦游无定。词人情绪的发展变化以意象写实的手法托出,稍有疏忽,就容易被忽略。词人情绪的巨大变化和转折,也使其词风出现巨大的起伏和顿挫。

极目平芜,应是春归处——换头过片上承首句"台上披襟"。"极目平芜"写真景;"应是春归处"是虚写。"春归"承上,有"极目千里兮伤春心"之意。一实一虚,一真一幻,情感层层推进,步步深入,"春归处"何在?无迹可寻!目之所见,心之所想,人何以堪?隐含愁意……写视觉所感。

愁凝伫,楚歌声苦,村落黄昏鼓——开端着一"愁"字,点破题旨,接着用歌声、鼓声诉诸听觉,收到了强化"愁绪"的效果。楚歌:词中应特指楚人之歌。楚歌凄苦,故有"四面楚歌"之典。唐·刘禹锡《竹枝词并序》云:"四方之歌,异音而同乐。岁正月,余来建平,里中儿联歌《竹枝》,吹短笛击鼓以赴节。……昔屈原居沅、湘间,其民迎神,词多鄙陋,乃为作《九歌》,到于今荆楚鼓舞之。""愁凝伫",本已"词意陡转,笔力千钧",词人站着、望着,由快慰到若有所思,突然听到那"楚歌声苦"、"村落黄昏鼓",一连串充满凄厉、悲苦的意象,入耳而来的令人愁怨的楚歌之声、惊人心魄的咚咚鼓声,又是黄昏时分、荒僻的村落,于是荒凉、冷寞、愁苦,一齐涌上心头,郁闷、无奈、孤寂,刺激震撼心神,全词就在鼓声的沉重敲击中收束,给读者留下思索的馀地。

此首词同〔少年游〕《荆州作》系同时之作。〔少年游〕词曰:"南部石黛扫晴山,衣薄耐朝寒。一夕东风,海棠花谢,楼上卷帘看。而今丽日明如洗,南陌暖雕鞍。旧赏园林,喜无风雨,春鸟报平安。"龙沐勋《清真词叙论》认为:"教授庐州,旋复流转荆州,侘傺无聊,稍捐绮思,词境亦渐由软媚而入于凄惋。例如〔少年游〕《荆州作》……看似清丽,而弦外多凄抑之音。"这实际上是对周邦彦词风转变的很好总结和说明。清真词本以慢词著称,词风以艳丽闻名,从漂泊庐州、荆州之后,词风有所变化,像这首词即"思绪沉郁,格调高远",是一首很优秀的小令作品,是周邦彦词风由绮艳变清丽的突出例子。

词抒写登高望远、目视耳听的一刹那心灵感受,形式短小,情感丰富。随着景色的变化,人的情绪也发展、变化,至篇终达到高潮。尤其是词人擅长写实与象征相结合的艺术手法,将自己对生活的独特感受和情思,用独到的艺术语言、表达方式诉诸读者的视觉、听觉,并深深地感染着读者,激动着读者。

词人谙熟音律,具有很强的审美感受能力,体现在词中,正是用音乐的旋律,时而明快,时而凝重,无论是意绪的腾挪贯通,还是声韵的抑扬转折,都具有沉郁顿挫之妙。"快风一瞬收残雨。柳丝轻举,蛛网黏飞絮"同词人的"叶上初阳干宿雨,水面清圆,一一风荷举"(〔苏幕遮〕)异曲同工,是不可多得的名言嘉句。

一落索

《词谱》卷五:"欧阳修词,名〔洛阳春〕。张先词,名〔玉连环〕。辛弃疾词,名〔一络索〕。"按贺铸词,有"初见碧纱窗下绣"句,名〔窗下绣〕。清吴绮词,名〔玉联环〕。

毛本注云:"《清真集》作〔洛阳春〕。"按:《六一词》有〔洛阳春〕词,即此调,又名〔玉联环〕,皆北宋之旧名。《词统》作〔一络索〕。

双调46字。上、下阕各23字4句3仄韵。

词谱:

||— — —|(韵)|—||(韵)|— —||— —(逗)|||(逗)— —|(韵)|—
|— —|(韵)— —||(韵)— — —|||— —(逗)|——|(逗)— —|(韵)

眉共春山争秀,可怜长皱。莫将清泪滴花枝,恐花也,如人瘦。　　清润玉箫闲久,知音稀有。欲知日日倚阑愁,但问取、亭前柳。

清·刘熙载《艺概》指斥周邦彦词"周旨荡",20世纪八九十年代报纸杂志亦不乏贬斥之词。其实,《清真集》编入"春景"类,描写闺情之作的词,情感真挚、内容丰富,委婉含蓄、别开生面,这首小令就是其中一首。

本词作为一首写思妇闺情之作,是词人青少年时的作品,主要摹写年轻女子内心少为人知的深深悲哀。在古代,一些贵家少女少妇,闲居闺中,无所事事,恨别伤春,闺情闺怨,成为古诗词中一类主要题材。

眉共春山争秀,可怜长皱——首先描写女子的外貌。春山:喻女子弯弯的眉毛。以"春山"喻眉毛,以个别代整体,写人之美,五代·冯延巳即有"低语前欢频转面,双眉敛恨春山远"(〔鹊踏枝〕)。美成用"争秀"二字,有意同"春山"比秀,比"春山"更秀。"争"字意味深长,以动写静,更见生动。因为词人善于点化,化腐旧为新鲜,远比"淡淡春山"、"淡扫蛾眉"、"春山八字"、"眉蹙春山"具有新意。"可怜长皱"充满词人的主观情感。"春山"喻眉颇具清俊之气。上句写外貌,下句表现内心愁怨。只描摹秀眉之美,让人想象其容貌之俊。层层翻出新意。

莫将清泪滴花枝,恐花也,如人瘦——承上,以花喻人的容貌,写哀怨情况。"清泪滴花枝"形容女子因伤心而落泪,呈现出一个美的画面,虽非首创,确也奇异。唐·白乐天《长恨歌》用"玉容寂莫泪阑干,梨花一枝春带雨"描写杨妃伤心掉泪;冯延巳〔归自谣〕用"愁眉敛,泪珠滴破胭脂脸",亦系客观描写,而周词运用翻进一层的手法。用花瘦比人瘦,古人诗词也用过,宋·黄庭坚〔蓦山溪〕"春风透,花枝瘦,正是愁时候"写伎女陈湘,也是客观描写,没有写出诗人内心之感受。而周词活用前人词句,不重复前人意思,另辟新境:似乎少女娇嫩的脸上,连几滴眼泪都禁受不得,会"滴破胭脂脸"。着眼于花,花人合一,用笔深婉。同宋·李清照的"莫道不销魂,帘卷西风,人比黄花瘦"有异曲同工之妙。流露出词人无限的怜惜之情,渗透着词人无尽的关切之感。推陈出新,别出心裁,曲折顿挫,摇曳生姿。将那委婉的情致、深厚的意韵,有层次地有深意地不断传出,故有"词家神品"(王又华《古今词论》)之赞誉。

上片主要写外貌,下片着力写内心。

清润玉箫闲久,知音稀有——"清润"句承上,从侧面烘托女子的低沉情绪、满腹愁思。写其愁恨,先写"玉箫",是象征,作陪衬。人物的风姿、孤寂从"知音稀有"中显露无遗。知音不在,为谁吹呢?"知音稀有"是全词之主旨,也是愁恨的原因。既说明其才艺出众,又点出其歌伎身份。昭君出塞,尚有琵琶以寄幽怨,词中女子连托玉箫以寄相思的心情都没有了。深化了"知音稀有"的程度。

欲知日日倚阑愁,但问取、亭前柳——"欲知"、"但问"与上片"可怜"、"莫将"前后照应,连属成句,巧设问答,运用相同的笔法,既像是女子自我内心的剖白,"顾影自怜",又像是词人对女子的深切怜悯与体贴入微。"日日倚阑"、"亭前柳",会使人不禁想起唐·王昌龄的《闺怨》诗:"闺中少妇不知愁,春日凝妆上翠楼。忽见陌头杨柳色,悔教夫婿觅封侯。"古代有折柳送别的习俗,所以见柳就会引发离愁,触动闺情。词中女子日日倚栏凝望,离愁别恨,日积月累,积久弥多,足见闺怨之深。杨柳是愁怨的见证,"愁"而但问"亭前柳"。最后轻点一笔,一切都得到解释,全词也一气贯通了。据清·叶申芗《本事词》卷上(天籁轩刊本)云:"周美成精于音律,每制新调,教坊竞相传唱,游汴尝主李师师家,为赋〔洛阳春〕云……李尝欲委身而未能也。"说明此词系为李师师而作,聊备一说,仅供参考。"欲知……但",虚词的使用,显示出一种跌宕生姿的态势,回荡着愁恨的旋律。点出"日日愁",同上片"可怜长皱"上下呼应,又"问取亭前柳"同"莫将清泪滴花枝"前后照应,进一步渲染。向亭前柳"问取",暗示因离别而伤感而愁怨,含蕴深沉。取,语助词,无意义。

一曲小令,化用前人诸多诗词名句,自成佳制,别创新意。诚如《乐府指迷》所云:"下字运意,皆有法度,往往自唐诸贤诗句中来,而不用经史中生硬字面,此所以为冠绝也。"沈义父所说值得仔细体味。宋·张耒〔秋蕊香〕"别离滋味浓于酒,著人瘦。此情不及东墙柳,春色年年依旧",可以作为这首词的注脚。

新评

仅仅几十字的小令,写得明白如话。与北宋前期晏、欧小令的结构单一、一气呵成不同,表现出一种结构绵密、前后呼应的艺术技巧。确如清·陈廷焯所评:"美成小令于温韦晏欧外别开境界,遂为南宋诸名家所祖。"(《词则》)小令发展到北宋初期,在清真手中才具有独特风韵。故有"情词双绝,奴婢秦柳"(陈廷焯《云韶集》)、"知音可叹"(乔大壮《片玉集》)之誉。

"闺情"这个题目,是宋词中常见的。但周邦彦词写得新颖别致,不同凡响。闺情词自必以描写闺中女子为主,本篇不同凡响,就在于在同类题材中,篇幅短小而内容丰富,无秾艳的辞藻,无刻意的雕饰,以清新自然的语言、含蓄委婉的笔致、清淡雅致的风格,给人以轻松率意之感。

这首词以"知音稀有"为主题。在中国古典诗词中,知音之叹是传统的题材。从上古"悲莫悲兮生别离,乐莫乐兮新相知"(《楚辞·九歌·少司命》)、"不惜歌者苦,但伤知音稀"(《古诗十九首》之五《西北有高楼》),到中古"斯人不重见,将老失知音"(唐·杜甫《哭李常侍峄》),"知音谙吕","知音识曲"。自先秦、汉魏,乃至唐宋,"知音"一词时见出现。就是周邦彦《清真集》中,也时有知音之叹,如〔意难忘〕"知音见说无双,解移宫换羽,未怕周郎"。至于〔玉楼春〕所谓"玉琴虚下伤心泪,只有文君知曲意",乃是词人感伤官场难逢知己而向青楼混迹之悲;〔风流子〕("新绿小池塘")、〔少年游〕("并刀如水")中的女子,以及这首词中的女子,都是写歌伎知音之叹,同时也寄寓了词人个人的知音之感。

满庭芳

夏日溧水无想山作

〔满庭芳〕,中吕调。调名由晚唐吴融"满庭芳草易黄昏"而来。《词谱》以晏几道、周邦彦词为正体。都是95字。晏词前后片各10句4平韵;周词前片10句4平韵,后片11句5平韵,中有换头二字用暗韵。换头二字,晏词不用暗韵而与下句合为五言句。上片起首两个四言句,前人多用对仗。另有93字、96字体。

又名〔锁阳台〕、〔潇湘夜雨〕、〔满庭霜〕、〔话桐乡〕、〔满庭花〕、〔江南好〕等。

宋哲宗元祐八年(1093),周邦彦三十八岁,任溧水县令。溧水在今江苏省,县名,位于南京市东南方。宋代与江宁、上元、句容、溧阳同属江宁府。江宁,即古金陵,又称建康。无想山,一名禅寂院,山上有韩熙载读书堂。据《江宁府志》记载:"在溧水县南十五里,其山巅有泉,下注成瀑布。"全词写夏景。

风老莺雏,雨肥梅子,午阴嘉树清圆。地卑山近,衣润费炉烟。人静乌鸢自乐,小桥外、新绿溅溅。凭栏久,黄芦苦竹,疑泛九江船。　　年年。如社燕,飘流瀚海,来寄修椽。且莫思身外,长近尊前。憔悴江南倦客,不堪听、急管繁弦。歌筵畔,先安簟枕,容我醉时眠。

风老莺雏,雨肥梅子,午阴嘉树清圆——风老莺雏,雨肥梅子:使动用法。"老"、"肥"为使动词。犹言风吹莺雏长大,雨润梅子滚圆。唐·杜甫诗:"红绽雨肥梅。"嘉树:犹佳木。　清圆:树荫清凉圆正。"午阴嘉树清圆"由唐·刘禹锡诗句"日午树荫正,独吟池上亭"(《昼居池上亭独吟》)化出。"圆"字传神,正是词人在无想山所见所闻的真实景物。比刘禹锡原句更好。

地卑山近,衣润费炉烟——前三句点出初夏节令,这两句点出地理环境,承上说明因为"地卑"、"山近",江滨低洼,正值"梅子黄时雨"季节,衣物潮润,炉香熏衣,颇需时间。情况类似于诗人白居易《琵琶行》中描写江州"住近湓江地低湿,黄芦苦竹绕宅生"的潮湿境况,看似写词人的烦闷苦恼心情,实则以白居易被贬官自比,顿生天涯沦落之感。"费"字具体概括、精炼形象,夏承焘先生称之曰"上片的筋节",清·谭献用"衣润"五字和周词"流潦妨车毂"并论,说"可悟词家消息"。确然无疑。以上写词人视觉、触觉所感。

人静乌鸢自乐,小桥外、新绿溅溅——乌鸢,本乌鸦和老鹰,词中似指乌鹊之类鸟儿。胡云翼先生《宋词选》注云:"乌鸢,即乌鸦。"新绿:指开春后新涨的绿水。《清真集》卷上将此词列入《夏景》第一篇,似应指雨后流淌的绿水。这两句词人笔锋转折写所闻、所感,环境幽人心静,乌鸢自得其乐,桥外新绿溅溅,写禽鸟之乐,一个"自"字,暗喻着词人几多感触。《片玉集》陈元龙注:"杜甫诗:'人静乌鸢乐'。"胡云翼先生注按:"杜甫诗里没有这一句。"

凭栏久,黄芦苦竹,疑泛九江船——不是吗?词人久依栏杆眺望之馀,忽然有所思、有所悟,来到溧水这小地方,邑僻官微,沉思之后,沦落迁谪之情油然而生。唐·白乐天《琵琶行》那"住近湓江地低湿,黄芦苦竹绕宅生"的被贬九江,不就同今天来到溧水一样吗?以白居易的处境和心情自比。"但说得虽哀怨,却不激烈,沉郁顿挫中别饶蕴藉。"(《白雨斋词话》)疑:别本作"擬(拟)",不妥。

年年。如社燕,飘流瀚海,来寄修椽——年年:《乐府指迷》云:"词中多有句中韵,如〔满庭芳〕过处'年年如社燕','年字'是韵,不可不察也。今从之。" 社燕:传说燕子春天的社日从南方飞来,秋天的社日再飞回南方,故谓之社燕。 瀚海:本地名,词中指沙漠或遥远荒僻之地。 修椽:长椽,燕子多在椽间筑巢。词人以社燕自喻,感叹身世,宛转道出。犹言自己如社燕,寄身人家屋檐下,暗示当时宦海沉浮的抑郁心情。

且莫思身外,长近尊前——身外,言功名事业为身外之物。尊,同"樽",犹酒怀。化用唐·杜甫"莫思身外无穷事,且尽生前有限怀"(《绝句漫兴》)诗意,词人真的忘怀前程,借酒浇愁,及时行乐吗?梁启超评:"最颓唐语,却最含蓄。"谭献在此九字下加密圈,个中有深意。且看下文如何回答。

憔悴江南倦客,不堪听、急管繁弦——这两句词又一转折。分明说"且莫思身外,长近尊前",而今丝竹管弦,自然盛宴陈列,词人又"不堪"听,也就不堪酒宴了。转折再转折,曲折回环远胜柳词。说是"莫思",实则尽思、一直在思,不能忘怀,且感慨极深,不能不思、不得不思,莫思只不过自我"安慰"罢了。使全词达到了最高潮,成为表达词人激越起伏心声的最强音。同秦观"山抹微云,天连(一作黏)衰草"(〔满庭芳〕)、"晓色云开,春随人意"(〔满庭芳〕)两阕之中的"此去何时见也?襟袖上,空惹啼痕"、"荳蔻梢头旧恨、十年梦、屈指堪惊"异曲同工,异词同感,都是全词的抒情高潮。

歌筵畔,先安枕簟,容我醉时眠——"歌筵畔"再转折收结。簟(diàn):席子,古词曲中常以簟枕比拟闲居生活。这三句词似实是虚,似虚又实,旨在抒发自己意欲退隐之情。结尾活用晋·陶渊明"潜若先醉,便语客:'我醉欲眠卿且去。'"(《南史·陶潜传》)其中埋藏着多么复杂、多么矛盾的心情,又表现得何其静穆、何其从容。正如夏敬观所评:"去路悠然,超妙之至。"实则,词人何尝能悠然,何尝能从容。这正是词人其人之风格,也正是其词之风格,正所谓"词境静穆,想见襟度"(陈洵评语)。对于周邦彦而言,其词无论羁旅、咏物、抒情、怀古,艺术技巧日臻成熟,然而其词的基本风格大体如是。

俞平伯先生解此词曰:"气恬韵穆,色雅音和,萃众美于一篇,会声辞而两得,在本集固无第二首,求之两宋亦罕见其俦。"(《清真词释》)给予极高的评价,似有溢美之嫌,确也说明美成词的高度艺术技巧。

新评

词人二十五岁为太学生,二十九岁进《汴都赋》,擢太学正,三十二岁为庐州教授,到溧水前大多在荆州,故其词很多充满宦海逆旅之感慨。这首词写飘泊羁旅,抒沦落失志,叹官微职卑,是历来传布广泛的名作。

全词前写景后抒情,反映沦落失意的感慨。上阕写溧水初夏的景色。首二句以动物、植物相对,"老"、"肥"形容词使动用法,将静物化动态,炼字生动,"自"字极写鸟莺自由自在,叫人顿生企羡之心,正衬托出陷于宦海的苦闷。宦海浮沉,溧水寄寓,"黄芦苦竹"点明境遇,在一详一略、一荣一苦的映衬之下,其抑郁之情在隐含不露之中传出。"地卑山近"二句暗承"雨"字,一丝愤怒从"费"字中隐约透出,九个字表达出复杂的意蕴,确实"体物入微,夹入上下文中似褒似贬,神味最远"(周济),"警句,是五代人语"(夏敬观)。景色喜人,无丝毫悲愁色彩。"人静"三句,"自"字以虚传鸟儿之神,"新"字与上文"雨"字关联,"凭栏久"是全词关键,有如枢纽。用字炼字精警。感慨之兴,歇拍微露端倪,至下阕才尽情抒发。

下阕抒飘泊沦落情怀。用梁·吴筠《咏燕》、唐·沈佺期《独不见》诗中"海上之燕"以自喻,写溧水寄寓。词人笔锋一再转折,自比暂寓修椽的社燕,曲折传出其流宦苦情。接着意欲借酒浇愁,从"且莫思"直至收煞"写其心之难遣也,末句妙于语言"(《蓼园词选》),终以醉眠排遣幽愤,正是含蓄之妙。

周邦彦做过"大晟乐府"(朝廷音乐机构)提举,善于订律制曲创新词,推动了词的发展,因其词有粉饰承平的作用,故南宋·张侃指斥他的词是"亡国哀章"。周氏不仅谙熟音律,创作慢词,而且写景抒情刻画细腻工致,章法疏密多变,笔力奇横,隐忍不露,王国维推尊为"诗中老杜"。

在艺术技巧上,这首词采取细密写实的手法,运用曲折回环技巧,化用柳词,含蓄蕴藉,抒情布景,贴切自然。既符合传统诗教的"温柔敦厚",又"怨而不怒",并具有"沉郁顿挫","浑厚圆润"的特色,完全代表了清真词的特有风格,也是其词作中的典型代表。化用杜甫、白居易、刘禹锡、杜牧诸人诗句,描绘真情实景,幻化无迹,炼字琢句,气脉贯通,真是填词高手。点化引用极大地丰富了词的含意。

周振甫先生认为还有很突出的一点,即"风华清丽的景物,与孤寂凄凉的心情相交错,乐与哀相交融,苦闷与宽慰相结合,构成一种转折顿挫的风格"。

对这首词,历代论者多有好评:《白雨斋词话》指出它的特点是:"此中有多少说不出处,或是依人之苦,或是患失之心,但说得虽哀怨,却不激烈,沉郁顿挫中,别饶蕴藉。后人为词,好作尽头语,令人一览无馀,有何趣味。"《直斋书录解题》说:"清真词多用唐人诗语,檃括入律,浑然天成,长调尤善铺叙,富艳精工。"《乐府指迷》曰:"词中多有句中韵,人多不晓,不惟读之可听,而歌时最要叶韵应拍,不可以为闲字(指"年年")而不押。《介存斋论词杂著》说:"美成思力,独绝千古,如颜平原书,虽未臻两晋,而唐初之法,至此大备。"王国维《人间词话》说:"美成深远之致,不及欧(阳修)、秦(观),惟言情体物,穷极工巧,故不失为第一流之作者。但惟创调之才多,创意之才少耳。"还有论者谓:"写人间事,道神仙志,无垂不缩,化颓唐为飘逸,仙灵之气逼人眉宇。"上述论评,有否过当,姑置勿论,但其词的艺术手法确有许多可效法借鉴之处。

隔浦莲近拍
中山县圃姑射亭避暑作

题解

《词谱》卷十七:"唐白居易集有《隔浦莲曲》,调名本此,一名〔隔浦莲〕,又名〔隔浦莲近〕。"《填词名解》卷二:"〔隔浦莲〕,大石调也。一名〔隔浦莲近〕,一名〔隔浦莲近拍〕。"

又《词谱》:"此调以此词及赵(彦端)词为正体,宋元人俱照此填。若吴(文英)词、陆(游)词、彭(元逊)词之少押一韵者,皆变格也。"

周邦彦本词双调73字。上片35字8句6仄韵;下片38字8句6仄韵。

《古今诗馀醉》题作〔隔浦莲近〕《夏景》。多认为是周邦彦于元祐八年(1093)春至绍圣三年(1096)任江苏溧水令期间所作。郑文焯定为"当属元祐癸酉(1093)官溧邑所作"。因是年九月哲宗亲政后奉诏知溧水县,已过夏日,所谓"避暑作",恐在下年。疑为词人自度曲调。毛晋汲古阁本《片玉集》题云:"中山县圃姑射亭避暑作。"

新篁摇动翠葆,曲径通深窈。夏果收新脆,金丸落、惊飞鸟。浓翠迷岸草。蛙声闹,骤雨鸣池沼。　　水亭小,浮萍破处,帘花檐影颠倒。纶巾羽扇,困卧北窗清晓。屏里吴山梦自到,惊觉,依然身在江表。

中山县圃姑射亭避暑作:中山,"在溧水县东一十五里,高一十丈,周回五里。《图经》云:'宣州中山又名浊山,溧水县东一十里,不与群山相接。古老相传中有白兔,世称为笔最精。'《元和郡国志》云:'中山出兔毫,为笔精妙,山前有水源,号曰浊水。'《舆地志》云:'宣州溧水县有浊山,有浊水流演不息。'即此也。"县圃,中山县圃,即溧水县圃。姑射亭,宋强焕《片玉词序》云:"溧水为负山之邑……于所治后圃得其遗政,有亭曰'姑射',有堂曰'萧闲'。皆取神仙中事揭而名之,可以想象其襟抱之不凡。而又睹新绿之池,隔浦之莲,依然在目。"亭为周邦彦所建。此词因避暑而作。写盛夏避暑生活。

上片摹写中山盛夏景色,幽美雅静,描画出一幅县圃姑射亭避暑消夏图。

新篁摇动翠葆,曲径通深窈——篁:竹林。泛指竹子。翠葆:喻竹林茂密似盖。"新篁"、"翠葆"精美、雅致、新颖,诉诸视听,色调优美,色彩诱人。风吹新篁,使人顿生凉意;"曲径通幽",令人遐想,给读者以清幽舒适的感觉与享受。

夏果收新脆,金丸落、惊飞鸟——夏果丰收,其香四溢,新脆爽口,齿颊留香。金丸:比拟夏日成熟的黄色果实。"金丸落、惊飞鸟"化用唐·李白"金丸落飞鸟"(《少年子》)诗句,以金丸喻夏果,新奇精警;与下文葱郁岸草,一片蛙声,煞似热闹。"脆"字概括准确,令人叹服。摹绘出一种特有的田园风光,一派夏日的典型事物。

浓翠迷岸草。蛙声闹,骤雨鸣池沼——词人目光移动,岸草、蛙鸣、骤雨、池沼入耳而来,入目而来,骤雨打来,是何景象?以"浓翠"形容岸草,一个"迷"字,写足岸草之繁茂;以"闹"状蛙声,绘尽蛙鸣之喧嚣。景色如画,鸣声在耳,有声有色,无不涂上词人的主观感情色彩。"迷"字绝妙,炼字也,同其〔望江南〕中"芳草怀烟迷水曲,密云衔雨暗城西"一样,一石二鸟,异曲同工。意韵幽雅、闲静,词义轻爽热闹。诚难怪周济发出"清真浑厚正于勾勒处见,他人一勾勒便刻削,清真勾勒愈浑厚"之叹。

下片写水亭,抒发水亭中的抑郁感慨之情。与张先《西溪》诗中"浮萍破处见山影"不谋而合,"破"字好。

水亭小,浮萍破处,帘花檐影颠倒——由写景转入抒情。地点是词人居所——一座不大的临水亭院,有水有亭。"浮萍破处,帘花檐影颠倒",化用唐·杜甫"灯前细雨檐花落"诗意。"帘花檐影",一作"檐花帘影","帘"、"檐"均系平声,倒换并不妨平仄韵律。《苕溪渔隐丛话》批评:"檐花二字用杜少陵'灯前细雨檐花落',全与出处意不合。"杜甫之前诗中用"檐花"者多有人在,如丘迟"共取落檐花",何逊"檐花落枕前",李白"檐花落酒中",各自诗中的"檐花"意义各不相同。周邦彦词中用以同"帘花"组成词组,只是化用前人诗句,描写自己所居亭院的幽雅、闲静,与词境协调一致,整体完美,无须与老杜诗所写完全吻合。王楙《野客丛书》卷十与胡仔《苕溪渔隐丛话》意见相左,说:"详味周用'檐花'二字,于理无碍。渔隐谓'与出处不合',殆胶于所见乎?大抵词人用事圆转,不在深泥出处,其纽合之工,出于一时自然之趣。"王楙之说颇有道理。"帘花"同其《漫成》诗中"窗影蝇飞见,帘花照日成",并非帘上所画之花。词人将"浮萍"、"帘花"、"檐影"构成一幅夏日水亭消暑图,倒影浮动,景色潋滟,水光闪烁,给人一种画图之美、想象之美、朦胧之美、动感之美。如宋·张炎所谓"美成词只当看他浑成处,于软媚中有气魄"(《词源》)。"软媚"另当别论,其"浑成处"确有气魄。

纶巾羽扇,困卧北窗清晓——词人采用逆叙手法,由环境写到居所,又由居所写到居所主人。是周邦彦在溧水官场生涯的写照。词自远及近、由大到小,娓娓道来,最后集中到写人,层次清晰,结构谨严。纶(guān)巾:冠名,人称"诸葛巾"。古代用青丝带做的头巾。一说配有青丝带的头巾。相传诸葛亮在军中服纶巾,故有"诸葛巾"之称。宋·苏轼〔念奴娇〕《赤壁怀古》:"羽扇纶巾,谈笑间,强虏灰飞烟灭。"宋·张孝祥〔水调歌头〕《为总得居士寿》:"纶巾羽扇容与,争得列仙儒。"《三国志·蜀书》:"诸葛亮乘素车,葛巾白羽扇,指挥三军。"困卧北窗:《晋书·陶潜传》载:"尝言夏月虚闲,高卧北窗之下,清风飒至,自谓羲皇上人。"周邦彦在溧水县虽"民讼纷沓",但能"拨烦治剧",政政敬简,深为百姓所爱戴。词人虽未擅以孔明、陶潜自比,却有向往尊敬之意。陶潜"高卧北窗",清真"困卧"北窗,由卧而梦,向往之情显而易见。"困卧"及过片的"亭小"透露出一点信息,那就是虽曰避暑,却局促狭小,而心情并不佳,是词人情绪由轻松变沉郁的转折点。其〔满庭芳〕《夏日溧水无想山作》下阕云:"年年如社燕,飘流瀚海,来寄修椽。且莫思身外,常近尊前。憔悴江南倦客,不堪听、急管繁弦。歌筵畔,先安枕簟,容我醉时眠。"同本词都写于溧水,是本词一个很好的注脚。词人来溧水,是由京华而来,自不免有"贬谪"之意,有如飘泊之社燕,必然心情苦闷、情绪消沉。

屏里吴山梦自到,惊觉,依然身在江表——着重写思乡情结。仕途失意,总是会产生思乡之念。于是由屏上所画吴山联想到故乡,不知不觉或恍恍惚惚又在"困卧"中梦游家园。"屏里吴山"是其床前屏风上所画家乡风景,词人时刻怀念家乡,尤其是在这溧水小县,所以常会"梦自到"。也只有在梦中,才"梦里不知身是客",在梦境中得到些许安慰。然而一旦惊觉,"依然身在江表"。吴山:山名。因春秋时属吴国,故称。在杭州西湖东南。词中以之代指家乡杭州。这几句描写,起落有致,宛转曲回。结尾三句是全词主旨所在。词人失望、惆怅、抑郁、悲愤之情不言而明,也给读者留下深深思索的空间。江表:泛指江南。本指长江以南的地区。词中指溧水县。结尾"依然身在江表",含无可奈何之意,感慨尤深。一笔收煞,戛然而止,是何情味!

这首词同〔满庭芳〕(《夏日溧水无想山作》)、〔花犯〕("粉墙低")都写于溧水宦游时期。

全词景物描写,有力烘托了词人的主观情绪,显示出高超的表现手法和艺术技巧。词中所写姑射山,正是《庄子·逍遥游》所云:"藐姑射之山,有神人焉,肌肤若冰雪,绰约若处子,不食五谷,吸风餐露,乘云气,御飞龙,而游于四海之外。"后来诗词中因以藐姑、姑射为仙子之称。词人即使是在如此美好的环境中,也还是心情沉重,郁郁不乐,正是全词所要揭示的主旨之所在。

【新评】

这首词上片似觉轻松、乐观,下片的确低沉、抑郁。所谓上下词意不一致之评,未必全是。清·王夫之有"以乐景写哀、哀景写乐,一倍增其哀乐"(《薑斋诗话》)的宏论。本词上片全系写景,换头才点明主景"水亭"。词主要就是在抒写水亭困卧北窗的词人那抑郁感慨之情。清·陈廷焯所说"美成词有前后若不相蒙者,正是顿挫之妙","沉郁顿挫中别饶蕴藉",正符合这首词的境界。周邦彦身居风物宜人、景色如画的"江表"之地,却一心思念着故乡,个中有"难言之隐",是"醉翁之意"。"卒意显其志","依然身在江表",个中隐忍正是词的症结之所在。

如同一幅纯美的油画。上片描写,由远及近,由小而大,展示江南的特有风物,逗出下片"水亭"主体,画面浓绿一片,恬静淡美,绘声绘色,风雨蛙闹,动静相宜。词人善于捕捉景物中夏季特有的典型事物,如新筠、骤雨、蛙声、夏果等。尤其是新筠,只有夏季才有,也只有夏季的竹子才能称新筠。像那"新筠摇动翠葆"、"金丸落,惊飞鸟"、"蛙声闹"、"骤雨鸣"动态的事物,又妙用动词,所以化静为动,画面中一派生机勃勃。词人正是抓住了这些特征,为读者描画了一幅色调丰富、色彩斑斓的夏日江南风物图。"通"字、"收"字、"迷"字,无不为画面平添生动活泼之感。个中浓翠的岸草、喧闹的蛙声,有色有声,声色俱佳,布局既完美,境界更优雅。无论是骤雨到来之先,还是新筠"摇动"翠葆,乃至金丸"落"下,无不凭借风力。这一切都是词人精思妙想、匠心独运的结晶。

同时,这首词很独特。没有周词中常常描写的男女情爱,纯属抒发个人的抑郁情感。虽无"软媚"可言,却也写景状物,收放自如,层层剥笋、步步推进。是周词中用韵最多最密集的一首。句中新意迭出,调紧句峭,意繁词密,虽已读竣,仍有思索不尽之意。尤其是"最能利用音韵节奏之美,使音节与文义浑然同化"。词中上片"葆、窕、鸟、草、闹、沼"六仄韵,下片"小、倒、晓、到、觉、表"六仄韵,每句文义皆与韵节相配合,"布局结构亦无一不佳"(吴世昌《词林新话》)。

至于"帘花"以上都是写夏景,是词人醒后所见。如何梦吴山就"惊觉"了呢?其实是因无限难言之心事困扰,词人哪能安稳入睡。且蛙鸣、雨滴嘈杂之声,使词人根本睡不安宁,可见以上景色是醒后所闻所见。从"纶巾"之后转入写人事,而且一气直下,是周词特有之章法。因为情感变化,上下片似不相谐,几经转折,故陈廷焯感叹"令人不能遽窥其旨"(《白雨斋词话》卷一),殊属不必,此正是周邦彦创格填词之转折之妙、"顿挫之妙"。

选冠子

题解

这首词《清真集》作〔选冠子〕,或作〔惜馀春慢〕。属大石调。《花庵词选》题为《夜景》。

《词谱》卷三十五:"〔选冠子〕,一名〔选官子〕。曹勋词名〔转调选冠子〕。鲁逸仲词名〔惜馀春慢〕。侯寘词名〔苏武慢〕。一名〔仄韵过秦楼〕。"

《填词名解》卷三:"〔惜馀春慢〕,一名〔选冠子〕,一名〔苏武慢〕。沈际飞云:周清真《夜景》词,作〔过秦楼〕。今案李景元〔过秦楼〕词与周句字长短迥异,李词是本调,而周词当是〔惜馀春慢〕,今正之。"

〔选冠子〕以周邦彦此词为正体。〔双调〕111字,前段55字12句4平韵,后段56字11句4仄韵。

《词谱》卷三十五载:〔过秦楼〕调见《乐府雅词》,李甲作。因词有"曾过秦楼"句,取以为名。与周邦彦之〔选冠子〕别名〔过秦楼〕者不同。故改题为〔选冠子〕。

水浴清蟾,叶喧凉吹,巷陌马声初断。闲依露井,笑扑流萤,惹破画罗轻扇。人静夜久凭阑,愁不归眠,立残更箭。叹年华一瞬,人今千里,梦沉书远。　　空见说、鬓怯琼梳,容销金镜,渐懒趁时匀染。梅风地溽,虹雨苔滋,一架舞红都变。谁信无聊,为伊才减江淹,情伤荀倩。但明河影下,还看疏星几点。

新解

〔选冠子〕,一些新版《清真集》及诸多赏析集子,尤其是鉴赏辞(词)典几乎均题作〔过秦楼〕。是将《乐府雅词》中李甲所作〔过秦楼〕,同周邦彦〔选冠子〕别名〔过秦楼〕混为一谈所致。二者虽同属双调,但字数不同。前者平韵;后者仄韵,大石调。二者句式、平仄亦有较大区别。

这是一首怀人之词,抒发别情。词人开篇就把自己与读者沉浸在情的回忆之中。周邦彦善于将时间与空间、现实与想象错杂糅合在一起来描写和叙述。正如本词,情与景的时空变化比较频繁。乍读给人一种奇幻、迷离之感。只有仔细吟诵,才能解开个中三昧。

词的上阕写今昔悲欢对比,下阕写相思之情难舍。

刘逸生先生将这首词分作四大段,每大段又分为两小节。如同电影蒙太奇手法,是四次画面的大变换,两小节则是前后镜头的小转移。

水浴清蟾,叶喧凉吹,巷陌马声初断——夏日的夜晚,月光似水,月色晶莹,碧空如洗,纤尘不染。凉风吹动树叶沙沙作响。夜幕之下,街陌寂静,人马无声。此画面一之一。起句极其精炼。着墨不多,既写出了忆中人物居处的门前景色,又写出了那个永远难忘的时间和季节。前六句写昔日之欢乐。以清蟾代月,清真词中常用手法。"叶喧凉秋",词序倒置,语意浓缩。"马声初断",写夜渐深沉,故才能听见树叶喧声,写夏夜外景。

闲依露井,笑扑流萤,惹破画罗轻扇——"闲""笑"分别写男女主人公的神态。由写景逐渐转入写情。画面中井栏边斜依着一青年男子,正在目视着院中妙龄女子,笑容可掬。那女子正在手执纨扇追扑着月光下的流萤。扑得正起劲时,不意扇子被蔷薇枝杈划破,两个人都一愣,随后不禁大笑起来。此画面一之二。这里化用唐·杜牧"银烛秋光冷画屏,轻罗小扇扑流萤"(《秋夕》)诗意,画出了妙龄女子的娇态可掬,稚气未脱。是对去年夏夜的美好回忆和倒叙。以上两小节,画面一远一近、一外一内,镜头由远及近、由外及内、由物及人,渐渐推移。

人静夜久凭阑,愁不归眠,立残更箭——画中时空转换。青年男子独自在小楼一角,满面愁容。同是夏夜,景色、人物、情感发生了极大变化。男子依阑孤立,凝视远方,夜色深沉,只有更鼓低沉地响了一次又一次。这里所写时、地、人、事是全词的基点,也是全词的关键。此画面二之一。由过去的回忆转入今日的刻骨相思。

叹年华一瞬,人今千里,梦沉书远——镜头推成人物面部特写。还是"闲依露井"的青年男子,风采依旧,但却神情怅惘,轻声叹惋,自言自语,眷念着远方的妙龄女子。此画面二之二。这是全词的主干,上下词语都围绕着这个主干着墨。这里凭阑的画面是现实的、真切的。其他画面均属回忆的、虚拟的。这三句以"叹"字领起,"梦沉"承"年华一瞬","书远"承"人今千里",年华飞逝,旧梦消沉,遥隔千里,音书辽远,怎能不付之一叹!

上阕写今昔对比,前六句写昔日之乐,"人静夜久凭阑"三句写今日之哀,"叹年华"三句写今昔异同之感慨。下阕则变换手法,以双方对比来写。上下阕采取不同的表现手法。

空见说、鬓怯琼梳,容销金镜,渐懒趁时匀染——过片三句画面大变换。闺房中扑流萤的妙龄女子面容憔悴,发鬓散乱,钗环不整,脂粉慵施,凝眸呆坐。此画面三之一,与上阕"人今千里"相呼应。词人听说女子因离别而憔悴,自己也无可奈何,故有"空"字之谓。画面是词人在叹惋、想象中幻化出的意象,女子拿起琼梳,不敢梳理那因相思而日见稀疏的头发。词人从传闻的对方消息写起,不直写其相思之苦,而写其因相思所引起的生活变化。层层推进，曲折顿挫，含蓄悽惋，写尽对方的相思之情。

梅风地溽，虹雨苔滋，一架舞红都变——词笔又从写人物一笔宕开，转写景物。与一之二画面相同，只是由晚上而白昼纯粹的景物画面而已。黄梅天风儿吹着，雨后湿润的地上长满绿苔，一片凋谢景象。满架蔷薇，落花缤纷，显然妙龄女子久未来过这里。画面二之一、二之二、三之一及本画面（三之二），都是幻想出的画面。有的论者认为这三句穿插得突兀，实则匠心独运，既是年华一瞬的形象化体现，又是欢情消失的暗示。词人想象幻化的画面到此终止。景物同那"清蟾"、"凉吹"、"流萤"、"轻扇"迥异。景色凋零，暗喻欢情消歇，借物言情，"意味深厚"。

谁信无聊，为伊才减江淹，情伤荀倩——词人正面开始写自己的离情。镜头转换到倚阑而立的青年男子。这是第二段的回复。青年男子欲写一首诗抒发此时此地之情怀，却心绪烦乱，怎么也写不成，故有"才减江淹，情伤荀倩"之叹。此画面四之一。词中连用典故。《南史·江淹传》载："淹少以文章显，晚节才思微退，云为宣城太守时罢归，始泊禅灵寺渚，夜梦一人自称张景阳，谓曰：'前以一匹锦相寄，今可见还。'淹探怀中得数尺与之，此人大恚曰：'那得割截都尽。'顾见丘迟谓曰：'馀此数尺既无所用，以遗君。'自尔淹文章踬矣。又尝宿于冶亭，梦一丈夫自称郭璞，谓淹曰：'吾有笔在卿处多年，可以见还。'淹乃探怀中得五色笔一以授之。尔后为诗绝无美句，时人谓之才尽。"《世说新语·惑溺》载："荀奉倩与妇至笃，冬月妇病热，乃出中庭自取冷，还以身熨之。妇亡，奉倩后少时亦卒。以是获讥于世。奉倩曰：'妇人德不足称，当以色为主。'裴令闻之曰：'此乃是兴到之事，非盛德言，冀后人未昧此语。'"此典意思是荀倩的妻子曹氏很漂亮，曹氏病死后，荀倩受刺激很大，不久也去世。词人用此两个典故是说，谁肯相信自己的抑郁无聊是为了她，以至于像江郎才尽、奉倩情伤呢？"谁信"，是怕妙龄女子不信，极具含蓄委婉之致。过片"空见说"三句写女子的相思之情，是从男子听到的传闻写起；"谁信无聊"三句写自己的离别之感，却从恐怕女子不信着笔，笔法变化灵活。

但明河影下，还看疏星几点——《钦定词谱》作"疎星几点"，《清真集》作"稀星数点"。更深夜阑，在男子脑际幻化出女子笑扑流萤的一幕。还是那扑打的动作情态，还是那倚阑的风韵笑貌，但人却渐渐隐去，飞舞的流萤也凝结不动。原来那是明亮的银河闪烁着几颗疏星。此画面四之二。抚今思昔，无可奈何，只有像那牵牛、织女隔银河遥遥相望，谁也无法逾越那冷酷无情的天河。写景以抒情，结句既与上阕"立残更箭"相呼应，又隐含向"梦沉书远"的伊人寄以遥远的怀念之情。语尽而情无尽。

全词无论写昔写今，写合写分，写物写人，总是围绕着时间、地点和情事，虚实结合，变换画面，通过镜头的推移，省却了许多可有可无的话，一个怀人的简单主题被描摹得情节生动,形象鲜明,结构清晰,井然有序。尽管词中时间、地点、人物、景物频频转换,但因词人以其情思贯穿一气,所以不仅使全词前后照应,而且寓变化于一致,使词境浑厚圆融。如周济所说:"美成思力,独绝千古……钩勒之妙,无如清真:他人一钩勒便薄,清真愈钩勒愈浑厚。"(《介存斋论词杂著》)

新评

  这首词在谋篇布局、章法结构上独具特色。章法结构上今昔夹写,富于变化,不理清今昔画面,就很难理清词意。之所以独具特色,就是利用画面的转换,使时间、地点、人物、感情以及情节、结构、布局、关联无不出现生动的变化。这种变化既构成了事件的因果关系,又显示了人物情感的发展过程。这是周邦彦在词坛的首创,"开启了之后写长调的绝妙法门"。

  周词在章法结构上的特点,可以说是既前无古人,又对后世产生了深远影响。梦窗(吴文英)词即取法清真词,宋·沈义父《乐府指迷》就指出:"梦窗深得清真之妙,其失在用事下语太晦,人不可晓。"《四库全书总目提要》亦有"文英天分不及周邦彦,而研炼之功则过之"之论。清·陈世焜认为这首词"凄艳绝世,满纸是泪,而笔墨极尽飞舞之致"(《云韶集》),总结出全词情景的时空跳跃大而又能圆美流转的艺术特色。

  通观全词,写尽了词人"夜久凭阑"相思情愁的全过程。表现在艺术手法上,以实写代虚拟,笔法灵动,沉郁顿挫,极富篇法之妙。开篇忆昔用实写,使感情与形象既欢快又明朗。当从幻想又回到现实时,感情与形象又变得既凄切又暗淡。词中所反映的感情之深厚诚挚,词笔之矫曲宛转,正是周词的特色,也是周词艺术美之所在。

  "水浴清蟾"六句,因为"人静夜久凭阑"三句钩勒之妙,使写今化为忆旧。在那个幽静而又充满诗意的月夜,与妙龄女子一对情侣依露井、扑飞萤,连画罗轻扇也划破,虽系一个不经意的小动作,却是词人难以忘怀而又记忆犹新的欢娱生活的一刻。光有深挚的情感,缺乏矫健的笔力,是难于收此钩勒之妙的。周词这种善于今昔对写,如今日自己之"凭阑"与昔日伊人之"依井";今日自己之"愁"与昔日伊人之"笑";今日自己之"立残更箭"与昔日伊人之"笑扑流萤",处处相对,两两相形,今昔对比,自然生出无数感慨。

  过片"空见说"三句,从词人听到的传闻,写女子的相思之情。"渐"、"趁时",写出随着时间的推移,女子别后的心理变化。"梅风地溽"三句转向写眼前景。梅雨时节,阴霾潮湿,庭院中青苔滋生、人迹罕至,连一架蔷薇都凋零不堪了。季节变迁、景物变化,主人公自然心情黯然。词人善于以景寓情,善于深入刻画,"谁信"三句从害怕女子不信,写自己的离别之感。更见双方的间阻之苦、愁怨之深。是词人念伊人,

"无聊""为伊",高度概括,着重点在"为伊",所以才有"衣带渐宽终不悔,为伊消得人憔悴"(宋·柳永〔蝶恋花〕)之慨。双方如是痴情,因为不能相见,才有"空见说"之语;因为"谁信",才使双方相思之苦进而深化。"欲妆临镜慵"的"容销金镜",活现出女子在别后的心理、生理上的巨大变化。清·陈廷焯深谙个中三昧,对周词的曲折转化之妙,有"不外沉郁顿挫"之说。

结句"但明河影下,还看疏星几点",写词人凭阑夜久,通宵未眠,照应"人静夜久"诸语,念昔伤今,馀韵无穷。历代文人对这首词也给予很高的评价。除了周济《介存斋论词杂著》之外,清末陈洵《海绡说词》亦云:"换头三句,承'人今千里','梅风'三句,承'年华一瞬',然后以'无聊''为伊'三句结情,以'明河影下'两句结景,篇法之妙,不可思议。"《乐府指迷》谓:"词中用事使人姓名,须委曲得不用出最好。清真词复要两人名使对,亦不可学也。如'才减江淹,情伤荀倩'之类是也。"沈义父是评有无偏颇?以及本词究竟是写秋夜、夏夜?等等,还是仁者见仁、智者见智吧!

塞翁吟

【题解】

《词谱》卷二十二:"调见《清真乐府》。取《淮南子》塞上叟事为调名。"《填词名解》:"〔塞翁吟〕,取《淮南子》失马事。大石调也。"

双调92字。上片46字10句6平韵,下片46字9句4平韵。《词谱》:"此调只有此体,方千里、杨泽民、陈允平和词,吴文英、张炎、赵文诸词,俱如此填。"

　　暗叶啼风雨,窗外晓色昽曚。散水麝,小池东,乱一岸芙蓉。蕲州簟展双纹浪,轻帐翠缕如空。梦远别,泪痕重。淡铅脸斜红。
　　忡忡。嗟憔悴,新宽带结,羞艳冶、都销镜中。有蜀纸,堪凭寄恨,等今夜、洒血书辞,剪烛亲封。菖蒲渐老,早晚成花,教见薰风。

这首词写传统的闺怨题材。但比唐五代词,人物形象更鲜明、生动,栩栩如生;比宋词人如柳耆卿、晏小山的同类词,周词更见人物形象刻画细腻、深挚痴情。

上阕先写景,再写人。

暗叶啼风雨,窗外晓色昽曚——写窗外景色。用唐·李贺《伤心行》"秋姿生白发,木叶啼风雨"诗意,句式倒置,旨在强调"暗叶啼风雨",为全词定下沉郁的基调。

"暗叶啼风雨"又使人不禁想起唐·元稹《闻乐天授江州司马》"暗风吹雨入寒窗"之诗句,虽说人物不同、背景差异很大,但给人的感觉都是无限伤感的。"啼"字精警。胧鬆:元本作"珑璁",陈允平和词作"胧鬆",毛本同。郑文焯以字书无"鬆"字,一律改从玉旁作"珑璁",注本即如是也。按:郑改非是。珑为玉声,璁为石似玉者,鲜有连用。"胧鬆"句出唐·李长吉《九月》"鸡人唱罢晓胧鬆",其字当作"曈胧"或"曈昽"。《文选·秋兴赋》注引《埤苍》:"曈胧,欲明也。"又《文赋》注引《埤苍》:"曈昽,欲明也。"同。《广韵》一东:"昽,日欲收也。"又:"曈昽,日欲明。"俱与"晓色"义合。"鬆",盖"曈"之俗字。(见吴则虞点校《清真集》)兹从吴校改《全宋词》"珑璁"为"胧鬆"。正因为窗外晓色欲明,所以首句才有"暗叶"之谓。

散水麝,小池东,乱一岸芙蓉——从意绪上继首句,由于风吹小池东的芙蓉,阵阵水麝香扩散开来。"散"、"乱"及上文"啼"用得准确生动,给读者以躁动不安的感觉。仍然写室外之景。芙蓉:荷花之别名。《楚辞·离骚》:"制芰荷以为衣兮,集芙蓉以为裳。"洪兴祖补注:"《草木》云:其叶名荷,其华未发为菡萏,已发为芙蓉。"唐·王摩诘《临湖亭》诗有"当轩对樽酒,四面芙蓉开"句。

蕲州簟展双纹浪,轻帐翠缕如空——写室内景色。床上铺的蕲州所产的竹席、苇席,呈双纹波浪花样。轻薄的纱帐刺绣透明如天空。蕲州:古州名,治齐昌(今湖北省蕲春县南)。所产竹可做簟、笛、杖。簟(diàn):供坐卧铺垫用的竹席或苇席。《诗经·小雅·斯干》:"下莞上簟,乃安斯寝。"郑玄笺:"竹苇曰簟。"《荀子·正名》:"轻煖平簟而体不知其安。"唐·杜子美《陪郑广文游何将军山林》诗有"酒醒思卧簟"。翠:青绿色。唐·王勃《滕王阁序》:"层峦耸翠,上出重霄。"缕:一种刺绣方法。宋·张先《于飞乐令》词:"蜀红衫,双绣蝶,裙缕鹣鹣。"所用竹苇、纱帐均系名产,足见床帐陈设之华贵。益发衬托出室内帐中主人的孤寂苦闷。"展"字化静为动,警策。

梦远别,泪痕重。淡铅脸斜红——最后写人。因思念而至梦,梦中远别,更深入一层,更为悲哀。上结"淡铅脸斜红",写因流泪而使脸上的铅粉、胭脂,"涕泣阑干",形容脸上胭粉散乱交错的样子。是对"泪痕重"的形象描写。"泪痕重"与"啼风雨"、"脸斜红"及"乱一岸芙蓉"上下呼应、前后交错,具有极其微妙的关联、契合。无论词人所写有意或是无意,读者尽可驰骋想象去理解,去领悟。

过片,词人用"忡忡"承上启下,强调的是忧虑、苦闷接连不断。忡忡(chōng chōng):形容忧愁的样子。《诗经·召南·草虫》:"未见君子,忧心忡忡。"

嗟憔悴,新宽带结,羞艳冶、都销镜中——从"忡忡"以下嗟叹其形容憔悴、"新宽带结"。写憔悴,化用"相去日以远,衣带日以缓"(《古诗十九首·行行重行行》)、"坐视带长,转看腰细"(梁元帝《荡妇秋思赋》)句意,以传统手法形容其人因相思而日见消瘦之状态。再写其人镜中朱颜变化,"羞艳冶、都销镜中"。艳冶:即"媱冶"、"媱冶",艳丽而妖冶,形容女子的容态、容色美好动人。销:词中意犹衰残、衰敝。宋·欧阳修《初至夷陵答苏子美见寄》："白发新年生，朱颜异域销。"着一"羞"字、"销"字，层层追逼，步步推进。羞怯、羞缩、羞恶、羞涩，把那难为情、惭愧的情状描画得活灵活现。销镕、销铄、销魂，"黯然销魂者，唯别而已矣"（江淹《别赋》），把别恨失落之情尽隐在不言之中，销殒在镜中。生动而又形象地写出了女子对爱的执著留恋，对别的伤痛黯然。如是写景写人，以景托情，引出了全词的高潮：洒血书辞，蜀纸寄恨。

有蜀纸、堪凭寄恨，等今夜、洒血书辞，蓊烛亲封——从上阕"梦远别，泪痕重"到"有蜀纸、堪凭寄恨"，同唐·李商隐《无题四首》（"来是空言去绝踪"）中"梦为远别啼难唤，书被催成墨未浓"意相近而又不同。"洒血书辞"出于唐·韩退之《归彭城》诗："刳肝以为纸，沥血以书辞。……言词多感激，文字少葳蕤。"意取伤情语词，字字如沥血之义。蜀纸：蜀地以产纸而名。唐·李肇《国史补》："纸则有蜀之麻面、屑末、滑石、金花、长麻、鱼子十色笺。"古人以蜡封书，故有"蓊烛亲封"之说。蓊烛：典出唐·李商隐《夜雨寄北》诗："何当共蓊西窗烛，却话巴山夜雨时。"词至"蓊烛亲封"似觉全词已结束，人物形象也已塑造完整，人物性格也已十分鲜明。词人却忽转写景物。

菖蒲渐老，早晚成花，教见薰风——这一转折，看似突兀，实际意脉连贯。看似写景，实则词人想象中的虚拟之景。与上阕"暗叶啼风雨"的实景完全不同。一虚一实，一假一真，后者为抒情需要而设景，以结语收束，寓希望而煞尾。菖蒲：植物名。多年生草木，长在水滨，有香气。叶狭长成剑形，长三四尺，花色淡雅，初夏成熟。全草为提取芳香油、淀粉和纤维的原料。民间端午节常同艾叶扎束悬于门前以避邪。《孝经援神契》有"椒薑御湿，菖蒲益聪"之说。北魏·郦道元《水经注·伊水》记载："石上菖蒲，一寸九节，为药最妙，服久化仙。"薰风：和暖的风。指初夏之际的东南风。《吕氏春秋·有始》："东南曰薰风。"唐·白居易有"薰风自南至，吹我池上林"（《首夏南池独酌》）。从上述记载不难看出，结句神乎其神。"菖蒲益聪"，"为药最妙"，尤其是"服久化仙"，作为词人想象中的虚景，杨铁夫认为："菖蒲虽老，犹有花，能见薰风，何憔悴容颜竟不能在薰风时见郎面耶？末是比体。"诚然。既然是虚景虚写，那么可以作多种解释。如是"以景结情"，而语有尽意无穷，是周邦彦词的一个特色。

俞陛云说得好："夏闰庵云：'通首任笔直写，结语用宕，神味无穷。'"如此宕开一笔，让人馀意未尽。

这首词近人、今人选释评注很少。20世纪80年代末，上海社会科学院文学研究所钱鸿瑛先生赠我的《周邦彦词赏析》对本词的评析，颇多精到之处。

宋一代词人写了许多爱情词，塑造刻画了很多专于情、深于情的女子形象。比唐五代词中的女性形象更鲜明生动、情节更曲折沉郁。如柳耆卿〔甘草子〕("秋暮，乱洒衰荷，颗颗真珠雨")，晏叔原的〔思远人〕("红叶黄花秋意晚")都写得真切深情，尤其晏词，更见精到。而周邦彦笔下的女子形象尤其细腻动人、深挚感人。

周邦彦用词遣字有独到之处，如上阕写景连用"啼"、"散"、"乱"渲染气氛；用"泪痕重"、"啼风雨"、"脸斜红"及"乱一岸芙蓉"巧妙呼应；过片"忡忡"的叠字使用；为刻画人物而"缘情布景"；结句的以景结情；善于融化前人诗句词语……使全词"景象至微，而意态自足"，都体现了这首词的艺术特色。

苏幕遮

这首词，在吴则虞先生校点的《清真集》中，〔苏幕遮〕题下括注"般涉"二字。般涉：般涉调，是词调宫七调、商七调、角七调、羽七调共二十八调中，羽七调内"黄锺羽"的俗名。

此为周邦彦在客居汴京时所填词。

　　燎沉香，消溽暑。鸟雀呼晴，侵晓窥檐语。叶上初阳干宿雨，水面清圆，一一风荷举。　　故乡遥，何日去？家住吴门，久作长安旅。五月渔郎相忆否？小楫轻舟，梦入芙蓉浦。

燎沉香，消溽暑——燎(liáo)：烧。沉香：又名水沉、沉水。是一种具有浓香的木料。由于沉香很沉，入水即沉下，故名。十分名贵。溽(rù)：潮湿。这句是说点烧沉香木，消除潮湿蒸闷的暑气。

鸟雀呼晴，侵晓窥檐语——侵晓：天刚发亮之际。写鸟雀鸣叫，天气转晴，大清早就把头伸向屋檐叽叽喳喳地叫。语：本是谈论、告诉，词中犹啼叫、鸣叫。

叶上初阳干宿雨，水面清圆，一一风荷举——初阳：刚刚升起的太阳。宿雨：昨夜下的雨，即隔夜雨。这三句是说荷叶上昨夜下的水珠，太阳一照就干了，水面上一张张清绿圆润的荷叶在晨风里摇摇晃晃都挺立着，如同举起来一样。上片描写雨后清晨荷塘的景色。

故乡遥，何日去——言自己的家乡在很遥远的地方，什么时候才能离开这里回到故乡。去：古又作"厺"。本作"离开"讲。唐·韩退之有"剥剥啄啄，有客至门。我不出应，客去而嗔"(《剥啄行》)。"何日去"即何日离开(这里)。

家住吴门，久作长安旅——吴门：古吴地。词中指苏州，古代吴国国都所在地，有吴门、吴中等称谓。周邦彦是钱塘人,所以说"家住吴门"。长安:今陕西省西安市。汉唐时曾是京城,词中借指宋朝的汴京。这两句是说自己家在苏州,但长期在京都做客。

五月渔郎相忆否——渔郎:泛指儿时一起垂钓的小伙伴。词人回忆童年,不直说,却反问童年伙伴还记不记得,别具一番意味。

小楫轻舟,梦入芙蓉浦——楫:船桨。芙蓉浦:浅水流动开满荷花的河塘。古诗词中多称荷花为芙蓉。下片以小楫轻舟、梦入,抒写思念故乡之情。

全词首写夏日清晨小景,次写朝阳下随风摇曳的荷花。下片从汴京的荷花想到家乡吴门的荷花,感叹客宦异乡,企盼早日还家。结以联想儿时水乡朋友,仿佛梦一般划着船儿进入芙蓉浦荷花丛中,想得入神!

本词描写词人观赏雨后荷塘景色和触景生情、思念故园之情。上片写景,下片抒情,不能说是"咳唾落九天,随风生珠玉"那么天然美好,但也不失"清水出芙蓉,天然去雕饰","胸襟恬淡","富艳精工"之褒誉。

上片写景,描摹夏日雨霁后风荷之神态。先写室内消暑,再写出外赏景。结三句写荷花圆润绿净、亭亭玉立。一个"举"字画出荷花动姿,其动如生,动态可掬,正所谓"真能得荷之神理者"(王国维《人间词话》)。

下片抒情,叙写思乡之情和"小楫轻舟"归乡之梦。词人客汴有年,虽是太学生,又为太学正,却对官场厌恶至极。写来直抒胸臆,不加雕饰,融景入情,不著痕迹。或故乡归梦,或陂塘风荷,虚拟梦境,变幻莫测,清新淡雅,别具一格。尤其不写自己思乡念友,却道"渔郎"是否想念自己。末二句绾合上下片,联成一气,大有摄荷之魂魄的气概。无论是颠倒词序,还是省略意义,拟或压缩语句,正体现了词人"精工"之特点。无怪乎历代人给予很高的评价:"上片若有意,若无意,使人神眩。"(清·周济《宋四家词选》)"不必以词胜,而词自胜。风致绝佳,亦见先生胸襟恬淡。"(《云韶集》)诚然,写荷绝唱,洗尽铅华,为凌波微步的仙子作了出色的传神(钱仲联评语)。古人认为周词"典雅境界",其人为"集大成词人",似非虚誉。

浣溪沙

这首词系〔浣溪沙〕夏景三首第二首。

〔浣溪沙〕,唐教坊曲。最少也有八体,调名很多,详见〔浣溪沙〕"楼上晴天碧四垂"〔题解〕。

本词42字。上阕21字3句3平韵,下阕21字3句两平韵,过片两句多用对偶,如本词"风约帘衣归燕急,水摇扇影戏鱼惊"。

翠葆参差竹径成。新荷跳雨泪珠倾。曲栏斜转小池亭。
风约帘衣归燕急,水摇扇影戏鱼惊。柳梢残日弄微晴。

【新解】

这首词同〔隔浦莲近拍〕《中山县圃姑射亭避暑作》("新篁摇动翠葆")主题虽不同,但写景近似。可以视为姊妹篇。〔隔浦莲近拍〕作于宋哲宗元祐八年(1093)词人任溧水县令时,本词亦当作于是时。全词六句各写一景。

翠葆参差竹径成——翠葆:本帝玉仪仗的一种。用翠羽联缀于竿头而成,形如盖。词中形容竹叶青翠茂密。宋·欧阳修《送赵山人归旧山》诗:"屈贾江山思不休,霜飞翠葆忽惊秋。"参差(cēncī):不齐貌。宋·苏轼《书李世南所画秋景》诗之一:"野水参差落涨痕,疏林欹倒出霜根。"竹径:亦作"竹迳"。竹林中的小径。

新荷跳雨泪珠倾——形容池中嫩荷上,雨打水珠溅跳如珠泪下倾。"新"字突出夏日嫩荷新长成,嫩绿茂盛。"跳"字生动,将雨水落在荷叶上的水珠滚动,描摹得惟妙惟肖。

曲栏斜转小池亭——描写曲折回环、错落有致的栏杆,横斜宛转环绕着小池的亭子。"曲"、"斜"宛转,写尽曲环往复之致。

上阕三句描写三种画面,下阕三句呢?

风约帘衣归燕急,水摇扇影戏鱼惊——又以对句形式,展现出两个动态画幅。帘衣:亦即帘子。用《南史·夏侯亶传》典:"晚年颇好音乐,有妓妾十数人,并无被服姿容。每有客,常隔帘奏之,时谓帘为夏侯妓衣。"扇影:暗喻季节为夏日。约:掠,拂过。戏鱼:词中指戏水的鱼儿。这两句的意思是:风儿掠动帘子,让燕子急急飞回;水波摇动扇影,使戏水的鱼儿受惊。不可译为"是人儿戏弄使鱼惊"。"归燕"、"戏鱼"相对偶。约、急、摇、惊,连用诸多动词,顿使画面生机盎然,富于诗情画意。

柳梢残日弄微晴——又一幅静态画面。既写出"残日",又"弄微晴",是写天色的变化,何尝不是词人心情变化呢?预示着一抹残阳,天气渐渐转晴,明天是个好天气。

通首写景,别具一格。如近人俞陛云所说:"字字矜炼,'归燕'二句,宛似宋人诗集佳句,虽涉人事,而景中之人,含有一种闲适之趣。'摇扇'句,虽有人在,只是虚写。"难怪卓人月说:"我愿为鱼戏莲叶。"(《古今词统》)足见这首词引人入胜!

"翠葆参差竹径成",实将其〔隔浦莲近拍〕前两句"新篁摇动翠葆,曲径通深窈"二句浓缩而成一语,这种"删繁就简"在诗中多有,而在词中,似为清真所独创。

这首词浅显易懂、明白生动。六句各为一景,实似六个画面,六个镜头:翠葆通竹径,新荷跳珍珠,曲栏小池亭,风帘归紫燕,扇影惊戏鱼,残阳弄微晴。各具特色,各成一格,词的跳跃性极大,并在动态的流程中不断展现,充分体现了同诗不同的艺术特性与风格。

诉衷情

题解

《词谱》卷二:"唐教坊曲名。毛文锡词有'桃花流水漾纵横'句,又名〔桃花水〕。按《花间集》此调有两体,单调者,或间入一仄韵,或间入两仄韵,韦庄、顾夐、温庭筠三词略同。双调者,全押平韵。毛文锡、魏承班二词略同。"《填词名解》卷一:"〔诉衷情〕,凡有六体,唐韦庄'碧沼红芳'一曲,《词谱》作单调,《诗馀图谱》于'(交)带袅纤腰'句分段,作双调。其四十四字体者,则又名〔诉衷情令〕,盖林锺商调曲也。或曰〔诉衷情〕,一名〔一丝风〕。"《白香词谱》题考云:"本词为温飞卿所创。取《离骚》中'众不可户说兮,孰云察余之中情',而曰〔诉衷情〕。"

五代词人多用以写相思之情。贺铸词,有"罨画楼空"句,名〔画楼空〕,又有"偶相逢"句,名〔偶相逢〕,又有"凭陵残醉步花间"句,名〔步花间〕,又有"翻试周郎"句,名〔试周郎〕。张辑词有"一钓丝风"句,名〔一丝风〕。唐与之词名〔诉衷情令〕。邵亨贞词名〔花间诉衷情〕。张元幹词名〔渔父家风〕。

这首诗系双调44字体。上阕23字4句3平韵,下阕21字6句3平韵。宋人填词不按唐词,多用此体。

《清真集》题下注"商调"。毛本题作《残杏》,归入"夏景"。

出林杏子落金盘。齿软怕尝酸。可惜半残青紫,犹印小唇丹。南陌上,落花间,雨斑斑。不言不语,一段伤春,都在眉间。

悲欢离合、羁旅行役是唐五代、北宋词的传统题材。唐词初创,文人词与小诗在情调、意境上区别尚不严格。自五代至北宋后期周邦彦填词,有了很大的变化。首先是鲜明的个性和普遍的共性相统一。悲欢离合、羁旅行役之情,"常人皆能感之,而周邦彦惟能写之"。这首〔诉衷情〕词,就是写青春女子伤春,并同尝果怕酸联系来写,确属少见。

出林杏子落金盘,齿软怕尝酸——首句暗示正值杏子成熟时节的暮春之际。不禁使人想起宋·宋祁的咏杏名句"红杏枝头春意闹"(〔玉楼春〕)。词人写杏子初熟,新采摘来的杏子放在金盘内,省去采摘、放置诸多动作,直接写其"落"入金盘。似乎新出林的杏子,色泽艳丽,爽口诱人,但因新摘未熟透的杏子青紫鲜嫩,才引出少女先尝为快的动作。

可惜半残青紫,犹印小唇丹——好奇馋嘴的妙龄女子一口咬去,乍尝便觉得味酸"齿软",如同唐诗人韦应物所说"试摘犹酸亦未黄"。于是"半残"而青紫的杏子上,尚留下女子小唇丹——小小的口红痕迹。这里既描写了女子可爱的动作形象,又暗示了女子的樱桃小口及春情涌动的心理。"齿软"怕酸的形象,如同宋·杨万里《闲居初夏午睡起》所描写的"梅子留酸软齿牙"一样道理,一样效果。以上几句将人物形象写得栩栩如生,一位因杏酸而攒眉撮嘴、娇态可掬的青春少女立即浮现脑际,引人相思,促人爱怜,发人联想,直贯结拍"眉间"。

南陌上,落花间,雨斑斑——陌:道路。南朝梁·沈约《鼓吹曲同诸公赋·临高台》:"所思竟何在,洛阳南陌头。"陌上:古诗词中多指男女幽会之所。唐·贺知章《望人家桃李花》:"南陌青楼十二重,春风桃李为谁容?"唐·宋之问《有所思》:"洛阳城东桃李花,飞来飞去落谁家?"落花:落花时节即暮春季节。"落花满春光","落花如有意","落花人独立"。都为刻画人物作或明或暗的铺垫,"桃花乱落如红雨"(李贺〔将进酒〕),"落花风雨更伤春"(晏殊〔浣溪沙〕)。斑斑:形容落花飘零狼藉情状。写出了"春雨无情,落花有恨"的环境氛围。

不言不语,一段伤春,都在眉间——收束三句才重笔写少女的心理和表情。"不言不语"是何因由?"一段伤春,都在眉间"作了委婉的回答。真所谓"眉间心上,无计相回避"(宋·范仲淹〔御街行〕)。

上阕写少女尝杏畏酸的情状,是生活中的偶然现象,下阕写少女因伤春而"不言不语"是生活中的必然现象。词人巧妙地将似不相属的两件事如此巧妙地结合起来,的确匠心独运,妙合无垠。

词体产生于筵宴,唐宋词中描写女性形象的很多,周邦彦极善于为女子传神写照。这首词就是典型的一例。

抒写伤春之情。上阕写妙龄女子尝杏怕酸,细腻工致地透过残杏写少女的天真无邪娇态。下阕写女子所目睹的环境,为结三句渲染烘托,暗示其伤春情绪,使其伤春心事都表现在结尾"眉间"二字上。把尝杏嫌酸与伤春藏酸,通过不经意的结合,以前者生发后者、凸显后者。用暗线贯穿,自然过渡到下阕的空灵蕴藉。使生活中的偶然现象,转换为感情上的必然结果。将景物描写巧妙地同人物的心理活动紧密连接,看似巧合,实则必然,相映成趣,微妙真切。正如清·陈世焜《云韶集》"词至美成,开合动荡,包扫一切"之评。不仅用宋·苏东坡〔蝶恋花〕中"花褪残红青杏小"句意,扩大写出暮春的景色,而且生发出一段动人的情事,暗示女子心中涌动的爱的追求。是词人细密构思、匠心独运的结晶。

风流子

题解

见前〔风流子〕("新绿小池塘")。双调109字。上片58字12句6平韵,下片51字10句4平韵。大石调。

这首〔风流子〕("枫林凋晚叶")系双调110字。上片59字13句4平韵,下片51字10句4平韵。大石调。

两首〔风流子〕略有差异。

《词谱》以本词作谱。上下片第一句都不用韵。下片第二句作上三下六式九字一句,宋元词多如此填作。上片第三句第一字"望"字、下片第五句第一字"想"字为领字,下领四字四句,组成八字对偶。上片第八、九句为五字对句,其馀四字句,或用对偶,或不用,互有变异。

《清真集》注本、《百家词》、《词统》、《古今词馀最》题作《秋怨》,《花庵词选》作《秋词》。

  枫林凋晚叶,关河迥、楚客惨将归。望一川暝霭,雁声哀怨,半规凉月,人影参差。酒醒后,泪花销凤蜡,风幕卷金泥。砧杵韵高,唤回残梦,绮罗香减,牵起馀悲。 亭皋分襟地,难堪处、偏是掩面牵衣。何况怨怀长结,重见无期。想寄恨书中,银钩空满,断肠声里,玉筯还垂。多少暗愁密意,惟有天知。

关于本词的写作时间,王国维考证为宋哲宗元祐三年(1088)至八年(1093)宦游荆州时作。香港罗忼烈先生笺云:"元祐七年秋间,知溧水命下,将离荆州时作。〔虞美人〕("廉纤小雨")阕,似亦同时之制;而〔红罗袄〕有'楚客忆江南'语,则新别有所思而作也。"

抒写离愁别绪,可同柳永词〔雨霖铃〕("寒蝉凄切")并读,看其同异所在。

枫林凋晚叶,关河迥、楚客惨将归——词自饯别宴后写起,并未像柳词"都门帐饮无绪,留恋处,兰舟催发"一样,明写"帐饮"之事,直至"酒醒"二字见出。这是一个红叶飘零的秋日晚上,我将要离开此间而归去。迥:犹远。归:"归去来兮"(晋·陶渊明),"归梦如春水"(唐·刘眘虚),"归来华发苍颜"(宋·辛稼轩)。面对关河阻隔、关山迢递、友人饯别,难免情怀凄然。这几句所写情景、意脉,有意或无意地化出《楚辞·九辩》中虚拟送别的文词,如"悲哉秋之为气也!萧瑟兮草木摇落而变衰;憭慄兮若在远行,登山临水兮送将归"既烘托离别的氛围,又增强了想象联想。这位"楚客"天亮时凄惨地离去。

望一川暝霭,雁声哀怨,半规凉月,人影参差——以"望"字领起,写在暮霭沉沉、暮色苍茫中的所见所闻乃至所感,在那依稀可辨一行人影之中,有来饯别的友人,其中自然少不了下片所写的心上人——她的踪影。于是写景之中"人影参差",因她而含蕴着无限的依恋惜别之情。正因为要离别,才有失群孤雁的哀鸣,残缺半月的凄凉。哀雁、凉月的意象成为离别羁情、诀别相思的象征。这四句写景真切实在,含蓄地抒发了离别之愁苦。半规:半圆。南朝宋·谢灵运诗有"远峰隐半规"(《游南亭》)之句。词中代指月亮。

酒醒后,泪花销凤蜡,风幕卷金泥。砧杵韵高,唤回残梦,绮罗香减,牵起馀悲——这一段与上文所解,在时间上有了很大的转换,即所谓跳跃性的转折,在空间上也出现了情境的变化。一个人孤处一室,清夜酒醒之后,眼前所见,残烛"泪花"销镕,帘幕因风飘卷。捣衣的砧杵声将他从残梦中呼唤回来,梦想中的她"绮罗香减"从我身边消逝,于是情不自禁地悲从中来,不绝如缕。同柳词中"今宵酒醒何处?杨柳岸,晓风残月"同一境界。"泪花"十字主情,"婉曲周至"(黄苏《蓼园词选》)。"销"、"卷"、"唤"、"牵",准确而精炼地表达了词中人物的主观感受和景物状态。凤蜡:出自《南史》:王僧绰少时同兄弟聚会,采蜡烛泪为凤凰。泪花:犹蜡泪。古诗词中常用以象征离愁别恨,唐·杜牧《赠别》:"蜡烛有心还惜别,替人垂泪到天明。"唐·李商隐《无题》("相见时难别亦难")"春蚕到死丝方尽,蜡炬成灰泪始干。""凤蜡"也是对蜡烛的美称。金泥:指帘幕上的烫金嵌金线者。"砧杵"、"银钩"为扇对,有"魂芳魄艳"之誉、"兼金绮采"之美。绮罗香:指女子衣裙上的香气。这些绮罗香艳、金玉锦绣的词句,典雅华赡、炫目耀眼,用以烘托环境,反衬人物的凄凉冷峻,会产生更强烈的孤独感。前三句写人物初醒刹那间神志的怔忡、迷蒙;后四句写清醒后的感受及心情。用笔细微入妙、勾勒出神入化。实写与虚拟并举,诀别同梦想相兼。"绮罗香减"继"残梦",实与虚、幻与真,空灵蕴藉。"牵起馀悲",既呼应上文"惨将归",又引出下片之追忆,可以说是全词之关目,贯穿始终。

过片承前倒叙前一夜晚饯时双方情感之不堪。是追忆,是回想。即所谓逆挽之法。

亭皋分襟地,难堪处、偏是掩面牵衣。何况怨怀长结,重见无期——这几句层次清晰。"亭皋分襟地,难堪处",写临别已是难以割舍,不忍离开,第一层;"偏是掩面牵衣",写对方掩泣呜咽,更使人不堪,再进一层;"何况怨怀长结,重见无期",说明是诀别,后会难期,又进一层。亭皋:指水边的平地。难堪:难以分离,难以割舍。从起句至此,均系"惊觉"后所闻所见。

想寄恨书中,银钩空满,断肠声里,玉筯还垂——"想"为领字。抒写别后相思之切、愁恨之深。四句十七个字,笔分两头,从两方面写来:"寄恨书中,银钩空满"写自己,即便是"恨墨"写至"盈笺",也是书恨无穷;"断肠声里,玉筯还垂"写对方,别时她为我"断肠声里唱阳关",至今泪垂不尽。银钩:指所写字迹。玉筯:即玉箸。词中形容眼泪。是词人想象对方可能的情状,也透露出自己对女子的相思情深。一"空"一"还",分写两端,勾勒准确,形象生动,活灵活现,情状可悯。可以说又进一层,层层加深。

多少暗愁密意,惟有天知——上文一层又一层,密线细针,不厌其烦,层层深入,写不尽"暗愁密意"。词中点明的种种"暗愁密意",无尽相思,局外人谁知道呢?又谁能理解呢?这两句即清·况周颐所说"此等语愈朴愈厚,愈厚愈雅,至真之情由性灵肺腑中流出,不妨说尽,而愈无尽"(《蕙风词话》)。结以"惟有天知",其情甚苦!这里可以说是活用典实。"天知地知",成语是天知道,地知道,指人人都知道。词曲中则是"天知地知,你知我知",言外之意是天地你我之外,没有别人知道。

总之,全词以逆挽手法,虚笔追忆,不用实笔正面写离别。这种不作顺叙、不用实笔的艺术技巧,比之柳永〔雨霖铃〕"方留恋处,兰舟催发。执手相看泪眼,竟无语凝噎",更见密致切实。两首词各具特色:柳词直述离别情况,以"相看无语"的"疏淡之笔"直写,写来自佳,是宋词中名篇;周词系追忆曲笔回想,痛伤诀别,层层剖析,密致曲回,也是宋词佳构。

本词用笔"密致",同"逆挽"手法相结合抒写与心仪之人的别情。实景在上下阕后几句,其他均虚笔追忆离别场面,结构曲折紧凑。这是艺术技巧上一大特色。尽管与柳永〔雨霖铃〕所写情事相类,结构上则大异其趣。二者各具特色:柳词从长亭话别写到对别后况味之推想,布局比较平稳;周词从别后的不堪写到对话别情景之追忆,极尽逆折之致。

周美成填词常用"剥笋抽丝,层层深入"的手法。故其词意韵深长、耐人寻味。追忆回想,一结"牵起馀悲",益发沉痛痴迷。全词层层推进,采用"重拙之笔",为收煞"惟有天知"蓄势,故使结句厚重有力、含蕴深刻。

在语词搭配运用上,上阕藻绘凝重,下阕自然畅达。典丽、朴拙并用。"砧杵韵高"、"银钩空满"为扇对,又称扇面对。是古体诗词对偶格式之一,即隔句相对,第一句对第三句,第二句对第四句。律诗称"扇对格"(宋·胡仔《苕溪渔隐丛话》前集《杜少陵》)。词中则取上阕、下阕对句而说。这首词中四句对偶凡三处,句调均变幻不同。宋·沈义父在《乐府指迷》中指出:"炼字下语,最是紧要。如说桃,不可直说破桃,须用红雨、刘郎等字;如咏柳,不可直说破柳,须用章台、灞岸等字。又用事,如曰'银钩空满',便是书了,不必更说书字;'玉筯还垂',便是泪了,不必更说泪。"

刘永济先生对本词有一段精警概括的评语,不妨摘引一段:"起处先点明秋时景色,引起离情。'将归'而曰'惨',著语甚奇。至何以'惨',则待下文细说。'望一川'下四句,写临别之物色人情。'酒醒'二句为别时居者所在。'砧杵'四句则为别后居者之情。换头四句乃行者追忆别时与别后。'想寄恨'四句又为行者遥想居者之恨。歇拍总结离情。此词大开大合,美成特色。因此词中四字句多,他人作来,易成平板,而美成此词,仍流转自如,一也;又美成此词,四句一转,此非笔力极健者,不易圆美,二也;再则此词四字句层次分明,不复不杂,三也。全词除起结总写外,将居者、行者之情,曲曲描出而不嫌琐屑,亦由力量大,情意深所致。"(《微睇室说词》)

无不说明周邦彦填词大家高超之技巧与深厚之功力。

西园竹

《词谱》卷十八:"调见《片玉集》。"《填词名解》卷二:"〔四园竹〕,小石调曲也,一名〔西园竹〕。"此调以周邦彦词为正体。

双调77字。上阕37字8句3平韵1叶韵,下阕40字8句4平韵1叶韵。小石调。

浮云护月,未放满朱扉。鼠摇暗壁,萤度破窗,偷入书帷。秋意浓,闲伫立、庭柯影里,好风襟袖先知。　　夜何其?江南路绕重山,心知漫与前期。奈向灯前堕泪。肠断萧娘,旧日书辞,犹在纸。雁信绝、清宵梦又稀。

词写秋夜怀人。

周邦彦自创调,以平韵为主,上声、去声兼押。上阕主要写景,景中有情。

浮云护月,未放满朱扉——起句写秋夜。化用唐·杜甫诗"明月生长好,浮云薄渐遮"(《季秋苏五弟缨江楼夜宴》),而更胜一筹,说明"浮云"是为了"护月"而不让月光全部洒向人间,如此朦胧景色的暗淡景象正与词中主人公怀人的情感相一致。前四字将"浮云"人格化。

鼠摇暗壁,萤度破窗,偷入书帏——进而烘托环境的贫穷。"鼠摇"、"萤度","于静夜怀人中见,有《东山》诗人之意。"(清末陈洵《抄本海绡说词》)《诗经·豳风·东山》:"我徂东山,慆慆不归。"宋·朱熹集传:"东山,所征之地也。"后以之代指远征、远行之地。宋·叶梦得《石林诗话》卷上:"玉汝有爱妾刘氏,将行,剧饮通夕……刘贡父,玉汝姻党,即作小诗寄之以戏云:'嫖姚不复顾家为,谁谓东山久不归。'"鼠摇、萤度,肆无忌惮,渲染室内静寂无人,衬托环境之寂寞凄凉,引发词中主人公一种幽独悽苦之感,词人用"暗"、"破"、"偷"三个字,很有层次、很有分量地来烘托和渲染环境之幽凄孤独。"偷入书帏",化用唐诗僧齐己名句"夜深飞入读书帏"(《萤》),恰到好处。"鼠摇暗壁"系耳闻之声音,"萤度破窗,偷入书帏"乃目睹之景象。且"鼠摇"八字对偶工整。

秋意浓,闲伫立、庭柯影里,好风襟袖先知——前两句写词中主人公已难耐凄凉,从室内步入庭院,伫立树影里。下一句"好风襟袖先知",说明主人公忽然觉得一阵好风吹来,顿时"凉初透",这才意识到秋意,感受到秋季凄清萧瑟的景象。"好风襟袖先知",在唐·杜牧《秋思》诗"好风襟袖知"着一"先"字,就引入人对秋风的敏锐觉察。当此之时,独自伫立庭柯影里,油然而生怀人之思、念远之情,大有"尽日伫立无言,赢得凄凉怀抱"(宋·柳耆卿〔满朝欢〕)之感。"后会难期",悽恨不胜怀。

下阕怀人,善于融化古人诗句,曲折多致。

夜何其?江南路绕重山,心知漫与前期——过片"夜何其","其"字系语助词,无意义。这三个字是"夜如何其"(《诗经·小雅·庭燎》)的化用,设问夜都什么时候了?暗喻主人公伫立庭柯影里,因怀人而夜不成寐,萌生"秋水伊人"之感,如同小晏"梦入江南烟水路"(〔蝶恋花〕)一样,词中主人公所怀念的人也在"路绕重山"的江南。"心知漫与前期",直抒胸臆,词人心里明白,"行尽江南,不与离人遇"。随着岁月的变迁,恐怕当初的预约重逢日期已难如愿以偿了。山重水复,曲折宛转,忽然又想到当初预约的书信,于是"向灯前堕泪,肠断萧娘……"

奈向灯前堕泪。肠断萧娘,旧日书辞,犹在纸——这里用唐·杨巨源《萧娘》:"风流才子多春思,肠断萧娘一纸书。""萧娘"在唐诗中是对心仪女子的泛称。典出《南史·梁临川靖惠王宏传》:"宏受诏侵魏,军次洛口,前军克梁城。宏闻魏援近,畏懦不敢进。魏人知其不武,遗以巾帼。北军歌曰:'不畏萧娘与吕姥,但畏合肥有韦武。'"于是"萧娘"成萧姓女子,说宏怯懦如女子。后以"萧娘"为女子之泛称。正因为

"旧日书辞,犹在纸",一字字、一句句,读来令人落泪,为心上人落泪,这四句因果才因词序倒置而颠倒。前句冠以"奈",乃是无可奈何,向灯前读"旧日书辞,犹在纸"而"堕泪"而"肠断"。如是,则"旧日书辞,犹在纸",与结句形成鲜明对照,更见离别之苦、相见之难。明明已有"前期",结语仍是"漫兴",皆以千回百折出之,尤佳在"拙朴"。"犹在纸""是北宋外转不贰法门"。一语惊人!

雁信绝、清宵梦又稀——伊人杳无音信,已使人愁肠寸断,更何况连梦中相见也稀少了。词人这里的暗喻化用了唐·李商隐"朔雁传书绝"(《离思》诗)、后蜀·毛熙震"斜月照帘帏,忆君和梦稀"(〔菩萨蛮〕词)诗词之意,化作绝望的呼喊,收结全词,给读者留下深深的遗憾。至此,抒情已达到高潮,而又突然结束,不禁使人低回欲绝,情有馀而意不尽。

这首词上阕写景、下阕抒情。写景则景中寓情,情景交融;抒情则以景托情,层层递进。过片时空错杂,忆往怀人。处处融化前人诗词名句、层层用典故推进,结句达到高潮,又戛然而止。词人由写景到抒情,时空转换,自然贴切,活用古诗,跌宕有致。如宋·陈振孙《直斋书录解题》所说:"美成词多用唐人诗,隐括入律,浑然天成。"又如宋·张炎《词源》所评:"美成词……采唐诗融化如自己者,乃其所长……美成负一代词名,所作之词,浑厚和雅,善于融化词句。"

〔西园竹〕系周邦彦自创词调,采用四声慢词。《词谱》云:"此词以此词为正体,方千里和词,正与此同。若杨(泽民)词之句读小异,陈(允平)词之摊破句法,又少押一韵,皆变格也。此词前后段第七句,各叶一仄韵,平韵四支五微,仄韵四纸,亦即本部三声叶也。方千里、杨泽民、陈允平和词悉同。"周邦彦词以平韵为主,兼押上去声。换头之后,平、上、去三声互押。与其〔风流子〕("枫林凋晚叶")、〔蕙兰芳引〕("寒莹晚空")同一境界。极富跌荡激切、曲折和缓之致。今人乔大壮批《片玉集》云:"四声词。和缓之笔,无人能及。"

齐天乐

〔齐天乐〕,又名〔台城路〕、〔如此江山〕、〔五福降中天〕。《清真集》、《白石道人歌曲》、《梦窗词集》并入〔正宫〕(即〔黄钟宫〕)。

《词谱》卷三十一:"……周邦彦词有'绿芜凋尽台城路'句,名〔台城路〕。沈端节词名〔五福降中天〕,张辑词有'如此江山'句,名〔如此江山〕。"龙鼎孳词名〔五福丽中天〕。赵师律词名〔济天乐〕,"济"疑为"齐"之误。

周邦彦词双调102字。上阕51字10句6仄韵,下阕51字11句5仄韵。还有一首〔齐天乐〕("疏疏几点黄梅雨"),题作《端午》,收入《清真集》。毛本注云:"或刻无名氏。"亦有以之为杨补之词,见《逃禅词》。

本词《清真集》作〔正宫〕(即〔黄钟宫〕)。毛注本题作《秋思》。《花庵词选》题作《秋词》,《花草粹编》题作《秋》。

〔齐天乐〕过片定格"— —I—II(句或韵)",王沂孙《蝉》过片又作"— — —III"。

绿芜凋尽台城路,殊乡又逢秋晚。暮雨生寒,鸣蛩劝织,深阁时闻裁剪。云窗静掩。叹重拂罗裀,顿疏花簟。尚有练囊,露萤清夜照书卷。　　荆江留滞最久,故人相望处,离思何限。渭水西风,长安乱叶,空忆诗情宛转。凭高眺远。正玉液新篘,蟹螯初荐。醉倒山翁,但愁斜照敛。

首先看看这首词写作时间、地点问题。"此清真荆南作也,胸中犹有块垒。南宋诸公多模仿之。""身在荆南,所思在关中,故有'渭水'、'长安'之句。碧山用作故实。"(清·周济《宋四家词选》)"美成〔齐天乐〕绿芜凋尽台城路,殊乡又逢秋晚',伤岁暮也。结云'醉倒山翁,但愁斜照敛',几于爱惜寸阴。日暮之悲,更觉馀于言外。此种结构,不必多费笔墨,固已意无不达。"(清·陈廷焯《白雨斋词话》卷一)王国维认为:"作于金陵,当在知溧水前后。"(《清真先生遗事》)陈洵认为:"此美成晚年重游荆南之作。"(《抄本海绡说词》)陈思撰年谱说:"十九岁时游荆南作。"众说不一。系晚岁之作,似觉无疑。至于作于何地,有金陵、荆南两说,还有待进一步考证确定。

全词写羁旅之愁、宦游之悲、迟暮之感、故人之情。围绕"秋"、"秋思"、"秋词"展开描写。上片写秋晚,伤岁暮。

绿芜凋尽台城路,殊乡又逢秋晚——起拍展示一派暮秋景象,秋色萧瑟,游子心意寥落。绿芜:长得多而杂乱的草。台城:在六朝古都金陵北玄武湖畔。宋·洪迈:"晋宋间谓朝廷禁近为台,故称禁城为台城。"殊乡:异地异乡。隋唐以降,文人至金陵,每有兴废盛衰之叹。唐·韦庄《台城》发出"六朝如梦"之感慨。秋晚台城叶枯草黄,正是宋玉所谓"草木摇落而变黄"之满目萧瑟景象。"又"字有递进连接之妙。对于客子,"殊乡"已够难堪,更何况"秋晚"、"霜凋岸草"(周邦彦〔浪淘沙〕)、众芳摇落之际,词意层层递进,只起二句"便觉黯然消魂……沉郁苍凉"(陈廷焯),以为"太白'西风残照'后有嗣音矣"。起首造境造势,已为全词意境定下苍凉基调。

暮雨生寒,鸣蛩劝织,深阁时闻裁翦。云窗静掩——"绿芜台城"本已蕴蓄无尽沧桑之感,何况又化为一片凋零的秋晚。"暮雨生寒"直至上片歇拍八句均从"秋晚"生发而出,层层烘托,有声有色,依时序之变化,抒怅惘之幽情。暮秋雨夜,本已渐凉,加之蛩鸣,肤觉之凉、听觉之凄。深闺女子裁剪缝纫御寒之衣,大有唐·杜甫"寒衣处处催刀尺"之意蕴。因而独自一人,写景状物,烘托渲染,分写自然之感、人事之感。"云窗"以下则从主观方面勾勒描写。单句协韵,承上启下,写云窗外之景。

叹重拂罗裀,顿疏花簟。尚有练囊,露萤清夜照书卷——以"叹"字领起,再写秋意,确定了环境凄凉、人物慨叹的意境,写云窗内之景。罗裀:即"罗茵",罗绮垫褥。丝制褥子。花簟(diàn):织有花纹的精美竹席。词中指供铺垫用的竹席或苇席。时当暮秋,"已凉天气未寒时"(唐·韩偓《已凉》诗),所以撤竹席,换垫褥。如是年年不可缺少之常事,何以"叹"之?且以"重拂"、"顿疏"加以限定。是凉秋之到来,"惊残好梦"、"惊破梦魂"。"拂",又是"重拂",挥动拂展,形容激动、愤激,"惊飚拂野"、"惊魂未定"。"疏"字,疏离疏远,只影孤单。"顿疏",极见沉重,又一笔带过。既有客观形成原因,又带主观感情色彩,既有节候变化、时光荏苒之感慨,又有光阴迅逝、老大无成之叹惋。"尚有"二字,写时移物换,夏日的用具都不用了,而练囊还留着,用车胤囊萤读书典故。《晋书·车胤传》:"家贫,不常得油,夏月则练囊盛数十萤火以照书,以夜继日焉。"引用此典在于一片秋色秋声中,词人只有抓紧读书,才能得到些许慰藉。词人"学道退然,委顺知命"(南宋·楼钥《清真先生集序》),一生刻苦攻读,借此时机读书,的确具有典型的意义。周氏用此典故,表示虽飘泊异乡、宦海浮沉,但仍志在读书,不欲如韩退之所说"伺候于公卿之门,奔走于形势之途"(《送李愿归盘谷序》),也不汲汲于功名富贵,隐隐然有"修吾初服"之意,故南宋·王灼《碧鸡漫志》卷二曰:"世间有《离骚》,惟贺方回、周美成时时得之。"周邦彦如王国维所说的:"借古人之境界为我之境界者也。然非自有境界,古人亦不为我用。"(《人间词话》)词人志在读书,不负初衷。惊秋而不悲秋。上结宕开一笔,表达出旷达高远之态,也是本词症结之所在。

下片词意,或怀人,或记事,转向登高望远,追怀往事。

荆江留滞最久,故人相望处,离思何限——词人出任庐州教授、调任溧水之前,有五、六年时间滞留荆州。时三十多岁,正当英年。身在荆江(即荆州),怀念故旧,与当地友人交游,情谊深厚,不说自己怀念故友,却说"故人相望",离思无尽。笔法翻进一层,从对方怀念自己入笔,自己的思念故旧之情不言而喻。情致既深,笔法又巧妙。由写细小物象,转而写故人相望,笔力如椽,诗情宛转,转换自如。如〔琐窗寒〕中"故人剪烛西窗雨。似楚江暝宿,风灯零乱,少年羁旅",感情是极其真挚深沉的。

渭水西风,长安乱叶,空忆诗情宛转。凭高眺远——笔法再转。化用唐·贾岛"秋风吹渭水,落叶满长安"(《忆江上吴处士》)诗意。以长安借指汴京,在宋词中多如此。词人从元丰初入汴为太学生,直到宋哲宗元祐二年离汴为庐州教授,居留汴京十余年,正当而立年华,虽任太学正,但"居五岁不迁,益尽力于词章"(《宋史》本传)。当时周邦彦所写的诗如《天赐白》、《薛侯马》等,陈郁《藏一话腴外编》所收周邦彦佚诗称"自经史中流出,当时以诗名家如晁(补之)、张(耒)皆自叹以为不及",说明其诗才高超,不过为词名所掩而已。忆及往昔,风华英年,意气方遒,"渭水西风",吟诗唱和,"诗情宛转",而今回首,情何以堪,只能浮云幻影,徒增悲伤。"渭水西风"三句,正是想象中"凭高眺远"之所见。如是词序颠倒,作为格律上的补笔,既收束上文,又引起下文,借酒浇愁,一百年方休,不问世事。正是:"美成以之入词,白仁甫(朴)以之入曲,此借古人之境界,为我之境界也。"这里,"凭高眺远"与"云窗静掩",虚设两层意思、两层悬想,是登高望远之所思,以下情景即是登高望远之所见。

正玉液新篘,蟹螯初荐——正:领字,一作"凭"。玉液:美酒佳酿。新篘(chōu):本滤酒所用的竹具。词中指酒。宋·苏轼有"近日秋雨足,公馀试新篘"(《和子由闻子瞻将如终南太平宫溪堂读书》)诗句。蟹螯:用毕茂世所云"一手持蟹螯,一手持酒栖(杯),拍浮酒池中,便足了一生"(《世说新语·任诞》)典,意思是要像毕茂世(名卓,为吏部郎,尝饮酒而废职)那样嗜酒不羁。词人登高望远,如故人相望,皆无所见,而只好借酒浇愁了。

醉倒山翁,但愁斜照敛——山翁:晋·山简字季伦,每临高阳池辄醉,人为之歌曰:"山公时一醉,径造高阳池。日暮倒载归,酩酊无所知。"因此以山简自喻,一醉解千愁,但词人做不到。结句"但愁"二字一转折,似不相连贯,实则一意承转,正欲以酒解烦愁。不免"夕阳无限好,只是近黄昏"的迟暮之感,也就是清·陈廷焯所云:"结云……几于爱惜寸阴。日暮之悲,更觉馀于言外。"本想一醉方休,借酒浇愁;但一想到即便醉倒,也还会因为夕阳西下而发愁。含蕴深切。

这首词或大笔挥洒,或细笔勾勒,起以巨笔,结以重笔,抒发怀人之情,突出迟暮之感。造境写人,密致浑成,风格沉郁,别具一格,直到南宋,张炎还听伎女歌唱这首词。足见词人"一何用功之深而致力之精耶"(南宋·楼钥),是周邦彦暮年笔力苍老精到之佳作。

这首词有别于周邦彦一般的词风、词作。词中宦游、羁旅、怀人、迟暮之感,种种复杂情感交织一起,质实密丽,几近豪放。

艺术手法上,词人为了加强长调词的铺叙扬厉效果,往往以赋的手法填词。以赋笔入词是周邦彦所擅长的,所以辞语工切,音节和美。赋笔对句,如:"暮雨生寒,鸣蛩劝织","重拂罗袿,顿疏花簟","渭水西风,长安乱叶","玉液新篘,蟹螯初荐"。有的对仗十分工整。"暮雨生寒"是仄仄平平,"鸣蛩劝织"是平平仄仄。以"练"代

"练",也是出于平仄需要,因为"练"属平声。基本符合词性相同、平仄相对的要求。艺术手法上另一个特点,是善于用典,除上阕结处用典外,下阕三处用典,且用典在虚实之间,耐人寻味。章法上不用曲笔,结构平直顺畅。风格上"沉郁苍凉"(清·陈廷焯《云韶集》),"苍凉沉郁"(陈廷焯《词则·大雅集》卷二),"思如剥蕉","词旨深厚"。结句"不必多费笔墨,固已意无不达",是全词发展之必然,蕴蓄极其深刻,与首句遥相呼应,极具启示性,又极为沉痛。

关于这首词的写作年代、地点,向有争议。有的提出:"周邦彦滞留金陵时,年不过四十左右,何以就有迟暮之感?"并举出词人于哲宗元符元年(1098)《重进汴都赋表》中一段话:"臣命薄数奇,旋遭时变,不能俯仰取容,自触罢废,漂零不偶,积年于兹。臣孤愤莫伸,大恩未极,每抱旧稿,涕泗横流……"周邦彦处在当时新旧党争的漩涡之中,由于不能"俯仰取容,自触罢废",所以从庐州到溧水,十年飘零,"来寄修椽"、"憔悴江南倦客"(〔满庭芳〕),因而心情抑郁寡欢。表现在词中是感物伤怀,思念亲友,以酒浇愁。"词至美成,乃有大宗……然其妙处亦不外沉郁顿挫。顿挫则有姿态,沉郁则极深厚。既有姿态,又极深厚,词中三昧,亦尽于此矣。"(陈廷焯)即本词的笔法妙谛之所在。不必拘泥于何时何地所写,也无须肯定是暮年之作,抑或中年所作。

氏州第一

《词谱》卷三十一:"调始《清真乐府》,一名〔熙州摘遍〕。"其实,宋慢词〔氏州第一〕始于周邦彦。而周邦彦仅取此调之大曲《氏州》首片而已。《填词名解》卷三:"〔氏州第一〕,商调曲。唐乐府有《氏州歌》,第一,盖歌头也。"《唐声诗》下编第504页:"'第一'二字乃大曲之遍序,唐大曲形式之特征也。盖唐大曲名遍之名称较简,不过歌、排遍、入破、彻四种而已,而遍数特多,故有必要标明次第。本调乃用大曲第一遍,单行为杂曲。……宋词属商调。"又《词谱》:"此调创自此词。方千里、赵文、邵亨贞词俱照此填。惟陈(允平)词句读小异,故别列一体。"《全宋词》注"商调"。

毛本注云:"《清真集》作〔熙州摘遍〕,字稍异。"但未将异字标出。《草堂诗馀》、《花草粹编》、《古今诗馀醉》题作《秋思》。双调102字。上片51字11句4仄韵,下片51字9句5仄韵。

波落寒汀,村渡向晚,遥看数点帆小。乱叶翻鸦,惊风破雁,天角孤云缥缈。官柳萧疏,甚尚挂、微微残照。景物关情,川途换目,顿来催老。　　渐解狂朋欢意少。奈犹被、思牵情绕。座上琴心,机中锦字,觉最萦怀抱。也知人、悬望久,蔷薇谢、归来一笑。欲梦高唐,未成眠、霜空已晓。

【新解】

有的本子题作《秋思》,写秋日旅次怀人。上阕写景,结拍入情,下阕抒情,怀人。宋词中多有"行旅"、"离别佳作",这首词就是一首怀人的好词。

波落寒汀,村渡向晚,遥看数点帆小——词人目睹之实景。前两句写近景,后一句写远景。词人乘船,在一个秋日的黄昏到达荒村野渡。词人仔细观察了秋天水落后留下的痕迹,写得十分细腻。笔法灵动,句式灵活,化静为动,引人入胜。汀:本意为水之平静。引申为水边平地、小洲。宋·陆游诗《城西晚眺》:"静看船归浦,遥闻雁落汀。""数点"、"帆小",是"遥看"的远景,寥寥几笔便勾勒出向晚村渡图。"向"字有动感,仿佛村渡暮色逐渐笼罩下来一样。

乱叶翻鸦,惊风破雁,天角孤云缥缈——写仰望所见之景。秋风扫落叶,惊动树上栖鸦满天乱飞,天空雁阵也被逆风吹散乱成一片。"翻"、"破"炼字,由"乱叶"、"惊风"引出,生动准确。"破"字写雁阵逆风而飞,惊风吹来,吹散了行列。"乱叶"二句,仰观所得,作对句状难写之景。"乱叶"写地上,"惊风"写天空。正是清·陈廷焯《白雨斋词话》所云:"美成词于浑灏流传中下字用意皆有法度。""天角孤云缥缈"也是"遥看"之远景。寒汀、村渡、乱叶、翻鸦、惊风、破雁、天角、孤云,由近及远、由地下到天上的景色,既写实,又具象征意义,无不衬托出词人羁旅孤独的凄凉心境,使人黯然神伤。同其"衰柳啼鸦,惊风驱雁"(〔庆宫春〕)结构相近,同一机杼。

官柳萧疏,甚尚挂、微微残照——继续写近景。与上文"乱叶"相补充,更展示出秋景之凄凉。"写秋景凄凉,如闻商音羽奏",更着以"官柳萧疏"、"微微残照",与村渡所构成的荒凉、凄清、黯淡的意境,对于羁旅行役之人是一种什么样的感受呢?秋声秋色,秋气肃杀,不道斜阳映柳,却道柳挂残阳,又照应"向晚",想象奇特,出语自然奇异。更增羁旅之愁、迟暮之感。"微微"二字,体物尤工。

景物关情,川途换目,顿来催老——总括上阕近景、远景、天上地下之景,融会成为一个开阔自如、浑厚自然的整体境界。"关情"以后入情,透出心事;"川途"即水路。让人触景生情,"顿来催老"。正因为如此,一片萧瑟景物使词人忽然觉得变老了,油然而生迟暮之感。"顿来催老"直说破,暗含"关情"一语,激发词人岁月易逝、人生易老之感慨。近人俞陛云认为:"前八句状水天景物,'残照'二字为秋柳传神,而以'关情'、'换目'承上八句,则所见景色,皆有'物换星移'之感。自转头至结句,如明珠走盘,一丝萦曳。"(《宋词选释》)清·周济认为:"竭力追逼出过变一句,钩转'思牵情绕',力挽千钧。"的确,上阕写景蓄势已足。"他人一钩勒便薄,清真愈钩勒愈浑厚",正是这个道理。为"渐解狂朋欢意少"蓄势。

下阕因迟暮之感而产生怀人情愫。

渐解狂朋欢意少。奈犹被、思牵情绕——由上阕的写景转入怀人之抒情。如王国维所说:"以我观物,故物皆著我之色彩。"(《人间词话》)由于词人以主观感情色彩观物,所以物皆著我之色彩。"狂朋"者,狂放不羁之朋友也。"渐解"接"顿来"似一转折,乃"催老"二字之神髓,紧承前结。明写"狂朋",实写自己,强化了主观感情色彩。"奈犹被、思牵情绕"交代了"欢意少"的原因。那么"思牵情绕"的是什么人呢?又一转折。

座上琴心,机中锦字,觉最萦怀抱——"座上琴心"用典《史记·司马相如传》:"相如不得已,强往,一座尽倾。……是时卓王孙有女新寡,好音,故相如……而以琴心挑之。"用以说明词人所怀念的人。"机中锦字"用《晋书·列女传》典:"窦滔妻苏氏……善属文。滔,苻坚时为秦州刺史,被徙流沙,苏氏思之,织锦为回文旋图诗以赠滔。宛转循环以读之,词甚凄惋。"词中指恋人所寄来之书信。"琴心"、"锦字"为"思牵情绕"之由。怀念伊人,盼望书信,最萦绕着词人之心,完全是从词人自己这方面来写的。同时也说明只有寄来的音书才是词人最为珍贵的!

也知人、悬望久,蔷薇谢、归来一笑——前六个字代所思者设想。词人笔锋陡转,从对方着想来写。宕开一笔,转出新意。词人想象女子也在想念自己,正是宋·苏东坡"我思君处君思我"(《蝶恋花》)之意。"蔷薇谢"七字,出自唐·杜牧《留赠》诗:"舞靽应任闲人看,笑脸还须待我开。不用镜前空有泪,蔷薇花谢即归来。"借此表达明年暮春蔷薇花谢时,就可以相逢一笑了。"一笑"二字传神,比杜牧所写更见喜悦欢快、形象生动。至于能否实现预约之初衷,至少可以使对方感情上得到些许慰藉。与宋·柳耆卿〔八声甘州〕"想佳人妆楼颙望",从对方着想的手法完全相同。"也知人、悬望久"代所思之人设想。"蔷薇谢时"已望归来,"自春徂秋,足见其'久'",并且为"霜空"蓄势。

欲梦高唐,未成眠、霜空已晓——由于切盼重逢并预约来期,于是词人首先心驰神往。"欲梦高唐"则于无可奈何之中"谋所以慰其悬望者,拍转自身,并作开笔。"(陈匪石《宋词举》)用"巫山神女"之典。宋玉《高唐赋》:"昔者先王尝游高唐,怠而昼寝,梦见一妇人曰:'妾巫山之女也,为高堂之客。闻君游高唐,愿荐枕席。'"词中借指与女子梦中相会。然而却欲梦未成,正是此词妙处之所在,用"未成云雨梦,巫山晓"(赵企〔感皇恩〕)词意,有异曲同工之妙。"欲梦高唐"也罢,"未成眠"也罢,都是因为相思之情。"霜空"点明时间季节,回应上阕大写秋景。首尾开阖自如,情意无尽。

这首词抒离情或明写或暗转,叙相思或眼前或梦幻,从多方面、多角度着笔;或铺叙,或勾勒,一气呵成、一脉流转,如清·陈世煜《云韶集》所说:"写秋景凄凉,如闻商音羽奏。语极悲惋。一波三折,曲尽其妙,美成词大半皆以纡徐曲折制胜,妙于纡徐曲折中有笔力,有品骨,故能独步千古。"

此词在清真词中别一机杼。无论写景,或者抒情,运笔如行云流水、游丝宛转,极尽曲折回互、前后照应之致。清真善于作语语,尤长于写秋景。本词即围绕"川途换目",展开"景物关情"的描写,成功地表述了词人的羁旅之悲与怀人之情。"此换头至结句""以'曲而婉'三字评之,殊当"。

在艺术技巧上也有独特之处:

首先是层次清晰、章法完密。这首词前八句,摹写水天景物,"残照"为秋柳传神,又以"关情"、"换目"承上八句,则所写景物,皆有物换星移之感。自换头至收结,如明珠走盘,一丝萦曳。上片皆以"景物关情,川途换目"总括所见景物,并以"顿来催老"小结。下片"渐解"二句分两层,"座上"三句作一层,"也知"二句又两层,"欲梦"二句作三层,共分八层,逐层写来,实一特色也(详见刘永济《微睇室说词》)。其次是极尽摹写、渲染烘托之致。上片摹写秋景,次第写来,逐层渲染,"波落"、"乱叶"、"惊风"、"孤云"、"官柳"、"残照",渲染氛围;下片"欢意少"、"思牵情绕"、"最萦怀抱"、"悬望久"、"未成眠",烘托情愫,前结"景物三句""水到渠成","顿来催老"画龙点睛,由写景自然转入抒情。词旨既凄清,情怀又暗淡,其境界只可于笔墨之外思之,其寓意只可于言词外得之。再次是意态飞动,展示清真"沉郁顿挫"之主导风格。词人采取"一波三折"、"以纡徐曲折制胜"的笔力,运用明言或暗转的手法,写对久别情人的深切思念之情。先用明转,着一"奈"字,言其无法排遣、无可奈何之"思牵情绕"。下边连用暗转,不用虚字而直作转折。一是先写两地相思,"悬望久",盼望"蔷薇谢、归来一笑"。二是归去无期,"欲梦高唐""未成眠",连梦中相见也不可能。希望成空,"一合便收"。

少年游

〔少年游〕,商调。题或作《感旧》,或作《冬景》,标题与内容均不合。此调初见于宋·晏殊《珠玉词》,词中有"长似少年时"之句,作为调名。《词律》以柳永词为正体,《词谱》以晏殊词为正格。平韵,双调,50字,10句,上阕5句3平韵,下阕5句2平韵。还有48字、49字、51字、52字诸体别格。

又名〔小阑干〕、〔玉腊梅枝〕。周邦彦年轻时与汴京名伎多有过从,当系追忆往事之作。

并刀如水，吴盐胜雪，纤手破新橙。锦幄初温，兽香不断，相对坐调笙。　　低声问：向谁行宿，城上已三更。马滑霜浓，不如休去，直是少人行。

　　这首词"似饮伎馆之作"。写男女秋夜幽会，纤笔深情，含蓄蕴藉。词归双调，意分三层。

　　并刀如水，吴盐胜雪，纤手破新橙——并刀如水：用唐·杜子美"焉得并州快剪刀，剪取吴淞半江水"(《戏题王宰画山水图歌》)诗意，形容破橙并刀的如水般光洁澄澈。吴盐胜雪，取唐·李太白"玉盘杨梅为君设，吴盐如花皎如雪"(《梁园吟》)之喻，比拟玉盘的似玉般明净晶莹。纤手：女子柔细的手。新橙，北方罕见的新鲜橙子。"破"字奇绝，尤其传神。白描如画。

　　锦幄初温，兽香不断，相对坐调笙——写闺房情境。"锦幄"、"兽香"，帐幔华垂，香烟缭绕，暖意融融。相视对坐，写调笙，隐去吹笙，的确"此时无声胜有声"，大有"未成曲调先有情"之妙和只可意会、不必言传的韵外之旨。有的版本改"调笙"曰"吹笙"，淡乎寡味。清·毛稚黄谓："锦幄"三句，"似为上下太淡宕，故着浓耳。"颇有见地。

　　低声问：向谁行宿？城上已三更——记女子低语。上阕写景，以景衬情，以声传情，写了"破橙"、"调笙"两个动作细节。下阕写情，声中传情，语中见景。在两个动作中，夜渐渐转深，二人对坐无语。换头"低声问"，发出声音。因为"城上已三更"，才有"向谁行宿"之问。"谁行"，犹哪里去。实则在劝留、挽留，个中温存关切，无微不至。主观欲留，欲留故问。

　　马滑霜浓，不如休去，直是少人行——马滑霜浓，是女子设想之词，留恋不舍，体贴人微，"不如休去"，才是女子本意，其羞涩之态，不言而喻。词写至此，似觉意辞俱尽，忽然又补上一句"直是少人行"，不但加重了"不如休去"的分量，而且以景收束、以景结情。感情宛转，柔情细语，曲折动人。

　　对于本词，有的论者认为，不外是词人追述自己在秦楼楚馆温柔乡的一段情事。如南宋·张端义所说："道君(即宋徽宗)幸李师师家，偶周邦彦先在焉。知道君至，遂匿床下。道君自携新橙一颗，云'江南初进来'。遂与师师谑语。邦彦悉闻之，檃括成〔少年游〕。"(《贵耳录》卷下)后人多有怀疑，如清·吴衡照《莲子居词话》卷一力辨其诬，且"非师师"事。王国维《清真遗事》中则尤细辨其必无。即就本词所写而论，不过男女秋夜相会而已，与宋徽宗、李师师毫无关涉。"似饮伎馆之作"，正符合周邦彦年轻时在汴京的生活，与名妓舞女交往填词追忆往事，不足为怪！

这首词上阕主要写景，写晚上破橙、调笙两个情节，与首两句"如水"并刀的闪亮发光、"胜雪"吴盐的晶莹色白，以及那"纤手"（一作"纤指"）的光洁细嫩相互辉映，展现出一幅光彩艳美、意态缠绵的情侣秋夜相会的画面。一个"破"字，流溢出女子的一片柔情蜜意；一个"调"字，充满了女子的无限爱慕体贴。

下阕记言，写女子的声情意态，语言简洁，委婉羞怯。"向谁行宿"，似问欲留；"马滑霜浓"，欲留设想；"直是少人行"，干脆找借口，不如就留下来。词人一转一折之后，如刘逸生先生所说，真是一语一试探，一句一转折，一松一紧，一擒一纵，既符合人物身分，又符合人物性格，摹画逼真，技巧高超，用在散文写作上已经不易着笔，用于诗词谱写更是难上加难，不能不服膺周邦彦确实是填词高手。因为词人能够曲折细微地写出词中人物细微婉曲的心理状态，尤其是把女子的声情口吻刻画得惟妙惟肖，呼之欲出，谁还能再断言古代诗词不善于刻画摹写人物？

正因为周邦彦填写技巧高妙，所以历代对其词评价不菲。称赞周词"模写物态，曲尽其妙"。不仅对环境模写细腻逼真，而且在运用人物动作、语言、声情来刻画人物内心活动方面很成功。下阕自"向谁行宿"问话写起，含蓄空灵，挽留意绪全用"问"话引出。说"城上已三更"夜已深，说"马滑霜浓"路难行，乃至"直是少人行"，都在委婉挽留，甚至只说"不如休去"，就是不直说"休去"。清·沈谦《填词杂说》谓："周词情意缠绵……言马言他人，而缠绵偎依之情自见。若稍涉牵裾，鄙矣。""马滑霜浓"三句，不但毕肖人口，读之如见其人，而且使夜深霜浓同室内的环境对照、女子的柔情同男子的犹豫形成对照，含蓄婉曲，韵味犹长，正所谓"后阕绝不作了语，只以'低声问'三字贯彻到底，蕴藉袅娜。无限情景，都自纤手破橙入口中说出，更不别作一语。意思幽微，篇章奇妙，真神品也。"（清·毛稚黄语）清·周济评曰："此亦本色佳制也。本色至此便足，再过一分，便入山谷（黄庭坚字）恶道矣。"（《宋四家词选》）意思是说黄庭坚的一些词"亵诨不可名状"，有色情庸俗之处，是填词最忌讳的。的确，词中写男女之情，要掌握尺度，恰到好处。来不得半点"恶道"俗气，且能做到"香奁泛话吐弃殆尽"（清·陈廷焯《白雨斋词话》卷六），达到语工意新、空灵蕴蓄，才是"本色佳制"。

清·谭献评此词则曰："丽极而清，清极而婉，然不可忽过'马滑霜浓'四字。"（《谭评词辨》卷一）什么是"不可忽过"？个中大有深意，读之者自己不妨深思一番，对此也不可忽过。

这首词结构布局绝非一般所谓的上景下情，其叙事、白描，承韦庄词的淡雅风格。其含蓄、蕴藉则明白地揭示了女子内心深处炽热的挽留情愫，此则"不可忽过"。

庆春宫

题解

〔庆春宫〕,《词谱》卷三十:"一名〔庆宫春〕。此调有平韵、仄韵两体。平韵体始自北宋,有周邦彦诸词。仄韵体始自南宋,有王沂孙诸词。"《填词名解》卷三:"〔庆春宫〕,越调也。"《全宋词》所收诸词,凡平韵体者名〔庆春宫〕,仄韵体者名〔庆宫春〕。

周邦彦本词双调102字。上片51字11句4平韵,下片51字11句5平韵。越调。

《清真集》毛本题作《悲秋》,《草堂诗馀》、《花草粹编》题作《秋怨》。

又《词谱》:"此调押平韵者,只此一体,宋人俱依此填。"

  云接平冈,山围寒野,路回渐转孤城。衰柳啼鸦,惊风驱雁,动人一片秋声。倦途休驾,淡烟里、微茫见星。尘埃憔悴,生怕黄昏,离思牵萦。　　华堂旧日逢迎。花艳参差,香雾飘零。弦管当头,偏怜娇凤,夜深簧暖笙清。眼波传意,恨密约、匆匆未成。许多烦恼,只为当时,一饷留情。

新解

有宋一代被誉为"负一代词名"(宋·张炎《词源》下)的周邦彦,其词在当时即广为传唱,有"二百年来,以乐府独步"(陈郁《藏一话腴外篇》)之誉。〔庆春宫〕乃其代表词作之一。

写羁旅怀人。上阕主要写旅途,"满纸秋声";下阕写昔之遇合,"一片春光"。结构清晰,开阖自如,前后对照呼应,独具特色。

上阕写羁旅之情,离思之苦。

云接平冈,山围寒野,路回渐转孤城——发端即用一对偶句铺写勾勒旅途秋色,从云、山着笔,入目而来的是秋云、平冈、山围、寒野,路转峰回,"一片孤城万仞山"的意象,展现出古老中原原野的暮秋景色。"寒"、"孤"二字,使山、冈、云、野、路、城一切景物都笼罩在一片孤寒凄凉的氛围之中。"渐"字绝妙。以景托情,既写词人行色匆匆,又写词人跋涉劳顿盼望歇息的心理,词人的羁旅愁怨由景物和盘托出。"孤"字传神,写城之孤,乃词人孤寂心境的反映。

衰柳啼鸦,惊风驱雁,动人一片秋声——在充满愁怨的画面上,又点缀以柳、鸦、风、雁。"衰柳啼鸦"其色萧条、其声凄切;"惊风驱雁"其景哀绝、其鸣凄厉。激励词人,才有"动人"之谓,动人心弦,使人心惊。"动人一片秋声",又在上文层层铺叙,字字渲染的基础上,直抒胸臆,抒写羁旅之情、离思之苦。柳、鸦、风、雁,已使羁旅之人愁情倍增,更在其前冠以"衰"、"啼"、"惊"、"驱"等有色有声,声色俱厉的动词,将愁怨之情更加深化,此种笔法正是"勾勒之妙,无如清真,他人一勾勒便薄,清真愈勾勒愈厚"(清·周济《介存斋论词杂著》)。"惊风驱雁",本南朝宋·鲍照诗:"穷秋九月落叶黄,北风驱雁无雨霜。"(《代白纻曲》二首其一)

倦途休驾,淡烟里,微茫见星。尘埃憔悴,生怕黄昏,离思牵萦——词人在景色描写中,将写景、抒情、叙事熔铸于一炉,刻画出一位沦落天涯的游子形象。前三句写当日事;"尘埃憔悴"则是多日积累;上结以"离思牵萦"。那憔悴的容颜,那倦游的情态,乃至内心的愁苦,被描摹得形态逼真。展示出一幅秋日黄昏、烟尘迷濛、疏星暗淡的朦胧景象。那倦态愁情正如强焕在《片玉集序》中所说的"抚写物态,曲尽其妙"。"尘埃"三句,写旅人黄昏之际意欲投宿的心情十分沉痛。"离思"无法排遣,"生怕黄昏"揭示出憔客倦态的愁苦之因。真是"怕黄昏忽地又黄昏,不销魂怎地不销魂"!

过片承上文"离思"二字,写昔日欢会时情景,幻化出一片奇丽风光,一派花团锦簇。结上起下,追忆往事,内容陡变。

华堂旧日逢迎。花艳参差,香雾飘零。弦管当头,偏怜娇凤,夜深簧暖笙清——华堂:总括一笔,写歌舞宴赏之地,日夜欢会、冠缨逢迎、美女如云。花艳:形容美女。"弦管当头"三句,写急管繁弦、燕舞莺嘤中,词人"偏怜娇凤"。怜:本哀怜、怜悯之意,词中犹疼爱、喜爱。宋·曾巩《趵突泉》诗:"已至路傍行似鉴,最怜沙际涌如轮。"犹有独独爱怜之意。清真精音律,不逊"顾曲周郎",所以他爱的就是"娇凤",以为知音。词人心仪的这位女子,不仅花艳美貌,有"大堤花艳惊郎目"(〔玉楼春〕)之美艳,又有"簧暖笙清"之绝艺。清·周密在《齐东野语》卷十七《笙炭》中说:"用锦薰笼藉笙于上,复以四和香薰之。盖笙簧必用高丽铜为之,靧以绿蜡,簧暖则字正而声清越,故必用焙而后可。……乐府亦有簧暖笙清之语。"只有经过薰烤,簧片烤暖后,吹起来才清越悦耳。

眼波传意,恨密约、匆匆未成——写词人与女子眼波传情,相互爱慕,但大庭广众、众目睽睽下,密约未成,词人只好匆匆别去。写得十分传神。《雅词》将上文"偏怜娇凤"改作"唯他(她)绝艺",个中亦透露出消息:她一个人吹着笙,两个人早已眉目传情,但因种种原因,密约未成,从此再未谋面,遂成终生遗恨。终至发出慨叹:

许多烦恼,只为当时,一饷留情——写密约未成,终成遗恨,所以至今想来,尚有诸多烦恼。"许多烦恼"一句,"作两边绾合,词境极浑化"(清末陈洵《海绡说词》)。既与上阕结句"离思牵萦"相呼应,又同"眼波传意"及结句"一饷留情"相关合。正由于"恨密约、匆匆未成",结尾这几句才颇耐玩味。"眼波传意"也就是"一饷留情"。如仅仅认为"情有悔悟",那就大错特错了。这里正如词人在〔解连环〕中所说的"拚今生,对花对泪,为伊泪落",那是永远不会忘却的!一饷:即一晌。词人直抒胸臆,写情思,宋·张炎认为是"词愈雅而正,志之所之,一为情所役,则失其雅正之音","淳厚日变成浇风"(《词源》);宋·沈义父认为"轻而露"(《乐府指迷》);元·沈伯时认为:"(其语)愈朴愈厚,愈厚愈雅,至真之情由性灵肺腑中流出,不妨说尽而愈无尽。"认为结句"质朴直露,抒以真情;何以失其雅正之音"之说,值得肯定。王国维《人间词话》认为:"词家多以景写情,其专作情语而绝妙者,如……美成之'许多烦恼,只为当时,一饷留情。'此等词,求之古今词中,曾不多见。"通达而颇具见地。

【新evaluation】

周邦彦词,多写离别之痛苦,如〔拜星月慢〕中"似觉琼枝玉树"、"水盼兰情"的"秋娘";〔过秦楼〕中"闲依露井,笑扑流萤"的女郎;乃至〔瑞龙吟〕中"侵晨浅约宫黄,障风映袖,盈盈笑语"的"痴小"伊人。女子的身份无非名伎、倡女、歌女。加之词人精音律,曾提举大晟府,大量创作慢辞艳曲,毫不足为怪。如果非要认为上述词中离别的女子都是词人曾经深深相爱的不可的话,那么这首词所写的则另当别论。这首词写对华堂女子"娇凤"的"花艳参差,香雾飘零",以至双方"眼波传情",最终却"恨密约、匆匆未成"。一面之交,素昧平生,瞬间感受,终未相通,但词人却深切感受,久久思念,而且念念不忘,甚至写出这首才华横溢的永久传世的词作,是否对这位词林大家也应另当别论呢?还是应多从虚拟的角度去设想。

〔庆春宫〕,押平韵者仅此一首,系周邦彦自创调,宋人俱依此填词。邵瑞彭《周词定律序》云:"诗律莫细乎杜,词律亦莫细乎周。"周邦彦在协律定词方面的贡献和作用是众口称誉的。

本词将羁旅之情与忆思情人的相思之情,融合一起来抒写,颇具造情造境之功。上阕层层铺写秋日郊原的肃穆景色,哀景愁情,突出词人的憔悴形象。下阕极写往昔的绮丽风光,以温馨的忆旧场面,同上阕衰飒之景对照,突出眼下的凄凉景象。确系王国维所说"专作情语而绝妙者"!陈洵说得好:"前阕离思,满纸秋气;后阕留情,一片春声。而以'许多烦恼'一句,作两边呼应,法极简要。"上写实景,下抒忆情,措施宛转,含蓄之格。

阮郎归

《神仙记》载刘晨、阮肇入天台山采药,遇二仙女,留住半年,思归甚苦。既归则乡邑零落,经已十世。曲名本此,故作凄音。又名〔醉桃源〕、〔碧桃春〕。《词谱》卷六:

"宋丁持正词,有'碧桃春昼长'句,名〔碧桃春〕,李祁词名〔醉桃源〕,曹冠词名〔宴桃源〕,韩淲词有'濯缨一曲可流行'句,名〔濯缨曲〕。"张辑词有"西窗仍见好溪山"句,名〔好溪山〕,蔡枬词名〔摊破诉衷情〕,马钰词名〔道成归〕。《填词名解》:"〔阮归郎〕用《续齐谐记》阮肇事。一名〔醉桃源〕,一名〔碧桃春〕。"

《清真集》题下注"大石调"。双调47字。上阕24字4句4平韵,下阕23字5句4平韵。唐宋人填此调者,以李煜词"东风吹水日衔山"为正体。

冬衣初染远山青,双丝云雁绫。夜寒袖湿欲成冰,都缘珠泪零。　情黯黯,闷腾腾,身如秋后蝇。若教随马逐郎行,不辞多少程。

一首短小的令词,却笔触生动地写出一个痴情女子的相思之情。

冬衣初染远山青,双丝云雁绫——有"花纹颜色并妙"之誉。这两句分别写女子为在外的人儿缝制冬衣,上句写衣服之新,下句写花色之美。个中蕴含着词人精心的构思:"远山青",喻女子之眉。有多种说法:唐·白乐天《井底引银瓶》诗、宋·苏东坡《眉子石砚歌》诗有"远山色"之说;唐·杜牧之《少年行》有"远山眉"之说;旧说汉·伶玄《赵飞燕外传》有"远山黛"之谓;《西京杂记》卷二"文君姣好,眉色如望远山,脸际常若芙蓉",乃形容女子秀眉之典出。词中"远山青","晴明远山之色也"。形容新染颜色之美,妙不可言。双丝云雁绫:寓意很深。丝则成"双",绘有"云雁"的绫。绫:一种薄又细,纹如冰凌,光似镜面的丝织物,似缎子又比缎子薄。如此华贵的衣服,"双丝"协"双思","云雁"在高空飞翔,象征传书之鸟。宋·魏了翁〔水调歌头〕有"一声云雁清叫,推枕赋归来"之句。这两句无不充满相思、传书的意味。深深隐喻着宋·李清照〔一剪梅〕"云中谁寄锦书来,雁字回时,月满西楼"的企盼和等待。用词遣字、字里行间无不透露出女子的心声。

夜寒袖湿欲成冰,都缘珠泪零——女子夜深了还在灯下赶制冬衣,边缝边哭,珠泪已湿透衣袖,并结成了冰,女子这才感到,都是因为珠泪零落所致。看似夸张,确为写实,写足了女子极度悲伤之真情。"欲"字用得好!似乎衣袖亦解人意,想要、希望结泪成冰,让女主人知道一样。

情黯黯,闷腾腾,身如秋后蝇——前六字承上,表现人的哀痛忧伤,富于民歌的质朴情味。"黯黯"、"腾腾",无论是形容低沉的情绪,还是描摹烦闷的心情,连用叠字,更加强了愁闷的效果。待读到"身如秋后蝇",不禁使人惊奇。乍看"蝇附骥尾",极其陈旧之语,仔细吟味,确实"用得极妙"(明·卓人月《古今词统》卷六)。唐·张鷟《朝野佥载》卷四记载:"苏(味道)、王(方庆)孰贤?"(张元一)答曰:苏九月得霜鹰,王十月被冻蝇。……得霜鹰俊捷,被冻蝇顽怯。"艾治平先生在鉴赏这首词时,注引《史记·伯夷列传》:"颜渊虽笃学,附骥尾而行益显。"索隐按:"苍蝇附骥尾而致千里,以譬颜回因孔子而名彰也。"又《后汉书·隗嚣传》刘秀报嚣书:"数蒙伯乐一顾之价,而苍蝇之飞不过数步,即托骥尾得以绝群。"又谓:"入诗有韩愈《送侯参谋赴河中幕》之'默坐念语笑,痴如遇寒蝇'、欧阳修《病告中怀子华原父》之'而今痴钝若寒蝇',及以后陆游《杭湖夜归》之'今似窗间十月蝇'等,但运用入词,宋人似仅见于此。'秋后'天气冷了,最怕冷的蝇,此时软绵绵、懒洋洋,动都不想动,勉强扑到窗前有阳光的地方,也茫然痴呆,似乎再也没有安身立命之所了。"之所以说"蝇附骥尾""用得极妙",须同结二句联系起来解释。

若教随马逐郎行,不辞多少程——用"蝇附骥尾而致千里"这个典故,那么此"蝇"真是十分可爱。"身如秋后蝇",妙就妙在语似平铺直叙,而意却含蓄深婉,是上述"情黯黯"、"闷腾腾"的形象描绘,有绾上启下之作用,并给人以"静"的感觉;而"蝇"若附奔马,那就给人以"动"感了。这一结句蕴含着女子多少血泪史。正是由于词人的深切同情,才塑造出这一深情的女子形象。

唐诗宋词之中,描写铺叙女子的相思之苦与凄凉之情,往往采用暗示、烘托的艺术手法。譬如唐·温飞卿〔菩萨蛮〕:"画楼音信断,芳草江南岸。鸾镜与花枝,此情谁得知?"宋·晏同叔〔撼庭秋〕:"别来音信千里,恨此情难寄。碧纱秋月,梧桐夜雨,几回无寐。"如是情思,与环境景物融会一起,就显得很美很精彩,这是文人词的独特之点。而周邦彦这首词独蕴匠心,一波三折,层层深入,成功地塑造了一位深情的女子形象。

全词上片平铺直叙,下片采用奇特比喻,使得全词词意"纡徐曲折"、人物感情"入微尽致"(清·陈廷焯评语)。一句"身如秋后蝇",使全词质朴生色;而全词之质朴生色,更使这一句出神入化,最终使一首平常的小词给人以不平常的艺术享受。感情细腻,形象生动,微妙心声,曲曲如绘。

夜游宫

〔夜游宫〕,《清真集》题下作"般涉调"。57字,上阕29字,下阕28字,上下阕各6句4仄韵。又名〔新念别〕、〔念彩云〕、〔蕊珠宫〕。

《词谱》卷十二:"金词注般涉调。贺铸词有'江北江南新念别'句,更名〔新念别〕。"贺铸又有"可怜许,彩云漂泊"句,名〔念彩云〕,王喆词名〔蕊珠宫〕。

叶下斜阳照水,卷轻浪、沉沉千里。桥上酸风射眸子。立多时,看黄昏,灯火市。　　古屋寒窗底,听几片、井桐飞坠。不恋单衾再三起。有谁知,为萧娘,书一纸。

《填词名解》卷一:"古诗'昼短苦夜长,何不秉烛游。'《拾遗记》汉成帝于太液池旁起宵游宫。又隋炀帝好以月夜从宫女数千骑游西苑,作〔清夜游〕,于马上奏之,词名盖取诸此。"此即指〔夜游宫〕。是一首思家怀人之作。

叶下斜阳照水,卷轻浪、沉沉千里——写的是词人目之所见:斜晖夕照、轻浪千里的江景。这两句点明了时间、地点,薄暮时分、近水之处,思亲怀远,愁思悠悠,恰如流淌不绝的江水。叶下:即叶落。纯系写景,落叶、斜阳、暮霭、流水,无非愁人景物,环环相扣,荡发离愁,大有含"无限柔情,分付西流水"(〔蝶恋花〕)之意脉,颇类唐·窦巩"独立衡门秋水阔,寒鸦飞去日衔山"的诗境,景中寓情,大有味外之致,布景完全是为了抒情。"轻"字传神,温情脉脉,那江水悠悠带着一缕斜晖流向"伊人一方",具有"千里随波去"之势。

桥上酸风射眸子。立多时,看黄昏,灯火市——"酸风射眸子",言其冷风刺眼。唐·李贺《金铜仙人辞汉歌》有"东关酸风射眸子"句。桥上:具体交代地点;酸风:冷风,从上文"叶下"及下阕"井桐飞坠"知道时在秋季,秋风劲吹,点明时令。"酸"、"射"炼字精警,富有奇特的表现力。眼眸被风射酸,说明站立桥上之久,已是黄昏时分。把隐于句中的人物映衬而出。借李诗叙述金铜仙人离汉宫之凄婉情状,以表词人的悲苦之情。"桥"是上阕的立足点,"看"是词中人在看,随着视线的移动,"叶下"三句是在看,"立多时"也是在看,由叶下看到照水斜阳,由黄昏看到灯火闹市,情调愈染愈浓,景象愈看愈愁,如清·周济所说:"勾勒之妙,无如清真。他人一勾勒便薄,清真愈勾勒愈浑厚。"(《介存斋论词杂著》)

上阕写词人思家怀人失魂落魄,桥上久立,勾勒清晰,绘影传神,虽轻描淡写、层层渲染,倒也深沉婉转、若不胜情。诚然望水伤情、看灯孤寂,徘徊徙倚、怅然无主。

下阕叙写室内情状。换头三句写深夜在古屋听落桐,纯属景语:

古屋寒窗底,听几片、井桐飞坠——词人写屋前着一"古"字,写窗前着一"寒"字,屋曰古、窗为寒,屋内窗底之萧瑟凄凉、词人情怀之落拓孤苦可想而知。常言道"一叶知秋",何况"几片"呢?秋声凄恻,辗转难眠,大有"梧桐树,三更雨,不道离情正苦"(唐·温庭筠〔更漏子〕)之叹息!至此,词中俱是景语,斜阳、流水、灯火、桐叶,写景则平凡琐屑,用词则普通浮泛,似乎并不经意的一连串景语,却恰如其分地摹绘出客子愁情无从排遣的凄清心境。确如清·刘熙载《艺概》所说的"故没要紧语正是极要紧语,乱道语正是极不乱道语",为全词结语四句十六个字"点睛"做好了准备。

不恋单衾再三起。有谁知,为萧娘,书一纸——衾单风紧,起而卧,卧又起,一而再,再而三,难于入睡;"单衾"似冷,孤苦思慕,何尝不是个中因由呢?"有谁知,为萧娘,书一纸"正是全词的"点睛"之笔。终于揭示出夜不成眠的真正原因,原来上述一切都是由"书一纸"所引起的。萧娘:唐代以之泛指女子,亦犹"萧郎"泛指男子一样。语本唐·杨巨源《崔娘》诗:"风流才子多春思,肠断萧娘一纸书。"唐·元稹《赠别杨员外巨源》诗也有"揄扬陶令缘求酒,结托萧娘只在诗"之句。这四句是说夜不成寐,再三起床,都是为了思念别久难遇的心上之人。化用唐人诗句,以"春思"作"秋思",淡淡写来,益觉意味深长。收结三句九个字极富形象性,又有很强的抒情性,同时也只有它直抒胸臆、喟然长叹,有声音、有人物、有形象、有动作,形象描写与人物刻画及抒情相结合相交织,把词人的寂寞孤独之情最后推向高潮,却又戛然而止。虽明白晓畅,近乎白描,却将相思之情写得委婉动人、意韵不凡。

评析

前人评周邦彦词,多认为其风格富艳典丽,而又细密多变。但本词风格迥异,不能不令人佩服词人运用白描的手法,使全词词境完美、意绪连贯,层次分明、耐人寻味。

对于〔夜游宫〕,《清真集》点校编集者或题作《秋晚》,或题作《秋暮晚景》,归入"秋景"之作。依词的内容仔细推敲,其重心并非写景,而是在思归怀人。论者有的认为此词的特点在"用了'悬念法'。'为萧娘,书一纸',本系起因,故不说破,却先写人物的种种行为情况,让读者诸多猜疑,至结句始揭出底蕴"(刘斯奋《周邦彦词选》)。说明一切都是因"书一纸"所引发的。同时全词到此"一点即止,馀味甚长",使前面回环往复、低吟叹惋的写景落到实处,既层次清晰,又意脉连贯,不致落入"没要紧语"、"乱道语"的泥沼。正是依赖于"层叠加倍写法"而方觉精力弥满"(清·周济《宋四家词选》),淡语有味。也正是周邦彦词〔风流子〕所谓"多少暗愁密意,唯有天知!"前文蕴积充分,结语戛然而止,词人的寂寞孤独之情达于高潮,读者的感受身心震撼。

叶嘉莹教授论周邦彦词,特别标举其由情意之自然感发进而转化为思索、安排、组合的新质素。在这首词中也有突出表现,"叶下斜阳"、"轻浪沉沉"、"桥上酸风"等就是层层组合,步步安排,悉心构思,均为"立多时,看黄昏,灯火市"上阕结语铺排。过片似断实连,既然"桥上则'立多时',屋内则'再三起',果何为乎?'萧娘书一纸'唯己独知耳,眼前风物何有哉!"(陈洵《海绡说词》)陈氏着眼全词,"实善作解人"。尽管词意平平、词语淡淡,又情事常见,然构思巧妙,且"下字达意,皆有法度",词人于浅处平处见功力,于常见淡语显技巧,难怪不少论者誉之曰"大家神品"。

前面提及,本词成功地创造了一种完美的词境。周啸天先生论"词境"与"诗境"不同,他征引李泽厚《美的历程》认为词境须"更为具体,更为细致,更为集中地刻画抒写出某种心情意绪","常一首或一阕才一意,含蓄微妙,形象细腻"。评析本词词境完美,并认为词中两用唐人诗句,略易字面或句法,隐括入律,即妥帖入妙,如自己出,也起到丰富的作用。诚然!

红林檎近

〔红林檎近〕,《词谱》:"此调始于《清真集》,以此词为定格。前段起四句,后段起二句,似五言古诗,后段结句拗体,周词二首,袁去华词一首,及方千里、杨泽民、陈允平和词六首皆然。"此词上片起四句,下片起二句,都构成五言对偶。上片第五、六句作六言对句,下片第五句"望"字领下四字一联。

《词辨·洽闻记》:"唐永徽中,王方言于河滩拾得小树,栽之。及长,乃林檎也。进于高宗,以为朱奈,又名'五色林檎',俗云'草婆',此云'相思'。教坊有此曲名,隶'双调'。"《词谱》卷十八亦曰:"蒋氏十三调注'双调'。"依据此,一说既为唐教坊旧曲,即非始于周邦彦。清·顾贞观词名为〔红影〕。《清代名家词·弹指词》题下注:"案当作〔红林檎引〕。"

毛本《清真集》题作《咏雪》,《草堂诗馀》、《花草粹编》等题作《冬雪》。

高柳春才软,冻梅寒更香。暮雪助清峭,玉尘散林塘。那堪飘风递冷,故遣度幕穿窗。似欲料理新妆,呵手弄丝簧。　冷落词赋客,萧索水云乡。援毫授简,风流犹忆东梁。望虚檐徐转,回廊未扫,夜长莫惜空酒觞。

〔红林檎近〕共两首,均写雪景。这一首写春雪,梅雪。

高柳春才软,冻梅寒更香。暮雪助清峭,玉尘散林塘——先点明是春雪,雪中梅放,艳丽无比。梅香雪色,韵胜格雅,纯洁坚韧,历代词客骚人,常常借以托言喻志。唐·杜审言"梅柳渡江春"(《和晋陵陆丞早春游望》),写梅柳渡江而来,江南全是一片春色了。张谓"一树寒梅白玉条,迥临村路傍溪桥。不知近水花先发,疑是经冬雪未消"(《早梅》)。齐己"前村深雪里,昨夜一枝开"(《早梅》)。杜牧"梅衰未减态,春嫩不禁寒"(《初春有感寄歙州邢员外》)。宋·林逋"众芳摇落独暄妍,占尽风情向小园"(《山园小梅》二首其二)。王安石"墙角数枝梅,凌寒独自开。遥知不是雪,为有暗香来"(《梅花》)。辛弃疾"雪后疏梅,时见两三花"(〔江神子〕)。卢梅坡"梅雪争春未肯降,骚人阁笔费平章。梅须逊雪三分白,雪却输梅一段香"(《雪梅》)。尤其是宋·吕本中〔踏莎行〕"雪似梅花,梅花似雪,似和不似都奇艳",无不有所寄托、有所寓意。梅花冰肌玉骨,斗霜傲雪;白雪雅洁纯净,一尘不染。玉尘:词中喻雪。唐·白乐天《酬皇甫十早春对雪见赠》诗:"漠漠复雰雰,东风散玉尘。"宋·陆务观《雪后寻梅

114

偶得绝句》其二:"定知谪堕不容久,万斛玉尘来聘归。"唐·王贞白(又作王初)《春日咏梅花》诗云:"靓妆才罢粉痕新,迨晓风回散玉尘。若遣有情应怅望,已兼残雪又兼春。"周邦彦从"玉尘"之典取意,然二诗各有侧重,王贞白诗重在梅,周邦彦词重在雪,各有侧重,各有详略。重在写景。

那堪飘风递冷,故遣度幕穿窗。似欲料理新妆,呵手弄丝簧——词人似转入写人。那堪:犹怎堪;怎能禁受。宋·张先〔青门引〕《春思》词:"那堪更被明月,隔墙送过秋千影。"飘风:词中指暴风;旋风。写雪入幕穿窗,飘风递冷,寒意袭人。料理:犹安排整理。 呵手弄丝簧:呵手,向手用嘴嘘气使暖。宋·欧阳修《诉衷情》《眉意》词:"清晨帘幕卷轻霜,呵手试梅妆。"宋·苏轼〔四时词〕其四:"起来呵手画双鸦,醉脸轻匀衬眼霞。"弄(nòng):拨弄,吹奏。丝簧:管弦乐器。丝,琴瑟;簧,笙。个中有料理新妆、弄丝簧女子在。

上片由景及人,大有"兼葭苍苍,白露为霜,所谓伊人,在水一方"(《诗经》),"众里寻他千百度,蓦然回首,那人却在灯火阑珊处"(宋·辛弃疾〔青玉案〕)的境界。

下片由人及己,写自己。抒发词人宦游他乡、对酒销愁的情感。

冷落词赋客,萧索水云乡。援毫授简,风流犹忆东梁——词赋客:汉朝人集屈原等所作赋为《楚辞》,后人研究辞赋文学者,被称为"辞赋客",或"词赋客"。水云乡:指水云弥漫、风景幽雅之地。古代多为隐者所居。宋·苏东坡词〔南歌子〕《别润守许仲途》:"一时分散水云乡,惟有落花芳草断人肠。"宋·陆放翁诗《秋夜遣怀》:"六年归卧水云乡,本自无闲可得忙。"由于江南地卑湿多湖泽,故谓之"水云乡。"援毫:即执笔。苏东坡诗有"援毫欲作衣冠表,盛事终当继萧曹"之句。授简:给予简札。指嘱人写作。语出南朝宋·谢惠连《雪赋》:"梁王不悦,游于兔园……授简于司马大夫,曰:'抽子秘思,骋子妍辞,侔色揣称,为寡人赋之。'"风流:似指轻浮花哨。词中指男女私情事。宋·陈师道〔踏莎行〕词:"重门深院帘帏静。又还日日唤愁生,到谁准拟风流病。"当时风习使然,词人出入花陌柳巷,习以为常,周邦彦年轻时有不少风流韵事。东梁:似乎是当初幽期约会的地方,故有"风流犹忆"之谓。词义隐含往日情事,且"犹忆"而难忘。

望虚檐徐转,回廊未扫,夜长莫惜空酒觞——虚檐:亦作"虚簷"。指凌空的房檐。宋·黄庭坚《次韵高子勉》诗有"雪尽虚簷滴,春从细草回"之句。夜长(cháng):比喻历时长。夜长莫惜空酒觞:夜长梦多,夜阑人静,夜月花朝(zhāo),夜雨对床,"夜长春梦短,人远天涯近"(宋·欧阳修〔千秋岁〕),"夜深知雪重,时闻折竹声"(唐·白居易《夜雪》),"夜深忽忆少年事"(白居易《琵琶引》),"夜寒空替人垂泪"(宋·晏几道〔临江仙〕)。词人在冷落、萧索中,执笔挥写,多少往事萦绕心头,多少愁思难以平静,在凌空的房檐下徘徊,也无心打扫回廊,怎么办?只有"莫惜空酒觞"了。空:罄尽;空其所有。端起盛满酒的杯子,一杯一杯,自斟自饮,一醉方休……

又

风雪惊初霁,水乡增暮寒。树杪堕飞羽,檐牙挂琅玕。才喜门堆巷积,可惜迤逦销残。渐看低竹翩翻,清池涨微澜。　步屧晴正好,宴席晚方欢。梅花耐冷,亭亭来入冰盘。对前山横素,愁云变色,放杯同觅高处看。

新解

这是〔红林檎近〕的第二首,写雪霁。两首均无题目,《清真集》归入冬景诗。一写咏雪,一写雪霁,前后相互衔接。俞平伯先生认为"如画家通景一般。殆取李义山《对雪》、《残雪》两首相连的成格。"

风雪惊初霁,水乡增暮寒——首句与唐·李义山诗《残雪》第一句"旭日开晴色"的"起笔接上文完全相同……布局固当从玉谿(李商隐字义山,号玉谿生)诗出。唯文词不相袭而已"。水乡:犹第一首"水云乡"。写风雪初停,水乡气候乍暖还寒,变化无常。明·卓人月谓"起句亦胜"(《古今诗统》卷十一)。

树杪堕飞羽,檐牙挂琅玕——杪(miǎo):树梢,树木末端。飞羽:汲古阁六十家词作"毛羽"。陈元龙集注本亦作"毛羽"。陈氏注云:"韩愈雪诗,'定非燖鹄鹭',堕毛羽也!'真是屑琼瑰',琅玕当得此馀意。"意思是说,下雪不比燖鹄鹭,但也掉下羽毛来。词中"琅玕"虽跟韩愈诗中"琼瑰"不同,却都是珍宝,文字虽别,意思不异,所以说"琅玕当得此馀意"。从"毛羽"与"琅玕"对举来看,改"飞羽"为"毛羽"是。檐(yán)牙:檐际翘出似牙的部分。唐·杜牧《阿房宫赋》:"五步一楼,一步一阁,廊腰缦回,檐牙高琢;各抱地势,钩心斗角。"琅玕(láng gān):亦作"瑯玕"。石而如玉,石而似珠。如珠玉般的美石。词中比喻雪融化结在房檐下垂的冰凌。宋·范成大《雪后苦寒》:"旋融檐滴冻琅玕,风力如刀刮面寒。"

才喜门堆巷积,可惜迤逦销残——写雪后门堆巷积,可惜逐渐融化。迤逦:又作"迤逶"、"迤里"、"迤𨓦"、"迤𨓦"。本意为水曲折而流、地势斜向延伸。词中犹渐次、逐渐。销残:消融,熔化。唐·韩愈《春雪》诗:"拂花轻尚起,落地暖初消。"着一"残"字,则较韩诗多一分怜惜、一分遗憾。

渐看低竹翩翻,清池涨微澜——写雪融后景色。随着积雪"迤逦销残"的渐次融化,低低的竹苞向上舒展,清池也因积雪消融而微起波澜。翩翻:本是上下飞动的样子。词中写竹笋舒展生长。澜:本是大波浪,水中大波。微澜:微小的波纹,犹潺潺之细流。唐·韩愈《南山诗》:"微澜动水面,踊跃躁猱狖。"宋·王安石《泉》诗:"其流散漫为沮洳,稍集小砾生微澜。"词人用字用词充满动感、充满生机,将一潭死水、一丛新竹写得生机盎然、动感活现。

上片写雪霁后,天气的变化"水乡增暮寒",树木、房檐在积雪消融后,形成冰的世界,到处挂满冰凌、冰柱。刚刚欣赏了大雪"门堆巷积"覆盖山川,又看到冰雪消融、嫩竹翩翻、清池泛微波,满目生机。下片先写室内宴席方欢,后写户外极目,落脚到"放杯同觅高处看"。

步屐晴正好,宴席晚方欢。梅花耐冷,亭亭来入冰盘——屐:一种木制的鞋。"屐者,以木为之,而施两齿,所以践泥。"(《急就篇》卷二颜师古注)木屐底有两齿,以行泥地。所以说雪霁消融,穿木屐正好。亭亭:本高耸貌。词中形容梅花直立、美好的样子。冰盘:先在盘内放置碎冰,上面摆列瓜果藕菱之类,以保持新鲜,谓之冰盘。词中写雪中梅花也出现在冰盘上,是宴席上的佳肴。

对前山横素,愁云变色,放杯同觅高处看——上文写"宴席晚方欢"结三句一转而"愁云变色"。素:言其质朴无饰、质朴无华。觅:同"覔"、"覛"。寻找。愁云变色:愁云惨雾,愁绪如麻。"愁肠已断无由醉"(宋·范仲淹〔御街行〕),"愁云遮却望乡处"(唐·岑参《醉题匡城周少府厅壁》),"愁还随我上高楼"(宋·辛弃疾〔摸鱼儿〕),怎一个"愁"字了得!"问君能有几多愁,恰似一江春水向东流"(南唐·李煜〔虞美人〕),"一场愁梦酒醒时"(宋·晏殊〔踏莎行〕),"独立高楼,望尽天涯路"(宋·晏殊〔鹊踏枝〕),这些诗词名句对理解周邦彦词都是很好的参照。无论古今,无论诗词,人同此心,心同此理,"心有灵犀一点通"(唐·李商隐《无题二首》)。结句"高处",第一首"东梁",第二首"前山",其间有何联系、是什么关系?发人深省!

周邦彦的词艺术技巧颇高,无论小令、长调,尤其是长调,极具功力。南宋词人,除辛弃疾等词人外,多数是效法清真词的。影响所及,直至晚清民初。后世评家,陈郁"二百年来,以乐府独步"(《藏一话腴》);宋·张炎"于软媚中有气魄"(《词源》);清·周济"思力独绝千古"(《介存斋论词杂著》),"清真,集大成者也"(《宋四家词选目录序论》);清·陈廷焯"开合动荡,独绝千古"(《词坛丛话》),"极顿挫之致,穷高妙之趣,前无古人,后无来者"(《云韶集》);王国维"词中老杜"(《清真先生遗事》)……尽管言过其实、评价不无偏颇,但足可见周词在词的发展、词调创新方面功绩不小。周邦彦词的确存在不少缺点,综观当时词坛,因系为歌唱而作,所以词家注重辞藻,反映现实少,即所谓思想性不高,也不能独独责备邦彦一人。

诠解"梅花耐冷,亭亭来入冰盘"句,经过反复思考,想到"秀色可餐"这个成语,本来是形容女子姿色十分美丽,后来亦用以形容景色之美,如李质《艮岳赋》"森峨峨之太华,若秀色之可餐"(宋·王明清《挥麈后录》卷二引)。于是我们在"新解"中下了"词中写雪中梅花也出现在冰盘上,是宴席上的佳肴"。超凡脱俗者餐葩饮露,自然少不了梅花。

后来读俞平伯先生的欣赏文章,方知俞先生早已提出这个疑惑。周邦彦另有一篇咏梅名作〔花犯〕词,有"去年胜赏曾孤倚。冰盘共燕喜。更可惜,雪中高树,香篝薰素被"。分明是指雪里梅花。宋·陈元龙本《清真集》在这里援引韩退之"冰盘夏荐碧实脆"诗句,是说青梅煮酒。虽说陈注扣上了"冰盘"二字,但不合词意,且同下片"相将见脆圆荐酒"重复,注既错误等于没有注。俞先生举南朝陈·徐陵《春情诗》云:"风光今日动,雪色故年残。薄夜迎新节,当垆却晚寒……竹叶裁衣带,梅花奠酒盘……"认为"梅花奠酒盘"一句,为〔花犯〕"冰盘共燕喜"和〔红林檎近〕"亭亭来入冰盘"两句所出。"来入"是说将梅花放在冰盘里。"奠",犹安、安放之意。《四民月令》就有古人元旦喝梅花酒之记载。春盘里有梅花,甚至于真的去吃梅花,即所谓"餐英",都不足为怪。

解语花

〔解语花〕,《填词名解》卷三:"〔解语花〕,高平调曲。唐玄宗太液池有千叶白莲,中秋盛开,帝宴赏。左右皆叹美久之。帝指贵妃曰:'争如我解语花!'词取以名。盖林锺羽调曲也。"周邦彦词注"高平"调。《清真集》题作《元宵》,又一题作《上元》。有双调98字、100字、101字诸体。100字体二种,秦观"窗涵月影"、周邦彦本词均为上片49字9句6仄韵,下片51字9句7仄韵。

《词谱》:此调以秦观词为正体。施岳词"云容泹雪"之减字、周邦彦词之添字,均为变格。此体与秦观词小异,仅本词下片结句五字作上一下四句式。题作《上元》或《元宵》,非词人自注。

　　风销焰蜡,露浥红莲,花市光相射。桂华流瓦,纤云散,耿耿素娥欲下。衣裳淡雅。看楚女,纤腰一把。箫鼓喧,人影参差,满路飘香麝。　　因念都城放夜。望千门如昼,嬉笑游冶。钿车罗帕,相逢处,自有暗尘随马。年光是也,唯只见、旧情衰谢。清漏移,飞盖归来,任舞休歌罢。

这首词写元宵灯节,触景生情,抚今思昔,感慨"旧情衰谢"。上片写眼前目击之景;下片写昔日在汴京元宵赏月情景。

风销焰蜡,露浥红莲,花市光相射——前八字领起全词,佳联一副,紧扣元宵着墨,先写灯。焰蜡:一作"红烛",又作"绛蜡"。红莲:荷花灯。宋·欧阳修〔蓦山溪〕("元夕")词:"纤手染香罗,剪红莲满城开遍。""红莲"是当时一种时兴的彩灯,即莲灯。"风销"、"露浥",表示已夜阑,暗寓"元宵"之意。极力渲染彻夜火树银花的欢腾情状。灯山人海、人面灯辉,"花市光相射"既补充上句红莲灯,又点出"光"字,耀眼炫目、灿烂辉映的光彩"相射",涵盖一切,容纳无尽。

桂华流瓦,纤云散,耿耿素娥欲下——桂华:月光。传说月中有大桂树,"美成〔解语花〕之'桂华流瓦',境界极妙,惜以'桂华'二字代月耳。"(王国维《人间词话》)"桂华流瓦"三句从写灯到写月,化用六朝·谢庄"素月流天"(《月赋》),形容白色月光在天空流射。写初圆之月,一个"流"字,倾泻之动态,传神之境界,平添无穷美妙。"耿耿"言月色之明亮。夜空如洗,皓月当空,月里嫦娥也欲下人间,同享欢乐。"耿耿素娥欲下",宋·王铚《龙城录》载唐玄宗游月宫,见"广寒清虚之府"有"素娥十馀人,皆皓衣乘白鸾往来,舞大桂树下。"词中以"素娥"代月里嫦娥。"桂华"一词既含月中桂树,又包括桂子飘香,一语双关。"欲下"二字,大有呼之欲出、翩翩而下之妙。写灯写月写嫦娥,侧面引出人间无数女子赏月观灯、嬉笑游冶。

衣裳淡雅。看楚女,纤腰一把——正面写游赏女子。"看楚女",楚女并非实指。所谓"楚女"、"纤腰",用楚灵王好细腰之典。《韩非子》:"楚灵王好细腰,而国中多饿人。"唐·杜牧《遣怀》诗:"楚腰纤细掌中轻。"词中诗中均指美人。唐·李贺《屏风曲》、温庭筠〔酒泉子〕中"楚女",亦系泛指而已。"看"字本绝妙,"纤腰"更加重"看"的神态,"切而不俗"。

箫鼓喧,人影参差,满路飘香麝——前三字似觉宕开一笔。人影参差:指万千游人,灯月映射,交互攒动,人流如潮,令人赏心悦目、目不暇接。体悟其境,方悟"参差"二字之精妙奇绝! 极写热闹非凡,游人如痴似醉。香麝。一种似鹿而小的动物,雄性脐部有香腺,可以做香料。上阕结五字,似觉不足,既补充上文,又作上阕之结。

上阕写灯月、人影、箫鼓,似已写足,不料又出"满路飘香麝"一句,光影音色外,又着"味"之一义,与"桂华"相呼应,词人用笔勾互回环,意在处处"相射"。

下阕换头以"因念"二字领起,由眼前景,引出旧时情景,追忆当年汴京元宵佳期,一笔挽回。一挽一提,由今而昔,展示当年汴京元夜盛况。

因念都城放夜——是上下阕的过渡,也是全词的过脉。"都城放夜",是特定的时间地点。放夜:开放夜禁。"京城街衢,有金吾晓暝传呼,以禁夜行。惟正月十五夜,敕许金吾弛禁,前后各一日,谓之放夜。"(宋·陈元龙《片玉集注》引《新记》)

望千门如昼,嬉笑游冶——千门如昼:千门,本指皇宫里千门万户,如唐·杜甫《哀江头》诗"江头宫殿锁千门"。词中则指百姓千家万户。"千门如昼",空灵、概括。"嬉笑游冶",由写物转写人事。意犹昔时灯节夜如昼,千门万户欢声嬉笑,游荡娱乐,与"去年元夜时,花市灯如昼"同一比拟、同出一机杼。然而汴京元夜呢?

钿车罗帕，相逢处，自有暗尘随马——用唐·苏味道《上元》诗句暗写其少年时情事。钿车：以金为饰的华丽车子。罗帕：车上歌妓用香罗帕与游子相招或抛掷。钿作为女子头饰，是用金片作成的花瓣形妆饰物。唐·元稹有"钿车迎妓乐"（《痁卧闻幕中诸公徵乐会饮因有戏呈三十韵》）诗句。唐·苏味道《观灯》诗中有"暗尘随马去，明月逐人来"。本指车马所经行之处，尘土飞扬。词中说车马经行之处聚拢了很多人。马逐香车，罗帕相招，是当时男女青年无结识机会而表示倾慕的唯一时机与方式，了解个中情由，才能领悟其中意味。"暗尘随马"，承上"嬉笑游冶"，自然而又含蓄。这几句是全词重点，不无放荡之举止。以下词人自叹身世。

　　年光是也，唯只见、旧情衰谢——是也：还一样。"唯只见、旧情衰谢"一唱一叹。旧情：昔日炽烈的爱情。不可解作"豪情"。唯只：副词，同义重复，然词中有意连用，具有强调和加强语气之作用。"旧情"二字是一篇之主旨，全词费却多少笔墨，全为此二字而发。词人至此方点题，写出心情已别，满怀幽思愁绪。这两句写年年元宵佳期，历尽沧桑，自己已无复往日情怀，一切都成过去。

　　清漏移，飞盖归来，任舞休歌罢——漏：古代用水计时的用具。"清漏移"与"风销"、"露浥"遥相呼应，针线细密，终始如一。因旧情难觅，于是驱车归来。飞盖：犹"华盖"也，古代车上如伞的篷子。代指飞驰的车子。亦形容马驰之神速。结句十二字，妙在含有馀不尽之意、低徊惆怅之致。"任舞休歌罢"，词人写任凭别人狂欢歌舞，自己已无此雅兴，还是写狂欢总有了时，倒不如早点离去，留下点回味的馀地。

　　全词巨笔挥洒，浓墨重彩写昔时，正是反衬今日孤凄萧瑟。结尾轻轻几笔，点明主旨，抒发感喟。往昔、今日元宵节有不同描写，同时客观地反映了北宋时的民情民俗、都城风貌。

【新评】

　　上元节，又称"元夕"、"元夜"，亦即无宵。每年正月十五夜是中华民族的祖先用奇思妙想、灵心巧手创造的一个奇境，元宵佳节，唐以来有观灯习俗，故又称灯节。灯节来临，亿万花灯"把人间装点成为一个无可比拟的美妙神奇的境界"。

　　唐宋京都都重闹元宵，唐明皇时放灯火三天，宋太祖开宝年间（968—976）从正月十四到十八日，谓之"五夜元宵"。《东京梦华录》卷之六记载："……各以竹竿出灯毬于半空。远近高低，若飞星然。……竞夸华丽，春情荡颺。酒兴融怡，雅会幽欢……五陵年少，满路行歌，万户千门，笙簧未彻。"（《十六日》）"奇术异能，歌舞百戏，鳞鳞相切，乐声嘈杂十馀里。……又于左右门上，各以草把缚成戏龙之状。用青幕遮笼，草上密置灯烛数万盏，望之蜿蜒如双龙飞走。自灯山至宣德门楼横大街，约百馀丈……"（《元宵》）宋·孟元老在《东京梦华录序》中写到："灯宵月夕，雪际花时，乞巧登高，教池游苑，举目则青楼画阁，绣户珠帘。雕车竞驻于天街，宝马争驰于御路……"宋·欧阳修词〔生查子〕《元夕》："去年元夜时，花市灯如昼。"《水浒传》第六十六回："上元佳节,好生清明,黄昏月上,六街三市,各处坊隅巷陌,点放花灯。"以及《宣和遗事》、《都城纪胜》等,记载元宵盛况,达到极致。尤其是对于平日不得随意外出的女子,唯独此夜,特许走出闺阁,到红衢紫陌赏灯观景。她们"观灯",自然不免"看人"。周汝昌先生指出这一点无比重要。因为没有"观灯"、"看人","也就没有了上元佳节——也就没有了〔解语花〕佳作。"

回过头,再说"境界"。上元佳节,是人间,是仙境?灯月交辉,是一层"相射";亿万彩灯,彼此映照,是又一层"相射";万人空巷,倾城游观的人,是更要紧的一层"相射"。周汝昌先生认为"相射"是欣赏周邦彦此词的"关键"之所在。鉴赏此词先"须知词人用笔,全在一个'复'字"。处处复笔,笔笔"相射"。这首词的"精神命脉在全篇第一韵'花市光相射'句……"同时指出元夜倾城观灯的女子,其妆扮"妙得很":不再是"粉红骇绿"、浓妆艳抹,而是清一色的"缟衣淡服",即所谓"妇人……衣多尚白,盖月下所宜了"(《武林旧事·元夕》)。

这首词好就好在未落入灯月交映的俗套之中。全词情挚意笃,痴情一片,是"词心"之所在。笔墨之妙,心性之美,文思之巧,不深谙其旨,不解个中味,是难于体会的!元宵是灯节,自然先写灯,必然要写灯,而且当时社会审美以莲华为高雅之象征,北宋理学家周敦颐的《爱莲说》以莲花喻君子,故词中选取莲灯为代表,写灯火映照,构思巧妙,设想新奇,极尽工巧之能事。写月既写出其皎洁无比,又写出其姿容绝代。有的论者则断言本词既写元宵节情景,又忆京都上元节盛况,归结到词人个人身世之感。因为写于宋徽宗醉生梦死之际,词人功力虽深,但思想内容并不很高明。

在遣词用句上,"桂华流瓦",形象色彩兼备,不仅写出月色皎洁,而且写出浓郁的香气。"流"字动态传神。"耿耿素娥欲下",耿耿,喻光明;素娥,仙女。"淡雅"与"素娥"相映衬,并为之铺垫。"箫鼓喧,人影参差"写实,起到烘托氛围的作用。下阕过片"因念"引出旧时情景,回忆往事,激动不已。"钿车罗帕"三句,是泛写,又包孕着词人具体的情事。与宋·柳永词〔迎新春〕("渐天如水")引字意趣相同,但柳词坦率朴实,周词含蓄委婉,柳词直言无忌,周词谨慎收敛,柳词客观记述,周词主观抒发("旧情衰谢"),二者风调亦复不同。宋·张炎《词源》认为系"昔人咏节序……不独措施精粹,又且见时序风物之盛,人家宴乐之同"。意谓旨在"咏节序"。或以为是周邦彦外放官时思念汴京节日而作。实则两者均非本词题旨之所在,而是写今昔节序、景物,喟叹"旧情衰谢"。"年光是也",从追叙猛然清醒,跌落兜转,更其感伤。正因为情感波动、急渐直下,才有对下阕"纵笔挥洒,有水逝云卷、风驰电掣之感"(清·陈廷焯《白雨斋词话》)的中肯评价。结拍五字,是因为元宵灯火触动了词人心灵深处长期所郁结的往昔欢乐的苦楚,才呼出"舞休歌罢"。其另一首词〔满庭芳〕《夏日溧水无想山作》以"歌筵畔,先安枕簟,容我醉时眠"收结,也写自己无复昔日的情怀,与本词收结极尽含蓄蕴藉之致。

在用典方面,如以唐·白居易〔忆江南〕中的"山寺月中寻桂子"为下文"耿耿素娥欲下"作铺垫。月里嫦娥从月中带来的桂子香气,当然不是陈词滥调了。唐·杜甫诗《月夜》中的"香雾云鬟湿",同周词中描写的素娥呼之欲出,亦具异曲同工之妙。唐·苏味道《观灯》诗中"暗尘随马去,明月逐人来",宋·苏轼《密州上元》词中有"更无一点尘随马"反其意而用之,本词中"自有暗尘随马",与苏味道诗略异其趣。"暗"字不只形容被马蹄带起的尘土,而且有"偷期密约,蹑迹潜踪"之意,乃苏味道诗所无。

吴小如先生认为,写正月十五上元节的诗词,历代推崇的主要有下列五首:初唐·苏味道《上元》诗,写长安元宵夜景,承平颂歌;北宋·苏轼〔蝶恋花〕《密州上元》词,追忆"灯火钱塘(杭州)三五夜"的繁华热闹景象,反衬知密州(即胶西,今山东诸城)后的荒凉心境;北宋·周邦彦本词;南宋·李清照〔永遇乐〕("落日熔金"),以元宵节今昔对比,抒盛衰之感与身世之悲;宋·辛弃疾〔青玉案〕("东风夜放花千树")写元宵却不专咏,别具怀抱。五首中周邦彦本词亦不愧佳作。

最后,谈谈这首词的写作时间和地点。

清·周济《宋四家词选》:"此(指本词〔解语花〕)美成在荆南作,当与〔齐天乐〕同时,到处歌舞太平,京师尤为绝盛。"词人三十二至三十七岁寓居荆州,仕途不得意,词中有所反映。近人陈思《清真居士年谱》:"知明州时作。"

词人寓居荆南时是三十二至三十七岁,即宋哲宗元祐二年至七年(1087—1092)。知明州(今浙江宁波)在宋徽宗政和五年(1115)前后,时词人已年届花甲,六年后(即1121)去世。或认为作于荆南,或认为写于明州。胡云翼、周汝昌、吴小如及钱鸿瑛均未完全肯定。吴小如先生认为:"两说均无确据,只好两存。……但从周词本身来看,有两点是无可置疑的。一、此词不论写于荆州或明州,要为作者在做地方官时怀念汴京节日景物而作;二、此词当是作者后期所写,故有'旧情衰谢'之语。依陈《谱》,则下限在政和五年,作者已六十岁了。"(《宋词鉴赏辞典》,北京燕山出版社1987年3月第1版)

笔者解评这首词,费时费力,久难写定。面对学界诸大家,不得不拾其牙慧、掠其所美,欠妥之处,尚祈削正。

大　酺

春　雨

〔大酺〕,《词谱》卷三十七:"调见《清真乐府》。按唐教坊曲有《大酺乐》。《羯鼓录》亦有太簇商〔大酺乐〕,宋词盖借旧曲名,自制新声也。"《填词名解》卷三:"〔大酺〕,越调曲也。汉唐制皆有赐酺,词取以名。"双调133字。上片68字15句5仄韵,下片65字11句7仄韵。

《词谱》记载此调始自本词。

酺,古时官府特别允准的表示欢庆的聚会饮酒。所谓"天下欢乐大饮酒也"。

　　对宿烟收,春禽静,飞雨时鸣高屋。墙头青玉旆,洗铅霜都尽,嫩梢相触。润逼琴丝,寒侵枕障,虫网吹黏帘竹。邮亭无人处,听檐声不断,困眠初熟。奈愁极顿惊,梦轻难记,自怜幽独。行人归意速。最先念、流潦妨车毂。怎奈向、兰成憔悴,卫玠清羸,等闲时、易伤心目。未怪平阳客,双泪落、笛中哀曲。沉萧索、青芜国。红糁铺地,门外荆桃如菽。夜游共谁秉烛。

这首词是周邦彦所创慢曲。题作《春雨》,紧紧围绕"雨"字填词,字字写雨。暮雨、竹雨、冷雨、夜雨、梦雨、苦雨、愁雨、恨雨,似作"雨中游"。从词的描写细腻、技巧娴熟看,有的论者推断约作于政和年间(宋徽宗年号1111—1117)离京之际。另外周邦彦尚有诗《春雨》一首:"耕人扶耒语林丘,花外时时落一鸥。欲验春来多少雨?野塘漫水可回舟。"可以同本词对读欣赏。是因客舍春雨有感而作,"通首写雨中情景"(清·许昂霄《词综偶评》)。确实似一幅生动细腻的咏雨抒怀的"春驿困雨图"。

对宿烟收,春禽静,飞雨时鸣高屋——触景生情,写暮雨,是眼前实景,展现江南暮春雨中庭院景象。既照应题目,又烘托氛围。第一二句为第三句铺垫,用倒叙手法,静与动对照,冷与热比并,突出了今日之静。依着人的感觉为线索,点明了时间、环境;以"对"字领起,不只增加了亲切之感,而且一气贯注到"虫网吹黏帘竹",具现了一个典型环境。

墙头青玉旆,洗铅霜都尽,嫩梢相触——写屋外景象,竹雨也。从上文"静"字展开,酒旗、玉人、柳丝依依,含情脉脉,托出人的闲愁。前三句主要诉诸听觉,这三句则诉诸视觉与触觉。紧扣主题,富有新意,新竹的细嫩青绿活现眼前。

润逼琴丝,寒侵枕障,虫网吹黏帘竹——写冷雨也。看似写雨天室内景象,实则是烘托主人公为风雨所困在客舍的寂寞无聊。词人所勾勒的琴弦受潮,自然曲声散慢;枕障侵寒,当然一片凄凉;虫网挂水珠黏附屏障,三种令人触目伤情的景象,一润、一寒、一黏,湿气逼人,寒气侵人,黏附渗人,所编织的一种孤寂凄冷的意象,主人公寄意无绪又无可奈何,触目伤心,只有昏昏而睡。词人将室内景象渲染得淋漓尽致。

邮亭无人处,听檐声不断,困眠初熟——这三句承上,写夜雨也。巧妙地写出夜雨声。邮亭是行旅之人临时寄居之处,本就寂寞,加之"无人",那檐雨嘀嗒之声,对于能否入睡的"困眠初熟"者真是心碎。"听檐声不断"照应"飞雨时鸣高屋",在意绪无端之中又加上那种孤寂无依之感,结构上有"倒逆"之妙,"苦雨"怎解愁人的绵绵情思!

奈愁极顿惊,梦轻难记,自怜幽独——同"听檐声不断"二句承接连续,乃梦雨也。奈字承上转折,写孤馆困眠的情态,愁中孤眠,最难将息,也最易"顿惊"。顿惊、梦轻连与"初熟"呼应。困愁入睡,梦境恍惚,个中幽独之情,有谁能体会?夜雨淅沥,滴水穿心,愁极情苦,梦轻顿惊,到头来也只能幽独自怜了。具有细腻入微、深挚感人的艺术魅力。

上片触景生情,下片由情及景,写词人想象中当时亲历的实境实景,抒写羁旅愁情。

行人归意速。最先念、流潦妨车毂——换头推进一层。一个"速"字,千钧之重,抒尽归心似箭之情。正因为思归情切,所以才有"流潦妨车毂"的"最先念"和担心。是写旅中之雨。梁启超认为:"'流潦妨车毂'句,托想奇拙,清真最善用之。"(《艺蘅馆词选》)流潦妨车,羁留邮亭,从奇绝的托想又回归到原题,词人既善于变幻章法,又见出结构的缜密。

怎奈向、兰成憔悴,卫玠清羸,等闲时、易伤心目——词人连用典故,铺写欲归不得的愁绪。兰成系南北朝最后最重要的诗人庾信的小字,初仕梁,因出使西魏,适值梁灭,被留长安;后仕周,长期羁留北方,曾作《哀江南赋》以叙志,又作《愁赋》《拟咏怀》等,抒发其"身堕殊方,恨恨如亡,忽忽自失"(《哀江南赋序》),"涸辙常思水,惊飞每失林""壮情已消歇,雄图不复申""遥看塞北云,悬想关山雪""乐天乃知命,何时能不忧"(《拟咏怀诗》)怀念故国、自悲身世的羁旅之愁。卫玠为晋安邑人,字叔宝,当时名士,风神秀异,人闻其名,观者如堵。曾官太子洗马,后移居建业(今南京市)。仅活了二十七岁,时人有"看杀卫玠"之说。词人以庾信的思乡愁思和卫玠的羸疾瘦弱自喻,抒写个人无法归去的叹惋和不堪重负的无可奈何。"伤心目"是全词主旨之所在。上片所写暮雨、竹雨、冷雨、夜雨、梦雨,以及"怎奈"以下下片中的苦雨、愁雨、恨雨种种描写,均以"伤心目"三字概之。宋·沈义父《乐府指迷》认为"词中用事,使人姓名,须委曲得不用出最好。清真词多要两人名对使,亦不可学也。"

未怪平阳客,双泪落、笛中哀曲——同以庾信、卫玠自喻一样,词人进而以后汉马融自况。马融是经学大师,性喜音乐,擅鼓琴吹笛,曾独卧郿县平阳邬中,听到洛阳客人吹笛充满哀怨悲切,深谙音律的马融不禁悲从中来,由于触动了其思念京师的愁怀,所以创作了名篇《长笛赋》。词人以兰成悲愁、卫玠羸弱写人所共有的普遍感受,似属表面的现象,而写马融闻笛落泪以赋寄意,则深入到内心的感情世界。词的抒情已臻于高潮。

况萧索、青芜国。红糁铺地,门外荆桃如菽——"况萧索"以下,写落寞至极而作雨中游。"况"领起三句,是想象之景。青芜国,唐·温飞卿的《春江花月夜》有"花庭忽作青芜国"之句,借以形容杂草丛生,比喻一片荒凉。这种荒凉还表现在"红糁铺地"的落红满地和荆桃(即樱桃)的褪尽红衣而幼桃挂满枝头。红褪青绿,荆棘满园,落英缤纷,红糁铺地,是春尽时节的苍凉景象。词人由羁旅之愁,转而为伤春之叹、惜花之慨。这三句总说驿外之景象。

夜游共谁秉烛——结句既突兀而又意韵深长。与上片结句"自怜幽独"遥相呼应,诚如明·李攀龙所赞叹的"'自怜幽独',又'共谁秉烛',如常山蛇势,首尾自相击应。"(《草堂诗馀隽》引)《古诗十九首》中即有"昼长苦夜短,何不秉烛游"之说。结句蕴含欲归不能和春光将尽两重忧伤。一语双结,给读者留下的是无边的寂寞、无限的幽恨、无尽的思索。

全词在伤情的气氛中突然收煞,不能不服膺词人布局谋篇的苦心孤诣、天衣无缝。

【新评】

本词上片从暮春之雨写到驿舍阻雨;下片由雨阻行程写到落红铺地,分别结以"自怜幽独","共谁秉烛"。曲折淋漓地表现了词人思念家园的羁愁和惜春伤春的感慨。描写物体愁情"秾丽宛转,曲尽其妙"。体物之佳,细致入微;命意使事,风格突出。虽不及咏蔷薇之〔六丑〕和咏柳之〔兰陵王〕,倒也不失周词典雅富艳的风度和精工巧作的风格。

词人又一次把感情世界同所处境况相连接,在感情世界与章法变化之中,显示出结构的奇特和情景的吻合。词人想落云外,开阖天成,一句一折,一步一态,以"雨"跌荡铺陈,曲尽冷落、寥寂、凄清之况味。

周邦彦善创慢曲。这是一首不同一般的长调。它有别于柳永所创作的展开白描、一意铺叙的长调,而侧重在结构布局。如宋·张炎所说:"美成诸人又复增渲慢曲、引、近,或移宫犯羽为三犯、四犯之曲,按月律为之,其由遂繁。"(《词律·序》)他的"长调尤善铺叙,富艳精工,词人之甲乙也"(宋·陈振孙《直斋书录解题》)。这首词正是这样,其铺叙的特点是曲折回环、开合激荡,既富于变化,又不平铺直叙。词人就是借助其精工巧作来达到曲折对应、一丝不紊。全词紧扣题意"春雨",首尾贯通,意脉不断,无论写景状物,还是抒情使事,往往"顿挫中别饶蕴藉",或伴作宕开,或几作逆笔,因而增强了词的艺术表现力和感人的魅力。

这首词在遣词用语、句法音韵上也颇有特色。以"最先念"、"怎奈向"、"等闲时"、"况萧索"及"未怪"、"况"等引领句子,既能使语气、节奏顿挫变化,又具有步步换态、层层递进之韵致。其他领字如"对"、"奈"、"况"等均系去声,有助于朗吟词时的发调振音、朗朗上口。四字句如"嫩梢相触"、"易伤心目"、"笛中哀曲"等均系仄平平仄句式,五字句如"洗铅霜都尽"、"听檐声不断"等都用上一下四形式……在词中构成了复沓多变的旋律、优雅动听的乐章、抑扬曲折的韵词,是词人悉心推敲创制的新曲。

最后需要提及的一点是"新解"中所说的"词中用事,使人姓名,须委曲得不用出最好。清真词多要两人名对使,亦不可学也"(宋·沈义父《乐府指迷》)的问题。周邦彦词在宋及以后流传极广,周不愧为填词大家,后来因为风华韵事诸原因,周词不为社会重视,读者寥寥,对其评价亦因之贬入末流,就连"两人名对使"、"亦不可学也",真是天大的冤枉。两人名对使,何以不可学?这在周词中,何独"兰成憔悴,卫玠清羸"!还有如:

东陵晦迹,彭泽归来。(〔西平乐〕)

才减江淹,情伤荀令。(〔过秦楼〕)

庾信愁多,江淹恨极。(〔宴清都〕)

等等。这些"两人名对使",于情于理,时见精彩,对称对仗,音韵和谐,可学、不可学,须具体分析、具体对待。

花　犯

〔花犯〕,《词谱》卷三十:"调始《清真乐府》。周密词名〔绣鸾凤花犯〕。"又云:"此调以此词为正体,宋人皆如此填。若吴文英词之少押一韵,或多押一韵,周密词之减字,皆变格也。《词律》论此调后段第七句'烟浪里'三字必须'平上去',结句'照水'二字必须'去下',细校宋词皆然,填者审之。"

本词双调102字。上片49字10句9仄韵,下片53字6句4仄韵。小石调。《古今诗馀醉》题作《梅》,《清真集》题作《梅花》,毛晋本题作《咏梅》。

粉墙低,梅花照眼,依然旧风味。露痕轻缀。疑净洗铅华,无限佳丽。去年胜赏曾孤倚,冰盘同燕喜。更可惜,雪中高树,香篝薰素被。　　今年对花最匆匆,相逢似有恨,依依愁悴。吟望久,青苔上、旋看飞坠。相将见、翠圆荐酒,人正在、空江烟浪里。但梦想、一枝潇洒,黄昏斜照水。

周邦彦写作的咏物词很多,其中有咏"梅花"的〔玉烛新〕,有咏"梅雪"的〔三部乐〕,有写雪中"冻梅寒更香"的〔红林檎近〕,有写"天憎梅浪发"的〔菩萨蛮〕,这首〔花犯〕则是他咏梅长调中最著名的一首。

文人诗词中,多有赞颂梅骨、梅魂、梅香、梅气、梅影、梅格、梅心、梅萼、梅腮、梅蕊、梅实的。梅花与迎春花、瑞香花、山茶花均在早春绽放,后三者有"梅花婢"之称。足见梅花品位之高。咏梅诗词,以宋代为盛。周邦彦咏花词中确以咏梅见长。

这首词以观赏梅花的自我主观感受和心理活动为主线,借观赏寒梅抒宦迹无常、官场冷落之感。上阕写官舍,从眼前入手,叙写官舍外大梅树之丰神风韵。忆去年观赏梅花的情景,突出梅花风姿神韵依然。

粉墙低,梅花照眼,依然旧风味——写词人官舍低矮的墙头伸出一枝梅树,盛开怒放的梅花分外引人注目,大有"一枝红杏出墙头"的意韵。发端两句七字总领全词,写足梅花的形神风韵。下文无论是对昔日的回忆,还是对未来的想象,都由此生发展开,"已将三年情事一齐摄起"(清·陈洵《抄本海绡说词》)。照眼:用梁武帝《子夜四时歌·春歌四首》中"庭中花照眼"句意。依然:写去年梅花的风采,留下伏笔。

露痕轻缀。疑净洗铅华,无限佳丽——形容女子如梅花露水晶莹耀眼,如同洗净铅华粉脂,天生丽质。铅华:指女子傅脸的铅粉。即《洛神赋》所说"其泽无加,铅华不御"。写梅花光彩照人、花光细腻,总摄入"依然旧风味"一句。且"复为'照眼'作周旋"(清·陈洵《海绡说词》)。词人巧设伏笔,前后贯通。

去年胜赏曾孤倚,冰盘同燕喜——上文抚今,此处忆昔,转入昔日,又引起下文。追忆去年赏梅,以"去年"二字领起,同前六句时间转换。写初春时节,客中寂寞,独自持酒赏花。胜赏:极其快慰的游赏。孤倚:二字透露出词人客居异乡,孤独寂寞之情。冰盘:白似冰盘的瓷盘。化用唐·韩愈《李花》"冰盘夏荐碧实脆,斥去不御惭其花"句意,是一个场景,写在室内独自持酒赏花。梅花盛开,又逢"燕喜",更衬托出词人独自同梅花饮酒的孤寂。燕:饮酒设宴。《诗经·小雅·鹿鸣》:"我有旨酒,嘉宾式燕以敖。"

更可惜,雪中高树,香篝薰素被——写又一个场景,追述去年,是室外赏梅。俞平伯先生认为源自南朝陈·徐陵《春情》"梅花奠酒盘",句意相同,即将梅花放在盘中。高高的梅树,积雪覆盖,宛若一条薰香的洁白的被子。可惜:可爱;可怜。香篝:指里面放香料用以薰烘衣服的薰笼。用作比喻,逗人喜爱。与周邦彦同时代的赵令畤,其〔菩萨蛮〕词中也有"两岸野蔷薇,翠笼薰绣衣"之谓,也是同样比喻。"雪中高树,香篝薰素被"与宋·王荆公《梅花》"情知不是雪,为有暗香来"以雪喻梅而明知无雪的比喻不同。周词是指积雪覆盖梅花,暗香如香篝之薰素被从雪中传来。

上阕先写如今眼前所见,而后回忆往昔观赏梅花情事。转入下阕又回到如今之情事上来。

今年对花最匆匆,相逢似有恨,依依愁悴——换头"今年"与上文"去年"照应,写梅花的情态愁恨。写离别在即,无心对花细赏,故有"最匆匆"之叹。想象从今对花匆匆之中,以后当青梅佐酒时,自己又将羁旅飘泊,只能梦想梅花之倩影情韵了。由昔而今,又跳跃到将来。词人觉得花也含有离恨而愁闷憔悴。与词人在〔六丑〕中写蔷薇花同一手法、同一机杼。花有愁有恨,无非是词人感情移于花。为何"最匆匆"?由于官场事务冗杂,又将离任而去,故难得清闲。上阕还是"无限佳丽"的梅花,却因故人将要离去而"依依愁悴",在看似矛盾之中表达了词人的惆怅情怀。

吟望久,青苔上,旋看飞坠——写对花的惜别之情。看着梅花凋落,词人凝神驻足,想到梅花恋人,悲哀而不能自已。写梅花既是实写又是虚拟,是通过词人主观的惜别之情,运用动态的画面写落花,是词人不忍离去,向花倾诉别情,虚笔传情,依依不舍,形神兼备,凄楚动人。充满留连怅惘之情。

相将见,翠圆荐酒,人正在、空江烟浪里——词人纯从空际展开想象。相将:将要;行将。词人想到未来,惋惜自己在梅子即将供人就酒之际,行将离开而漂泊于"空江烟浪里"。借写与梅花天各一方,暗寓天涯飘零之苦。翠圆:梅子。上句写梅,下句写人,一系驰思于眼前不存在的梅子,一系别在另一时地之人。词思跳跃,跨越时空,由此及彼、由彼及此,往复回环,深曲委婉。

但梦想、一枝潇洒,黄昏斜照水——歇拍承上进而想象梅花的形影。梦想中之梅影同发端"照眼"之梅花前呼后应,叹惋今后自己飘泊天涯,只能在梦中相见了。结二句化用宋·林逋诗句"疏影横斜水清浅,暗香浮动月黄昏"(《山园小梅》),恰正是清真孤独词魂的象征。

全词句句紧扣题旨、句句都写梅花。循着词人思想情感的变化写梅花的变化。以今年贯穿去年、来年,写自己、写梅花,委婉曲折,纡徐反复,寄托遥深,馀意无尽。"今年"是实景实写,"去年"是回忆虚写,"但梦想"乃"来年",是预想离去之后的情景。词中人与梅花融成一体。无论是上阕的"依然旧风味"、"无限佳丽",还是下阕的"旋看飞坠"、"一枝潇洒",都是既写人又写物,写了梅花,又暗寓着词人的景况。

〔花犯〕咏梅,以写今年为主,追述去年,贯通来年。词人从自己的思想或感情变化,写梅花开放凋谢的变化,写形态,写神韵,"此词为梅词第一。总是见宦迹无常,情怀落寞耳。忽借梅花以写,意超而思永。言梅犹是旧风情,而人则离合无常。去年与梅共安冷淡,今年梅正开,而人欲远别,梅以含愁悴之意而飞坠;梅子将圆,而人在空江中,时梦想梅影而已。"(黄苏《蓼园词选》)此论可谓知清真之词心。

全词结构严密,构思新颖,想象丰富,笔墨灵动。上片写梅花盛开,下片写梅花凋零,无论是写梅花形态风韵,还是写梅花情姿愁恨,既叹花又自叹,自叹官场沉浮去留无定,叹花开花落匆匆春色难驻。词人善于以我观物、移情于物,以我为物,物著我情,将无知无情的寒梅写得有知、有情,物我难分。

词人词思活跃,时地变化,时此时彼,时今时昔,时而未来。用今年匆匆离任乘船远去,不能细赏,与去年之从容留连于花下的"旧风情"对比,去年更值得回忆,来年又殷切企盼。全词时间转换自如,界限既清晰、转折又分明,极尽错综变换之能事。所以黄昇谓"此只咏梅花,而纡徐反覆,道尽三年间事,昔人谓好诗圆美流转如弹丸,余于此词亦云。"(《唐宋诸贤绝妙词选》卷七)清·陈廷焯谓"此词非专咏梅花,以寄身世之感耳"(《云韶集》),可谓"知言"。全词的确圆美流转,浑化无迹。

〔花犯〕采用"前后盘旋,左顾右盼,姿态横生"的手法,直抒其情。词人句句写梅花,句句都有词人身影闪现其中。写花容、花貌、花香、花恨,以粉墙、冰雪、青苔作衬托,以露痕、黄昏、池水来渲染,充分展示梅色、梅韵、梅魂,多层面、多角度、多方位写照,借梅花表述自己今、昔、未来的行踪、境遇,把个人的情思感触融入景物描写之中。词人不同阶段,情怀不同,写法不同,采用照应、映带、陪衬、烘托、收放、开合种种艺术技巧,用梅花写照自己。正如吴从先《草堂诗馀隽》李攀龙所批:"机轴圆转,组织无痕,一片锦心绣口,端不减天孙妙手,宜占花魁矣。"

对于这首词,历代评论颇多,不妨引述一些,以作"新评",满足今天读者难觅旧籍之需求。

"清真词其清婉者如此,故知建章千门,非一匠所营。"(清·周济《宋四家词选》)

"'香篝'句,得其神。'相逢'句,得其理。"(明·卓人月《古今词统》卷十四)

"'依然旧风味'句,逆入。'去年胜赏曾孤倚'句,平出。'今年对花最匆匆'句,放笔为直干。'吟望久'以下,筋摇脉动。'相将见'二句,如颜鲁公书,力透纸背。"(清·谭献评《词辨》)

"只'梅花'一句点题,以下却在题前盘旋。换头一笔钩转。'相将'以下,却是题后盘旋,收处复一笔钩转。往来顺逆,盘控自如,圆美不难,难在独厚。""'正在'应'相逢','梦想'应'照眼',结构天然,浑然无迹。""此词体备刚柔,手段开阔。"(陈洵《海绡说词》)

"起七字,极沉著,已将三年情事,一齐摄起。'旧风味',从'去年'虚提。'露痕'三句,复为'照眼'作周旋。然后'去年'逆入,'今年'平出,'相将'倒提,'梦想'逆挽。圆美不难,难在浑劲。"(陈洵《抄本海绡说词》)

"宋词中咏梅花者,倖色揣称,各极其工。此词论题旨,在'旧风味'三字,而以

'去年'、'今年'分前、后段标明之。下阕自'吟望久'至结句,纯从空处落笔,非实赋梅花。闰庵云:'此数语极吞吐之妙'。"(俞陛云《宋词选释》)

"此是古今绝唱,读之可悟词境。'旧风味'、'去年'、'曾'、'今年'、'相将见'、'梦想',皆时也。'粉墙'、'雪中'、'苔上'、'空江'、'照水',皆地也,合时与地,遂成境界。"(乔大壮批《片玉集》)

周邦彦词古代评价颇高,不乏溢美之词。这首〔花犯〕以雄浑的笔力,出以和婉之辞气,只道事实,于弦外得音,确实"超妙绝伦"。尤其是"吟望久"三句,既写了今年对花,又写了去年胜赏,既写了梅花的容色,又写了对花的情意。似觉全词该结束了,但词人"情词充溢,词思泉涌",由今忆昔,又跳到未来。在"山重水复"之际,拓展出"柳暗花明"又一境界。那"相将见、翠圆荐酒,人正在、空江烟浪里",浩渺空濛,漫无涯际,引人深思,助人遐想,读者宜深味之。

六 丑

蔷薇谢后作

〔六丑〕是周邦彦独创的新调,是宋词发展到极盛时期的必然结果。六丑者,是因为它犯了六个宫调,即取六个宫调的声律合成一曲,使宫商相犯以增加乐曲的变化,这些声律的章段美妙动听,而名之曰"六丑"。杜文澜校勘《词律》在本调校勘语中,引清·吴衡照《莲子居词话》载,周邦彦作〔六丑〕调,宋徽宗曾问"六丑"是什么?周答,此调所犯的六个宫调均属极优美的音调,但都难于歌唱。远古高阳氏(即颛顼)有六子,都有才而丑,故用以作调名。虽属无稽之谈,却也道明调名出处,聊备一说。宋·周密《浩然斋雅谈》记宣和中,师师歌〔大酺〕、〔六丑〕二解。上(指宋徽宗)顾教坊使袁绹问〔六丑〕之义,莫能对。急召邦彦问之,对曰:"此犯六调,皆声之美者,然绝难歌。"云云。且清·郑文焯《清真词校后录要》已力辨其妄,说明本词是周邦彦"在提举大晟府时所制",系周氏之自度曲。《清真集》〔六丑〕下作"中吕"调。

《词谱》以周邦彦此调为正体,140字,前段69字,14句8仄韵;后段71字,13句9仄韵。前段起句、第八句、第十三句,后段第二句、第六句,都是上一下四句式。《蔷薇谢后作》,又作《落花》(《词的》、《词统》)。依《词萃》作《蔷薇谢后作》。

正单衣试酒,恨客里、光阴虚掷。愿春暂留,春归如过翼,一去无迹。为问花何在?夜来风雨,葬楚宫倾国。钗钿堕处遗香泽,乱点桃蹊,轻翻柳陌。多情为谁追惜?但蜂媒蝶使,时叩窗隔。

东园岑寂,渐蒙笼暗碧。静绕珍丛底,成叹息。长条故惹行客,似牵衣待话,别情无极。残英小、强簪巾帻。终不似、一朵钗头颤袅,向人敧侧。漂流处、莫趁潮汐。恐断红、尚有相思字,何由见得?

〔六五〕标题又作《落花》,无论标题作什么,均系后人所加。是客中伤落花的"惜花"之词,更是伤春伤别的"惜人"之作。或写花,或写人,或花、人合写,或抒人、花所同,或叹人不如花,以写花为主、写人为宾。用别致的构思,细腻的描绘,充分发挥慢词"铺叙展衍"、曲折回环、反复腾挪、圆转委婉的特点,隐晦地表露出自伤自悼的游宦情结。

上片写春归花落,点明时间节令、人物身份,抒发惜春之情,喻词人身世遭际之痛。无论是想象之中的虚景,还是望中、身临园苑所见的实景,都是服务于伤春伤别这一基调的。

正单衣试酒,恨客里、光阴虚掷——不可作一般感慨解,是写自己无心思欣赏春天美景,有负大好春光,深隐伤别之情、春将归去之意。清·谭献评论起句"但以七言古诗长篇法求之自悟"(《复堂词话》)。意即七古往往由节令时序着笔,益于铺叙。这两句即以时令触发久客愁绪,为蹉跎岁月而兴叹,伤春惜春。"正"字以去声领起,音调劲厉。试酒:宋·周密《武林旧事》卷三载:"户部点检所十三酒库,例于四月初开煮,九月初开清,先至提领所呈样品尝,然后迎引至诸所隶官府而散。"词中即以"试酒"指代时令,"正"字、"恨"字直贯词结。

愿春暂留,春归如过翼,一去无迹——承上,清·周济评曰:"十三字千回百折,千锤百炼。"春光旖旎,良辰美景,转瞬间已是暮春,初夏将临。欲留春只能暂驻,一转;暂留不驻,似鸟展翅疾飞去,二转;不仅飞去极疾,且又踪影全无,三转。如是一句一转,一波三折,如鹏羽自逝。"过翼"二字出自唐·杜甫"春墟过翼稀"(《夜》),周氏由杜诗的直陈其事,而比喻春去,恰切新颖。宋·黄庭坚〔清平乐〕"春归何处",全词以"春归何处"反复追问,极富情趣。而美成只用一个比喻,却意味深长,耐人咀华。春一去无迹,花自然也就凋零了。暗中照应题目。如此一句一转、一波三折,在情感意绪上一层进一层,一层紧一层地反映出词人对春无比痛惜、无比留连,在情感上的确"千回百折"。而"千锤百炼",则是要锤炼词语,"字少而意多",同样要表达丰富的诗意。词人能用此十三个字所表述的那极其宛曲复杂的天真想法,虽不可得,如同"流水落花春去也,天上人间"(南唐·李煜〔虞美人〕),转瞬而逝,却留给读者永远难忘的惊心动魄的场面和回味无穷的意味。

为问花何在?夜来风雨,葬楚宫倾国——透出花落的消息与形象。词人先问后答，借楚宫的美女倾城倾国之色比拟蔷薇花。告诉读者昨夜发生的出人意料的消息。很显然是从唐·孟浩然的"夜来风雨声，花落知多少"(《春晓》)变化而来，不同之处只是采取拟人化的手法而已。问得则多情，答得也干脆。既有别于唐·韩偓"昨夜三更雨，临明一阵寒。海棠花在否？侧卧卷帘看"(《懒起》)的慵懒卷帘看，又不同于唐·温飞卿"夜闻猛雨拚花尽"(《春日偶作》)的猛烈程度。一夜风狂雨暴，哪有不打尽葬送蔷薇花之理！"葬"字入神，有唐·李商隐"梦泽悲风动白茅，楚王葬尽满城娇"(《梦泽》)的夺人气势。词人用"楚宫"借喻蔷薇花。"为问"一笔惊醒，又轻轻顿住，这三句如清·谭献所说"搏兔用全力"(《词辨》卷一)。后两句正面写落花，与唐·沈亚之"王炎梦游吴，同葬西施"(《异梦录》)、韩偓"若是有情争不哭，夜来风雨葬西施"(《哭花》)，都是说风雨摧残，落花无家，虽有倾国之美，也得不到风雨的怜惜。此三句一开一合、一起一伏，很好地表达出词人内心的苦闷与抑郁。调中本说吴宫，只因韵律要求而借用"楚宫"。

钗钿堕处遗香泽，乱点桃蹊，轻翻柳陌——词人承"楚宫倾国"继续展开想象的翅膀，由上文略写，进而细写，追寻落红的踪迹。由"楚宫"的美人，又把落花比作唐宫的杨妃，把唐·白乐天《长恨歌》中"花钿委地无人收……"马嵬驿的场面重现出来，那"花谢花飞飞满天，红销香断有谁怜"的情景浮现眼前。从"夜来风雨"至此五句词分几个层次写谢后的蔷薇花："乱点桃蹊，轻翻柳陌"表现夜来风雨中，落花的披离、飘零之状；"钗钿堕地遗香泽"，写美人头饰堕地如陨落的花瓣尚留香泽之味；"葬楚宫倾国"形容堕地之花犹似早被埋葬的古代佳丽。"乱点"、"轻翻"真神来之笔。词人融汇化用"晚风飘处似遗钿"(徐寅《蔷薇》)、"桃溪柳陌好经过"(唐·刘禹锡《踏歌词》)诸诗句幻化无垠，不露痕迹。花谢飘零的惨状，衬托以"桃蹊"、"柳陌"，更显得情致无尽。词人采用拟人、比喻和典故诸种修饰手法，描写蔷薇落红，渲染氛围。

多情为谁追惜？但蜂媒蝶使，时叩窗隔——"多情为谁追惜"一问，又作一顿挫，感叹无人追惜，侧笔烘托谢后落红的可怜，只有蜂蝶叩窗寻香觅花。"媒"、"使"二字活现蔷薇盛开之际，蜂蝶花间穿梭，而今花已凋零，它们只有乱碰乱叩，此是何等的令人"意夺神骇，心折骨惊"！上片末二句又一转折，以蜂蝶拟人，韵味盎然，但使人更感零落。"隔"字，古本、今本及多种鉴赏之作作"槅"，误！因古无"槅"字，借"隔"、"格"为"窗隔"、"窗格"。"窗隔"即"窗格"，犹今之"窗槅"。《梦溪笔谈》："玉堂东承旨阁子窗格上有火燃处。"和词均作"疏隔"，亦指"窗格"。

下片写走进东园凭吊落花。是蔷薇谢后的正面描写。着意刻画人惜花、花恋人的逼真情景。古诗词中写落花的多以写落时的情景为主，譬如"一片花飞减却春，风飘万点正愁人"(唐·杜甫《曲江》)、"将飞更作回风舞，已落犹成半面妆"(宋·宋祁《落花》)、"兰露重，柳风斜，满庭堆落花"(唐·温庭筠〔更漏子〕)……而周邦彦这首词着重在写落花之后。

东园岑寂,渐蒙笼暗碧——先写一句夏初的景色,园中花已凋零。东园岑寂、暗碧,既有花开凋零之寂,又含无人追惜之寂。生动地写出了春夏之交草木茂盛的幽暗景象,又烘托出词人羁旅沉浮孤独无依的暗淡心情。"岑寂"、"蒙笼"正是左思所说"蹛蹈蒙笼,涉躐寥廓"(《蜀都赋》)的景象。

静绕珍丛底,成叹息——转入写自己因为花残而叹息。"静"字表露出别无他人,只有自己一个人绕着无花的蔷薇在叹息。"叹息"表现出人的无可奈何。"成叹息"在章法上总括全词,且承上启下,又是笔法顿挫转折处,使词的感情达到高潮。

长条故惹行客,似牵衣待话,别情无极——采取拟人手法,先写花恋人,后叙人惜花,又一波三折。花刺勾住词人衣服,似惹他(行客);"牵衣"是要同他谈话,正如唐代诗人储光羲《蔷薇歌》中的"低边绿刺已牵衣"。词人加以发展,似人含情脉脉;"待话"的内容是话别,且别情依依难舍。人既惜花,花亦恋人,成词中警策。人的伤春和伤别水乳交融,人的惜花移情于蔷薇。蔷薇人格化,无情之物似有情,动人心弦,感人至深。

残英小、强簪巾帻。终不似、一朵钗头颤袅,向人敧侧——写人惜花,又一叹息。强簪残花,比之于美人头上插钗的颤巍巍的鲜花,令人怜惜。如是环环相扣,人簪残花,又嫌残小,强簪上头巾,这一正一反、一环一扣,人花同感,花人混一,也暗寓年华消逝之叹息。既是慨叹花之今非昔比,又是慨叹人生老之将至。此时此际,词人才有所感悟而又无可奈何。强簪一举,非同小可,竟然勾起往事上心头:蔷薇盛开之际,词人还同美人同在,鲜花簪头,是那样的娇艳生色、绰约多姿。这一美艳的形象真是"春色三分,二分尘土,一分流水"(宋·苏轼〔水龙吟〕《杨花词》),还是依依情深地"向人敧侧",虽非美人头上所钗的大花,却也别有一番亲昵之感,使全词的情感前后吻合一致。"终",非"终究"、"终于"之意,而应解作"虽"或"纵然"的意思。"敧侧"形容小花残英,"颤袅"形容插钗大花,无不恰到好处。

漂流处、莫趁潮汐。恐断红、尚有相思字,何由见得——结拍再推开一层。潮:早潮;汐:晚潮。这几句话是词人诉诸想象,并翻出新意。他看到水中红叶,便想起了红叶题诗之事:"陆渥舍人应举之岁,偶临御沟,见一红叶,命仆搴来,叶上乃有一绝句。……诗云:水流何太急,深宫竟日闲。殷勤谢红叶,好去到人间。"(范摅《云溪友议》)词中周邦彦改红叶为断红花片。这几句为三叹,不欲落花"一去无迹",便劝流水(漂流)"莫趁潮汐",并希望断红上尚有"相思字",能让人看见。词人活用旧典,借指飘零的花片。"何由见得",犹何由得见,流露出依依难舍的深情厚谊,故清·周济评曰:"不说人惜花,却说花恋人。不从无花惜春,却从有花惜春。不惜已簪之'残英',偏惜欲去之'断红'。"(《宋四家词选》)结句复以问语出之,有逆挽而不直下,拙重而不呆滞之妙,清·谭献给予高度赞许:"结笔仍用逆挽,此《片玉》之所独。"(《词

辨》卷一)

　　这首通篇赋落花的咏物华章,虽已无从歌唱,但其优美动人的旋律依然从吟诵中可以体味得出。"浑厚典雅,珠润玉圆",词人铺陈之际,"或逆入而平出,或平入而逆出",始终一气贯注,千回百转,模写物态,曲尽其妙。

　　词构思独特,遣词别致,精致细密又回环曲折,沉郁顿挫又姿态万千,在其词中艺术技巧高超。作为"咏物之作,在借物以寓性情,凡身世之感,君国之忧,隐然蕴于其内,斯寄托遥深,非沾沾焉咏一物矣。"(清·沈祥龙《论词随笔》)本词正是如此。

　　古诗词中运用比兴是很平常的事,最普遍的是"刻意伤春复伤别"(唐·李商隐《杜司勋》)。唐代杜牧、李商隐、温庭筠、韩偓的诗词已带有浓厚的伤春、伤别情绪。一首好的咏物词,既要咏物,又要借物抒情。妙在"似花非花"、"若即若离"。"清真〔六丑〕一词,精深华妙,后来作者,罕能继踪"(蒋敦复《芬陀利室词话》),洵非溢美之词。春是美好的象征,花是春使者,屈子"惟草木之零落兮,恐美人之迟暮"(《离骚》)、曹子建"盛年处房室,中夜起长叹"(《美女篇》)……或写花草之凋零,或叹春光之易逝,或感年华之不再,或抒怀才之不遇,形象与内涵、形式与内容自有其本质的联系,这是中国古典诗词的优秀艺术传统,〔六丑〕运用比兴手法咏物,所以才能深刻理解词中人惜花,花恋人,人花相依个中真谛。

　　这首词细节安排很巧妙,也写得很生动。上阕从春归写到花谢、花飞,以无人追惜作结。下阕写花朵与词人的依恋不舍,簪残花,为之怅惘,终以对落花的漂流不能忘怀的惋惜收束。黄蓼园《蓼园词选》说:"自叹年老远宦,意境落寞,借花起兴。以下是花、是己,已比兴无端,指与物化,奇情四溢,不可方物,人巧极而天工生矣!结处意致尤缠绵无已,耐人寻绎。"清·陈廷焯《白雨斋词话》说:"有许多不敢说处,言中有物,吞吐尽致。"任二北先生更认为"乃作者借谢后蔷薇自表身世"(国学小丛书《词学研究法》),词的内容借咏花而寄寓"客里伤春,惜华年易逝之感慨"。

　　对于首两句,元·陆辅之说:"对句好可得,起句好难得,收拾全借出场。"(《词旨》)周词谋篇构思之妙,前人多有称述。作为长调,开头以平起者多,突起者少。清·刘熙载《艺概》所说"其妙在笔未到而气已吞",正是对本词起得突兀,而又笼罩全词的肯定。结尾照应上阕的"愿春暂留"与下阕的"别情无极",况花去人留,两美相别,仿佛生离死别,给读者以充分想象的空间,具有"此恨绵绵无绝期",馀音绕梁三日不绝之感。清·王又华《古今词论》引毛先舒云:"长调如娇女步春,旁去扶持,独行芳径,一步一态,一态一变。"刘熙载亦有"一转一深,一深一妙,此骚人三昧,倚声家得之,便自超出常境",以之评价本词下阕,恰如其

134

分。同时作为词人自度曲,〔六丑〕中有顺句与拗句互用,且拗句少于顺句。这首词中有多处拗句:

　　愿春暂留(平平仄平)　　一去无迹(仄仄平仄)
　　时叩窗隔(平仄平仄)　　长条故惹行客(平平仄仄平仄)
　　莫趁潮汐(仄仄平仄)

上述平仄拗捩之处,是否像元曲中的"务头",是曲中美听之处呢?不得而知,因为无从考定(参看《名作欣赏》万云骏文章)。

　　从这首词足以看出周邦彦对生活细致观察的功夫和高超的艺术技巧。园中蔷薇花凋谢,本来就是很简单的事,词人施展那辗、铺叙的本领,竟然成功地写成一百四十字的曲折委宛、圆转妥帖的长调。刘逸生先生鉴赏这首词,引用金圣叹批点《第六才子西厢记》中一段有关"那辗的"话:

　　　　吾少即为文,横涂直描,吾何知哉!吾中年而始见一智人,曾教我以二字法,曰"那辗"。至矣哉,彼固不言文,而我心独知其为作文之高手。何以言之?凡作文必有题,题也者,文之所由以出也,乃吾尝取题而熟睹之矣,见其中间全无有文。夫题之中间全无有文,而彼天下能文之人都从何处得文者耶?吾由今以思,而后深信"那辗"之为功,是唯不少。何则?夫题,有以一字为之,有以三五七乃至数十百字为之;今都不论其字少之与字多,而总之,题则有其前,则有其后,则有其中间;抑不宁唯是已也,且有其前之前,且有其后之后,且有其前之后,而尚非中间,而犹为中间之前;且有其后之前,而既非中间,而已为中间之后。此其不可以不察也。诚察题之有前,又察其有前前,而于是焉先写其前前,夫然后写其前,夫然后写其几几欲至中间而犹为中间之前;夫然后始写其中间,至于其后,变复如是。而后信题固麽而吾文乃甚舒长也,题固急而吾文乃甚纡迟也,题固直而吾文乃其委折也,题固竭而吾文乃甚悠扬也。如不知题之有前有后有诸迤逦,而一发遂取其中间,此譬之以橛击石,确然一声,则遽已耳,更不能多有其馀响也,盖"那辗"与不"那辗",其不同有如此者。

金圣叹这段话是有道理的。

　　"那辗",绝非故意拖拉,更不是无中生有,而是像画家那样在画纸上反复勾勒点染,是使主题深化、形象饱满的艺术技巧之一。

　　在两宋词人中,柳永和周邦彦最擅长运用"那辗"。就以这首词为例,下阕刘先生赏析到"静绕珍丛底,成叹息",指出"应该注意,这是题后的初步'那辗'",赏析到"长条故惹行客,似牵衣待话,别情无极",指出"这是又一番'那辗'"。赏析到"残英小、强簪巾帻",分析说把小小"残英"摘下来,簪到自己头巾上,可怎么也比不上那正盛开的花儿在美人钗鬟上巍巍颤动,还侧身逗引旁人向它注视,指出"这又是一种'那辗'"。

初步"那辗",又一番"那辗",又是一种"那辗",刘先生说:"你可以说它是无中生有或翻空出奇。人爱蔷薇,蔷薇也恋着人,这是一环一扣;人簪残花,又不满意这残花,这是一正一反,通过如此这般的勾勒渲染,人和花的感情于是越来越深厚了。可见'那辗'绝不是单纯地卖弄技巧。"

总之,〔六丑〕从落花写到花片,从花片想到题叶,又由题叶想到潮水,由潮水又想到美人,情致委婉缠绵,反复勾勒点染,工笔重彩,文情交织,千锤百炼,千回百转,使这首词成为《片玉集》(又称《清真词》)中的佳构,影响极为深远。

兰陵王

柳

〔兰陵王〕,越调。宋·王灼《碧鸡漫志》:"今越调〔兰陵王〕凡三段二十四拍,或曰遗声也。"

原为假面舞剧的《兰陵王》,即《兰陵王入阵曲》。起源于北齐,盛行于唐代。兰陵王名叫高长恭,北齐将领。因容貌秀美如妇女,为使人畏惧,常戴假面具上阵杀敌。采入教坊后,改软舞。今日本雅乐中的《兰陵王舞》,尚存当时舞蹈的特色,如使用顶部刻有龙形、锐鼻、凸眼的彩色木制面具,舞姿中有手腿等古典舞动作。到宋代成为词调。

柳阴直,烟里丝丝弄碧。隋堤上、曾见几番,拂水飘绵送行色。登临望故国,谁识京华倦客?长亭路,年去年来,应折柔条过千尺。　　闲寻旧踪迹,又酒趁哀弦,灯照离席。梨花榆火催寒食。愁一箭风快,半篙波暖,回头迢递便数驿,望人在天北。　　凄恻,恨堆积。渐别浦萦回,津堠岑寂,斜阳冉冉春无极。念月榭携手,露桥闻笛。沉思前事,似梦里,泪暗滴。

先看看这首词的写作年代。作为周邦彦的自度曲,自创新声,多认为作于词人最后一次出京(汴京)时。周邦彦从宋哲宗绍圣四年(1097)至宋徽宗政和元年(1111)十五年间在汴京任职。政和二年(1112)出知隆德府,五年徙明州,六年入为秘书监。重和元年(1118)出知顺昌府。短短数年之间三进三出京师。就在这二十年间，可能还有短时间的出京入京。这首词大约是词人第三次或者说最后一次离京赴真定时所作，时在重和元年季春之际，词中"梨花榆火催寒食"、"斜阳冉冉春无极"可证。对"客中送客"(清·周济《宋四家词选》)之说，虽屡被后人沿用并影响至今，但其说法有待商榷。至于须眉男子间的别情之说，从结句"沉思前事，似梦里，泪暗滴"看，更像是异性之间的感情描写。对所谓道君皇帝、李师师、周邦彦之间的纠葛之说，王国维《清真先生遗事》举事实力辨其诬，说明"此条所言尤失实"，况且当时已无大晟乐正与大晟乐府待制之官阶。

词分三叠：一写词人隋堤兴叹，是实景；二写"酒趁哀弦，灯照离席"时的遐想，"愁"字而下写虚景；三承上，作进一步遐想，全系虚景。明乎此则掌握了解评本词之症结。

柳阴直，烟里丝丝弄碧——古人以柳惜别，以柳赠人，以柳送行，词中大写其柳。词牌下题作《柳》，词写欲留不得，非去不可，又以柳发端，突兀而来，亦极回环往复之致，具有以行为愁，回想落泪，沉郁顿挫的风格。首二句类似绘画中的透视、投影效果。"直"字有时当午日中天，柳影直铺地上和长堤上柳成行，柳阴画出直线的情境。"烟里丝丝弄碧"转写柳丝，细嫩柔长，碧色可人，随风飘拂给人以动感之柔。柳丝碧翠透过春岚烟霭，更有一种朦胧之美。写尽写足了隋堤柳枝摇曳、柳条飘拂、柳絮飞扑的诱人情态。"弄"字绝佳，将"柳"人格化。是词人最后一次离开京华时在隋堤上所见柳色。

隋堤上、曾见几番，拂水飘绵送行色——暗中照应"柳"，即隋堤柳。词人为友人送行，已不止一次看到这样的景色。隋堤：隋代在汴河上开凿的堤坝，故名。词中泛指汴京附近汴河河堤。行色：行旅出发前后的情状或气派。古诗词中多有"行色忽忽"，"行色匆匆"之说。这三句，词人将笔触由柳转向人，写自己，人柳合写。由于隋堤是当年从水路离开汴京的出发点，又称"隋堤路"(周邦彦〔尉迟杯〕《离恨》起首三字即"隋堤路")。词人要离开汴京了，如今站立堤上，伫视京华烟云，自必触景生情，感慨万端。自己曾不止一次地送别离人，轮到别人为自己送行了，是何感想？自然是"黯然销魂者，唯别而已矣"(江淹《别赋》)！写得极其婉曲。"拂水飘绵"，锤炼精工，体物生动，摹画出柳树依依惜别之情态。

登临望故国，谁识京华倦客——登临伫立堤上，回首故乡，离人心情不言而喻。"识"字系句中韵，犹了解、知道；赏识。身在冠盖云集的京华，却自称"倦客"，不受重用、不满现状，依依难舍、怀才不遇，感慨、失落、抑郁、愤激，都在心头翻滚。只此两句抒情，其馀均在写柳。写柳写人，人耶柳耶，景中寓情，情景交融。悲凄之情尽在其中，有"知己难遇"之叹。

长亭路，年去年来，应折柔条过千尺——词人即倦客沉思中醒来，将思绪由人

(自己)引回到柳上,又转出另一层感慨。词人推己及人,从目前的情境想到古人的别离,从个人的别情道出人们普遍的离愁别恨。"长亭路,年去年来",是指包括倦客词人自己在内的普天之下的离人。"应折柔条过千尺",关合垂柳,充满同情与怜悯。古代驿路有"十里一长亭、五里一短亭"之设,是供行人休息之处,也是送别的地方。词人心想,送别时折柳相赠,年复一年、日复一日,折断的柳枝恐怕要超过千尺了。看似惜柳,实则感叹人间离别之频繁、送行之愁苦。其情也深,其意也婉,馀味无尽。

第一叠借隋堤柳烘托足离别的氛围后,第二叠由实景转入虚景,由实写转入遐想,抒写自己的别情。是全词的重心,既写离筵,又抒写惜别。

闲寻旧踪迹,又酒趁哀弦,灯照离席。梨花榆火催寒食——换头总结上文。"闲寻旧踪迹","闲寻"承"登临","旧"字连接"曾见"和"年去年来"。是临行前在隋堤旧地重游时追忆往事。"寻"是寻思、追忆、回想、凝思的意思,不可作来回寻找解;"踪迹"指往事,不作曾经到过的地方解。"闲寻"二字意味深长,试想离人在将行未行,比如搭船,在船将开未开之际,忙于叙谈话别,哪得闲静?只有船开起航、远离岸边时才能闲下心来,追思往事,回想亲友的音容别语、告别细节。五个字涵盖了多少内容!同时也想起了往昔送别的场面。"又"字领起并推进一层,"酒趁哀弦,灯照离席"是全词主干,承上启下,又是对句,无论是实写还是虚写,终未交代弄哀弦之人,精炼含蓄,耐人寻味。"又"字也透出一个消息:送别从中午到夜晚,如果联系下句"梨花榆火催寒食"及第三叠"斜阳冉冉",时间连接不上,认为这是回忆、虚写,是合情合理的。"梨花榆火催寒食",旧俗清明前一日(一作二日)寒食节,有禁火习俗。唐宋时朝廷于清明之日取榆柳之火以赐百官,词中写送别时当梨花盛开的寒食节前,是指上次饯别时间。"催"字有岁月匆匆、别期已至的离愁忧伤。这句有突如其来的感觉,尽管插入突兀,但也不是可有可无,它表明时序、景色,既与上叠柳色照应,又与下叠"斜阳冉冉春无极"关合。"催"字使人感触顿生,有伤别之感。

愁一箭风快,半篙波暖,回头迢递便数驿,望人在天北——以"愁"字领起的三句,写明遐思中别离之遥远。风快船疾,本是高兴的事,词人一回头,已过了几个驿站,然而他并不快意,为什么?因为离故园,尤其是离情人越来越远了。"风快"、"波暖"点明春暮风顺水暖的季节特征;"一箭"、"半篙"极喻船行轻快迅疾的飞急情状,完全符合词人离别时的激动心情。"望人在天北",个中含有多少眼泪,含有多少凄婉!这个"人"字,该是词人所依恋难舍的人,金启华先生认为更多是词人理想的化身。周邦彦抱负难展、壮志莫酬,悄然离开京华,带走的只有怅惘和凄婉。语意千钧,质朴无华,出以散文句法,明白如话。

第三叠由第二叠乍别之际,写愈行愈远、愈远愈恨,竟至"恨堆积",淤积胸臆,既难以排遣,又不想排遣。

凄恻,恨堆积——临别前感情无比激动,是抑制不住的直抒胸臆。恻:叶韵、句中韵。恨:词中应解作遗憾。堆积:足见遗憾之甚,重负莫释。

渐别浦萦迴,津堠岑寂,斜阳冉冉春无极——"别浦萦迴,津堠岑寂"是"恨堆积"的主要原因,这八个字由"渐"字领起,既有时间的推移,也有空间的变化。"斜阳冉冉春无极",是"夕阳无限好,只是近黄昏"的景象和境界,似空灵却又沉重,后有"春无极"连缀,顿觉春光无限,意蕴无尽。大水有小口旁通,谓之浦,别浦水波回转;渡口附近的守望所,谓之堠。前人对"斜阳冉冉春无极"不乏阐发释解,清·谭献认为"'斜阳'七字,微吟千百遍,当入三昧,出三昧"。陈匪石认为"'斜阳冉冉'七字,是别浦、津堠间情景。其情景交融之妙,有难以言语形容者"。无论神乎其解,或者狭隘理解,景物与词人的心境正相吻合。词人高超的缘情布景,景情交融,斜阳西下、春色无垠的背景越发衬托出词人的孤独,具有更典型的意义,似乎也更接近于谭献所谓的"入三昧,出三昧"。以极其朴质自然的语辞、情景融合的意境,烘托出具有典型性的人物。梁启超说:"'斜阳'七字,绮丽中带悲壮,全首精神振起。"(《艺蘅馆词选》)"绮丽"正指出斜阳西下、色彩变幻的暮春黄昏无限美丽;"悲壮"恰道尽夕晖易逝、人生短暂而春光永恒、人生易老天难老的客观规律。同时,既关合象征春色的柳,又隐喻词人离愁之苦,情景高度交融,因而全首精神振起,是词眼,也是"立片言而居要,乃一篇之警策"(晋·陆机《文赋》)的警策。与词人〔点绛唇〕"苦恨斜阳,冉冉催人去"相通,都蕴含着催人别、催人老的感慨之情。但比〔点绛唇〕更其空灵蕴藉、寥廓苍凉。

念月榭携手,露桥闻笛。沉思前事,似梦里,泪暗滴——"念月榭携手"二句,以"念"领起对句,与"春无极"意脉相续,天衣无缝,正是清真词的绵密独到之处。"月榭携手,露桥闻笛",月色、水榭、桥畔、笛声,一幅极其淡雅的水墨图,图中主人公携手、依偎,亲密无间,在那里度过难忘的夜晚,如同梦境般,一幕幕浮现眼前。沉思"似梦里"的前事,不知不觉热泪盈眶。终篇以回想收束,前事历历,只能独自落泪、暗中滴泪,词人的心事旁人无法理解,也就不愿让人知道,只好暗自悲伤。

综观全词,写柳寓别情,离绪万端,萦回曲折,忆不完的前事,吐不尽的心声,景语情语,声韵激荡。

新评

词写柳抒情。自三百篇以下,柳与离别结下不解情缘。折柳赠别,习俗久远,所以唐·李义山十分爱柳惜柳,劝解人们"为报行人休尽折,半留相送半迎归",想得十分周全。

这首词写送别、写离别,一向相持两端,争论不休。清·周济《宋四家词选》认为"客中送客"以来,注家多采其说。宋·张端义《贵耳集》则说和宋徽宗、李师师风流韵事有关。王国维先生《清真先生遗事》对张说力辨其妄。对周邦彦这首词,定之为

"借送别来表达自己'京华倦客'的抑郁心情"的是胡云翼先生(见其《宋词选》);论之为"是周邦彦写自己离开京华时的心情。此时他已倦游京华,却还留恋着那里的情人,回想和她来往的旧事,恋恋不舍地乘船离去"的是袁行霈先生(见《诗词曲赋名作鉴赏大辞典》)。笔者大体认同袁行霈先生的意见。

对于周邦彦的词,王国维称其"词中老杜,非先生不可",评价极高。刘永济先生认为"北宋词至东坡以后,渐与音乐相远,清照所谓'句读不葺之诗耳,又往往不协音律'。至滑稽派作家,复不讲词采,流于俚俗。邦彦既知者,又长于文学,其所作词,音律流美,词采和雅,故一时词体,复归于正,影响南宋词学甚大……"(《唐五代两宋词简析》)论说中肯。这首〔兰陵王〕一向被认为是清真代表作,具有沉郁顿挫,音律流美,词采和雅的风格和特点。

在音响方面,词作采取长短句式,促节、繁音配合非常巧妙,二言、三音的促节及七言的繁音配合使用,使音声协调。终篇又以入声韵作结,急止留韵,或吟诵,或演奏,都具有优雅的音乐美、协调美。

在用词遣字上,也有独到之处。除"新解"中指出的句中韵外,用字巧妙。一叠中"烟里丝丝弄碧",一个"弄"字,极写出柳态之婀娜多姿,好像在捉弄人;周邦彦喜用"弄"字,如〔应天长〕中"条风布暖,霏雾弄晴",〔倒犯〕中"何人正弄孤影蹁跹,西窗悄",〔玉烛新〕中"前村昨夜,想美月黄昏时候",其义或作玩、作舞、作赏,都有细微差别。"弄"字并非周氏首创,早在其前,宋代秦观的"纤云弄巧"、张先的"云破月来花弄影",更早的唐·温庭筠的代表作中的"弄妆梳洗迟"(〔菩萨蛮〕)都巧用"弄"字,本词中的"烟里丝丝弄碧",犹"摆弄"、"舞弄",不作"卖弄"解。"弄"字合韵,疏密相间,绘形绘色,化静为动,摹绘柳的神态逼真形象。二叠中"望人在天北",三叠中"念月榭携手","望"字、"念"字,二者均系离席上的想象,清真之所擅长,正是以想象之笔填词,故写法奇幻,一字千金。"沉思前事,似梦里,泪暗滴"十字收结全词,语言朴素自然,在感情达到极点时戛然而止。三叠中"月榭"、"露桥"同一叠中"隋堤"遥相呼应,宋·姜白石〔暗香〕中"长记曾携手处,千树压西湖寒碧"似从此化出。

正因为清真词艺术手法奇妙,有的论者认为〔兰陵王〕词是清真艺术创造力达到的登峰造极阶段。此说有点过誉,但也有一定道理。因此后人对这首词评价很高。宋·沈义父说"无一点市井气"(《乐府指迷》),陈洵说"托柳起兴,非咏柳也",梁启超说"绮丽中带悲壮"……有的论者认为周邦彦的词"诗味很浓",或者说"文人气很浓",那么这首词虽不像他的其他词那样化用前人诗句,但其情调、气氛确实是接近于诗的。如果同柳永的同样内容的慢词相比,像〔雨霖铃〕("寒蝉凄切")、〔夜半乐〕("冻云黯淡天气")等相比,那么周邦彦的词更像是一种诗味很浓的词。

西 河

金陵怀古

【题解】

〔西河〕,词牌,大石调。又名〔西河慢〕、〔西湖〕。唐教坊曲中有〔西湖狮子〕、〔西河剑器〕。宋·王灼《碧鸡漫志》引《脞说》载,唐代宗大历初年(766—769)"有乐工取古《西河长命女》加减节奏,颇有新声"。足见"西河"之名由来已久,可能是以当时的西河郡地名作曲名,如〔甘州令〕、〔酒泉子〕一样,同甘州、酒泉地名有关。到宋代,宋人依旧调演为新曲。

《词谱》以周邦彦词为正体,三叠105个字。第一叠33个字,6句4仄韵;第二叠36个字,7句4仄韵;第三叠36个字,6句4仄韵。填词名家用本调字句多不同,而且多用拗句。

《金陵怀古》,《花庵词选》、《草堂诗馀》、《花草粹编》、《词统》、《古今诗馀醉》均以此为题,《百家词》题作《金陵》。作于知溧水期间。

佳丽地,南朝盛事谁记?山围故国绕清江,髻鬟对起。怒涛寂寞打孤城,风樯遥度天际。　　断崖树,犹倒倚,莫愁艇子曾系。空遗旧迹郁苍苍,雾沉半垒。夜深月过女墙来,赏心东望淮水。　　酒旗戏鼓甚处市?想依稀,王谢邻里。燕子不知何世,向寻常巷陌人家,相对如说兴亡,斜阳里。

【新解】

周词多写爱情和羁旅之情,怀古之作很少见。这首词题作《金陵怀古》,化用前人词意抒发词人思古之幽情,在其全部词作中,从内容到写法及其取材,均有所创新,别具一格。

词分三叠,也是清真独创。尤其是檃括前人三首诗,而能化用巧妙,自出机杼,创造出新的意境。

佳丽地,南朝盛事谁记——"佳丽地",突如其来。佳丽者,秀丽;俊美。佳丽地,指风光绮丽、文物荟萃之地。与唐·白居易《长恨歌》中"后宫佳丽三千人,三千宠爱在一身"、宋·柳永词〔尉迟杯〕"宠佳丽,算九衢红粉难比"中指美女不同。词中指金陵(今江苏南京市)。谢朓《入朝曲》有"江南佳丽地,金陵帝王州"之句。南朝,即六朝,指偏安江南一隅的小朝代,吴、东晋、宋、齐、梁、陈。词中不拘泥于专指史称南朝

(240—588)的宋、齐、梁、陈。这两句不仅来得突兀，而且笼罩全词。词人以问句出之，不是说南朝事无人记、不去说，而是抒发其"六代豪华春去也，更无消息"怀古伤今的无限怅惘之情和朝代更迭的盛衰兴亡之慨。全词由这两句由盛而衰的词句领起，怀古，扣题，融会唐·刘禹锡的"山围故国周遭在，潮打孤城寂寞回。淮水东边旧时月，夜深还过女墙来"（《石头城》），和"朱雀桥边野草花，乌衣巷口夕阳斜。旧时王谢堂前燕，飞入寻常百姓家"（《乌衣巷》），以及南朝乐府《莫愁乐》"莫愁在何处？莫愁石城西。艇子打双桨，催送莫愁来"诗意入词，天衣无缝。无穷感慨尽在"南朝盛事谁记"六字之中。

山围故国绕清江，髻鬟对起——从这两句开始，词人反复用古人诗意，抒发感慨。这两句写山川形胜，前一句显系化用唐·刘禹锡"山围故国周遭在"句意，更见朴实生动，山围水绕，尤其是用"髻鬟对起"比喻，形象逼真，发人深省。后来辛弃疾〔水龙吟〕《登建康赏心亭》中"献愁供恨，玉簪螺髻"受此词启发，表现出因为中原沦陷而更加深沉的忧怀愁恨。金陵城因山为城、因江为池，山峰耸峙，形势险固，具有独特的地理形势。

怒涛寂寞打孤城，风樯遥度天际——先写近景，后写远景。俯视江水，汹涌澎湃，化用唐·刘禹锡"潮打孤城寂寞回"句意，化静为动。涛而使"怒"，与"孤城"照应，将自己的感触融合其中，变化章法，以适应词的形式要求，幻化无痕。上叠以"清"字形容江水，此处用"髻鬟"比喻山峦，形象鲜明地突出了金陵的山清水秀、自然形胜。"寂寞"由"孤城"之"孤"幻出，"孤"又应"南朝"、"故国"而来。"风樯遥度天际"是远眺所见，极目苍穹，风樯帆影，苍茫点点，似动犹静。这两句"大气包举"，吞吐古今，有动有静，有近有远，个中词人情感起伏、别有怀抱。当年"豪华竞逐"、繁庶一时的六朝古都金陵，如今仅是一座孤城，怒涛拍击正衬托出环境的寂寞，风樯天际恰说明了词人的落寞。通过对景物的描绘，极力渲染史迹的际遇冷落和正在被遗忘，与上叠"谁记"呼应，抒发了词人沉重的怀古之幽情。

以上为一叠，写金陵山水、江山形胜。二叠则写古都旧迹、断崖残垒。

断崖树，犹倒倚，莫愁艇子曾系——词以健笔写残景，换头即以残景出。"断崖"承上江山形胜，下起一"犹"字，强调景色依旧，而残迹苍凉。化用《莫愁乐》、《石头城》意蕴，使眼前实景染上历史色彩。下追一"莫愁艇子曾系"，用倒倚断崖下的老树曾系过莫愁的小艇，不仅点明古迹，同时蕴含物是而人非，充满历史沧桑之感。艇存水逝，令人吊念。

空遗旧迹郁苍苍，雾沉半垒——词进而写残留陈迹。郁苍苍：魏·曹子建有"山树郁苍苍"之诗句，本意是云遮雾障，远望一片青苍，词中限以"断崖树"与"空遗（一本作"馀"）旧迹"，似在形容树木茂密。"半垒"上承"孤城"，雾霭茫茫，遮没了半壁城垒，一片陈迹。据《大清一统志·江苏江宁府》载，上元县（即金陵）有韩擒虎垒、贺若弼垒。垒,壁垒、营垒。古代军阵上的防御工事。二垒都在上元县,韩擒虎垒在县西四里,贺若弼垒在县北二十里。

夜深月过女墙来,赏心东望淮水——女墙:城墙上带凹凸形的垛口或者射孔的隐蔽墙垛。《释名》曰:"城上垣曰睥睨,亦曰女墙"。赏心:赏心亭,"在(城西)下水门城上,下临秦淮,尽观览之胜。"(详见《景定建康志》)淮水:指秦淮河。秦淮河横贯金陵城中,南朝时为都人士女游宴之处。这两句也是化用古诗句而来,但与词中所写时、地、情、境(景)结合,更其宛转多姿。深夜月色,女墙逝水,大有好景不长之感。此处需要说明的一点是:"赏心",《花庵词选》、《词选》、《词统》、《古今诗馀醉》均作"伤心"。"伤心东望淮水",似觉别有所据,另是一番境界。夜景、月色、流水,衬托词境及词人登临时的心情,以"伤心"贯穿,是否更其凄凉,词意更见沉沦。尽管夜深了,词人仍然在观览景色,别有一番情味在心头,自然发出景物依旧、人事皆非的慨叹。此乃词人移情于物的手法。这两句点明时间(夜深月下)、地点(女墙处)。同时束上启下,由览观的景色,引出三叠的怀古之感喟,自然而然地转入抒情,开启下片。

酒旗戏鼓甚处市?想依稀,王谢邻里——"甚处市",一作"甚处是"。以下化用《乌衣巷》诗意入词。首先写近景,都是词人面对旧迹,郁结的万千感慨之情。酒旗招展,戏鼓喧嚣,发出"甚处市"之问,个中隐含着苍凉感慨之情。下句全用"旧时王谢堂前燕,飞入寻常百姓家"诗意,东晋王谢两大家族就住在乌衣巷,富贵豪华、恣情纵乐,然而"繁华事散逐香尘",时过境迁,风光不再,只有旧时王谢邻里,也不过依稀认识;其堂前紫燕,想必已飞入寻常人家呢喃鸣叫……昔日旧迹,历历在目,词人不禁感慨万千,世事沧桑之感油然而生,盛衰兴亡之叹涌上心头。一问一忆,以静衬动,而愈觉其静,荒凉冷寂达到极致。

燕子不知何世,向寻常巷陌人家,相对如说兴亡,斜阳里——词人不写自己面对陈迹的无限慨叹,却情移燕子,把兴亡之叹赋予不知世事变迁的燕子,更引起人对金陵古都人事变幻的感慨。是景语,寓情语,引发读者多少联想、多少哀怜……正所谓"'燕子'、'斜阳'数语,在神韵之远,若仅以点化'王谢堂前'诗意论之,尚浅"(俞陛云《唐五代两宋词选释》)。词中深意,须仔细思考,才能领悟其中真谛。

这首词最典型的一点,就是融化古诗,不见痕迹。宋·张玉田谓"清真最长处在善融化诗句",信然,此词可为突出的代表。词自首至尾集众诗之意境、诗意于一词之中,兼诸家之隽美而无抄袭之嫌,诚妙手也。把整饬的诗句化为参差不齐的长短句,其气魄之雄、变化之妙、浑成之润、音韵之美,的确使人叹服。

六朝均都金陵,金陵繁华之地。小朝廷帝王迷恋"金粉"、"佳丽",只思享乐、不图进取,一派淫乐之象,一片侈靡之状。导致朝代更替,如走马灯般,兴亡盛衰如转

烛,历代诗人不乏叹惋之语:

　　六朝文物草连空,天淡云闲今古同。(唐·杜牧《题宣州开元寺水阁阁下宛溪夹溪居人》)

　　自古盛衰如转烛,六朝兴衰同棋局。(清·劳之辨《眺玄武湖歌》)

　　六朝旧事随流水,但寒烟、芳草凝绿。(宋·王安石〔桂枝香〕)

　　六朝金粉地,落木更萧萧。(清·吴伟业《残画》)

　　周词即以怀古伤今之情贯穿始终,题作《金陵怀古》,反复化用古人诗意,首尾遥相呼应、暗相照应。词中实幻交织,写景虚实并举,是其词中一首较好的作品。

　　《金陵怀古》,劈首"佳丽地",让人艳羡。接着"南朝(即六朝)盛事谁记",即已转入怀古,且激扬跌宕,为全词总纲。

　　上叠写金陵地理形势、六朝古迹,檃括并融汇古诗意境,化用无迹,字数变换,更适合词表达的形式。中叠则由上叠的写远景,特写眼前之景。面对陈迹,一片青苍,怀古思今,直抒胸臆。下叠作一问一答,荒寂冷落,今昔对比,感慨遥深。结句的拟人写法情趣盎然,深寄感慨。叹人生说兴亡,或以文写之,或以诗出之,或以词咏之,化腐朽为神奇,音韵铿锵,顿挫抑扬,同王安石的〔桂枝香〕《金陵怀古》,成为词史上的双璧。沈际飞认为周词"使介甫(王安石字)〔桂枝香〕独步不得"(《草堂诗馀正集》)。周词后出,在艺术技巧上能有翻新创意,实属不易,也更见难能可贵。

　　在艺术技巧上,这首词词调即周邦彦所创。词人以精湛的手法,写景抒怀,高情远意。章法上匠心独运,迂回峭拔。铺排大景以疏墨,描写小景以密笔;或粗线条勾勒,或泼浓墨挥洒,突出特征,不加丝毫议论,寓悲壮于空旷的境界之中,"采唐诗融化如自己者,是其所长"(宋·张炎《词源》),表达出词人自己的独特情感。全词词句隽美,句法灵动,音调和谐,风格悲凉,境界幽远,历代评价不低。但平心而论,如《艺蘅馆词选》引梁启超所说:"张玉田谓清真词长处在善融化古人诗句,如自己出。读其词,可见此中三昧。"未必确切。有的论者认为本词已非个别诗句词句的"融化",而是一种檃括,即"以别人的作品为原料,进行创作"。使"介甫〔桂枝香〕独步不得"已评价很高,说什么"足以方驾东坡",似有偏爱和溢美之嫌。

　　至于词人为什么怀古,词中似乎未能充分发抒,总觉得"隔着一层"。同时,词意为词采所掩盖,使得思想脉络不显豁欠明朗。这大概也就是《诗品·总论》所说的"专用比兴,患在意深,意深则词踬"吧。对这首词及其他周词都应当予以全面公允的评介。

　　总之,布局井然。时间顺序断续交织,续而不断;空间景物虚实交替,疏密适度,融壮美、优美于一体,是本词主要特点之一。

菩萨蛮

题解

〔菩萨蛮〕,又名〔子夜歌〕、〔重叠金〕。属唐教坊曲,《宋史·乐志》、《尊前集》、《金奁集》并入"中吕宫",《张子野词》作"中吕调",《清真集》题下作"正平"。《词谱》卷五引唐·苏鹗《杜阳杂编》:"大中初,女蛮国入贡,危髻金冠,璎珞被体,号'菩萨蛮队'。当时倡优遂制〔菩萨蛮曲〕,文士亦往往声其词。"故知原系外来舞曲,唐宣宗李忱大中元年(847)后传入中国。唐开元(713—741)间崔令钦《教坊记》已录此曲之名。属平仄韵转换格。

小令44字,上片24字,下片20字,各两仄韵,两平韵,平仄递转。情调由紧促转低沉,历代名作颇多,如李白、温庭筠、王安石、辛弃疾均有词作传世。

注本题作《梅雪》,别本无题。

银河宛转三千曲,浴凫飞鹭澄波绿。何处是归舟?夕阳江上楼。　　天憎梅浪发,故下封枝雪。深院卷帘看,应怜江上寒。

新解

这首词通过题咏梅花雪景,反映了思妇怀念远方亲人的深情。

注本题作《梅雪》。梅雪,梅与雪。唐·李商隐诗:"雪中梅下谁与期?梅雪相兼一万枝。"(《莫愁》)宋·欧阳修词"腊雪初消梅蕊绽,梅雪相和,喜鹊穿花转。"(〔蝶恋花〕)

银河宛转三千曲,浴凫飞鹭澄波绿——银河:由大量恒星构成。晴天夜晚,在天空形成的银白色光带。古称云汉,又名天河、天汉、星河、银汉。民间神话传说中指天仙织女。织女星,《诗经·小雅·大东》:"维天有汉,监亦有光。跂彼织女,终日七襄。"织女星与其附近两个四等星,成一正三角形,合称织女三星。后衍化为神话人物。《淮南子·俶真训》、汉·班固《西都赋》及《岁华纪丽》卷三引汉·应劭《风俗通》佚文、《月令广义·七月令》引南朝梁·殷芸《小说》均有记载。意思是:河东织女,天帝之子。年年机杼劳苦,织成云绵天衣,容貌不暇整。天帝怜其独处,许嫁河西牵牛郎,但嫁后废织纴。天帝怒,令归河东,让一年七夕一度相会。从此常用以咏叹夫妻暌隔,或借以表达男女相爱、相思之情。唐·杜甫诗《牵牛织女》:"牵牛出河西,织女处其东,万古永相望,七夕谁见同。"首句来得突兀。银河,借指人间之河。三千曲:极言曲折宛转、蜿蜒绵长。与唐·李白"飞流直下三千尺,疑是银河落九天"(《望庐山瀑布》)、"白发三千丈,缘愁似箇长"(《秋浦歌》之十五)一样,都是用浪漫的手法、夸张的比喻。词中用"宛转三千曲",写隔阻遥远,难于会面。"浴凫飞鹭澄波绿"句中,浴凫犹野鸭。浴:有特殊讲法。比喻鸟飞忽上忽下之貌,词中则指凫在水中上下翻腾。《大戴礼记·夏小正》:"黑鸟浴。黑鸟者何也?鸟也。浴也者,飞乍高乍下也。"孔广森补注:"浴者,言鸟乘暄飞。上下若浴然。"飞鹭:《诗经·周颂·振鹭》:"振鹭于飞,于彼西雝。"鹭系飞鸟,林栖水食,群飞成序,洁白如雪,颈细而长,脚青善翘,高尺馀,解指短尾,喙长三寸,顶有长毛十馀茎。澄波:犹清波。南朝宋·鲍照《河清颂》:"澄波万壑,洁澜千里。"宋·黄庭坚〔减字木兰花〕《距施州二十里》:"万事茫茫,分付澄波与烂肠。"都是女子所见所想,读者可以驰骋想象,时序、空间,不可拘泥。

何处是归舟?夕阳江上楼——归舟:返航的船。宋·苏东坡诗《郁孤台》:"他岁三宿处,准拟系归舟。""何处是归舟?"自问、问他?其实,什么也不知道。"夕阳江上楼",这才点明了时间、地点。时间是夕阳西下之际,地点是面临江上,可以望远的妆楼。"夕阳西下,断肠人在天涯"(元·马致远〔天净沙〕《秋思》),"芳草有情,夕阳无语,雁横南浦(分别之地),人倚西楼"(宋·张耒〔风流子〕),"夕阳一片寒鸦外,目断(望断,极目远望)东南四百州"(宋·汪元量《湖州歌》)。这些诗词所描摹的意境,也同这两句词具有吻合之处。都是夕阳下江楼上女子所怀念、所企盼的,所想望、所倾情的。景致真切生动,人物栩栩如生,呼之欲出。

天憎梅浪发,故下封枝雪——浪发:滥开,猛放。封:犹压。这两句话似有言外之意、韵外之味,连老天都憎恨梅花猛放滥开,所以降下大雪封压其枝。说梅花浪发,道梅被雪封枝寓遭际,暗隐词人之不幸,抑或女子的被弃,甚或情人之变故不归,似有所寄托,不能言,不可言,不必言,不敢言,索性不言,含蓄深沉,难于索解。

深院卷帘看,应怜江上寒——深院,昔时女子大门不出、二门不迈,深居闺闱,深宅大院,"深院锁清秋"(南唐·李煜〔相见欢〕)。庭院深深,深几许?卷帘:卷起或掀起帘子。《乐府诗集·杂曲歌辞·西州曲》就有"卷帘天自高,海水摇空绿"句,五代·张泌〔江城子〕亦有"睡起卷帘无一事,匀面了,没心情",宋·辛稼轩〔满江红〕词更有"庭院静,空相忆",都是写女子被遗弃或丈夫、情人久滞在外不归的怀人念远之情。怜:既有怜悯、怜惜之意,更有疼爱、爱怜之意。结句"应怜江上寒"与上阕"夕阳江上楼"前后呼应映照。

全词内容深刻,寓意隽永,孤际独树,表现出人物高洁的神情气质。

同宋·柳永的〔八声甘州〕"对潇潇暮雨洒江天,一番洗清秋……不忍登高临远……想佳人,妆楼颙望,误几回、天际识归舟。争知我,倚阑干处,正恁凝愁!"对读,就会发现周邦彦词含蓄的特点。

填词,无论言志、述怀、抒情,贵在有所寄托。这首词看似短小易读,然而却发人深省、耐人寻味。

注本题作《梅雪》，"天憎梅浪发，故下封枝雪"，有"梅雪争春……梅须逊雪三分白，雪却输梅一段香"（宋·卢梅坡《雪梅》）之句。神韵逼真，意境优美。

历代题咏梅花的诗词很多，唐·张谓、北宋·王安石、林逋等都有咏梅之作。同周邦彦本词比较，王安石《梅花诗》其三"婵娟一种如冰雪，依旧春风笑野棠"（婵娟：美女，诗中指梅花）形容梅花倒也贴切，但总觉得少了点情趣和意味。宋·陆游《梅花绝句六首》（其三）"闻道梅花坼(chè)晓风，雪堆遍满四山中"，用雪堆比喻梅花胜似雪。借梅言志，表达宏大的济世胸怀。宋·姜白石〔疏影〕（"苔枝缀玉"）"无言自倚修竹"把梅花比作孤独高洁的佳人；"莫似春风，不管盈盈，早与安排金屋"，是说不要像春风那样，不管花开得正好，一味滥吹，要爱花惜花。

全词怀人念远，含蓄蕴藉，有陪衬，有烘托，也算得美成词中佳作。

绮寮怨

【题解】

《词谱》卷三十三："词见《片玉词》。"又："此调以此词为正体，赵文、王学文词，俱依此填。"《填词名解》卷三："〔绮寮怨〕，中吕曲。"《百家词》作《杂题》。《清真集》注本题作《思情》。

双调104字。上片54字8句4平韵，下片50字9句7平韵。

上马人扶残醉，晓风吹未醒。映水曲、翠瓦朱檐，垂杨里、乍见津亭。当时曾题败壁，蛛丝罩、淡墨苔晕青。念去来、岁月如流，徘徊久、叹息愁思盈。　　去去倦寻路程。江陵旧事，何曾再问杨琼。旧曲凄清，敛愁黛、与谁听？樽前故人如在，想念我、最关情。何须渭城，歌声未尽处、先泪零。

周邦彦一生长期宦游南北，备尝羁旅况味。南宋·楼钥《清真先生文集序》不仅称赞其为人，而且褒举其填词："乐府传播，风流自命，又性好音律，如古之妙解，'顾曲'名堂，不能自已，人必以为豪放飘逸高视古人，非攻苦力学以寸进者。及详味其辞，经史百家之言，盘屈于笔下，若自己出，一何用功之深而致力之精耶！"诚然，博学能文，风流不羁，自甘淡泊，委顺知命。词人三十几岁曾教授荆江（即荆州），之后又几度经过，每有词作。所以陈洵认为"此重过荆南途中之作"（《海绡说词》）。词人追忆往事，激发旧情，真切地反映了"顾曲周郎"对填辞谱曲的特殊敏感之情。旅途对景怀旧，感情沉郁，风格幽凄，是清真羁旅怀旧词中的佳作。

上马人扶残醉，晓风吹未醒——这两句写词人之醉态，竟至要人扶上马，而且

"晓风吹未醒",足见醉的程度。"残醉"尚且如此,不知沉醉将何以堪?这两句工于发端,将上马之前的借酒浇愁的种种情状都隐含其中,"意在笔先",既含蓄又精炼,言简意赅。"上马人扶"出自唐·李白"昨日东楼醉,还应倒接䍦。阿谁扶上马,不省下楼时"(《鲁中都东楼醉起作》)。至于与词人同时代的晏几道〔玉楼春〕中"来时醉倒旗亭下,不省阿谁扶上马",不知词人看到否?

映水曲、翠瓦朱檐,垂杨里、乍见津亭——写见到津亭。津亭:指渡口的亭子。唐·张九龄诗《春江晚景》有"薄暮津亭下,馀花满客船"句。这两句俪语,因格律需要,句子顺序倒装。试想,那垂柳飘拂下的翠瓦朱檐的江津亭子,倒映水中,波光粼粼,何等奇妙,何等壮观,何等动人!"乍"字用得好。是词人醉眼朦胧初醒之际一刹那之所见所感。

当时曾题败壁,蛛丝罩、淡墨苔晕青——写亭子之内。"当时"透露词人曾经来过此处,或者说不只一次来过。此次重来,由亭外而亭内,词人仔细观察,寥寥数语,确写得层次清晰,异常细腻。"当时曾题败壁",如今自然更加破旧不堪;败壁因年久失修,已苔晕青青;青苔之上墨迹已经很淡很淡了;而且上结珠丝。寥寥八字,含蕴十分丰富,炼字炼句十分精警,是词人发自肺腑之言。与其诗"往时解鞍地,醉墨栖坏壁"(《楚村道中》)似乎是指同一件事。这一描写,既同上面"映水曲""津亭"的美丽外观形成对照,又是词人触景伤情的内心感兴之诱发物体,怎能不令人感伤不已。正如俞陛云所说:"'败壁'二句,凡昔年村店题墙,客子重过,自有一种征途怀旧之感,沉珠丝苔晕,极荒寒耶!"(《宋词选释》)

念去来、岁月如流,徘徊久、叹息愁思盈——承上睹墨迹,勾起对往事的回忆。感叹去往今来,岁月流逝。"徘徊久"含蓄深蕴。"叹息愁思盈",乃一篇之主旨,结上启下,下片即揭示"愁思"之情、身世之悲。

下阕抒写愁思。

去去倦寻路程。江陵旧事,何曾再问杨琼——换头用两个去声字重叠,引出"倦寻路程"一韵,既同上阕"徘徊久"前后呼应,又点明旅途疲于奔波。一方面写词人驻足败壁前,回首往事而不前;另一方面写词人疲于奔波而意欲留滞停歇。江陵旧事:即指昔日曾过此亭遇知音歌女事。古代旧驿亭中有歌女以娱游客,词中以杨琼代指歌女。词人对该歌女念念不忘。何曾再问:似乎不再过问,实际上时时想念,思想不已。杨琼:江陵歌女。唐·元微之有《和乐天示杨琼》诗:"我在江陵少年日,知有杨琼初唤出。腰身瘦小歌圆紧,依约年应十六七。去年十月过苏州,琼来拜问郎不识……"自注:"杨琼本名播,少为江陵酒妓,去年姑苏过琼叙旧,及今见乐天此篇,固走笔追书此曲。"唐·白乐天《问杨琼》诗云:"古人唱歌兼唱情,今人唱歌唯唱声。欲说问君君不会,试将此语问杨琼。"词中用其事。周邦彦曾居留江陵(荆州),此处用杨琼典故,借指自己在该地与歌妓的交谊往来。

旧曲凄清，敛愁黛、与谁听——则从对方着笔写。想象杨琼唱着当时凄清的旧曲，因为词人不在，感到无知音聆听而愁眉不展。敛：收敛。有约束、节制之意。黛：青黑色的颜料。古代女子用以画眉。故词中代指女子的眉毛。从"旧曲凄清"以下，句句虚拟想象，层层追逼不舍。词人从对方写起，接着又从自己落笔。

樽前故人如在，想念我、最关情——词人从自己着笔写。故人：即歌女。想象假如她今天在这里，一定会对我表示最深切的关怀，一定会十分想念我。

何须渭城，歌声未尽处、先泪零——纯属想象。何须：无须；何必，何用。渭城：即《阳关曲》。唐·王维《送元二使安西》："渭城朝雨浥轻尘，客舍青青柳色新。劝君更尽一杯酒，西出阳关无故人。"故又名《渭城曲》。古诗词中往往以"渭城"作离别之曲的代名词。歌拍是想象她歌声优雅动人，不需唱什么《渭城曲》，也无须将歌唱尽，就会使得词人热泪涕零。"歌声未尽处，先泪零"，因为只有她深切地知道他的羁旅之苦、离思之愁，才能唱出他的心声。

全词上阕写景，历历如绘；下阕抒情，写歌声，曲曲传情。词人在声律方面的才智和修养，特别是对音乐的敏感，使这首词呈现出热烈奔放、感情激越的风格。

周邦彦词中对荆江怀念最切，写荆江旧游最多。譬如〔齐天乐〕"荆江留滞最久，故人相望处，离思何限"〔琐窗寒〕；"似楚江暝宿，风灯零乱，少年羁旅"。这首词则追忆往事，"旧曲凄清"，激发旧情，极其真切地反映了"顾曲周郎"对声律、创调的特别敏感和特殊才能。词中虽写了对歌女的深情，但很少一般相同题材词作那种香艳秾丽、悲欢离合的"常人之境界"。其意不在相思，而以怀旧之笔突出宦海奔波、行踪不定的身世之悲、漂泊之苦。有别于清真一般词作的风格，亦不同于其代表词作的"典丽缜密、富艳精工"，给人以"清夜啼猿"的清幽疏放之感。

夏承焘《唐宋词字声之演变》云："作'平去平'者，如〔绮寮怨〕一首中六句如此：'晓风吹未醒'、'淡墨苔晕青'、'叹息秋思盈'、'去去倦客寻路程'、'何须渭城'、'歌声未尽处先泪零'（按：指每句末三字，为平仄平）。去声最为拗怒，取介在两平之间，有击撞夏捺之妙；今虽词乐失传，但依字声读之，犹含异响。"（《唐宋词论丛》）

拜星月慢

《词谱》卷三十三："一作〔拜新月〕。唐教坊曲名，《宋史·乐志》般涉词。"又云："此调始自此词，应以此词为正体。"《清真集》入"高平调"。104字，上阕4仄韵，下阕6仄韵。上阕第五句及结句，下阕第四句及结句，皆上一、下四句式。

《清真集》注本题作《秋思》，《草堂诗馀》、《词的》、《词统》、《古今诗馀醉》题作《秋怨》，其他本均无题。

夜色催更，清尘收露，小曲幽坊月暗。竹槛灯窗，识秋娘庭院。笑相遇，似觉、琼枝玉树相倚，暖日明霞光烂。水眄兰情，总平生稀见。　　画图中、旧识春风面。谁知道、自到瑶台畔。眷恋雨润云湿，苦惊风吹散。念荒寒，寄宿无人馆。重门闭、败壁秋虫叹。怎奈向、一缕相思，隔溪山不断。

这是一首怀人忆旧之作。词人所写，与〔瑞龙吟〕情事几同，但并非重游旧地，而是追忆旧游，不胜其情。

夜色催更，清尘收露，小曲幽坊月暗——词发端即连用倒装句式，写夜色，夜渐深沉。首先为深夜密约的女主人公安排了一个出场的背景。在艺术技巧、情节构思上别出心裁。先写那一次相遇的时间、地点。那是一个月色深沉、清露收尽，极其幽美的"曲坊"所在之地。唐宋时，伎女所居谓之"曲坊"，这就暗示了女主人公的身份。《北里志》有南曲、北曲之谓，即所谓曲坊。

竹槛灯窗，识秋娘庭院——他来到女子所居住的地方。槛外种竹，窗户映着灯光，在这样的一个幽雅的庭院相会。与唐·杜甫"天寒翠袖薄，日暮倚修竹"（《佳人》）意境相近。清幽的景色是雅致的人物的陪衬。秋娘：唐金陵歌伎，唐·杜牧有《赠杜秋娘》诗并序。

笑相遇，似觉、琼枝玉树相倚，暖日明霞光烂——上文写了女子的居处、途径，这里写出了相会。夜色，月光，更漏，词人已经到了秋娘的庭院。女主人公呼之欲出。这几句出语奇警。"笑相遇"三字，高度概括凝炼，一笔带过，省略笔墨，以全力描摹人物。"似觉"以下对女主人公展开正面描写。词人写其人之美，舍弃了那些用熟用烂的俗语常句，而用"琼枝玉树"、"暖日明霞"来形容人物的容颜皎丽、神态娴雅。沈约《古别离》："愿一见颜色，不异琼树枝。"唐·杜甫《饮中八仙歌》有"皎如玉树临风前"。宋·柳永〔尉迟杯〕词有"绸缪凤枕鸳被，深深处，琼枝玉树相倚"。琼枝玉树，本指披上冰雪的树木。周邦彦词中则用以比喻相貌洁白美好，姿质洁净纯美，也用以比喻品质高洁之人。暖日明霞：宋玉《神女赋》有"其始来也，耀乎若白日初出照屋梁"，曹植《洛神赋》有"皎若太阳升朝霞"。词人用上述八个字充分反映了人物内在的精神之美；亦暗寓着双方一见倾心、相互依偎的两情相许、融洽难分。

水眄兰情，总平生稀见——这两句也是在"似觉"的总领之下。"水眄兰情"，是在"琼枝玉树"比喻美好的体态和风姿同时,形容女子的眼睛之美,那眼波如流水般明澈迷人,性情似兰花般幽静娴雅。韩琮诗有"吴鱼岭雁无消息,水晒兰情别来久"(《春怨》)。上两句由"似觉"二字领起,富有深意;这两句由"似觉"二字统领,给读者以似梦似真的惊喜之感。美人之美,百看不厌。词人仔细描摹,层层递进,最后还不忘高度赞叹:"总平生稀见",为美女图补上最后一笔。词人运用比喻、衬托、敷彩、渲染种种手法铺写美女,意尽而后才收束上阕。

上阕写人物的艳丽姿质、意态情性,言简意赅、层次清晰。词人完全用写实的笔法,使往昔的情事,恍若眼前,增加了真切实感。正是在上阕写词人与秋娘初次密约相会,故下阕进而追忆"笑相遇"的邂逅之情。

画图中、旧识春风面——这句词由唐·杜甫诗《咏怀古迹》咏王昭君"画图省识春风面"点化而来。仅八个字却含蕴极其丰富,既承上补足女子容貌之美,又着以"旧"字,说明追忆"笑相遇"的往事,久已倾慕,今日谋面,喜不自胜。一是想不到女子会爱上我这个俗人,二是想不到两情相许,融洽无猜,渴望如愿以偿。欢娱不言而喻。

谁知道、自到瑶台畔。眷恋雨润云湿,苦惊风吹散——从这几句始正面发抒离情。自古道喜极而悲来,"谁知道",意想不到、没有料到,这会成为悲剧的转折点。"瑶台":《拾遗记》所载仙人居所。从过片到此四句,层层递进,步步转折,正所谓"加倍跌宕"(清·周济语)之法。如是则起落变化、跌宕有致,准确地反映了人物的心理变化过程。屈原《离骚》中"望瑶台之偃蹇兮,见有娀之佚女。"王逸注云:"佚,美也。"此处暗用典故为上阕写女子之美补足描写。"雨润云湿",云雨分别用"湿"、"润"来形容,确如沈祖棻所说化臭腐为神奇,且同上阕"兰情"遥相关合。妙就妙在以"谁知道"领起,以"苦惊风吹散"收结,全用比喻说明,追叙过去,意外拆散,即变化莫测,又含蓄简洁,是〔夜飞鹊〕("河桥送人处")笔法的翻版。黄蓼园评曰:"'惊风'句,怨有所归也。"(《蓼园词选》)颇有见地。连连用典,取象征手法,既含蓄,又概括,使词更加简洁、洗炼、优美、深情,咀嚼不尽,回味无穷。

念荒寒,寄宿无人馆。重门闭、则壁秋虫叹——是全词结构的转折处,从此折入现今。读词到此,使读之者方才恍然有所悟,原来上述种种情事是回忆、是虚出,同上阕形成强烈的对比。此时此刻之哀与上阕彼时彼地之乐,反差之巨,不言而明。词人以一"念"字领起,自思自念,感情更加沉重,因为无人与语。"重门闭"说明无人往来;"秋虫叹",而非人叹。人叹,叹而无尽,以虫鸣为叹,意蕴更深,对比更强烈。此景此境,其人其情竟何以堪!

怎奈向、一缕相思,隔溪山不断——倾吐相思之情,发抒相思之苦,恰恰是对爱情执著的表现。词人结以一缕相思之情,溪山也隔不断,是题中应有之义,也是不可或缺的一笔。其前冠以"怎奈向"三字,不无埋怨、疑怪之意,使相思涵蕴更加丰富。"隔溪山不断",一个"隔"字,隔山隔水其情隔不断。唐·李义山诗云"相思迢递隔重城",白乐天词曰"相思似觉海非深"(〔浪淘沙词〕),李太白诗云"相思相见知何日"(《三五七言》),周词〔隔溪山不断〕,含有三者意蕴,倍感相思绵绵无终期。

清·周济《宋四家词选》评此词:"全是追思,却纯用实写,但读前阕,几疑是赋也。换头再为加倍跌宕之。他人万万无此力量。"准确地概括了这首词在布局、结构、叙事、抒情诸方面的艺术技巧和手法特点。

新评

周邦彦擅长写长调,这首词就是他创始的,是〔拜星月慢〕的正格正体。

长调慢词自从柳永大力创作填写以来,取得很大的进展。柳词长于平铺直叙为主安排章法结构,似乎缺乏变化、创新。周邦彦效法柳永,无论在章法方面还是技巧方面,多有创造、发展,为后代评论者所推重。即如本词,亦为读者所激赏。

而就周词整体而论,因为多沉溺于个人日常生活,特别是个人爱情生活的窄狭范围内,不能超越、不可自拔,所以尽管其词在艺术上精益求精、精美绝伦,但却缺乏所谓的重大社会题材、社会意义,而受着制约,流传不广。而周词的沉郁顿挫、深厚质重,每于精丽之中见浑成、含蓄之中见真淳。

至于宋·张炎《词源》中评价周邦彦词"软媚"之说,须仔细分析。由于多写个人日常生活,尤其是爱情生活,自然给读者以"软媚"的感觉,加之用语华丽、措辞婉转,也会使读者产生"软媚"的印象。需要具体词篇具体分析,具体情节具体斟酌,用今天的道德标准与眼光,审视古代人的爱情生活,恐怕不恰当。就如这首词,除了叙事抒情的细腻生动、篇章结构的巧妙安排、表现技巧的风格特点,"加倍跌宕"手法的成功使用、使用虚词(如"似觉"、"总"、"谁知道"、"怎奈何")的效果,都对全词深刻表达思想感情、节奏曲折顿挫起到了积极的作用。

尉迟杯

题解

〔尉迟杯〕,《词谱》卷三十三:"此调有平韵、仄韵两体。仄韵者,见柳永《乐章集》,注夹钟商;平韵者,见晁补之《琴趣外篇》。"《填词名解》卷三:"〔尉迟杯〕,尉迟敬德饮酒,必用大杯也。盖大石调。"因贺铸词有"信东吴绝景饶佳丽"句,名〔东吴乐〕。万俟咏词,名〔尉迟杯慢〕。

周邦彦词双调105字,上片48字8句5仄韵;下片57字8句4仄韵。大石调。《词谱》以柳词("宠佳丽")、无名氏词("岁云暮")及周邦彦本词为正体。《清真集》注本题作《离恨》。《草堂诗馀》、《词的》、《词统》、《古今诗馀醉》作《离别》;《花草粹编》作《离情》。

隋堤路,渐日晚、密霭生深树。阴阴淡月笼沙,还宿河桥深处。无情画舸,都不管、烟波隔南浦。等行人、醉拥重衾,载将离恨归去。　　因念旧客京华,常偎傍、疏林小槛欢聚。冶叶倡条俱相识,仍惯见、珠歌翠舞。如今向、渔村水驿,夜如岁、焚香独自语。有何人,念我无聊,梦魂凝想鸳侣。

【新醉】

这首词作于宦游途中,是周邦彦离开汴京时夜宿舟中所作。即所谓"在隋堤之畔,运河之上,淡月之下,客舟之中的一段离愁别恨"。离恨情愁、羁旅客思、身世之叹交织在一起。

隋堤路,渐日晚、密霭生深树——发端首先点明地点、时间。隋堤:指隋炀帝所筑汴河堤,是由水路乘舟离汴的起点。着一"渐"字,写时在日晚,及徘徊汴堤不忍登舟离去的情境。当时暮霭沉沉,在密林深处弥漫。无论是用"密""深"形容暮霭、树木,还是用"生"字描写动感,都形象鲜明、精确生动。

阴阴淡月笼沙,还宿河桥深处——河桥:隋堤汴河之桥,乃船家泊舟之处。阴阴:形容淡月笼罩,化用小杜"烟笼寒水月笼沙"的意境。"阴阴淡月笼沙",阴柔、秀美、模糊、朦胧,给读者以美感、以遐想。古代水路送别,时在夜半或清晨。此时饯别之人已登岸而去,词人独宿船上,怅望江天,若有所失。"还"字暗示船已移动。写夜宿河桥深处船上的感触。

无情画舸,都不管、烟波隔南浦——画舸:描画有花色图案的舟船。南浦:又作"前浦"。语出南朝梁·江淹《别赋》"春草碧色,春水绿波,送君南浦,伤如之何!"词中泛指送别之地。化用郑仲贤"亭亭画舸系寒潭,直到行人酒半酣。不管烟波与风雨,载将离恨过江南"(《送别》)诗意。借物达意,反衬对比,不露痕迹,情实景真,同下阕"有何人,念我无聊"前后呼应,写词人内心深切的孤寂情感。正所谓"诗意大抵出侧面……人自别离,却怨画舸。义山忆往事而怨锦瑟,亦然。文出正面,诗出侧面,其道果然"(王应奎《柳南随笔》)。这种怨画舸,同怨锦瑟一样,都是侧面描写的手法。都是"借物宣泄,迁怒于物"。

等行人、醉拥重衾,载将离恨归去——因为词人醉梦之中,拥盖夹被,故有"醉拥重衾"之谓。古人饯行,频频劝饮,离人自必借酒浇愁。夜半开船,酒醉不醒;酒醒之时,天已破晓,正是柳永所说的"今宵酒醒何处,杨柳岸晓风残月"。词中既曰"归去",却"载将离恨",这就蕴含着依恋汴京,胜于思念家乡的"归去"。同时也说明了对"旧时京华"的眷念之情。这几句同上"无情画舸"直到结语,含而不露,耐人寻味。

词的上片追忆当初离开汴京时的情景。下片则抒离别之恨。

因念旧客京华,常偎傍、疏林小槛欢聚——换头起句即点明追念"旧客京华"的岁月,大有"每依北斗望京华"(杜甫)之感概。以"因念"领起,极写在京华的追逐声色歌舞的生活。"常偎傍、疏林小槛欢聚",即指词人同女子幽会欢聚,而且绝非一般的友朋聚会。从结句的情思判断,或从下句"冶叶倡条"两句分析,词人欢会的恋人是歌伎。同那些富家纨绔子弟的冶游不可同日而语。"常偎傍"一作"任偎傍"。

冶叶倡条俱相识,仍惯见、珠歌翠舞——"冶叶倡条"典出唐·李义山《燕台春》诗:"密房羽客责芳心,冶叶倡条遍相识。"本指杨柳枝条轻软妖艳、婀娜多姿,借指似水性杨花的倡女歌妓。词中活用"明皇令宫妓佩七宝璎珞舞《霓裳羽衣曲》,曲终,珠翠可扫"典故,形容歌舞欢会。当时,周邦彦虽遭贬斥,但年轻气盛,仍然对京华歌舞欢会不能忘怀,所以"俱相识"、"仍惯见",流露出一种艳羡之情。词人另一首词〔一寸金〕("州夹苍崖")下片曰:"自叹劳生……便入渔钓乐。"题下作"新安作"。新安即睦州。建中靖国元年(1101),词人曾到此地,时年46岁。一些论者认为,周邦彦被贬十年还汴后,已不复以追逐声色为乐,因此断定本词作于词人32岁时被贬出京初放庐州(今安徽合肥市)教授之际,且与南方方向吻合。

如今向、渔村水驿,夜如岁、焚香独自语——写今之冷落,同昔之热闹形成强烈的对比。这里转入写实景。古人认为"渔村水驿"就是上阕的"河桥深处",词有别解,似乎不必过于拘泥。但庐州近南方,系水乡,比京师汴京自然要冷落,解为船行将到达之处,似觉符合实际。在赴庐州途中填了这首词,可能性很大。船向"渔村水驿"行驶,夜长如岁,旅途漂泊,焚香慨叹,黯然神伤。与"因念旧客京华"五句前呼后应,形成极为鲜明的对比,更加突出了词人的凄凉和孤独。

有何人、念我无聊,梦魂凝想鸳侣——这就是上句所谓的"独自语"。这几句同上文"常偎傍、疏林小槛相聚"、"冶叶倡条俱相识",上下呼应,前后对比,感慨尤深。词人因相思而梦,梦而凝想。然而我"梦魂凝想",但"何人念我"?明知故问,其情可悯,其痴顽似此,倒大可同情,亦见出词人之痴顽朴厚。结句充满自怜之情,既写自己旅次孤寂无人挂念,又写自己即使在梦中也想念着鸳侣。对此结句,前人有不同论说。宋·沈义父《乐府指迷》拈出"梦魂凝想鸳侣",认为不可学。清·况周颐《蕙风词话》认为:"此等语愈朴愈厚,愈厚愈雅,至真之情由性灵肺腑中流出,不妨说尽而愈无尽。"并批评沈义夫"非真能知词者也",颇具见地。

全词先景后情,层次清晰,正如陈洵所说:"'隋堤'一境、'京华'一境、'渔村水驿'一境,总入'焚香独自语'一句中,'鸳侣'则不独自矣。只用实说,朴拙浑厚,尤清真之不可及处。"(《海绡说词》)

词人以宦途渔村水驿之情,追忆往事,怀念伊人,由景及情,由往及今,层层展开情节,抒写离别之情。

作为汴京留别、夜宿舟中之作,"笔力可思",因今及昔,因景及情,皆从柳出,更深婉,更多变化。

这首词究竟作于何时?从全词具体内容分析,词人乃离汴京而南下(其家在钱塘即杭州),从水路登舟。又从下阕"渔村水驿"的景象看,完全是南方水乡,同北方景致不合。况作于宋徽宗政和元年出知隆德府(今山西长治县),方位也不合,怎么说也不能曰"归去"。

周邦彦善于写实。他的另一首词〔拜星月慢〕("夜色催更")"全是追思,却纯用实写,但读前半阕,几疑是赋也"。同本词比较,说明词人是运用赋的铺张扬厉的手法填词。

词人善于运用对比手法,有回忆对比,有梦境与现实对比,有今昔对比,无论何种对比,确实突出了人物的孤独与凄冷。追忆往昔,借物寓意,反衬对比,或由景及情,或由今及昔,艺术手法颇似柳耆卿,委曲宛转,叙事白描,既像一幅"河桥泊舟图",又如一帧酣畅淋漓的水墨画。

本词妙就妙在"人自别离,却怨画舸"。同唐·李义山忆往事而怨锦瑟,同一机杼,是侧面描写。物本无情,以为有情,又责之无情,"等到醉时放船,煞有情矣,犹谓无情,情真哉。"(明·卓人月《古今词统》卷十四)"窈曲幽涤,笔情隽上";以虚化实,以实责虚。历代词人多有"船载离恨,化虚为实"之例,就以宋代词人而论,无论苏东坡的"只载一船离恨向东州",秦少游的"载取暮愁归去",还是李清照的"只恐双溪舴艋舟,载不动许多愁",辛弃疾的"明夜扁舟去,和月载离愁",乃至郑文宝的"不管烟波与风雨,载将离恨过江南",一个"载"字,载愁载恨、载离载怨,达到了借物达意的目的。

在艺术手法上,清·周济认为:"南宋诸公所断不能到者,出之平实,故胜。"(《宋四家词选》)所谓"平实",即指此处的化虚为实。如上片分明是追忆,却如同即目所见;化用郑仲贤诗句,却似自身所得。周济之评,论及北宋婉约词与南宋婉约词的不同之点,颇有见地,亦见深刻。

周济又说:"一结拙甚。"对此也有不同看法。有的认为确实笨拙,"便无意思,亦是词家病。"(宋·沈义父《乐府指迷》)有的认为"大巧若拙"、拙直、率意,"收处颇率意。"(清·谭献评《词辨》)陈洵则认为:"只用实说,朴拙浑厚,尤清真之不可及处。"诵读全词,结以叹句,全词层层推进,推向岩礁,最后激起波浪,是词人有意为"拙",是词人"任之自然,得于无意",且别具格局,充满魅力。尽管一些论者认为煞尾直露、了无馀味,但其感情确是很浓烈很朴实的,不可一概抹煞。

运用"搓挪对法",在这首词中表现很突出。陈洵《海绡说词抄本》曰:"淡月河桥,始念隋堤日晚。画舸烟波,重衾离恨,节节逆溯,还他隋堤。'旧客京华',仍用逆溯,'渔村水驿',收合河桥。梦魂是重衾里事,无聊自语,则酒梦都醒也。'小槛'对'疏林','欢聚'对'偎傍','珠歌翠舞'对'冶叶倡条','仍惯见'对'俱相识',是搓挪对法。"陈氏在《海绡说词》中亦曰:"'偎傍疏林'与'小槛欢聚'是搓挪对。'冶叶倡条'、'珠歌翠舞'、'俱相识'、'仍惯见',皆如此法。"抄本、正本,大同小异,说明周邦彦善于运用"搓挪对法",使全词读来朗朗上口、顿挫有致。

综观全词,结构清晰、层次分明。"隋堤路"两句,写舟行所见两岸之晚景,即薄暮上船时之景也。"阴阴"两句,写舟泊河桥之夜景。"淡月笼沙",是初上船时。"无情画舸"四句,逆入近事,用唐人诗意,恨舟行之速,载人到此荒凉之景。既将上船后之心情历历绘出,句法亦自然沉着。"载将离恨归去",句法最妙,既曰归去,何有离恨? 盖繁华久客,仿佛故乡,不无系念之情,怅望良有不能自已者。下阕逆入远事,用"因念"二字领起,直贯五句,盖其可念者多矣。"旧客"三句,是当日欢聚之地。疏林小槛,文意自明。"冶叶"两句,以见声容征逐之乐。"如今"以下,勒转现境,挽到眼前。"渔村水驿"正应"河桥深处"。中以"仍惯见"三字贯穿之,拗句而有力。着墨无多,而意无不尽。苦乐变化,深婉朴厚。俞平伯、唐圭璋等词坛巨匠释评令人服膺。

绕佛阁

〔绕佛阁〕,《词谱》卷二十八:"调见《清真乐府》。"《清真集》入"大石调",《梦窗词集》入"夹钟商"。100字,前片50字10句8仄韵,后片50字9句6仄韵。
有的将"望中迤逦城阴度河岸"句分为四字五字两句,误。《词谱》:"此句乃九字蝉联一气读。"
《清真集》注本题作《旅情》,《草堂诗馀》题作《旅况》,《花草粹编》无题。

　　暗尘四敛,楼观迥出,高映孤馆。清漏将短,厌闻夜久签声动书幔。桂华又满,闲步露草,偏爱幽远。花气清婉,望中迤逦城阴度河岸。　　倦客最萧索,醉倚斜桥穿柳线。还似、汴堤虹梁横水面。看、浪飐春灯,舟下如箭,此行重见。叹、故友难逢,羁思空乱。两眉愁、向谁舒展。

周邦彦好音乐,能自度曲,制乐府长短句,词韵清蔚。《宋史》本传对周氏评价比较客观。词人在提举大晟府时,与时任协律郎的晁端礼、撰制万俟咏常在一起论古音、定时调、撰慢词,创作了很多新曲调。这篇〔绕佛阁〕就是其中很有代表性的一种。

全词抒写羁旅之情,运用顺叙手法,如同展示画幅一样,不断转换画面,读来历历在目,引人入胜,发人深省。

上阕纯用白描手法,时而加以色绘,给读者留下深刻的印象。

暗尘四敛,楼观迥出,高映孤馆——写黄昏入夜之后的夜色,似从窗内观察而得。白昼熙熙攘攘的车马、游人都回家了,所以外边荡起的灰尘已经落下来,远处耸立的楼观佛寺在灯火之中迥然而出,其高耸云天,轮廓分明,辉映着词人所在的孤独馆舍。"暗"字点出了时间,似乎让人看到了京城的灯火通明、热闹非凡。楼观与孤馆对照,词人的孤凄失落之感油然而生。迥出:犹远出。有独特之意。

清漏将短,厌闻夜久籤声动书幔——写词人的室内景象。夜渐深沉,夜阑人静,用来计时的清漏滴水声传来,词人为此深深地感到无比厌烦,这是羁旅宦游之人普遍的感受,夜长难寐,翻来覆去本来就睡不着,那夜漏嘀嘀嗒嗒的滴水声,倒像是敲击人的心胸一般,令人难以忍受。籤(qiān):即籤筹,又叫漏箭,滴水计时仪器中标示时刻的签子。词中用了一个"动"字,既精炼又含蓄、准确。词人被漏声惊动,一种孤独之感油然而生,哪还有心思读书呢?于是步出室外散心,画面转移。

桂华又满,闲步露草,偏爱幽远。花气清婉,望中迤逦城阴度河岸——写室外所见夜色。月光朗照,漫步在幽寂静谧的草地上,露水沾满鞋袜,夜空中浮动着缕缕花香,月光将连绵曲回的城墙阴影投映在河岸上,影影绰绰,无限伸展。 桂华:词中借指月光。古诗词往往以桂代月。写景极为真切,所以俞陛云才有"写景真切,语复俊逸,惟清真擅此"(《宋诗选释》)的赞誉。 清婉:即清新美好。 迤逦:亦作"迤逦"、"迤里"、"迤逦"、"迤逦"。词中作斜延、延伸讲。

下阕首句挽上,对上阕加以总括,而后通过"舟下如箭",引出"故友难逢,羁思空乱"之慨叹。

倦客最萧索,醉倚斜桥穿柳线。还似、汴堤虹梁横水面——过片"倦客最萧索"五字,既揭示主题,又具承上启下的作用。这几句写远景。"醉倚斜桥"说明词人似乎喝过酒时间还不长,他走出馆舍,踏着月色走到青草幽深之处,思绪万千。"醉倚斜桥"的是词人,此句省去主语,用一个动宾结构词组,以"醉"为状语。词人目睹"斜桥",此时此刻,迷离徜徉,已经视之为汴京横跨隋堤的虹桥,在那里曾经留下与友人多少惜别的足迹啊!是时,词人已年逾花甲,六十有一。五年之后,词人六十六岁,在南京与世长辞。 虹梁:即虹桥。是汴梁东郊汴河上的桥梁。横:交横、交错。横出、横亘、横空、横跨,非常有气势,正如宋·苏东坡《赤壁赋》所说"白露横江,水光接天"。

看、浪颭春灯,舟下如箭,此行重见——写近景。无异于一个特写镜头。桥下舟行如箭,形容行驶之疾,船上灯影在波浪中闪烁,浮光掠影,引发出词人多少感慨和叹惋。颭(zhǎn):风吹物使之颤动摇曳。

叹、故友难逢,羁思空乱。两眉愁、向谁舒展——词人感叹,舟行再快再多,可哪里有我的朋友呢?诚难怪词人羁旅愁思空乱、两眉愁结,能向谁舒展呢?"故友难逢,羁思空乱",已成千古名句。

全词写景、抒情结合,景物描写如一幅一幅图画,一条红线贯穿始终。"就景叙情",因景抒怀,景物如图画,自然而然地触动词人的追忆,引发词人的怀念。那宦海浮沉的失意之悲、流落异乡的思归之情和对友人的怀念之切,交织一起,挥之不去,理则还乱!

〔绕佛阁〕围绕景物描写,抒发词人的羁旅情怀。如同画幅一样,一个画面接着一个画面,由室内而户外,由傍晚而月夜,或近景或远景,或动姿或静态,无论是实写,抑或是虚拟,随着画面的转换,词人的内心情感也发生着变化。写景与抒情相互交错,人物与景物相互融会,"拙朴为此调特色"的评点颇为准确。

北宋词多"白描",南宋词多"色绘",一代填词大家周邦彦白描、色绘,兼而有之,其艺术手法高超,正是周词流传不衰的原因之所在。

在词的句法、节奏方面,下阕句法变化很大。三个四字句之外,五言、七言、九言均有。无论平仄四声、句法、韵脚,节奏起伏,音声变化,都严格遵循词谱、词调格律规范要求。使用字词,如"厌闻"、"望中"、"还似"、"看"、"叹"、"向"等,使词句节奏激越、声情变化,富于音乐之美,也只有周邦彦这样精通音律的人才能做到天衣无缝,无懈可击。正因为如此,所以这首词才能成为〔绕佛阁〕的正格。

这首词历代评论很少,不妨看看王国维及夏承焘是如何赏评的。夏承焘说:"此十句五十字(指这首词的上片)中,'敛'上去通读,'池'(?)、'动'、'迥'阳上作去,'出'清入作上:四声无一字不合;此开后来方千里、吴梦窗全依四声之例;《乐章集》中,未尝有也。"(《唐宋词字声之演变》)综观词史、词调的发展,与讲究字的声调,以及节奏、句法密不可分,要达到"声调谐美、声情相宜"的高度,必须严格按照词律要求和规定办。词的发展,从温飞卿开始,既讲求平仄,又兼顾四声;到晏同叔、柳耆卿开始严格辨别上、去声,柳氏尤谨于入声,且运用更加严格。到周美成时,运用四声已完全成熟并善于变化。所以王国维有"读先生(指周邦彦)之词,于文学之外,须更味其音律。今其声虽亡,读其词者,犹觉拗怒之中,自饶和婉,曼声促节,繁会相宜,清浊抑扬,辘轳交往"(《清真先生遗事》)之论。这首词就是夏、王所说的极好例证。

柳永词音律谐婉,词意妥帖,写景抒情,委曲尽致。擅白描、长铺叙,语多俚俗,描写爱情,大胆直率,有些词作又不免情调猥俗。晏殊词多写离愁别恨,吟风弄月,其词风流蕴藉,温润秀洁,上承"花间"馀绪,摒除"脂腻"、"猥俗"。尤喜冯延巳词的委婉含蓄风格,其词作亦倾向冯延巳。间或有"昨夜西风凋碧树,独上高楼,望尽天涯路"(〔蝶恋花〕)意味隽永之作。周邦彦词与晏、柳词风一脉相承,周氏妙解音律,擅自度曲,其词法度精严、典雅工丽,章法灵动、回环吞吐,善于融化前人词句而又浑然天成。尤擅长调,用笔虚实相生,音律于抑扬拗怒之中自饶和婉。其词多写闺情游思,亦有叹惋身世、宦游漂泊及咏物怀人之作,向有北宋婉约词集大成者之誉。

蝶恋花
早　行

题解

《清真集》词牌下括注"商调"。商调,属二十八调商七调。〔蝶恋花〕又名〔鹊踏枝〕、〔凤栖梧〕。唐教坊曲,《乐章集》、《张子野词》并入"小石调"。双调,60字,上下片各4仄韵。题作《早行》,即早晨送别。题又作《秋思》。

月皎惊乌栖不定,更漏将阑,辘轳牵金井。唤起两眸清炯炯,泪花落枕红绵冷。　　执手霜风吹鬓影,去意徊徨,别语愁难听。楼上阑干横斗柄,露寒人远鸡相应。

月皎惊乌栖不定,更漏将阑,辘轳牵金井——皎:皎洁、洁白。阑:尽。言其五更天将要尽了。　辘轳:一作"轳辘"。汲水的滑车。　金井:雕饰华美的井栏。　月皎惊乌栖不定:月明惊醒乌鹊,有惊鹊"绕树三匝,无枝可依"之意,暗喻人辗转不能入睡、心神不定。而且夜将尽、天已亮,人家起来汲水,井上辘轳的响声把她惊醒。

唤起两眸清炯炯,泪花落枕红绵冷——两眸:犹两眼。眸,眼珠。泛指眼睛,以局部代全体。　炯炯:明亮貌。写人躺在床上,辗转反侧难于入睡,两眼睁着毫无睡意。而且泪流满枕,因为泪水长流弄湿枕头,连红绵枕芯都冷了。

上阕主要写早晨送别,她一夜未曾睡好,说是被辘轳汲水声吵醒,实际上躺在床上早就睡不着了。"两眸清炯炯",神态活灵活现。

执手霜风吹鬓影,去意徊徨,别语愁难听——鬓影:女子额边头发被霜风吹起飘动的影子。　徊徨:一作"徘徊",又作"恓惶、回遑"。心中彷徨不安的样子。

楼上阑干横斗柄,露寒人远鸡相应——阑干:横斜貌。　斗柄:北斗星座排列如同有柄的斗状,第五至七颗位于柄上。楼上阑干横斗柄:一说北斗星落下,好似在栏杆上头,是夜阑的征象;一说阑干横斜的斗柄斜挂楼头。

下阕写分手及别后的情景。用北斗星的横斜和报晓的鸡声相呼应,暗隐人走之后的冷静寂寥、百无聊赖,个中真情读者尽可自己去领悟、体会。

159

这首词写秋日清晨送别情人。正如黄蓼园所说:"首一阕言未行前,闻乌惊漏残,辘轳声响而警醒泪落。次阕言别时情况凄楚,玉人远而惟鸡相应,更觉凄婉矣。"

写别情,抒离绪,直陈其事,别具机杼。上阕表现离别前情景,起首三句由离人枕上所闻,写"曙色破晓",妙在概括听觉和视觉感受,特别是枕上听得,为下文"唤起两眸"铺垫。乌啼、残漏、辘轳无不是惊梦之声,"唤起"句形容睡起之妙。(沈际飞《草堂诗馀》)之后泪花朦胧,一望而清,再望而明,两个人一夜未曾入睡,泪湿枕芯,连"红棉"都感到冷意了。"其形容睡起之妙,真能动人"(明·王世贞《艺苑卮言》)。词人善于捕捉"红绵冷"典型的细节,隐含着多少伤悲!俞平伯先生认为:"'唤起'一句能将凄婉之情怀,惊怯之意态曲曲绘出。美成写离别之细腻熨贴,每于此等处见之,此句实是写乍闻声而惊醒。乍醒之眼应曰朦胧,而彼反曰'清炯炯'者,正见其细腻熨贴之至也。若夜来甜睡早被惊觉,则惺忪乃是意态之当然;今既写离人,而仍用此描写,则似小失之矣。"又说:"此处妙在言近旨远,明写的是黎明枕上,而实已包孕一夜之凄迷情况。只一句,个中人之别恨已呼之欲出。'泪花'一句另起一层,与'唤起'非一事。读者勿疑,试着眼于一'冷'字,便知吾言不诬。红绵为装枕之物,若疏疏热泪亦只能微沾枕函而已,决不至湿及枕内之红绵,且不至于冷也。今既曰'红绵冷',则泪痕之交午,及别语之缠绵,可想知矣。故'唤起'一句为乍醒之况,'泪花'一句为将起之况,程叙分明。两句中又包孕无数之别情在内,作一句读下,殆非善读者。离人至此,虽欲恋此枕衾,已至万无可再恋之时分,于是不得不起而就道矣,在此逗入下片。"笔者很同意俞先生之论,故不惜迻录。尤其是"唤起两眸清炯炯",更能勾摄出彻夜无眠人之神魂!个中情味,只有会心人才能细细体味出来。

下阕过片由室内而室外,道尽离愁之苦。或谓"清真能作景语不能作情语",似乎不能全信。"执手"起,先写分别时的难分难舍、悲伤至极。那无心打扮的情态,生动传神。由房帏到庭除,由庭院而途路,或纤徐委婉,或骏快飘逸,"去意徊徨",又恋恋不舍,倾诉别愁,又听不下去("难听")。那将别的依恋,那别时的匆促,不仅"调与意会",而且"情与词兼",实能撼人心魄。结二句写别后寂凉境况,前写空闺,后写旷野,冷露沾裳,寒气袭人,离人的留恋之态,闺人的天涯之思,囊括词里,尽在景中,此时景语胜情语,馀蕴无穷。

全词中别前、别时、别后,成为连贯一气的画幅;不同画幅配以不同的声响,如乌啼、更漏、辘轳。那描写的清晰层次:早行、起床、送别、别后;那叙述的条理分明:闺中、室外、郊野、楼头。以及动词、形容词的炼句炼字,像栖、牵、唤、吹、冷;首句的透进一层写法,结句化温飞卿〔更漏子〕"一声村落鸡"的易一为多,说明了周邦彦善于活用前人的"绝构",略加点染,稍事化用,便增强了词的表现力,烘托渲染,便突出了味外之味。

词人首句透进一层的写法,即抓住具有特征的细节描写,使词中人物的依依惜别之情,历历如绘,是这首描写离情的词作久传不衰、感动读者的原因之所在。

点绛唇

〔点绛唇〕,采江淹"明珠点绛唇"以为名。《词谱》卷四:"元《太平乐府》注仙吕宫。高拭词,注黄钟宫。《正音谱》注仙吕调。宋王禹偁词名〔点樱桃〕。王十朋词名〔十八香〕,张辑词有'邀月过南浦',名〔南浦月〕。又有'遥隔沙头雨'句,名〔沙头雨〕。韩淲词有'更约寻瑶草'句,名〔寻瑶草〕。"

元好问词名〔乐府乌衣怨〕,王喆词名〔万年春〕。清易大厂词名〔二士入桃园〕。《清真集》入"仙吕调,元北曲同,但平仄式略异,今京剧中犹常用之"。

双调41字。前片20字4句3仄韵,后片21字5句4仄韵。《清真集》注本题作《伤感》,《花草粹编》题作《寄楚云》,《乐府雅词》题作《分歧》,《古今词统》题作《寄妓》。

辽鹤归来,故乡多少伤心地。寸书不寄,鱼浪空千里。　　凭仗桃根,说与凄凉意。愁无际。旧时衣袂,犹有东门泪。

关于这首词的写作时间、地点,各家说法不一。

宋·王灼《碧鸡漫志》卷二:"周美成初在姑苏,与营妓岳七楚云者游甚久,后归自京师,首访之,则已从人矣。明日,饮于太守蔡峦子高座上,见其妹,作〔点绛唇〕曲寄之云……"洪迈《夷坚三志》壬集卷七:"周美成顷在姑苏,其营妓岳七楚云者追游甚久。后从京师归,过访之,则已从人数年矣。明日,饮于太守蔡峦子高座上,因见其妹,作〔点绛唇〕词寄之云:(词略)。楚云览之,为之累日感泣。"

王国维《遗事》云:"自元丰至宣和,苏州太守并无蔡峦其人。"而罗忼烈笺则据明·王鏊《姑苏志》考定,大观二年(1108)至三年间,苏州太守确有蔡崈字子高者,峦为崈之误。并推测大观二、三年,周邦彦确曾乞假南归过姑苏,本词即作于是时,绝非一般的泛泛写恋情之作。

辽鹤归来,故乡多少伤心地——词人用比兴开端。旧题晋陶渊《搜神后记》卷一:"丁令威本辽东人,学道于灵虚山。后化鹤归辽,集城门华表柱。时有少年举弓欲射之,鹤乃飞,徘徊空中而言曰:'有鸟有鸟丁令威,去家千年今始归。城郭如故人民非,何不学仙冢垒垒。'遂高上冲天。"《夷坚三志》作"故人多少伤心事"。此处用此典说明物是人非、时移人换,亦虚亦实,感慨万千。以鹤喻人,引起回忆,触发无限感伤情怀。包举感旧怀乡之意。

寸书不寄,鱼浪空千里——写音书断绝,暗用典故。古乐府诗:"客从远方来,遗我双鲤鱼。呼儿烹鲤鱼,中有尺素书。"(《饮马长城窟行》)词中化用此典。汉·刘向《列仙传》亦有陵阳子明钓得白鱼,鱼腹中有书信之事。说明别后音信断绝。上句实写对方不寄书信,下句虚写自己久盼音书而空空未得。一个"空"字透露出多少情愫,"词意平实",思致精细,无一字言情,而情思绵绵无尽。

上片回环缭绕,过片又回到眼前。

凭仗桃根,说与凄凉意——桃根:本系东晋王献之妾桃叶之妹。《乐府诗集》卷四十五《桃叶歌》三首其二云:"桃叶复桃叶,桃叶连桃根。……"虽见不到桃叶,见到其妹,也能传言达意。凄凉意,《夷坚三志》作"相思意"。"凄凉"、"相思",总之是多年未了的情缘,两个字足够传达那相思的"凄凉"了。"凄兮其如秋","凄凄岁暮风","一春弹泪说凄凉"(晏几道〔浣溪沙〕),欲诉无人,其何以堪!

愁无际。旧时衣袂,犹有东门泪——"愁无际"三字一韵,包举了自别来一切悲与愁,那愁,"愁人知夜长"、"愁多梦不成"、"愁来赋别离"、"愁肠写出难"、"愁看陌上草青青"、"愁鬓明朝又一年"、"恰似一江春水向东流"……"东门泪":在离别之处洒下的泪水。东门,古诗词中为别离时饮宴的场所。如汉乐府"出东门,不顾归"(《东门行》),唐·刘长卿诗"东门怅别柳条新"(《送马秀才》)。词中"东门"指离别之所。汉宣帝时,太子太傅疏广辞官还乡,公卿大夫设宴饯别于东都门外,"送者车数百辆,辞决而去……或叹息为之下泣"(《汉书》卷七十一疏广传)。"次句之伤心事,可于泪痕证之"。所以,俞陛云说:"唐、五代词承乐府之遗,以小令为多,北宋渐有长调,至清真而开合矫变,极长调之能事。而集中小令,亦秀雅而含风韵。小晏、屯田,无以过之。此词之'衣袂'两句,即其一也。"极其雅丽凄秀。

此词发端即以丁令威化鹤归来自喻,给人世间的爱情悲剧平添一种沧桑之悲和唏嘘之感。通篇"淡淡写来,深情无限"(清·许昂霄《词综偶评》),"既乡书不达,姑且诉向桃根;而回顾襟边,泪痕犹在"。以白描和直抒胸臆的手法剖白内心衷曲,"小词大作"、"缠绵凄咽"(清·陈廷焯《词则》卷一),以"别一种姿态,句句洒脱,香奁泛语,吐弃殆尽"(陈廷焯《白雨斋词话》)。因而给人一种朴厚凝重、回环往复、章法多变而又腾挪变化、吞吐凝咽、摇曳生姿的感受。结尾三句,触物生情,再度引回忆,同上文"故乡多少伤心地"遥相呼应,收到一种震撼人心、催人泪下的艺术效果。

意难忘

题解

《词谱》卷二十二:"元高拭词,注南吕调。"《填词名解》卷三:"〔意难忘〕,仙吕曲也。"周邦彦词,注"中吕"。清·沈谦词用仄韵,词中起句为"空亭日暮",即取以为名,曰〔空亭日暮〕。均为双调92字,上阕45字,下阕47字,周邦彦词10句6平韵,沈谦词10句6仄韵。原注:"新翻曲。〔意难忘〕用仄韵。"体见沈谦《东江别集》。

题作《美咏》,《草堂诗馀》、《古今诗馀醉》作《美人》,《花草粹编》作《佳人》,《词的》作《歌伎》。

　　衣染莺黄。爱停歌驻拍,劝酒持觞。低鬟蝉影动,私语口脂香。檐露滴,竹风凉,拚剧饮淋浪。夜渐深、笼灯就月,子细端相。

　　知音见说无双,解移宫换羽,未怕周郎。长颦知有恨,贪耍不成妆。些个事,恼人肠,试说与何妨。又恐伊、寻消问息,瘦减容光。

新解

王又华《古今词论》引毛稚黄曰:"清真'衣染莺黄'词,忽而欢笑,忽而悲泣,如同枕席,又在天畔,真所谓不可解、不必解者。此等最难作,作亦最难得佳。"不妨新解一番,看看何以"最难作,作亦最难得佳"。

衣染莺黄——首句出题,因事寓情之格。发端著一"莺"字,便已透露能歌消息,绘声偏能传声,的确是大家手法。"衣染莺黄",写此女子身着莺黄色舞衣,即金缕衣也。出自唐·温飞卿《舞衣曲》:"蝉衫麟带压愁香,偷得莺黄销金缕。"开首一句,已扣定题目,写衣着。

爱停歌驻拍,劝酒持觞——接以"停歌驻拍,劝酒持觞"八字对句,首冠一"爱"字,化景入情,"写其酬错"。

低鬟蝉影动,私语口脂香——用唐·元稹《续张生会真诗三十韵》"低鬟蝉影动,回步玉尘蒙",五代·顾敻〔甘州子〕词"山枕上,私语口脂香"和韦庄〔江城子〕词"朱唇未动,先觉口脂香"诗词意。十字作对跳掷,"实与密宠"。如清·尤侗所谓"每念李后主'小楼昨夜又东风',辄欲以泪洗面。及咏周美成'低鬟蝉影动,私语口脂香',则泪痕犹在,笑靥自开矣。词之能感人如此。"(《苍梧词序》)"低鬟蝉影动"写其丰姿;"私语口脂香"写其言语,唐·白乐天《江南喜逢萧九彻因话长安旧游戏赠五十韵》:"暗娇妆靥笑,私语口脂香。"

檐露滴,竹风凉,拚剧饮淋浪——似在写景,仍在借以表示留连之久,并非实笔。由于不忍离别,惟有拚剧饮,一醉方休。 淋浪(láng):酣饮的样子。宋·王安石《信州回车馆中作》诗其二:"山木漂摇卧弋阳,因思太白夜淋浪。""檐露滴,竹风凉"六字作对句写景,"如繁休伯《与魏文帝笺》'是时日在西隅,凉风拂衽'也"。用白居易《渭村退居》"望春花景暖,避暑竹风凉"句意。这三句写饮宴之时。

夜渐深、笼灯就月,子细端相——这三句,"更添写一笔"。写夜深终于要分别了,于是笼烟就月,仔细端相之。 子细:同"仔细"。 端相(xiāng):正视;细看。这里笼灯就月、仔细端相者,非事之宜有者明矣。"写景固系点染,叙事亦属借寓,惟有神光离合之态,与夫一往无奈之情是实耳,此因事寓情之佳例也。"(俞平伯《清真词释》)

下阕详述往复心头的种种感怀。

知音见说无双,解移宫换羽,未怕周郎——"知音见说无双",回溯闻名未见面时,解移宫换羽,今成事实。 移宫换羽:犹精通音乐、妙解音律,善于弹奏乐曲。宫、羽:古代五音之二,代指音律。 未怕周郎:意本北周·庾信《和赵王看妓》"悬知曲不误,无事畏周郎"诗句。周郎:指三国吴周瑜。"瑜少精意于音乐,虽三爵之后,其有阙误,瑜必知之,知之必顾,故时人语曰:'曲有误,周郎顾。'"周邦彦精通音律,又同周瑜同姓,故常常自比周郎,有"顾曲周郎"之誉。"未怕周郎"即未必惧怕周郎。怕,本恐惧、害怕,有难道还怕之意。意思是说,其唱曲之佳,周瑜是知音,言其"不怕",犹言无误也。

长颦知有恨,贪耍不成妆——写其娇痴情态。乔大壮批《片玉集》:"'长颦'十字甚新。"颦(pín):皱眉。微颦、笑颦、美人颦;颦眉、颦效、颦蹙。长颦:久久地皱着眉头。语本唐·李群玉《金塘路中》"十口系心抛不得,每回回首即长颦"。 耍:嬉戏。"贪耍不成妆"描写娇痴触目,正是《古今诗馀醉》所谓"'低鬟'下丰韵绝世,'贪耍'下娇痴触目"。将女子的娇痴刻画入微、入木三分。

些个事,恼人肠,试说与何妨——写不忍心以"恼人肠"之"些个事"告诉她。也就是不忍心告诉她将与之离别之事,又想"试说与何妨",词人处于两难之境地。

又恐伊、寻消问息,瘦减容光——从上述直到结句,足见词人对此女子的爱怜之深。伊:他。亦专用以代指女性。词中指你。 寻消问息:探问消息。也有格律上的要求:"寻消问息"系平平仄仄。宋代词人,自柳永以来,多有同情怜悯妓女的诗词。究其原因,盖即白乐天所谓:"同是天涯沦落人"(《琵琶行》)。宋初晏几道〔浣溪沙〕:"日日双眉斗画长。行云飞絮共轻狂。不将心嫁夜游郎。 溅酒滴残歌扇字,弄花薰得舞衣香。一春弹泪说凄凉。"本词托意分明,抒写此女之遭遇及其内心之矛盾,正是词人之遭际与内心之矛盾。瘦减容光：意犹瘦损，容颜憔悴。语出唐·元微之《会真记》："崔知之。潜赋一章，词曰：'自从消瘦减容光，万转千回懒下床。不为旁人羞不起，为郎憔悴却羞郎。'"实际上用"瘦损容光"最佳，因"瘦损"乃双声，"容光"系叠韵，用"减"字便失神韵。

词写一聪颖美艳、善解人意的歌女，与词人欢聚与离别，极尽狎昵温柔之情态。人物一颦一笑，历历在目。"长调中极狎昵之情者，周美成之'衣染莺黄'、柳耆卿之'晚晴初'是也。于此足悟偷声变律之妙"（清·沈谦《填词杂说》）。"低鬟蝉影动，私语口脂香"化用典实而情影娉婷、脂香馥郁，不得不服膺词人描摹人物之绝。夜凉剧饮，乐中含悲；月下端相，依恋难舍，愈见欢娱之不易。

过片写二人音律爱好之专精。"长颦知有恨"以下，写貌取神，心理刻画极见功力。结尾从男方着笔，设想女方别后之不堪，更见痴情与执著。"寻消问息，瘦减容光"，在全词写艳冶情欢及异日藕断丝连、鱼沉雁杳情状的基础上，忽点分离，执手临岐，一经点破，则艳冶都化为深悲，而深悲仍出之以微婉，"袭故弥新，沿浊更清，此美成之绝诣"。章法之妙，情事之美，别是一种情态，"句句洒脱，香奁泛语，吐弃殆尽"（《白雨斋词话》卷六）。

玉楼春

〔玉楼春〕，《清真集》题下括注"大石"二字，属大石调。词调由"月照玉楼春漏促"和"柳映玉楼春日晚"（五代·顾敻〔玉楼春〕四首第一、二首起句）句而来。宋之前，与〔木兰花〕词系不同宫调、不同字数的两个词牌。北宋以后，二者成为有两种调名的一个词体。双调，仄韵，56字，7字8句，几近一首仄韵七律，两首七绝，但句中平仄声不同。上下阕都是第三句平脚不押韵，其他三句押韵。两句两句全用对偶。

〔玉楼春〕别名很多。又名〔木兰花〕、〔玉楼春令〕、〔西湖曲〕、〔呈纤手〕、〔东邻妙〕、〔春晓曲〕、〔惜春容〕、〔梦相亲〕、〔归风便〕、〔归朝欢令〕、〔转调木兰花〕、〔续渔歌〕等。

这首词为〔玉楼春〕第四首。

桃溪不作从容住，秋藕绝来无续处。当时相候赤栏桥，今日独寻黄叶路。　　烟中列岫青无数，雁背夕阳红欲暮。人如风后入江云，情似雨馀黏地絮。

《草堂诗馀》、《古今诗馀醉》、《词统》均题作《天台》。本词调有多格，这首词是以平起仄韵为格。是词人元祐四年(1089)34岁时，由庐州教授离任将赴荆州时的留别之作。

桃溪不作从容住，秋藕绝来无续处——由于是词人和他的情人分别后，旧地重游、追忆前情所写，所以首句用"桃溪"典故，追悔自己也像东汉刘晨、阮肇入天台山采药遇仙女，思家求归(详见《太平御览》卷41引南朝宋·刘义庆《幽明录》)，未能安心地长住下去。后复入天台寻访，已无复旧踪。唐·元稹《刘阮妻》："芙蓉脂肉绿云鬟，罨画楼台青黛山。千树桃花万年药，不知何事忆人间。"(见山西古籍出版社2005年1月出版的《元稹集》第206—209页)是"桃溪不作从容住"的绝好注脚。秋藕绝来无续处：本唐·温飞卿《达摩支曲》"拗莲作寸丝难绝"，反其意而用之。起句委婉叙述，系主观感受，对句言词决绝，是客观事实。前因后果，一当初一今日，一轻笔一重描，"两两相形，就将无可挽回的事态和不能自已的情怀和盘托了出来"(沈祖棻鉴赏语)。用藕断丝连借喻痛苦的离别，意新语奇，不落窠臼。

当时相候赤栏桥，今日独寻黄叶路——第一二句叙述离合情状，这一联描写相思之痛。同前两句承转照应，分承"桃溪相遇"、"绝来无续"，依旧今昔对比。先写回忆，后写寻思，"当时"承应首句，"今日"照应次句，当时在赤栏桥欢娱相会，今日在黄叶路独自徘徊，上结下启，过片转入景色描写。"赤栏桥"、"黄叶路"，同地而异称，一喜一忧、一热一冷，形成极强烈的对比。"独寻"二字，将徘徊惆怅之情，同当时欢会喜悦之情表现得淋漓尽致，耐人深思。

烟中列岫青无数，雁背夕阳红欲暮——过片此联在这首词中是唯一的景物描摹。烟中列岫，冷碧寂静，暗示关山阻隔；雁背夕阳，微红将坠，隐喻音信渺茫，青红敷彩，绚丽多姿。烟岚、列岫、青葱无数，雁字、夕阳、红霞暮霭，是实景，是虚拟，无须坐实。或由"窗中列远岫"(谢朓《郡内高斋闲望》)化来，或是"鸦背夕阳多"(温飞卿《春日野行》)袭用，拟或乃"虹收青嶂雨，鸟没夕阳天"(李义山诗)的发展。无论是主观的意象，还是客观的景色，青山似障，残阳如血，整体意象是"独寻"者所见，也使"独寻"者孤寂难堪，神龙无迹，耐人品味。

人如风后入江云，情似雨馀黏地絮——连用比喻，收转抒情。比喻情人如随风流云飘散入江，倏忽远逝，了无踪迹；比喻自己似雨后风絮黏附地上，欲起难脱，欲飞不能。词人刻意推敲，思索搜求，因情敷采，恰当遣词，既生动地抒发了自己的相思深情，又不使人感到雕凿琢饰，生动贴切，自然天成，正如清·陈廷焯所说："美成词有似拙实工者，如〔玉楼春〕结句……上言人不能留，下言情不能已，景作两譬，别饶姿态，却不病其板，不病其纤，此中消息难言。"(《白雨斋词话》卷一)

用喻恰当，对仗工巧，意脉连贯，感情沉挚，排偶中见动荡，整齐而不板滞，所以耐人玩味。古代词人、诗人讲究炼字，常见人赞誉秦少游"山抹微云，天黏衰草"（〔满庭芳〕）为佳句。其实周邦彦屡用"黏"字，而且无不精妙。"黏"有黏连、黏合之意，或状柳絮，或状蛛丝，形神兼似，正如袁行霈先生所说，用词情浓意密、反复缠绵，化不开，剪不断，确实有一股黏劲儿。如用一个字概括他的风格，不就是这个"黏"吗？

词叙别情，上阕两句两句相对，隔句相承，先写昔，后写今。一二句着重从因果上写今昔对比，三四句着重从景物上写今昔心情对比，五六句突出色彩对比，七八句转从对方与自己的对比。加之全词用对句、用典、明喻、借喻、映衬、对照，调动诸多手法，弥补了〔玉楼春〕如同一首七律或两首绝句，易于流于形式呆滞和缺乏变化的弱点，使全词用典翻新、譬喻奇特，于典丽精工中蕴蓄着沉挚凝重的情致。同时由于尽力变换角度、变化章法结构，达到了让读者感到顿挫起伏、回肠荡气的艺术效果。

周邦彦善于用词遣字，在这首词中，词人为了把惜别、行旅之情铺叙殆尽，如同绘画一般，选择了许多色彩艳丽、优美的词语，如红、黄、青、白、灰、赤；就物体而言，"赤栏桥"、"黄叶路"、"夕阳红"、"列岫青"、"黏地絮"、"风云"、"雨丝"，色彩斑斓。尤其是第三四句，那清红的光影、曲直的线条，相互映衬，一个"欲"字，光影不断闪耀、变化，是闪烁之美、流动之美。这两句词的飞动，使全词既整齐、对偶，而又不板滞。同时，就时间言：当时、今日、风后、雨馀，若断若续，实情难已；就空间言：溪、桥、路、岫、江、地，前后转换，无非情所寄托之所；就人而言：相候、独寻、入江云、黏地絮，惆怅惜别，一一见之于行踪，比拟贴切，而无斧凿痕迹，可以称得上是感情纯挚的"不隔"之佳制。

这首词古人评价很高，清·沈祥龙说："（词人虽）不备赋家才华，文采不富"，但其词却富文采。同时又善于化用古诗词而为己用，"入江云"化用杜子美"江入度山云"诗句，"雁背"化用温飞卿"鸦背夕阳多"诗句，而为长短句，使其词更为多彩多姿。清·陈廷焯称："词至美成，乃有大宗。前收苏、秦之终，复开姜、史之始。自有词人以来，不得不推为巨擘。"（《白雨斋词话》卷一）说明周邦彦上承苏东坡、秦少游词风，下开姜白石、史梅溪词派，在词史上占有很重要的位置。

夜飞鹊

别　情

〔夜飞鹊〕，始见《清真集》，入"道宫"。《梦窗词》入"黄钟商"。107字，上片5平韵,下片4平韵,属平韵格。

《填词名解》卷三:"〔夜飞鹊〕,采曹孟德'月明星稀,乌鹊南飞'语。一作〔夜飞鹊慢〕。道宫调曲也。"《词谱》卷三十四以〔夜飞鹊慢〕立调,云:"调见《片玉词》,一名〔夜飞鹊〕。"卢祖皋名〔夜飞鹊慢〕。题一作《离别》。

　　河桥送人处,凉夜何其?斜月远堕馀辉,铜盘烛泪已流尽,霏霏凉露沾衣。相将散离会处,探风前津鼓,树杪参旗。花骢会意,纵扬鞭、亦自行迟。　　迢递路回清野,人语渐无闻,空带愁归。何意重红满地,遗钿不见,斜径都迷。兔葵燕麦,向残阳、欲与人齐。但徘徊班草,欷歔酹酒,极望天西。

〔夜飞鹊〕抒写别情,即昨夜送别。

河桥送人处,凉夜何其——首句五字用逆笔叙写,即所谓"逆入"手法,追溯往昔。　河桥:汴京隋堤上的桥。即〔兰陵王〕"柳阴直"词中"隋堤上,曾见几番,拂水飘绵送行色"的送行处。词开端即以"河桥"领起,五字为全词确定了离别的基调、送行的场所。凉夜何其:直接用《诗经·小雅·庭燎》原句,点明送行的时间、地点。时间是夜间,夜而前置以"凉"字,透露出秋夜之凉意,也象征着离别之际双方不忍分手的凄凉心境。有的版本作"良夜"。良者,温馨可念,良宵共度,良人依偎,如今分别在即、依依难舍,有何"良"之可言。词中用"凉",平添一层淡淡的悲哀,切合时节、吻合人情,用"凉"极佳!"凉夜何其",朴厚深沉,"其"为语助词,无实际意义。送行地点当在离河桥不远之处的驿站或客店。"凉夜何其","凉秋九月",凉露秋夜,"凉飚夺炎热",词意发展,自然带出下文。

斜月远堕馀辉,铜盘烛泪已流尽,霏霏凉露沾衣——承上写"凉夜"景色,具有凄美之致。离别在即,良夜苦短,词人遣词用字,对送行双方此时此刻、此境此情的心情、动态正面不着一字,"斜月"、"远堕"、"馀辉"、"烛泪"、"凉露",字字词词充满感情色彩,渲染出离别之际愁伤难舍的迷惘氛围。"斜月"两句写景,既写出了月的柔弱,又写出了堕的凄切,远堕的馀辉斜照,使人茫然。"斜月"六字之中就有五个字情味暗淡。"烛泪",立即使人想到唐诗中"蜡炬成灰泪始干"(李商隐《无题》),"蜡烛有心还惜别,替人垂泪到天明"(杜牧《赠别》),词中化用唐人诗句,更进一层,更其压抑,更何以堪!　"霏霏凉露沾衣",词人略去离别时双方的愁苦心绪及相互依偎、体切之情,只着眼于"凉露沾衣",其他的则留给读者去想象去体味。行前的情景,无论是客观的夜景抑或主观的心情都为一片迷茫朦胧所笼罩、所掩藏。一个"衣"字,暗寓送别、将别、依别、留别多少复杂的情感啊。

相将散离会处,探风前津鼓,树杪参旗——"相将"承上启下,写饯别的宴会也已结束。这三句收结上文,以"探"字领起,写更鼓催发,星移斗转,船将开动,推进一层写不要耽搁了行人出发的时间。仔细体味,"风前津鼓,树杪参旗"八个字,其中蕴含着多少惜别和极其复杂的感情以及别送双方多少留恋不忍的举止,需要读者用想象凭经验去补充。鼓声:一语双关,可以说是渡口的更鼓之声,也可以理解为船上催人上船即将起航的鼓声。参旗:星座名,是初秋黎明时出现在东方天上的星,罗忼烈教授指实为猎户星座。时当秋初由夜将晓之际。古代报时以更鼓为准,开船以击鼓为号。这里深刻细腻地描写出又留恋相偎、又依依不舍的情状。

花骢会意,纵扬鞭、亦自行迟——写送行到渡头。即将开船出发,要送行人到泊船的渡口。词人没有正面写将行的人和送行的人,而选择骑马送行到渡口。人不忍离别,似乎连马也通人意。就是扬鞭策马,马儿也不忍快走。马尚如此,人更不必说了。真是神来之笔,词人以马拟人,宛曲深沉,力透纸背,感人至深。

上片追忆昨夜送别之经过,月夜美景,意深情长,依依难舍。下片呢?

迢递路回清野,人语渐无闻,空带愁归——写河桥送客归来。作为换头三句,写路还是原来的路,但送时与归来截然两种不同的感觉。送时道路虽远,而两个人恋恋不舍、嘱托叮咛,似乎不知不觉就到了离别之处。如今,情人已去,独自归来,更觉得路途遥远,渐渐地连说话的声音都听不到了,只有词人满怀愁绪,返回到昨夜送别的地方。对同一空间前后不同感觉的描写细腻入微、刻骨铭心,极其深刻地反映出送别前后的复杂心情。

何意重红满地,遗钿不见,斜径都迷——首句一作"何意重经前地"。"重红满地"即落红(花)遍地,似乎下句"遗钿不见"才有着落。这几句词不是写当日送别的时候,是后来"重经"时的迷离徜徉之感。同时给读者一个信息,行者是女子。"迷"字写尽了心绪的惑乱和精神的恍惚。《海绡说词》谓"河桥送人处"句系"逆入","何意重红满地"句系"平出",逆叙以前,平述当前。"何意重红满地"有领起下文、纵贯全词之效用。

兔葵燕麦,向残阳、欲与人齐——写景,融情入景。是词人"何意重红满地"又一目睹的情景。梁启超《艺蘅馆词选》有"'兔葵燕麦'二语,与柳屯田之'晓风残月',可称送别词中双绝,皆融情入景也"的赞语。区别在柳词写行人所经,而本词则写送别者归来后所见。由于两者均景中寓情、情景交融,所以脍炙人口、久传不朽。"残阳"乃别后又一日之景象,送别之后的惆怅迷惘、相思顾念无尽时。

但徘徊班草,欷歔酹酒,极望天西——结拍以"但"字领起,用"徘徊班草"十二字三个细节三层寓意抚今思昔,急转直收,极写怀思、想望深情。班草:布草席地而坐;酹酒:以酒洒地祭天;极望:欷歔感喟仰望。从南朝梁·江淹《别赋》"左右兮魂动,亲宾兮泪滋。可班荆(犹班草)兮赠恨,惟尊酒兮叙悲"化出,更见相思多情,怅望无穷。

下片写送人归来,孤独无侣,遗迹难觅,抚今思昔,怅然无绪,戚然生悲,不能自已。

〔夜飞鹊〕创自周邦彦。写离情别绪,忆昔怀旧,于写景、叙事、托物、起兴中见之。词人随意驰骋想象,笔调细腻沉稳,"音调协合,具声乐美"。有"自将行至远送,又自去后写怀望之情,层次井井而意致绵密,词采秾深,时出雄厚之句,耐人咀嚼"(黄蓼园《蓼园词选》)之说,又有"哀怨而浑雅"(清·陈廷焯《词则》)之誉。

词章结构方面,层层抒写,层层伸展,层层布景,层层转折,起伏跌宕,细微无痕。善于使用逆笔,虚景实写。清·陈洵云:"'河桥送人处'逆入,'何意重经前地'(一作"何意重红满地")平出,换头三句,将上阕尽化烟云,然后转出下句,事过情留,低徊不尽。"时空转换曲折、变化灵活,须得仔细捉摸寻绎,方能得其真趣。

"兔葵燕麦"化用唐·刘禹锡"惟兔葵燕麦,动摇于春风耳"(《再游玄都观》诗序)典故,写事物变迁巨大,以景寓情。词中前有"逆入"述往,后有"平出"叙今。"何意"句领起下文,直贯全词结尾。"遗钿"八字,转折无迹,凝炼有力,读到此方才悟出上文系对往昔的追忆,也才知道送走的是女子。周邦彦的〔六丑〕词"钗钿堕处遗香泽"尚有馀香可求,这首词"遗钿不见",更无馀泽可觅。

词不写离别时的悲痛欲绝,紧紧抓住情人去后重返前地时,因心情迥异而景色迥异的特定情境和心境,抒发无限的惆怅之情,洵为"黯然销魂"的抒情佳作。

虞美人

〔虞美人〕,唐教坊曲名。《碧鸡漫志》卷四:"《脞说》称起于项籍'虞兮'之歌。予谓后世以此命名可也,曲起于当时,非也。"又曰:"旧曲三,其一属'中吕调',其一属'中吕宫',近世又转入'黄钟宫'。"《填词名解》卷一:"〔虞美人〕,项羽有美人名虞。被汉围,饮帐中,歌曰:'虞兮虞兮奈若何!'虞亦答歌。词名取此。"又名曰〔花间虞美人〕、〔虞美人令〕、〔鱼美人〕、〔巫山十二峰〕等。主要有两格:一为56字,上下片各28字4句两仄韵两平韵。一为58字,上下片各29字5句两仄韵三平韵。属平仄韵转换格。本词属于56字体。

　　疏篱曲径田家小,云树开清晓。天寒山色有无中,野外一声钟起送孤篷。　　添衣策马寻亭堠,愁抱惟宜酒。菰蒲睡鸭占陂塘,纵被行人惊散又成双。

抒写羁旅之愁,叙述送行惜别旅途中的心情感受,正是王国维所说的"无我之境"。

疏篱曲径田家小,云树开清晓——写山村农家清晨景色。"疏篱"、"曲径",非常典型的田家本色。篱而"疏",径而"曲",田家而"小",形容尽致,景象逼真。也是词人清晨所见之近景。唐诗人常建有"曲径通幽处,禅房花木深"(《题破山寺后禅院》)之句。"云树开清晓",与宋·秦观〔满庭芳〕"晓色云开"意思相同,犹言清晨日出,笼罩在树林上的云气逐渐散开。词序颠倒后,"开"字更见精炼,益显警策。

天寒山色有无中,野外一声钟起送孤篷——承上,词人目光仍注视着远处。"山色有无中"融汇化用唐代王摩诘"江流天地外,山色有无中"(《汉江临泛》)诗句,巧妙地将"江流天地外"隐含于"山色有无中"五字之内。在寒冷的晨雾岚气中,山峦若隐若现、时隐时现,一抹远山,四野寂静,忽然一声钟鸣,给此送别的小船(孤篷)、凄清的送别场面铺染增添了一层感伤的色彩和情调。试想,上片中那"疏篱"、"曲径"、"云树"、"山色"、"野外"、"孤篷"等词句所描绘的清静幽雅的素淡画面中,突然传来一声沉闷的钟声,打破沉寂,此情此境,送者、行者,人何以堪?

添衣策马寻亭堠,愁抱惟宜酒——亭堠:古代军事侦察、瞭望的岗亭,亦即亭堡。《后汉书·光武帝纪》:"筑亭堠修烽燧。"词中似指已废弃的亭堠,并成为置酒送别或行人歇脚的场所。堠(hòu):土城。愁抱:犹愁怀。过片这两句转而写自己的心情,词人出现在画面上。送别后,孤篷远去,词人感到寒冷,于是添加衣服,又策马找亭堠、驿递。由于愁怀缠绕、别情绵绵,所以要以酒浇愁。"策马"说明由舟行改陆行。"添衣"与上片"天寒"呼应。"愁抱"解评鉴赏者一致认为是"直抒其情"。"惟宜"可谓一篇之主旨,极富强调之致,表现出无可奈何之情。说明其离愁之浓重、心境之凄凉、情绪之抑郁。个中情怀,岂一个"愁"字了得!愁冗冗,愁戚戚,愁肠九转,愁绪如麻。"问人间,谁管别离愁,杯中扬"(宋·辛弃疾〔满江红〕)。

菰蒲睡鸭占陂塘,纵被行人惊散又成双——词以水鸭双宿双飞反衬自己的孤身做客在外,形只影单。宋·黄庭坚《睡鸭》诗中有"天下真成长会合,两凫相倚睡秋江";《题郑防画夹》诗中有"睡鸭不知飘雪,寒雀四顾风枝"。睡鸭成为词人羡慕的对象。菰蒲:水草之类水中植物。陂(pēi)塘:蓄水的池塘。睡鸭,本不足奇,也是一般写法。而被行人惊散之后又成双的水鸭,确令孤单的行客倍觉水鸭之恩爱。反衬的手法使乡野常见之景不平常,既对上句"愁抱惟宜酒"具有绾合作用,又衬托出词人的孤单愁闷。正是南朝梁·江淹《别赋》所描摹的"是以行子肠断,百感凄恻。风萧萧而异响,云漫漫而奇色。舟凝滞于水滨,车委迟于山侧"是词人有感而所发。下片中那"添衣"、"策马"、"寻亭堠"等一连串动作,以及睡鸭、陂塘之景色,无不从侧面烘托

171

了词人送别之后无法排遣的"愁抱",也揭示了词人羁旅在外的游子身份。周邦彦着力描写山村的清新景致、睡鸭浓郁的生活气息,陂塘恬静淡雅的环境,无不是在极力抑制和淡化自己的愁绪,尽管如此,仍然遏制不住地流露出来,形之于笔端。

【新评】

全词意境淡远,格调超凡,布局精妙,章法严谨。写景抒怀,含蓄深沉,以情绘景,以景结情。那投宿的疏篱曲径小小田家,那清晨目击的清晓寒冷山色有无;那钟声孤篷的水程,那添衣策马的陆行,词人目睹的山村清新宜人景色,俨然一幅古代中国农村淡雅素静的水墨图。

值得重书一笔的是词人摹写的"无我之境"。王国维《人间词话》云:"有有我之境,有无我之境。……有我之境,以我观物,故物皆著我之色彩。无我之境,以物观物,故不知何者为我,何者为物。古人为词,写有我之境者为多,然未始不能写无我之境。"又云:"无我之境,人惟于静中得之。"

所谓"无我",是说能如实客观地写实。钱鸿瑛先生认为,周邦彦的〔丹凤吟〕处处"以我观物",处处是词人所感的无聊之色,故是典型的"有我之境",而这首词则基本上是"无我之境"。鉴赏周词,可备一说。

在表现手法方面,描摹勾勒,疏密适度,遣词用字,精警含蓄。

写愁,"愁抱"二字,表现忧伤的怀抱、愁怀,含不尽之意于言外。周邦彦的〔霜叶飞〕"凤楼今夜听秋风,奈五更愁抱",也巧妙地使用了这两个字,以"直抒其情"。南朝梁·江淹《灯赋》"秋夜如梦,秋情如丝,怨此愁抱,伤此秋期",都是写愁,愁脉脉,愁郁郁,"愁肠日九回"(唐·崔鲁《春日长安即事》诗)。古诗词中多有写愁的名句。"愁多知夜长"(《古诗十九首·孟冬寒气至》),"愁人知夜长"(晋·傅玄《杂诗》),"愁破方知酒有权"(唐·郑谷《中年》诗),"愁肠已断无由醉"(宋·范仲淹〔御街行〕词)……"问君能有几多愁?恰似一江春水向东流。"(南唐·李煜〔虞美人〕),行子断肠,百感凄恻,给读者以悠远无尽的愁思。

关河令

〔关河令〕,旧名〔清商怨〕。《清真集》未载。毛子晋明刻本即名〔清商怨〕。古乐府有《清商曲辞》,多哀怨之音,所以名之曰〔清商怨〕。晏殊作此词,首句为"关河愁思望处满"。周邦彦改名为〔关河令〕。晏殊词43字,上下阕各4句3仄韵。周邦彦词42字,首句少一字。又名〔伤情怨〕。

172

秋阴时作渐向暝,变一庭凄冷。伫听寒声,云深无雁影。更深人去寂静,但照壁、孤灯相映。酒已都醒,如何消夜永。

这首词写词人旅途的孤独心境和凄凉情景。羁旅行役是历代词人墨客多所抒写的题材。周邦彦外放十载,所以这一题材的词作甚多,风格"深切淡永",充满"清峭"之气。

秋阴时作渐向暝,变一庭凄冷——写黄昏时的羁旅之愁。首句点明了羁旅在外的季节、时间及天气特点,那是一个秋阴傍晚的时分。秋天是古代文人墨客、沦落行旅之人最难将息的伤时、思乡、怀人的时节。自古而今,思乡怀人是羁旅行役之人难以解开的情结。身尊九五的曹丕尚且有"秋风萧瑟天气凉,草木摇落露为霜。……忧来思君不敢忘,不觉泪下沾衣裳"之慨;为生计宦海浮游的杜甫不免"玉露凋伤枫树林,巫山巫峡气萧森。……丛菊两开他日泪,孤舟一系故园心"(《秋兴八首》)、"思家步月清宵立,忆弟看云白日眠"(《恨别》)之忧;感伤寒苦遭际、追求硬瘦、有"郊寒岛瘦"称誉的孟郊却有"秋月颜色冰,老客志气单"(《秋怀》)之叹,所以刘禹锡才有"自古逢秋悲寂寥"(《秋词》)的高论。周邦彦宦海沉浮,羁旅别离,自然多伤秋感时之作,如〔风流子〕《秋怨》中的"枫林凋晚叶,关河迥,楚客惨将归"〔齐天乐〕《秋思》中的"绿芜凋尽台城路,殊乡又逢秋晚",词中充溢着秋天凄清的意象。本词开篇这两句词本已阴冷、暝暗,着一"变"字,承首句启下句,说明"一庭凄冷"的原因。大有"日暮乡关何处是,烟波江上使人愁"(唐·崔颢《黄鹤楼》)的思绪。

伫听寒声,云深无雁影——词人在其词作中多有"生憎暮景"、"那堪昏暝"的哀叹。这首词写到此处,在已是秋风萧瑟、阴云密布、暝色昏暗、"一庭凄冷"的情状下,更兼寒声充耳、暮云壁合,仰望苍穹,云深缥缈,使人更感到孤寂茫然。歇拍"云深无雁影",触发并蕴蓄着词人多少思乡怀人之情!如唐圭璋先生所说:"先写寒声入耳,后写仰视雁影。因闻声,故欲视影,但云深无雁影;是雁在云外也。"

更深人去寂静,但照壁、孤灯相映——在极端的沉寂孤独之际,词人在过片一句"更深人去寂静",不只是使上下阕衔接无垠,而且是将词境更推进一步。"更深人去"来得骤然,突兀而出,烘托出身在异乡的凄苦,又为下句孤灯、酒醒、漫漫长夜愁思无眠蓄势。更深、人去,已孤寂难耐,何况又是孤灯、离人,试想孤灯映照,那照壁上的人影晃动,形影相吊,时站时立、坐卧不宁,此情此景,诚何以堪!

酒已都醒,如何消夜永——过片两句人去孤灯、形单影只,本已孤苦难捱,如今"酒已都醒",又怎样呢?离愁乡思,无了无休,一齐袭上心头。如何才能消此漫漫长夜呢?胸中无以为计,笔下无以为词,无如之何,无计驱除,无法排遣,实在是"止于不得不止",便"如何消夜永",戛然而止。如陈世焜所云:"不必说借酒销愁,偏说酒已都醒,笔力劲直,情味愈见。"

全词中秋阴、向暝、凄冷、寒声、云深、雁影、更深、人去、寂静、孤灯、酒醒、夜永等等,一抹凄凉,一片冷色,通篇无一艳词,真令人窒息,透不过气来。然而,无论写景、抒情,无不是发自心灵深处的肺腑之言。

【新评】

周邦彦一生飘泊无定,尤其是三十二岁至四十二岁,正当而立、不惑之年被遣出京,宦途生涯、生活所历,加之他深厚的文学功底、艺术素养和敏锐的洞察力,其羁旅行役、感时伤离词作很多。这首〔关河令〕以暗中推移的时间为经,贯穿以孤寂无奈的情感波澜,于平淡无奇之中激荡着真情实感,因而形成了"深切淡永"的特色,具有撼人心魄的艺术魅力。

这首词在讲求声律、锤炼词句方面,别具格调。他将词调原名〔清商怨〕,取宋·欧阳永叔思乡名句"关河愁思望处满"中"关河"二字,创〔关河令〕词调,隐含着羁旅乡思之意,从而使调名、乐曲同曲词切合一致、珠联璧合。

词人既善于变化章法,又极具炼句炼字的功夫。本词八句,上下阕各四句,类同一首七律或两首七绝,有形式呆板之虑,于是词人采取对比、承接手法,使联、句之间接续变化,消除板滞,收到了章法灵动的艺术效果。在锤炼字句方面,亦颇具功力。如写时间流程用"渐"字,充分体现了动感,化静为动;用"变"字,除格律上要求其是"去声",一字领四字("一庭凄冷"),并同上句"时"、"渐"紧扣,突出了变化过程。"伫听寒声"四字含蓄生动,暗寓秋声,寒风萧瑟,同"寒声吹夜以飀飀"(唐·朱邺《扶桑赋》)的寒冬风之声,同"寒声带雨山难白"(宋·杨万里《霰》)的寒冬雨之声,同"夜寂静,寒声碎"(宋·范仲淹〔御街行〕)的风扫落叶之声,同"寒声隐地初听"(宋叶梦得〔水调歌头〕)的风掠林梢之声,以及"寒声咽慢军"(唐·皎然《陇头水》)、"寒声一夜传刁斗"(唐·高适《燕歌行》)等虽有细微差别,但均具异曲同工之妙。如同陈子龙所说:"以沉挚之思而出之,必浅近,使读者骤遇之如在耳目之前,久诵之而得隽永之趣。"周氏此词实当之无愧。

还值得一提的是歇拍"云深无雁影"。这首词意在言外,词人不仅在凄凉的庭中伫立,静听秋声,同时在寒声中寻视那传书的鸿雁,然而望眼欲穿,望尽云端,只听得哀鸿声声,竟不见孤鸿形影。这无影的雁声更加触动了词人思乡念亲的挚情。周邦彦极善于以雁来表达他的羁旅愁怀和思亲乡情,在〔氏州第一〕《秋景》中有"乱叶翻鸦,惊风破雁,天角孤云缥缈"之说,在〔解蹀躞〕中有"此恨音驿难通,待凭征雁归时,带将愁去"之望,在〔风流子〕《秋怨》中有"望一川暝霭,雁声哀怨"之愁……个中哀雁、征雁也好,雁声、雁字也好,因情设景,以雁传情,雁起到了传情表意的作用。

由于全词自然浑成,语言既平易、意象又鲜明,人物融合、情境无垠,历代评论很多:"其意淡远,其气浑厚"(戈载《宋七家词选序》),"美成小令,以警动胜"(清·陈廷焯《白雨斋词话》卷一),"(云深无雁影)五字千古"(陈世焜评),"句句精绝,小词能拙重如此,诚不多见"(《唐宋词简释》),"若夫悲欢离合,羁旅行役之感,常人皆能感之,而惟诗人能写之,故其入于人者至深,而行于世也尤广"(王国维《清真先生遗事·尚论》)。也符合近人况周颐《蕙风词话》所谓"作词有三要,曰重、拙、大"。钱鸿瑛女士赠送我的《周邦彦词赏析》释云:"重者,深沉之谓;拙者,至真之情;大者,意境之阔大。"清真这首寥寥四十三字、语言平淡的小令,可以说当之无愧。

长相思慢

〔长相思慢〕,《词谱》卷三十一:"《乐章集》注'商调'。《全宋词》作〔长相思〕,列"林锺商"项下。于周邦彦词下注'高调',毛晋跋《片玉词》汲古阁藏本注云:"《清真集》不载。""高调"疑系"商调"传抄之误。谭意歌词名〔长相思令〕。秦观词名〔望扬州〕。又《词谱》:"此词以柳(永)词、秦(观)词为正体。若周(邦彦)词、袁(去华)词之句读小异,皆变格也。此词与周(邦彦)词大同小异,故可平可仄,悉参周邦彦词。"

周邦彦词双调103字。上阕52字11句6平韵,下阕51字11句4平韵。

  夜色澄明,天街如水,风力微冷帘旌。幽期再偶,坐久相看,才喜欲叹还惊。醉眼重醒。映雕阑修竹,共数流萤。细语轻轻,尽银台、挂蜡潜听。　　自初识伊来,便惜妖娆艳质,美盼柔情。桃溪换世,鸾驭凌空,有愿须成。游丝荡絮,任轻狂、相逐牵萦。但连环不解,流水长东,难负深盟。

这是一首看似平凡而极具沉郁顿挫之致的情词。上阕写恋人重逢之喜,下阕追忆初识情境。

夜色澄明,天街如水,风力微冷帘旌——这发端三句是景物描写。点出重逢之时节,一个初秋的月夜。京城一轮明月澄澈,街道月光如水,凉风习习,帘幕微冷。天街:京城中的街道。帘旌:本帘端所缀之布帛。词中犹帘幕,系泛指。唐·白居易诗《旧房》"床帷半故帘旌断,仍是初寒欲夜时",同本词时节、意境完全一致。气候宜人,夜阑人静,是恋人幽会的良夜。为下文"幽期再偶"做好了情境安排。

幽期再偶，坐久相看，才喜欲叹还惊——写一对恋人再次幽会，久坐相看，才喜又叹还惊，是喜是惊，是叹是悲，真是百感交集，谁也说不清。幽期：指男女之间的幽会。如唐·卢纶《七夕》诗所谓"凉风吹玉露，河汉有幽期"。诗人将那"幽期再偶"的又惊又喜、又悲又叹的情景描摹得只能意会、不能言转。"才喜欲叹还惊"，由喜而叹又惊，妙笔生花，耐人回味，发人遐思。

醉眼重醒，映雕阑修竹，共数流萤——一对恋人在"才喜欲叹还惊"的陶醉之中，终于"醉眼重醒"，以平易之语，绘出重逢之际的惊喜之状，确有"状难写之景，如在目前"之境界。醉眼：醉后迷糊的眼睛。写一对恋人如痴如醉的情态，栩栩如生。"映雕阑修竹，共数流萤"直到上阕结句，就是写在重逢惊喜之后，倚栏偎坐、轻声细语，共话别后之情。

细语轻轻，尽银台、挂蜡潜听——从上文一个"映"字，照应首句"夜色澄明"，点明在皎洁明月之夜，雕栏的绣阁外，一对恋人在修竹旁，依偎相坐，数流萤……雕阑、修竹、流萤，给读者以诗情画意、朦胧之美。就连室内银台的挂蜡也在悄悄地偷听这对恋人的细语轻声的情话。恋人无猜，蜡烛有意，竟然为之挂蜡如热泪涔涔(cén cén)（南朝梁·江淹《杂体诗·效谢惠连〈赠别〉》有"芳尘未歇席，涔泪犹在袂"诗句）。将银台挂蜡人格化、形象化。

上阕的惊喜悲叹，为下阕的倒叙不幸埋下伏笔。

自初识伊来，便惜妖娆艳质，美盻柔情——这三句写初识佳人时的情状。词人不直接描述女子的美艳，而是强调"便惜"二字，也就是说，自从"初识"即第一次认识您以来，就珍惜、爱惜、怜惜您那"妖娆艳质"、"美目流盻(miàn)"、"柔情似水"。从女子的整体美、气质美、心灵美、内在美着笔。写艳美的资质有如南朝陈后主《玉树后庭花》诗"丽宇芳林对高阁，新妆艳质本倾城"之致；写妩媚多姿有宋代柳永〔合欢带〕词"身材，早是妖娆。算风措，实难描"之贵；写眼睛这心灵的窗户有如《诗经·卫风·硕人》"巧笑倩兮，美目盼兮"之韵；写温柔的情感有如宋秦观〔鹊桥仙〕词"柔情似水，佳期如梦，忍顾鹊桥归路"之柔。从艳质倾城，到美目流盻，到柔情似水，"美质"、"美盻"、"美曼"，词人进行了细致入微的观察和描摹，真是仙姿绰约，美妙动人，焉能不"重逢狂喜"、"才喜欲叹还惊"！

桃溪换世，鸾驭凌空，有愿须成——"桃溪换世"，用"刘阮天台遇仙"典故："汉明帝永平五年，剡县刘晨、阮肇共入天台山取谷皮，迷不得返。"攀葛啖桃，流杯食胡麻饭，"酒酣作乐"，"至暮，令各就一帐宿，女往就之，言声清婉，令人忘忧。……遂留半年……求归甚苦……既出，亲旧零落，邑屋全异，无复相识。闻讯得七世孙，传闻上世入山，迷不得归。"（《太平御览》卷四十一引南朝·宋刘义庆《幽明录》）"鸾驭凌空"借萧史、弄玉事："萧史者，秦穆公时人也。善吹箫，能致孔雀、白鹤于庭。穆公有女字弄玉，好之，公遂以女妻焉。日教弄玉作凤鸣。居数年，吹似凤声，凤凰来止其屋。公为作凤台,夫妇止其上不下。数年,一旦皆随凤凰飞去。故秦人为作凤女祠于雍,宫中时有箫声而已。"(旧题汉·刘向《列仙传》卷上)宋词中常以"桃溪"代妓女所居之地,用萧史、弄玉事表示美好自由成为夫妻。词人使用这一对句,是希望结为终身伴侣,永不分离,即"有愿须成"。须:一定,必定。

游丝荡絮,任轻狂、相逐牵萦——游丝:飘动的蛛丝。荡絮:放荡的柳絮。对这三句理解颇多歧异,笔者认为应理解任凭那些游丝荡絮轻狂追逐、纠缠,不为所动。才能同上下文词句一脉贯通、意思相属。牵萦:本缠绵之意。词中意犹牵挂、纠缠。

但连环不解,流水长东,难负深盟——"但"字突作转折,恋人似从梦中醒来,而今两个人却如"游丝荡絮",被"轻狂相逐牵萦",不得不各自西东。于是才有结尾三句面对现实的结论。用"连环不解,流水长东"两个形象比喻,自我宽慰。难负深盟:终负深盟,如是而已。说"连环不解"却有"连环可解"之说;说"流水长东"却有"流水无情"(唐·白居易诗、宋·辛弃疾词中多有"流水无情")之谓。结以"难负深盟",尽管男女双方向天发誓,永结同心之盟,却分明"已负深盟"。这两个形象比喻爱情永固的"连环紧扣,永不可解"、"流水长东,绵绵不绝"早已不复存在……尽管词中前有"有愿须成"之愿,后有"难负深盟"之望,"一篇之中,三致意焉",结果却不能不令人"一词之中,三叹惋矣"。

总之,无论是写感情宛转含蓄之深沉,还是表现艺术手法变化之顿挫,全词所具备的沉郁顿挫之美,诚如清·陈廷焯《白雨斋词话》卷一所说:"词至美成,乃有大宗,前收苏(轼)秦(观)之终,后开姜(夔)、史(达祖)之始,自有词人以来,不得不推为巨擘。后之为词者,亦难出其范围。然其妙处,亦不外沉郁顿挫。顿挫则有姿态,沉郁则极深厚。既有姿态,又极深厚,词中三昧,亦尽于此矣。"

词写恋人重逢之情。

上片铺叙重逢情境,下片大段说白,上片惊、喜、叹、梦与下片"游丝断絮"相呼应,刻画人物,展开情节,既具有高度的抒情性,又具有浓郁的故事性。

从结构章法上看,先叙重逢,后述初识,最后写眼前。如此穿插,在表达情感上,具有纡徐曲折、引人入胜之妙。

在表现手法上,"或以景托情,或以事言情,或直抒感情",把写景、抒情、叙事有机结合,充分表达出一对恋人深沉含蓄的感情纠葛,反映封建社会被损害被侮辱的妇女摆脱悲惨命运的愿望。尤其是将"银台"人格比,以拟人的手法写银灯的好奇之心、喜悦之情,"潜听"恋人"细语轻轻",真是"言情体物,穷极工巧"(王国维《人间词话》)。

这首词毛本注云:"明刻下有'流水长东'四字,误。"按:"柳永〔长相思慢〕('画鼓喧街')词煞拍作'又岂知、名宦拘检,年来减尽风情',与此注'流水长东'四字句法平仄平平正合,未可以为误也。"毛注本《清真集》应补上"流水长东"四字,才与周词词谱吻合。

烛影摇红

题解

〔烛影摇红〕,《历代诗馀》引《古今词话》云:"王都尉(诜)有〔忆故人〕词云:'烛影摇红,向夜阑,乍酒醒、心情懒。尊前谁为唱阳关,离恨天涯远。　无奈云沉雨散,凭阑干、东风泪眼。海棠开后,燕子来时,黄昏庭院。'徽宗喜其词意,犹以不丰容宛转为恨,遂令大晟(徽宗置音乐机构)别撰腔,周美成增损其词,而以首句为名,谓之〔烛影摇红〕云。"王诜词原为小令,原名〔忆故人〕,或名〔归去曲〕,以毛滂词有"送君归去添凄断"句也。周邦彦词合毛滂、王诜词二体为一。

这首词约作于政和六七年(1116—1117),系词人提举大晟府奉敕作。周邦彦词双调96字,上下片各48字9句5仄韵。

芳脸匀红,黛眉巧画宫妆浅。风流天付与精神,全在娇波眼。早是萦心可惯,向尊前、频频顾眄。几回相见,见了还休,争如不见。　烛影摇红,夜阑饮散春宵短。当时谁会唱阳关?离恨天涯远。争奈云收雨散,凭阑干、东风泪满。海棠开后,燕子来时,黄昏深院。

据宋·吴曾撰《能改斋漫录》卷十七载:"〔烛影摇红〕:王都尉(王诜,字晋卿)有〔忆故人〕词云(已见题解,此处略)。"宋徽宗赵佶因喜晋卿词意,而又嫌其"不丰容宛转",令大晟府周邦彦"增损"之。周邦彦奉旨增删修改成本词,并用首句为题。

这首词为双调,上片纯系周邦彦创作增写。宋词的曲谱今多已无存,只有姜夔《白石道人歌》中保留一些符号,也难于破解。下片为周邦彦改定王诜词〔忆故人〕而成。而且圣命难违,增改只能遵照宋徽宗"喜其词意,犹以不丰容宛转为恨"的标准来做,增改颇有难度。弄不好,就会"画蛇添足"或"狗尾续貂"。笔者试解试析如后。

芳脸匀红,黛眉巧画宫妆浅——由于是增写创作,那么首先要考虑和做到两点:一是抓住和围绕原词既定的男女"离恨"主题创作扩展。二是既要符合皇帝"丰容宛转"的要求,还不能重复添加、造成赘疣臃肿。正是考虑诸多因素,周邦彦在上片避开正面描写,而从侧面着笔;在上片写女子的美貌风韵,为下片原词的思念之情铺垫。故发端两句先写人物的脸部,即常言所道"画人先画脸",亦即所谓的"丰容"。那是一张施了胭脂香粉的脸、一双巧画成皇宫淡妆的眉。当是皇宫时兴淡扫眉,即所谓"淡淡春山不须添"、"淡扫蛾眉朝至尊"(唐·张祜《集灵台》二首)。

风流天付与精神,全在娇波眼——风流:词中指风韵美好动人。精神:词中指风采神韵。娇波:犹言妩媚动人的眼光。唐明皇有"霜绡谁似当时态,争奈娇波不顾人"(《题梅妃画真》)之句。宋·柳耆卿词〔河传〕:"愁蛾黛戚,娇波刀剪。""画龙点睛",画人也全在眼睛。这里传神地展现了女子的风采神韵。

早是紫心可惯,向尊前、频频顾眄——紫心:牵挂在心。惯:同"贯"。犹贯通、贯穿。写女子对我早就有情意心挂牵,宴会上那双美目不停地看着我。顾眄(miǎn):眷顾、爱慕的眼光。

几回相见,见了还休,争如不见——争如:本义为怎么比得上,词中意犹不如。这几句的意思是:我们也曾有过几次相见,但相见后还不是分开?于是发出"争如不见"之叹。词中的"休"字,旧时指丈夫离弃妻子。而这里应诠释为离开、分开,有第三者干预、阻挠。宋·刘克庄《后村诗话》后集卷二载:"嘉定更化,收召故老。一名公拜参政,虽好士而力不能援,谓客曰:'贽而来见者,吾皆倒屣,未尝敢失一士。外议如何?'客素滑稽,曰:'自公大用,外间盛唱〔烛影摇红〕词。'参政问何故?客举卒章曰:'几回见了(亦作"几回相见"),见了还休,争如不见。'宾主相视一笑。"符雷《南宋杂事诗》曰:"参政门前画戟枝,客来倒屣未为迟。争歌〔烛影摇红〕句,见了何如不见时。"可见本词当时流传影响之深远。

上阕由"风流天付"写及相见倾心,为下阕"离恨天涯远"的描述相思之情做好了准备,是有目的而发。下阕基本上用王铣词,有几处增损改动。上阕拓展内容、增写双方恋情,为下阕抒发相思之情做好了铺垫。

烛影摇红,夜阑饮散春宵短——词人将原词"何夜阑,乍酒醒,心情懒"三字句九字缩为"夜阑饮散春宵短"七字一句,不仅使人想起"夜阑人静"、"夜长春梦短"(宋·欧阳修〔千秋岁〕),"独抱浓愁无好梦,夜阑犹剪灯花弄"(宋·李清照〔蝶恋花〕);春梦无痕,春宵一刻,春宵苦短……不仅写出了主人公夜阑饮散后的孤独愁苦,而且比原词更加简捷精炼,并为下一句"当时谁会唱阳关"帮衬。

当时谁会唱阳关?离恨天涯远——词人改"尊前谁为唱阳关"为"当时谁会唱阳关"。变"尊前"为"当时",将原词简单的叙述变为往昔的回忆。王词饮还未散,故用"尊前";周词已饮散,且上阕已有"向尊前",所以这一改,一举两得,胜于王词。一是更见曲折宛转,耐人寻味;一是更突显出人物殷切的思念深情,使全词前后连贯,浑然一体。"离恨天涯远"乃全词主旨。

争奈云收雨散,凭阑干、东风泪满——这两句改"无奈"为"争奈",二者似乎无多大差别,其实这一改,既具无奈之意,又兼具怎奈与难以承受之意。同时,改"云沉雨散"为"云收雨散",改"东风泪眼"为"东风泪满",前者"沉"字更加贴切准确,后者"满"字更加深一层。眼泪盈眶,珠泪滚滚,忧伤更甚!词人改动之后,既加深了内涵,又突出了题旨。

海棠开后,燕子来时,黄昏深院——结句改"庭院"为"深院",更使人有"庭院深深深几许"(宋·欧阳修〔蝶恋花〕)之感。

由于宋词曲谱除姜夔《白石道人歌》中保留一些无从破解的符号外,其他均无曲谱,所以索解只能以词论词、就词析解。周词增损改作后,在艺术上胜过王词。不只在意旨上更加突出,而且深深打上了周词烙印,超越王词多多,不愧"大家"手笔。

【新评】

奉敕改作别人的词作,有增有损,既是改作,又须创作,而且增的多,损的少。要迎合皇帝"丰容宛转"之意,又要同王诜词协谐切合,不至于弄成狗尾续貂,的确有其难度。

周邦彦改损增益王诜词至少有三难:

一是王词虽短倒也比较成功,奉旨增损改写,要迎合皇上心意,做到"丰容宛转",殊非易事。

二是改写王词,要保持原词题旨、风格、技巧,又要较之更完美,无懈可击,又是一难。

三是周邦彦一代填词大家,修改他人之作,还须体现自己的风格特点,是为三难。

既然有此三难,一般人是难于胜任的。而周邦彦做到了,并且使全词增损有度、改作贴切,达到了天衣无缝。全词改写之后,篇章结构更加严密、层次更加分明。词人抓住原词抒写离愁别恨这一题旨,上片创作增写,侧面着笔,下片正面描述,写思念深情。于腾挪顿挫、宛转开阖之中,多变化、多层次地表现自己的相思之情。同时,讲究用字,巧改字词,一字千钧、字字珠玑,"下字运意,皆有法度"(宋·沈义父《乐府指迷》)。

◎附　录

周邦彦年谱简编

宋仁宗嘉祐二年丁酉(1057)，一岁

生于钱塘。字美成。按《宋史》称六十六岁，生年应为嘉祐元年(丙申1056)。

宋嘉祐八年癸卯(1063)，八岁

三月，仁宗去世，皇子赵曙继位，是为英宗。

宋英宗治平元年甲辰(1064)，九岁

五月，皇太后曹氏撤帘，英宗始独亲政。

宋治平三年丙午(1066)，十一岁

四月，司马光奉诏编历代君臣事迹，后赐名《资治通鉴》。是岁，文学家苏洵卒。

宋治平四年丁未(1067)，十二岁

正月，英宗死，太子赵顼继位，是为神宗。

九月，宋神宗以王安石为翰林学士。

宋神宗熙宁元年戊申(1068)，十三岁

正月，宋太学置外舍生百员。

四月，诏王安石越次入对。

五月，宋国子监生以九百人为额。

七月，宋京师河北大地震，人多压死者，至冬末止。

宋熙宁二年己酉(1069)，十四岁

二月，以王安石为参知政事，筹措变法。

宋熙宁三年庚戌(1070)，十五岁

十二月，以王安石为相。

宋熙宁四年辛亥(1071)，十六岁

二月，改贡举法，罢进士试诗赋及明经诸科，以经义、策论试进士。

八月，宋复《春秋三传》明经。

十月，立太学生三舍法：外舍七百人，内舍二百人，上舍一百人。

宋熙宁五年壬子二月(1072)，十七岁

十二月，欧阳修死。

宋熙宁六年癸丑(1073)，十八岁

　　三月，宋置经义局，修诗、书、周礼三经义；令进士诸科并试明经注官。

宋熙宁七年甲寅(1074)，十九岁

　　四月，王安石罢相。

宋熙宁八年乙卯(1075)，二十岁

　　二月，王安石复相。

　　六月，宋颁行王安石三经新义，令应试者必宗其说。

宋熙宁九年丙辰(1076)，二十一岁

　　十月，王安石复罢相。

宋神宗元丰元年戊午(1078)，二十三岁

　　始游京师。《宋史·文苑传》："疏隽少检，不为州里推重，而博涉百家之书。"

元丰二年己未(1079)，二十四岁

　　八月，宋增太学生，外舍二千人，内舍三百人，上舍百人；并立考试升舍法。

　　周邦彦入都为太学生应在是年。

元丰四年辛酉(1081)，二十六岁

　　正月，宋进士加试律。

　　九月，宋修成《国朝会要》。

元丰五年壬戌(1082)，二十七岁

　　四月，宋大改官制。

元丰六年癸亥(1083)，二十八岁

　　七月，因献《汴都赋》，自诸生一命为太学正。宋置学正为太学职事，选差(chà，犹奇异。后起义。又读chāi，选择；派遣)学生或上舍生充任，每经两员。熙宁(1068—1077)末始以命官充任，正九品，三年一任。并参用学生。于是有命官学正与职事学正之分。仁宗时，始以学生为职事太学正。神宗以后，增置命官学正，仍差上舍、内舍生为职事学正。《宋史·文苑传》："元丰初游京师献《汴京赋》万馀言，神宗异之，命侍臣读于迩英殿，召赴政事堂，自太学诸生一命为正，居五载不迁，益尽力于辞章。"

元丰七年甲子(1084)，二十九岁

　　十二月，司马光等修成《资治通鉴》。

　　是年，献《汴都赋》为宋神宗所赏识。

元丰八年乙丑(1085)，三十岁

　　三月，神宗死，子赵煦继位，是为哲宗。太皇太后高氏权同听政，不久渐改

熙宁新法。

五月,司马光为门下侍郎。

宋哲宗元祐元年丙寅(1086),三十一岁

闰二月,以司马光为相。四月,王安石死。

九月,司马光死。

十月,改封孔子为奉圣公。

十一月,立经义、词赋两科,试进士。

是年,诏齐、庐、宿、常诸州各置教授一员。

元祐二年丁卯(1087),三十二岁

出为庐州教授。

四月,复置贤良方正等科。

元祐四年己巳(1089),三十四岁

由庐州教授将赴荆州时留别,作〔玉楼春〕("桃溪不作从容住")。

元祐七年壬申(1092),三十七岁

之前数年在荆州。

元祐八年癸酉(1093),三十八岁

九月,太皇太后高氏死,哲宗亲政。

奉诏知溧水县(今属江苏),政绩颇著。

元祐九年、绍圣元年甲戌(1094),三十九岁

四月,改元绍圣。渐复熙宁新法。诏用新党被贬诸人,责降元祐旧党。罢十科取士法。作〔满庭芳〕《夏日溧水无想山作》、〔隔浦莲近拍〕《中山县圃姑射亭避暑作》。

绍圣三年丙子(1096),四十一岁

在溧水任,作《插竹亭记》。

绍圣四年丁丑(1097),四十二岁

二月,再贬元祐旧党。

还为国子主簿,在此数年。

咸阳人段义上玉玺。

绍圣五年、元符元年戊寅(1098),四十三岁

六月,改元元符。

六月十八日,召对崇政殿,重理《汴都赋》,除秘书省正字。

元符三年庚辰(1100),四十五岁

正月,哲宗死,弟赵佶嗣位,是为徽宗,皇太后向氏权同听政。渐收召责元祐旧党。

宋徽宗赵佶建中靖国元年辛巳(1101)，四十六岁

是年，以修宫观，令苏州、湖州采太湖石，开之后花石纲先声。

范纯仁、苏轼、秦观、陈师道先后死于是年。

迁校书郎。

崇宁元年壬午(1102)，四十七岁

正月，河东太原等处地震。

五月，复贬夺元祐旧党。

七月，焚元祐旧法。

九月，立元祐奸党碑。

十二月，禁元祐学术。

崇宁二年癸未(1103)，四十八岁

四月，销毁元祐旧党人文学。

崇宁三年甲申(1104)，四十九岁

六月，置书、画、算三学。

十一月，罢贡举，取士悉由学校。

十二月，复改封孔子为衍圣公。

崇宁四年乙酉(1105)，五十岁

八月，置大晟府。

是岁，置应奉局于苏州，总花石纲事。

文学家黄庭坚死。

崇宁五年丙戌(1106)，五十一岁

正月，以"星变"大赦元祐党人。又罢书、画、算、医四学。

宋徽宗大观元年丁亥(1107)，五十二岁

三月，立八行取士法。

是岁，程颐、米芾死。

置议礼局于尚书省，命详议检讨官具礼制本末，议定请旨。

历考功员外郎、卫尉宗正少卿，兼议礼局检讨，在此数年间(1107—1111)，又迁卫尉卿。客居汴京时，填词〔苏幕遮〕("燎沉香")。

大观三年己丑(1109)，五十四岁

议礼局成吉礼二百三十卷、祭服制度十六卷。

大观四年庚寅(1110)，五十五岁

二月，修《大观礼书》成。

五月，罢宏词科，改立词学兼茂科。

政和元年辛卯(1111)，五十六岁

是岁，议礼局分秩五礼成书四百七十卷。

宋徽宗开始微行。

周邦彦迁卫尉卿，又以直龙图阁知河中府，"徽宗欲使毕礼书"，留之逾年。

政和二年壬辰(1112)，**五十七岁**

七月，宋访遗书。

是岁，文学家张耒、苏辙死。

周邦彦出知隆德府。

政和三年癸巳(1113)，**五十八岁**

正月，议礼局修成政和五礼新议二百二十卷，罢议礼局。

政和四年甲午(1114)，**五十九岁**

正月，宋置道阶以叙道士。

以大晟乐颁行天下。

三月，令各路选道士十人送京进习。

政和五年乙未(1115)，**六十岁**

周邦彦徙知明州。

政和六年丙申(1116)，**六十一岁**

周邦彦"入拜秘书监，进徽猷阁待制、提举大晟府"。是年或下年作〔烛影摇红〕。

正和七年丁酉(1117)，**六十二岁**

四月，宋徽宗称教主道君皇帝。

七月，置提举人船所，专一措置花石纲及诸路进奉事。

重和元年戊戌(1118)，**六十三岁**

八月，宋立道学升贡法。

九月，宋于太学、辟雍置道经博士。

周邦彦出知真定府，改顺昌府。

宣和元年己亥(1119)，**六十四岁**

周邦彦在顺昌府。

宣和二年庚子(1120)，**六十五岁**

正月，宋罢道学。

十一月，方腊以花石纲扰民，聚众起义。

周邦彦罢大晟府。徙知处州，旋罢官。提举南京(今河北商丘)鸿庆宫。(《东都事略·文艺传》"提举洞霄宫"误。)是岁，周邦彦居睦州，适方腊反，还杭州，又绝江居扬州。

宣和三年辛丑(1121)，**六十六岁**

正月，遇天长。"赠宣奉大夫"至南京鸿庆宫任，卒于鸿庆宫斋厅。冢墓在杭州荡山。

今有《清真词》传世，后又名《片玉词》。

《宋史》本传："邦彦好音乐，能自度曲，制乐府长短句，词韵清蔚，传于世。"

周邦彦著作主要版本

详注周美成词《片玉集》十卷

陈元龙集注，涉园景宋覆刻本

明抄《片玉集》十卷

汲古阁藏本

《清真词》二卷

元巾箱本

《片玉集》十卷又抄补（又名《清真唱和词》）

明吴讷唐宋百名家词本

《周邦彦词》

全宋词本

《清真集》

吴则虞校点本

《周邦彦集》名言警句

△凿沙到石终无水，扰扰万人如渴蚁。（《天赐白》）（第001页）

△忽闻汉语米脂下，黑雾压城风怒号。（《天赐白》）（第001页）

△枞舟不渡谢亭长，有何面目过江东。（《天赐白》）（第001页）

△清浆白羽弃已久，黄菊紫萸看欲香。（《晚憩杜桥馆》）（第006页）

△岂饶蒿目忧世事，黄金绾腰埋土囊。（《晚憩杜桥馆》）（第006页）

△忽有黄鹂深树语，宛如春尽绿阴时。（《偶成》）（第009页）

△欲验春来多少雨，野塘漫水可回舟。（《春雨》）（第011页）

△河声连底卷黄沙，回首方惊去国赊。（《漫成》）（第012页）

△侵晨浅约宫黄，障风映袖，盈盈笑语。（〔瑞龙吟〕）（第014页）

△归骑晚,纤纤池塘飞雨。断肠院落,一帘风絮。(〔瑞龙吟〕)(第 014 页)
△想东园、桃李自春,小唇秀靥今在否?(〔琐窗寒〕)(第 018 页)
△新绿小池塘,风帘动,碎影舞斜阳。(〔风流子〕)(第 021 页)
△千万丝、陌头杨柳,渐渐可藏鸦。(〔渡江云〕)(第 025 页)
△条风布暖,霏雾弄晴,池塘遍满春色。(〔应天长〕)(第 028 页)
△正泥花时候,奈何客里,光阴虚费。(〔还京乐〕)(第 032 页)
△纵妙手、能解连环,似风散雨收,雾轻云薄。(〔解连环〕)(第 035 页)
△芳草连天迷远望,宝香薰被成孤宿。(〔满江红〕)(第 039 页)
△叹西园已是,花深无地,东风何事又恶?(〔瑞鹤仙〕)(第 043 页)
△道连三楚,天低四野,乔木依前,临路敧斜(〔西平乐〕)(第 046 页)
△恨春去、不与人期,弄夜色,空馀满地梨花雪。(〔浪淘沙慢〕)(第 051 页)
△泪洗红铅,门掩秋宵。(〔忆旧游〕)(第 055 页)
△暗竹敲凉,疏萤照晚。(〔忆旧游〕)(第 055 页)
△柳泣花啼,九街泥重,门外燕飞迟。(〔少年游〕)(第 058 页)
△葡萄架上春藤秀,曲角栏干群雀斗。清明后,风梳万缕亭前柳。(〔渔家傲〕)(第 060 页)
△芳草怀烟迷水曲,密云衔雨暗城西。(〔望江南〕)(第 063 页)
△墙外见花寻路转,柳阴行马过莺啼。(〔望江南〕)(第 063 页)
△金屋无人风竹乱,衣篝尽日水沉微。(〔浣溪沙〕)(第 064 页)
△新笋已成堂下竹,落花都上燕巢泥。(〔浣溪沙〕)(第 066 页)
△台上披襟,快风一瞬收残雨。柳丝轻举,蛛网黏飞絮。(〔点绛唇〕)(第 068 页)
△莫将清泪滴花枝,恐花也,如人瘦。(〔一落索〕)(第 070 页)
△人静乌鸢自乐,小桥外、新绿溅溅。(〔满庭芳〕)(第 073 页)
△夏果收新脆,金丸落、惊飞鸟。(〔隔浦莲近拍〕)(第 076 页)
△水亭小,浮萍破处,帘花檐影颠倒。(〔隔浦莲近拍〕)(第 076 页)
△闲依露井,笑扑流萤,惹破画罗轻扇。(〔选冠子〕)(第 080 页)
△散水麝,小池东,乱一岸芙蓉。(〔塞翁吟〕)(第 084 页)
△有蜀纸,堪凭寄恨,等今夜、洒血书辞,剪烛亲封。(〔塞翁吟〕)(第 084 页)
△叶上初阳干宿雨,水面清圆,一一风荷举。(〔苏幕遮〕)(第 087 页)
△风约帘衣归燕急,水摇扇影戏鱼惊。(〔浣溪沙〕)(第 089 页)
△出林杏子落金盘,齿软怕尝酸。可惜半残青紫,犹印小唇丹。(〔诉衷情〕)(第 090 页)
△望一川暝霭,雁声哀怨,半规凉月,人影参差。(〔风流子〕)(第 092 页)
△秋意浓,闲伫立,庭柯影里,好风襟袖先知。(〔西园竹〕)(第 095 页)
△暮雨生寒,鸣蛩劝织。(〔齐天乐〕)(第 098 页)

△渭水西风,长安乱叶,空忆诗情宛转。(〔齐天乐〕)(第 098 页)
△波落寒汀,村渡向晚,遥看数点帆小。乱叶翻鸦,惊风破雁。(〔氐州第一〕)(第 101 页)
△并刀如水,吴盐胜雪。(〔少年游〕)(第 104 页)
△衰柳啼鸦,惊风驱雁。(〔庆春宫〕)(第 107 页)
△冬衣初染远山青,双丝云雁绫。(〔阮郎归〕)(第 110 页)
△古屋寒窗底,听几片、井桐飞坠。(〔夜游宫〕)(第 112 页)
△暮雪助清峭,玉尘散林塘。(〔红林檎近〕)(第 114 页)
△冷落词赋客,萧索水云乡。(〔红林檎近〕)(第 114 页)
△箫鼓喧,人影参差,满路飘香麝。(〔解语花〕)(第 118 页)
△红糁铺地,门外荆桃如菽。夜游共谁秉烛。(〔大酺〕)(第 123 页)
△相将见、翠圆荐酒,人正在、空江烟浪里。(〔花犯〕)(第 126 页)
△为问花何在?夜来风雨,葬楚宫倾国。(〔六丑〕)(第 130 页)
△长亭路,年去年来,应折柔柳过千尺。(〔兰陵王〕)(第 136 页)
△燕子不知何世,向寻常巷陌人家,相对如说兴亡,斜阳里。(〔西河〕)(第 141 页)
△天憎梅浪发,故下封枝雪。(〔菩萨蛮〕)(第 145 页)
△樽前故人如在,想念我、最关情。(〔绮寮怨〕)(第 147 页)
△水眄兰情,总平生稀见。(〔拜星月慢〕)(第 150 页)
△无情画舸,都不管、烟波隔南浦。(〔尉迟杯〕)(第 153 页)
△浪飐春灯,舟下如箭。(〔绕佛阁〕)(第 156 页)
△故友难逢,羁思空乱。(〔绕佛阁〕)(第 156 页)
△楼上阑干横斗柄,露寒人远鸡相应。(〔蝶恋花〕)(第 159 页)
△寸书不寄,鱼浪空千里(〔点绛唇〕)(第 161 页)
△长颦知有恨,贪要不成妆。(〔意难忘〕)(第 163 页)
△人如风后入江云,情似雨馀黏地絮。(〔玉楼春〕)(第 165 页)
△花骢会意,纵扬鞭、亦自行迟。(〔夜飞鹊〕)(第 168 页)
△天寒山色有无中,野外一声钟起送孤篷。(〔虞美人〕)(第 170 页)
△秋阴时作渐向暝,变一庭凄冷。伫听寒声,云深无雁影。(〔关河令〕)(第 173 页)
△桃溪换世,鸾驭凌空,有愿须成。(〔长相思慢〕)(第 175 页)
△芳脸匀红,黛眉巧画宫妆浅。(〔烛影摇红〕)(第 178 页)
△烛影摇红,夜阑饮散春宵短。(〔烛影摇红〕)(第 178 页)

图书在版编目（CIP）数据

周邦彦集／（宋）周邦彦著；孙安邦，孙翰钺解评.
—2版.—太原：三晋出版社，2008.9（2012.9重印）
（中国家庭基本藏书·名家选集卷）
ISBN 978-7-5457-0004-6

Ⅰ.周… Ⅱ.①周…②孙…③孙… Ⅲ.宋词-选集
Ⅳ.I 222.844

中国版本图书馆 CIP 数据核字（2008）第 157732 号

周邦彦集

著　　者：	（宋）周邦彦	解评者：	孙安邦　孙翰钺
责任编辑：	朱慧峰	审订者：	孙安邦
封面设计：	敬人工作室	版式设计：	敬人工作室
责任校对：	朱慧峰	责任印制：	李佳音

出版发行：山西出版传媒集团·三晋出版社（原山西古籍出版社）
地　　址：太原市建设南路21号
电　　话：（0351）4956036（咨询）　　　4922268（邮购）
传　　真：（0351）4922102
网　　址：http：//sjs.sxpmg.com
邮　　编：030012
E - mail：sj@sxpmg.com

印刷装订：山西出版传媒集团·山西新华印业有限公司
（本书如有破损、缺页、装订错误，请与承印厂联系调换　0351-4120948）

开　　本：787mm×960mm　　1/16
字　　数：210千字
印　　张：12.75
版　　次：2008年10月第2版
印　　次：2012年9月第2次印刷
印　　数：5 001-9 000 册
书　　号：ISBN 978-7-5457-0004-6
定　　价：18.00元

版权所有，翻印必究。本书图文未经书面授权，不得以任何方式转载或公开发表。